Sur l'auteur

Anne Perry, née en 1938 à Londres, est aujourd'hui célébrée dans de nombreux pays comme la reine du polar victorien grâce au succès de ses deux séries, les enquêtes de l'inspecteur amnésique William Monk, et celles du couple Charlotte et Thomas Pitt – dont le fils, Daniel, a pris ensuite la relève à l'orée du XXe siècle. Elle s'est également intéressée à d'autres périodes historiques telles que le Paris de la Révolution française (*À l'ombre de la guillotine*), la Première Guerre mondiale (la saga des Reavley), ou encore Byzance au XIIIe siècle (*Du sang sur la soie*). Anne Perry partage sa vie entre Inverness (Écosse) et Los Angeles.

ANNE PERRY

LE BRASIER DE TOOLEY STREET

Traduit de l'anglais
par Florence Bertrand

10
18

Grands détectives

créé par Jean-Claude Zylberstein

Titre original :
One Fatal Flaw

ISBN 978-2-264-07631-1
Dépôt légal : octobre 2020

À Diana Howie

LISTE DES PERSONNAGES

Daniel Pitt – avocat récemment admis au barreau.

Sir Thomas Pitt – père de Daniel, chef de la Special Branch.

Charlotte – Lady Pitt, mère de Daniel.

Robert Adwell – malfaiteur.

Miss Jessie Beale – idem.

Patrick Jackson, dit « Paddy » – idem.

Toby Kitteridge – avocat principal chez fford Croft et Gibson.

Inspecteur Quarles – policier chargé de l'enquête sur la mort de Paddy Jackson.

Dr Appleby – médecin légiste.

Marcus fford Croft – directeur de fford Croft et Gibson.

Miriam fford Croft – sa fille.

Impney – premier clerc chez fford Croft et Gibson.

Membury – majordome des fford Croft.

Sir Barnabas Saltram – expert renommé en médecine légale.

Ginger Jackson – l'aîné des frères de Paddy Jackson.

Roman Blackwell – ancien policier devenu détective privé.

Mr. Harris – avocat.

Lillie – serveuse au pub favori de Daniel.

Mr. Holland – avocat.

Mrs. Portiscale – logeuse de Daniel.

Dr Octavius Ottershaw – expert en empreintes digitales.

Wallace – fiancé défunt de Miriam.

Charlie – enfant des rues recueilli par le Dr Ottershaw.

Mr. Fimber – avocat.

Mr. Hanover – juge.

Mr. Morris – expert en incendies industriels.

Dr Evelyn Hall – expert en médecine légale.

Sir Roger Daventry – acquitté du meurtre de son épouse Marguerite.

James Leigh – jugé pour le meurtre de Marguerite Daventry.

Adria Leigh – veuve de James.

Richard Leigh – fils de James.

Gerard Forrester – frère de Marguerite Daventry.

Antonia Llewellyn – sœur de Marguerite Daventry.

Mr. Mercaston – policier chargé de l'affaire Daventry.

Mr. Yates – chef de la brigade des pompiers lors de l'incendie de Daventry Hall.

Mrs. Yates – son épouse.

Dr Salisbury – médecin légiste.

Mr. Gonville – avocat de l'accusation au procès Daventry.

Mr. Waveney – avocat de la défense au procès Daventry.

Sir John Percival, KC – avocat de la Couronne.

Lord Justice Walpole – juge au procès en révision de James Leigh.

1

Elle était assise de l'autre côté du bureau, face à Daniel, et des larmes roulaient sur ses joues lisses.

— Ils vont le pendre, n'est-ce pas ? demanda-t-elle d'une voix rauque. Vous êtes avocat. Mr. Blackwell aurait été pendu, c'est sûr, si vous ne l'aviez pas fait acquitter. C'est ce que tout le monde dit sur les quais.

Elle renifla et ravala ses sanglots.

— Je vous en prie. Vous pouvez leur montrer que Rob n'est pas coupable. Je vous en prie.

En dépit de la douceur qui régnait dans la pièce, Daniel éprouva soudain un frisson. C'était la fin de septembre. Un feu vif crépitait dans l'âtre, au cabinet juridique fford Croft et Gibson, un des plus prestigieux de Londres. Il était situé à Lincoln's Inn, naturellement, comme tous les meilleurs. Quant au bureau de Daniel, il n'était guère plus grand qu'un placard, ce poste étant son premier après qu'il avait eu obtenu sa licence en droit ; à Cambridge, pour être précis.

Elle attendait.

— De quoi Mr. Adwell est-il accusé, Miss Beale ?

Jusqu'alors, elle ne le lui avait pas révélé. Elle s'était bornée à dire que c'était grave et que l'affaire concernait un entrepôt sur les docks, du côté sud de la Tamise.

— D'avoir mis le feu au bâtiment, répondit-elle tout bas, les yeux baissés.

— Quel bâtiment ? Et est-il accusé d'incendie volontaire ?

— Si ç'avait été involontaire, ça l'aiderait ?

Elle avait relevé la tête, une lueur d'espoir dans les yeux.

— Je ne sais pas.

Il ne devait pas éveiller ses attentes sans avoir de bonnes raisons.

— Vous ne m'avez pas dit ce qu'était ce bâtiment au juste. Ni si l'incendie était important.

Tassée sur elle-même, elle paraissait menue, et très effrayée.

— Miss Beale, reprit-il gentiment. Je ne peux pas vous aider si je ne sais rien. Où l'incident a-t-il eu lieu ? Était-ce la nuit ou la journée ? Et quels dégâts ont été causés ?

Elle se tassa davantage encore.

— C'était un vieil entrepôt, un grand, dans Tooley Street, juste à l'entrée du port de Londres. Il a brûlé dans la nuit. Il y a deux jours. Il n'en reste pas grand-chose.

Autrement dit, songea Daniel, quelqu'un avait pu subir de lourdes pertes financières. Tout dépendait de ce qui était stocké sur place.

— Mr. Adwell était gardien de nuit ?

Miss Beale secoua la tête, des boucles soyeuses dansèrent autour de son visage.

— Non…

— Dans ce cas, que faisait-il sur les lieux ? Il était bien là, n'est-ce pas ? Sinon, pourquoi la police le soupçonnerait-elle ?

L'homme avait-il été mêlé à un cambriolage qui avait mal tourné ?

— Y avait-il quelqu'un d'autre sur place, que vous le sachiez ?

— Paddy Jackson, bien sûr… murmura-t-elle, comme dans un souffle.

— Qui est-ce ? demanda Daniel, s'efforçant d'être patient. Et pourquoi dites-vous « bien sûr » ?

— Eh bien, il n'aurait pas brûlé s'il n'avait pas été là, hein ? rétorqua-t-elle, sur un ton qui suggérait qu'elle perdait patience, elle aussi.

Tout à coup, la pièce sembla terriblement étouffante, presque suffocante. Daniel inspira à fond, mais cela ne fit aucune différence.

— A-t-il... Mr. Jackson a-t-il été gravement brûlé ?

— Oh, oui ! avoua-t-elle, les larmes aux yeux. Il a brûlé comme il faut, hélas !

Tout était devenu affreusement clair. Daniel comprit de quoi il avait peur, et pourquoi.

— Il a péri dans l'incendie ?

Elle prit une profonde inspiration et hocha la tête, sans jamais détacher son regard du sien. Elle déglutit avec difficulté.

Il devait reprendre le contrôle de cet entretien. L'affaire était au-delà de ses compétences. Il valait mieux faire intervenir Toby Kitteridge, qui avait plusieurs années de plus que lui et qui était un avocat chevronné. La défense de Blackwell, à laquelle Jessie Beale avait fait allusion, n'avait pas été confiée à Daniel par le cabinet qui l'employait. Il s'en était chargé à titre privé, à vrai dire contre l'avis de ses employeurs, parce qu'il avait une dette d'honneur envers Roman Blackwell, un aventurier à la réputation plus que douteuse qui n'avait pas les moyens d'engager quelqu'un d'autre. Daniel avait réussi, à la surprise générale, à prouver qu'il était innocent du meurtre dont on l'accusait. Marcus fford Croft, qui était à la tête du cabinet, lui avait pardonné d'avoir accepté l'affaire sans sa permission, sans doute parce que c'était un vieil ami de son père. Il ne ferait pas preuve de la même indulgence une seconde fois.

Jessie le fixait, attendant qu'il continuât. L'espoir qu'il

lisait sur son visage semblait s'évanouir peu à peu. Cet entretien était probablement sa dernière chance.

— Si je comprends bien, Adwell est inculpé de meurtre ?

Elle se mordit la lèvre et acquiesça.

— Que faisait-il dans cet entrepôt en pleine nuit ? Et qui est Paddy Jackson ? Ou plutôt, qui était-ce ?

— Paddy était un des fils Jackson. Je suppose qu'il l'est toujours. On ne s'en sort pas en mourant. En tout cas, ils penseront toujours que c'était un d'entre eux.

Daniel commençait à saisir.

— Paddy est mort et Rob Adwell est accusé d'en être responsable, c'est ça ?

— Oui.

— Et cet incendie, était-il accidentel, ou Paddy l'a-t-il causé ? Ou quelqu'un d'autre ? insista-t-il, s'efforçant de ne pas laisser le scepticisme percer dans sa voix.

Elle réfléchit un instant.

— Je suppose que ç'aurait pu être un accident. Mais peut-être que Paddy a mis le feu, et qu'il n'était pas trop doué. Qu'il ne s'est pas laissé de moyen de sortir. Ou que les flammes se sont propagées plus vite qu'il ne l'escomptait ?

— Vous avez vu plusieurs incendies, on dirait ? demanda Daniel, espérant que la question semble innocente plutôt que sarcastique.

— Non. J'en ai une peur bleue, mais j'ai entendu les gens causer. Les incendies ne sont pas rares sur les docks. Certains sont accidentels, d'autres non.

— Et celui-là ?

— Je ne sais pas.

Elle eut un geste d'impuissance, puis le regarda et se hâta de reposer les mains sur ses genoux.

— Bon, d'accord ! Je suppose que Paddy a mis le feu, et que le feu a été trop malin pour lui. Rob s'en est sorti, et Paddy non. Mais ça ne veut pas dire que c'est la faute de Rob, si ?

— Peut-être que si… et peut-être que non. Si deux personnes commettent un délit ensemble – et incendier un entrepôt est un délit – et qu'un des deux est tué, il est possible que l'autre soit reconnu coupable de sa mort.

Les traits de la jeune femme s'assombrirent alors qu'elle assimilait ses paroles.

— Oh ! eh bien… alors…, c'est une bonne chose qu'ils n'aient pas été complices, hein ? Ils n'auraient rien entrepris ensemble. Rob détestait les Jackson, et c'était réciproque.

Daniel ne put s'empêcher de se demander si elle venait d'inventer cela. Quoi qu'il en fût, une chose était sûre : l'affaire était trouble, et cette jeune femme était prête à se battre de toutes ses forces pour l'homme qu'elle prétendait aimer.

— Je vais aller voir Mr. Adwell, lui dit-il. Me renseigner sur le chef d'accusation et les éléments à charge. Et sur ce que la police sait au sujet de l'incendie. Comment il s'est déclaré, par exemple. Ne m'en dites pas plus…

Elle lui adressa un sourire hésitant, presque timide. Elle n'était pas à proprement parler jolie ; sa bouche était plutôt grande, ses pommettes trop hautes lui donnaient un peu l'apparence d'un chat. Cependant, elle retenait l'attention, voire la sympathie.

— Je ne vous dirai rien de plus. Je peux vous payer… mais pas beaucoup… pour le moment.

Pour la première fois, elle sourit pour de bon, et son visage en fut adouci, son regard illuminé.

— Mais je le ferai, promit-elle.

— Ne vous inquiétez pas pour cela, coupa-t-il. Je vais seulement voir si je peux faire quelque chose.

Il se leva. Elle l'imita lentement, sa main gantée, presque aussi menue que celle d'un enfant, cramponnée à son petit sac. Du haut de ses vingt-cinq ans, il se sentait ridiculement plus âgé qu'elle.

Elle lui avait déjà donné son adresse, et il n'avait pas d'autres questions à lui poser.

Le premier clerc, Impney, patientait dans le vestibule. Sur un regard de Daniel, il raccompagna Jessie Beale.

La jeune femme partie, Daniel toqua à la porte de Kitteridge. La réponse qui lui parvint était incompréhensible, mais il entra quand même et referma le battant derrière lui.

Kitteridge interrompit sa lecture et leva les yeux, fronçant légèrement les sourcils.

— Qu'y a-t-il ? Si vous ne savez pas quoi faire, il y a un tas de lettres là-bas qui attendent une réponse.

Il désigna une table à l'autre bout de son bureau, beaucoup plus spacieux que celui de Daniel. De neuf ans son aîné, il était en général considéré comme l'avocat le plus prometteur du cabinet. Plus grand que lui aussi, il dépassait de beaucoup le mètre quatre-vingts. Contrairement à beaucoup d'hommes, sa haute taille ne lui conférait aucune élégance. Il paraissait désarticulé, tout en genoux et en coudes, dépourvu de la moindre grâce. Il avait l'allure dégingandée, comme si ses membres ne recevaient pas en même temps les messages émis par son cerveau. Daniel savait qu'il en avait conscience, et que cela le gênait même un peu, et sa timidité désarmait ceux qui auraient pu être envieux de son extraordinaire compétence. C'était le cas avec Daniel : il y avait des moments où il éprouvait le besoin confus de protéger Kitteridge, mais pas ce jour-là.

— Non, merci. C'est juste que j'ai un client… je crois.

— Vous n'en êtes pas sûr ? se récria Kitteridge, arquant des sourcils stupéfaits.

À défaut d'être séduisant, son visage était remarquablement expressif.

— L'affaire ne va pas rapporter grand-chose, à supposer même que je sois payé. Et l'homme pourrait bien être coupable…

Kitteridge lâcha un grognement atterré.

— Pitt, vous êtes incorrigible ! Je continue à espérer qu'un de ces jours vous allez comprendre. Nous…

— Je veux me renseigner un peu, coupa Daniel. Dès que j'en saurai davantage, je vous demanderai votre avis.

— De quoi s'agit-il ? De vol à l'étalage ? D'une bagarre dans un pub ? Vous pouvez vous débrouiller sans moi. Que vous arrive-t-il ? Vous avez perdu confiance en vous ? Il nous arrive à tous de perdre…

Daniel l'interrompit de nouveau :

— Non. Mais Marcus ne m'autoriserait jamais à m'occuper de cette affaire seul. Il s'agit de meurtre et d'incendie criminel.

— Quoi ?

Kitteridge eut un haut-le-corps, et écarquilla les yeux.

— Meurtre et incendie criminel, répéta Daniel, avec une patience exagérée.

— Pourquoi diable s'est-on adressé à vous ? C'est grave. Y a-t-il un lien avec votre père ? C'est de ça qu'il s'agit ?

Daniel le regarda avec stupeur.

— Deux voyous qui projettent de cambrioler un entrepôt sur les quais et y mettent le feu par erreur si bien que l'un d'eux périt dans l'incendie ? Ce n'est pas tout à fait le domaine de mon père.

Thomas Pitt était à la tête de la Special Branch, la section des services secrets chargée de la lutte contre l'espionnage, la haute trahison, l'anarchie et, de manière générale, toute menace éventuelle sur la sécurité publique. Proche de sa famille et fier de son père, Daniel savait que c'était en partie grâce à ce dernier qu'il avait obtenu son poste chez fford Croft et Gibson. Cependant, il avait brillamment réussi ses études à Cambridge et s'offusquait de la moindre allusion suggérant que sa situation était due à l'influence paternelle. Quant au père de Kitteridge, un homme apparemment très austère qui était directeur d'une école privée pour garçons, il ne jouissait pas d'un pouvoir comparable.

Un regard à Daniel suffit pour que Kitteridge comprenne qu'il avait commis un faux pas. Ce n'était pas la première fois que cela se produisait. Il ne s'en excuserait pas, mais il ne referait pas cette erreur avant longtemps.

— Comment en avez-vous entendu parler ?

— Sa petite amie sort d'ici à l'instant. Je vais entreprendre quelques recherches. Je n'ai rien d'autre à faire, hormis vos paperasses, ajouta-t-il en désignant la pile de documents sur la table. Je vous tiendrai au courant.

— Avant d'accepter l'affaire, pas après ! lança Kitteridge fermement. S'il vous plaît ?

Daniel esquissa un léger salut élégant, et tourna les talons.

Une fois dans la rue, il gagna le carrefour le plus proche et, au bout de deux ou trois minutes, put héler un taxi. Il aimait emprunter ces automobiles noires à la forme distinctive, conçues pour donner au chauffeur un espace séparé de celui des passagers. Elles étaient devenues la norme trois ans plus tôt, en 1907, et avaient été très bien acceptées. Il voyait en elles le symbole d'une époque nouvelle, en pleine évolution. Certes, il restait encore de nombreuses voitures à cheval dans les rues, mais tout était en train de changer, et pas seulement le transport : la mode, les idées, l'art, la médecine. On assistait à des inventions de toutes sortes. Notamment, ce qui l'intéressait au plus haut point, dans la médecine médico-légale, les méthodes de détection du crime et la possibilité d'en apporter la preuve au tribunal. Les armes à feu existaient depuis des siècles, et les couteaux depuis bien plus longtemps. Le feu avait précédé l'humanité ! En revanche, les connaissances scientifiques détaillées étaient récentes. Analyser les raisons qui poussent les gens à commettre certains gestes, partir d'un acte pour remonter à sa source dans l'esprit de quelqu'un, tout cela était nouveau, et laissait entrevoir toutes sortes de progrès encore inimaginables une décennie plus tôt.

Le taxi l'emmena sur l'autre rive. Tout à ses réflexions, Daniel n'avait même pas remarqué quel pont il avait emprunté. Déjà, ils s'arrêtaient devant un commissariat de police. Daniel régla la course, y ajouta un pourboire raisonnable, puis descendit du véhicule et gravit les quelques marches basses qui menaient à l'entrée. Là, il demanda à parler à l'inspecteur qui enquêtait sur l'incendie de Tooley Street.

— Bien, monsieur. Certainement. Je pense qu'il sera de retour d'ici une demi-heure à peu près, répondit le sergent de service en souriant, une lueur amusée dans le regard.

— Je suis l'avocat de Mr. Adwell. Peut-être pourrais-je vous poser quelques questions en attendant ?

— Peut-être, monsieur, mais il faudra que je demande la permission à l'inspecteur Quarles d'abord.

— Vous venez de dire qu'il n'est pas là, lui fit remarquer Daniel.

Devait-il faire pression sur l'homme, au risque de s'en faire un ennemi ? ou ne pas insister, et apparaître faible ? Kitteridge aurait su comment réagir… sans doute. Cela déplaisait à Daniel d'être novice dans sa profession, d'ignorer tant de choses. Parfois, il avait l'impression d'être un débutant dans tous les domaines.

Le sergent avait sans doute l'âge de Kitteridge, trente-cinq ans environ.

— J'imagine que vous avez vu pas mal d'incendies, reprit-il, sur le ton de la conversation. Moi non, je l'avoue.

— J'imagine que ça viendra, répondit l'homme sagement.

— Celui-là était grave ? demanda Daniel avec curiosité.

Ce commissariat était le plus proche du lieu de l'incendie. Tout le monde avait dû en parler.

— Oui.

Le sergent fit la moue.

— Un petit feu, c'est surtout de la fumée, déclara-t-il, encore que la fumée puisse vous tuer plus vite qu'on ne le croirait. Mais là, il y avait beaucoup de flammes. Le bois était sec, vous voyez. Et, bien sûr, on estime qu'il y avait pas mal de whisky. Et ça brûle comme de l'amadou.

Daniel hocha la tête.

— Oui, évidemment. Dans ces conditions, comment a-t-on réussi à l'éteindre ? Je suis étonné qu'il ne se soit pas propagé aux bâtiments voisins… à moins que ce ne soit le cas ? J'admire le courage des pompiers, ajouta-t-il, sincère, tout en réfléchissant à toute allure. On devait voir le brasier à des lieues alentour ! Vous étiez là ?

— Je suis arrivé un peu plus tard, admit le sergent à regret.

Daniel s'efforça d'avoir l'air impressionné.

— Vous avez arrêté l'homme sur le lieu même du sinistre ?

Le policier se redressa, l'air content de lui.

— Oui, oui, en effet. Il n'y avait… pas vraiment de doute possible. Si vous aviez vu ça ! C'était drôlement impressionnant.

— J'aimerais pouvoir dire que j'imagine la scène, répondit Daniel, mais je mentirais. Je n'ai jamais vu d'incendie aussi important, tout un entrepôt qui flambe. Il a eu de la chance de s'en sortir !

— Pour le bien que ça va lui faire ! L'autre malheureux y est resté. Je pense que c'est un meurtre, pas vous ?

— Peut-être, admit Daniel. Nous verrons. Qui a donné l'alerte ?

— Quoi ?

— Qui a averti les pompiers ?
— Je ne sais pas. Pourquoi ?
— Je me posais la question, c'est tout.
— Vous pensez que ça pourrait être Adwell ? Peu importe. Si c'est lui qui a mis le feu, ça reste un meurtre, qu'il ait ou non appelé les pompiers après s'être échappé.
Daniel ne pouvait le contredire. Il remercia l'homme et s'assit pour attendre Quarles.

L'attente se révéla moins longue que le sergent ne l'avait suggéré. En entrant, Quarles jeta un coup d'œil à son subordonné, lequel lui annonça que Daniel voulait lui parler. C'était un homme d'aspect quelconque, vêtu d'un imperméable plutôt défraîchi, bien coupé mais porté trop souvent et depuis trop longtemps. Il considéra Daniel avec un vif intérêt. Un sourire transforma totalement ses traits. Il s'avança, la main tendue.
— Bonjour. Je suis Quarles. Que puis-je pour vous ? Le sergent me dit que vous êtes avocat, c'est exact ?
Daniel se leva et lui serra la main.
— Oui. Daniel Pitt. Je travaille chez fford Croft et Gibson à Lincoln's Inn.
— J'ai entendu parler de vous. Du moins, de votre cabinet. Qu'est-ce qui vous amène donc ici ?
— Je suis venu représenter Robert Adwell dans l'affaire de l'incendie de Tooley Street.
— Adwell ? Ah bon ?
La voix de Quarles était agréable, profonde et harmonieuse. Il ne chercha pas à dissimuler sa curiosité.
Daniel en fut déconcerté. Il s'était préparé à livrer bataille et voilà qu'il n'y avait pas d'adversaire.
— Je cherche à me renseigner. Je n'ai pas encore rencontré Adwell et je ne sais que peu de choses sur l'affaire. Vous l'avez arrêté très vite…
Il laissa sa phrase en suspens, comme s'il s'agissait d'une question.

— Sa culpabilité ne faisait guère de doute. Venez avec moi. Je meurs d'envie de boire un thé. Il commence à faire froid, et il pleut à seaux dehors.

Il s'était déjà engagé dans l'escalier, et Daniel s'empressa de lui emboîter le pas. Dans la petite pièce désordonnée qui lui tenait de bureau, Quarles s'assit face à Daniel et le regarda par-dessus le tas de lettres, documents et photos empilés devant lui.

On avait apporté du thé dans des tasses émaillées. Il était brûlant, trop fort et trop sucré.

— Ah ! soupira Quarles avec plaisir après sa première gorgée. Faites attention, c'est chaud. Je suppose que ce pauvre diable doit être défendu, mais vous perdez votre temps avec Rob Adwell. Ce n'est pas un mauvais bougre, si ce n'est qu'il est paresseux et un peu trop soupe au lait. Et rancunier. Je dirais que c'est son plus gros problème.

Daniel reposa sa tasse. Elle était trop chaude pour qu'il puisse la tenir.

— Il s'est querellé avec l'autre homme, Paddy Jackson ?

Quarles sourit.

— Quelqu'un s'est querellé avec les frères Jackson. Remarquez, je ne sais pas au juste s'ils sont frères ou cousins. Adwell avait ses frères aussi, même si ce sont des frères d'intérêt et non des frères de sang.

— Ils étaient en conflit ?

La situation commençait à lui paraître plus déplaisante que Jessie Beale le lui avait laissé entendre. Savait-elle tout cela ? ou était-elle plus naïve qu'il ne l'avait supposé ? Un instant, il se demanda s'il avait jamais été amoureux au point d'être complètement aveugle à des choses qui étaient évidentes à tous les autres. Un ou deux souvenirs s'imposèrent à lui. Il les repoussa et claqua la porte de sa mémoire.

— Que savez-vous de la petite amie d'Adwell, Jessie Beale ?

Quarles prit une profonde inspiration, exhala son souffle et lui adressa un sourire chaleureux, même charmant, et empreint de regret.

— C'est à cause d'elle que vous êtes là ? La petite Jessie est allée vous trouver ?

Il parut sur le point de poursuivre, puis se ravisa. Daniel se demanda ce qu'il s'était apprêté à dire. Il avait la nette impression qu'un point important venait d'être effleuré, et qu'il n'avait pas su le reconnaître. Devait-il être franc avec Quarles ? Il espérait obtenir de lui une réponse honnête, des informations, quelles qu'elles fussent.

— Oui. J'ai promis de venir voir Mr. Adwell, c'est tout. L'affaire n'est-elle pas aussi simple qu'elle en a l'air ? Deux jeunes gens prévoient un cambriolage, ils renversent une lampe ou laissent tomber une allumette, si bien qu'un feu éclate et échappe rapidement à tout contrôle. L'un d'eux s'en sort, l'autre non.

— Non, répondit Quarles simplement, avec un sourire attristé. Pour commencer, ils n'auraient jamais rien entrepris en tant qu'alliés. Ils appartenaient à des gangs rivaux. Les membres de celui d'Adwell changent de temps à autre, mais le gang de Jackson est constitué de membres de sa famille et reste plus ou moins le même. Ce que l'un et l'autre fabriquaient dans l'entrepôt, nous l'ignorons. Quant à l'incendie, nous ne savons pas encore comment il s'est déclaré, mais les pompiers pensent qu'il a commencé dans une des salles du rez-de-chaussée, où étaient entreposés des produits très inflammables, ainsi que du papier, des bougies, des détritus.

Il eut un léger haussement d'épaules.

— Mais il faut qu'il soit défendu, alors bonne chance !

Daniel se sentit abattu. L'affaire était beaucoup plus compliquée que Jessie Beale l'avait suggéré. Cependant, si elle était amoureuse d'Adwell, peut-être voyait-elle ce qu'elle voulait voir, ou avait besoin de voir, pour garder foi en lui.

— Merci, dit-il. Je…

Il ne sut quoi dire d'autre.

Il suivit Quarles à la prison du commissariat. L'inspecteur s'arrêta devant une cellule occupée par un jeune homme assis sur une paillasse, tête baissée, les mains nouées devant lui. Il ne leva pas les yeux quand l'ombre de Quarles se dessina sur le sol.

— Adwell, commença Quarles à voix basse, Miss Beale a engagé un avocat pour vous défendre. Il est ici pour vous parler.

Le détenu leva lentement la tête et fixa d'abord Quarles avant de se tourner vers Daniel. Il semblait abasourdi. Il se mit debout avec peine, comme s'il avait les membres raides. Il fronça les sourcils, puis secoua la tête.

— Je n'ai pas d'argent pour vous payer. Jessie… essaie de m'aider, mais elle ne peut pas.

Daniel se rendit compte que Quarles était parti et qu'il était seul avec Adwell.

— Parce que ce n'est pas vous qui avez allumé le feu ?

Il ne voyait ni n'entendait aucune colère chez Adwell. Celui-ci n'en ressentait-il pas ? ou bien était-il assommé par le choc, effrayé, et ne lui faisait-il pas confiance ? C'eût été compréhensible.

— Savez-vous comment l'incendie a éclaté ?

— On se battait. Je suppose qu'un de nous deux a renversé la lanterne.

— Pourquoi étiez-vous là ? J'ai cru comprendre que vous n'étiez pas amis.

— Non.

Adwell détourna la tête.

— On projetait de se mettre ensemble pour cambrioler l'entrepôt, pour qu'on ait chacun notre part du gâteau. On savait que d'autres étaient sur le coup, et on voulait être les premiers.

Daniel n'était pas sûr de le croire. Cependant, à ce stade, cela n'importait guère. Le fait demeurait qu'ils avaient déclenché l'incendie alors qu'ils étaient là illégalement, par conséquent ils avaient commis un délit. Et ils avaient, semble-t-il, l'intention d'en commettre un deuxième.

— Mais vous en êtes sorti indemne et Paddy Jackson est mort.

Il avait beau tenter de se faire une opinion d'Adwell, il ne percevait que sa peur, et une stupéfaction qui se muait rapidement en désespoir.

— Je vais me renseigner, promit-il. Je reviendrai vous voir quand j'en saurai davantage. D'ici là, ne dites rien à personne.

— Je n'ai pas d'argent. Du moins, pas assez pour un avocat.

Une douleur profonde s'entendait dans sa voix, se lisait sur ses traits.

Daniel se sentit soudain coupable. Il ne voyait pas du tout comment venir en aide à ce jeune homme. De son propre aveu, il était coupable d'avoir projeté un délit avec l'individu qui avait péri dans les flammes, que l'incendie eût été accidentel ou non. Si ç'avait en effet été un accident, c'était peut-être sa seule chance.

— Ne vous inquiétez pas pour ça dans l'immédiat, dit-il avec plus d'assurance qu'il n'en éprouvait. Voyons ce que nous pouvons faire.

Il se retourna et prit la direction que Quarles avait suivie pour sortir, passa à côté du policier qui gardait les lieux et remonta l'escalier. L'inspecteur l'attendait dans la pièce du haut.

— Vous avez eu les yeux plus gros que le ventre, jeune homme ?

Il secoua la tête.

— Vous feriez mieux d'aller interroger le légiste. Il s'appelle Appleby. Vous le trouverez sans doute à la morgue. Son cabinet est juste à côté.

— Merci. Oui, c'est exactement ce que je vais faire.

Quand Daniel arriva, Appleby était sur le point de rentrer chez lui. C'était un homme bien en chair, aux épais cheveux bruns et à l'allure un peu débraillée. Il portait un gilet rouge dont les pans ne se rejoignaient pas, et auquel manquaient plusieurs boutons.

— Ah ! soupira-t-il quand Daniel lui eut expliqué le motif de sa visite. Pas joli, mon garçon. Pas joli du tout. Le pauvre diable. Le seul point positif, c'est qu'il ne s'est peut-être pas rendu compte de grand-chose.

— Pourquoi dites-vous cela ?

Y avait-il une lueur d'espoir ? Il fixa le visage rond et bonhomme d'Appleby, puis ses yeux bleus et vifs, calmes, qui soutenaient son regard sans ciller. Il n'avait pas tout dit, mais il allait attendre que Daniel l'interrogeât.

— A-t-il été asphyxié très vite ? C'est quand même horrible de mourir étouffé…

— En effet.

Appleby frissonna malgré lui.

— Mais il n'y avait pas de fumée dans les poumons. Voulez-vous que je vous montre ? Vous pensez pouvoir tenir le coup ?

— Je vous crois sur parole, se hâta de dire Daniel. Je ne suis pas encore certain que nous acceptions de nous charger de l'affaire. Il faut que je retourne au cabinet en discuter avec mon supérieur.

— Je m'en doute.

Cette fois, Appleby ne prit pas la peine de dissimuler son sourire.

— Comment est-il mort ?

— Il a eu le crâne fracassé. Il a reçu un sacré coup. Peut-être porté à l'aide d'un instrument contondant, comme une matraque.

Il leva la main et effleura l'arrière de sa propre tête, juste au-dessus de la nuque.

— D'autres blessures ? demanda Daniel, s'efforçant de se représenter ce qui s'était passé. Y a-t-il eu une lutte ? une embuscade ? un accident ? Où a-t-il été retrouvé au juste ?

— Au rez-de-chaussée de l'entrepôt.

Appleby esquissa une moue.

— Au pied de l'escalier. Vous êtes allé sur place, n'est-ce pas ?

— Non…

Daniel réfléchissait à toute allure. À quoi n'avait-il pas songé ? Il ne devait plus rester grand-chose de l'escalier. Apparemment, le feu avait pris en bas avant de se propager aux étages. Il haussa les épaules.

— Naturellement, la police n'a pas encore fini d'examiner les lieux. Je vous tiendrai informé si on trouve autre chose.

Il remercia Appleby et s'en alla. Il était assez convaincu que personne d'autre n'allait vouloir défendre Adwell. La seule argumentation possible était d'invoquer la thèse d'un accident, en taisant toute référence à un éventuel cambriolage. Il ne restait personne pour le contredire.

Pour autant, devait-il se charger du dossier ? Le chef d'inculpation étant le meurtre, Adwell risquait la potence, si bien que Daniel serait contraint d'être second avocat pour Kitteridge. Encore fallait-il que ce dernier acceptât. De toute façon, il leur faudrait obtenir l'aval de Marcus fford Croft. Avaient-ils la moindre chance de le persuader alors qu'il n'y aurait aucune rémunération ou quasiment aucune à la clé ? Enfin, la première chose à faire était de demander son accord à Kitteridge. Et ce, dès le lendemain matin.

L'affaire occupa les pensées de Daniel durant toute la soirée. Il prit son repas à la pension plutôt que de sortir dîner dans un pub du quartier avec un ami, comme il le faisait souvent. C'était agréable de parler de tout, ou de rien, avec des gens qui travaillaient dans le centre-ville, de préférence dans un autre domaine que le droit, et d'écouter leurs opinions. Ce soir-là, cependant, il avait besoin d'être seul pour réfléchir à ce qu'il allait faire concernant Adwell.

Son dernier procès remontait au mois d'août. Depuis lors, il passait son temps à effectuer des tâches administratives pour Kitteridge. Le seul avantage de cette situation était qu'il avait étudié plusieurs cas où ses connaissances théoriques avaient été appliquées en pratique, ce qui les rendait nettement plus claires. Comprendre les dossiers signifiait les mémoriser, pour lui du moins.

En fin de compte, la solitude de sa chambre ne lui apporta guère de solutions, malgré l'excellent *shepherd's pie*[1] de Mrs. Portiscale, qui était pourtant un de ses plats préférés.

Quand il s'endormit, il rêva des ruines noircies de l'entrepôt telles qu'il les imaginait, et se réveilla en sursaut, se débattant contre les draps qui semblaient lui emprisonner les bras et les jambes.

Il arriva au cabinet fford Croft et Gibson peu après huit heures et demie. Comme souvent, Kitteridge était déjà là.

— Eh bien ? Qu'en est-il de votre histoire d'incendie criminel ?

Kitteridge était enclin à la gravité, ce qui était dommage, car un sens de l'absurde était parfois un atout qui rendait la vie plus supportable. Lorsqu'il souriait, c'était comme un rayon de soleil, mais ce matin-là, il ne souriait pas.

— Eh bien ! Ne restez pas là sans rien dire ! Que s'est-il passé ?

— C'est pire que la description que m'a faite Miss Beale, répondit Daniel en s'asseyant en face de lui.

1. Équivalent du hachis Parmentier. *(Toutes les notes sont de la traductrice.)*

Kitteridge leva les yeux au ciel.
— N'est-ce pas toujours le cas ? Qu'est-ce qui est pire ?
— Adwell, l'accusé, et Jackson, celui qui est mort, se sont introduits dans l'entrepôt avec l'intention de le cambrioler. D'après Adwell, ils se sont querellés. Ils étaient au rez-de-chaussée, qui était plein de détritus inflammables. Ils se sont battus, l'un d'eux a renversé une lanterne et le feu s'est déclaré. Adwell s'en est sorti indemne, hormis quelques contusions, mais il a laissé Jackson sur place et celui-ci est mort. Il a dû lui asséner un coup assez violent pour le tuer, et l'abandonner là dans l'espoir que l'incendie détruise toutes les preuves.
Kitteridge le dévisagea.
— Quelle est sa défense, enfin ?
— Il prétend qu'il n'a rien fait, que tout était un accident, mais il dit aussi qu'ils voulaient cambrioler l'entrepôt avant qu'un autre le fasse, et je me demande si ce quelqu'un était là et a commis le crime dont Adwell est accusé.
Kitteridge se prit la tête entre les mains.
— Vous êtes incroyable, commença-t-il. Complètement…
— Ça pourrait être vrai ! Ce quelqu'un aurait pu avoir l'intention de tuer Adwell aussi.
— Dans ce cas, il a réussi – plutôt bien !
— Pas encore, s'obstina Daniel. Nous pourrions gagner !
— Nous ? répéta Kitteridge en levant les yeux au ciel.
Daniel attendit.
— Très bien, soupira son collègue. On ferait mieux de tenir la promesse que vous avez faite.
— Merci.
Le regard de Kitteridge le dissuada d'ajouter autre chose.

2

Miriam fford Croft, la fille de Marcus, était seule dans le laboratoire que son père avait fait aménager pour elle dans les caves de leur maison. L'endroit était superbement équipé, doté de toutes sortes d'appareils modernes nécessaires à un expert en médecine légale. Son père avait été généreux. Quand elle songeait à la somme qu'il avait dû dépenser, elle se sentait coupable. Elle était fille unique, et il aurait été prêt à lui offrir tout ce qu'il était en mesure d'acheter, d'emprunter, de payer avec son temps ou son labeur. Cependant, il ne pouvait lui offrir ce qu'elle désirait le plus. Par ignorance ou peur de l'avenir, du désastre qui pourrait en résulter, les gens s'imaginaient que le niveau d'éducation serait gravement menacé, et tout l'équilibre de la société bouleversé, si les femmes étaient autorisées à suivre des cursus universitaires dans des matières aussi inappropriées que la médecine, notamment la dissection des corps, et à exercer leurs compétences au même titre que les hommes. Pour beaucoup, une telle suggestion était plus qu'inappropriée, elle était contre nature. Les femmes n'étaient pas faites pour ce genre de choses.

Marcus ne pouvait rien changer à cela, de sorte que Miriam devait se contenter de connaître la théorie de la médecine et orienter son expertise professionnelle vers la chimie. Une activité propre et impersonnelle, qui n'aurait rien de dangereux pour sa délicate sensibilité ! Certes, les femmes peuvent porter des enfants et leur donner naissance, songeait-elle, exercer le métier de sage-femme et affronter ce qui l'accompagne. Elles peuvent soigner les malades. Et même faire la toilette des morts. Elles ont assez de cran et l'estomac assez bien accroché pour ça, c'est seulement la capacité intellectuelle qui leur fait défaut.

Elle reposa le bécher où elle avait mélangé des produits chimiques. Cette expérience avait-elle la moindre importance ? Déboucherait-elle sur un changement bénéfique à quoi que ce fût ? Quelqu'un allait-il seulement s'y intéresser ? Sans doute que non.

— Bon Dieu ! lança-t-elle avec irritation.

Une dame ne jurait pas, mais elle en éprouva un sentiment de satisfaction, pendant une seconde ou deux au moins.

D'ordinaire fascinée par la quête du savoir, elle avait remarqué ces derniers temps qu'elle manquait parfois de concentration, et qu'elle avait de plus en plus de peine à la retrouver.

De peine ? Était-ce bien le mot qui lui était venu à l'esprit ? Il suggérait que son travail lui devenait pesant. Ce n'était sûrement pas le fond de sa pensée.

Fermant la porte à clé derrière elle, Miriam gravit l'escalier qui menait à la maison proprement dite. Elle venait d'entrer dans la cuisine quand elle entendit le tintement de la sonnette. Le majordome irait ouvrir, naturellement. Aucun ami de son père ne s'attendrait à le trouver chez lui le matin. Quant à la cuisinière, elle ne venait que l'après-midi, et la femme de chambre était au premier étage.

Elle remplit la bouilloire et la mit sur le fourneau. Au même instant, Membury apparut sur le seuil.

— Je suis désolé de vous déranger, Miss Miriam, dit-il sur un ton d'excuse.

Il la connaissait depuis qu'elle était enfant et s'adressait toujours à elle en utilisant son prénom, bien qu'elle eût maintenant près de quarante ans. Strictement parlant, c'était un domestique, mais en réalité, c'était un ami. Il avait été témoin de ses combats, des rejets qu'elle avait essuyés, de ses succès aussi.

— Vous ne me dérangez pas, répondit-elle en souriant. Qu'y a-t-il ?

— Mr. Pitt est ici. Je lui ai dit que vous étiez occupée, mais il a insisté pour que je vous demande si vous pouviez le recevoir.

— Daniel ?

Elle sentit le rouge lui monter aux joues. Elle se souvenait avec précision des deux affaires pour lesquelles ils avaient collaboré. Des enquêtes épineuses, presque sans espoir, auxquelles elle avait pourtant pris un immense plaisir. Elle s'était sentie plus vivante à ces moments-là qu'à n'importe quelle autre période de sa vie. La science médico-légale y avait joué le rôle qu'elle était censée avoir dans le meilleur des cas : la mise au jour d'éléments qui confirmaient la véracité d'un événement, ou révélaient l'existence d'émotions, de mobiles, bons ou mauvais. Il ne s'agissait pas seulement d'exactitude scientifique, mais de vérités qui affectaient la vie des gens, en bien comme en mal. Dans ces moments-là, Miriam avait été l'efficacité même.

Elle devait répondre à Membury.

— Peut-être travaille-t-il sur un nouveau dossier. De toute façon, je voulais prendre un thé.

— Bien, Miss Miriam.

Il sourit, mais ne croisa pas son regard. Puis il pivota et alla annoncer au visiteur qu'il était le bienvenu.

Quelques secondes plus tard, Miriam entendit les pas de Daniel dans le couloir.

— Entrez, lança-t-elle. J'allais justement faire du thé. J'ai besoin d'une pause. En voulez-vous une tasse ?

Il s'était immobilisé sur le seuil, les sourcils légèrement froncés, une mèche de cheveux aux reflets auburn retombant sur son front. Il était exactement tel que dans ses souvenirs, peut-être un peu plus grand. Contrairement à son ami Kitteridge, il possédait une grâce innée.

Elle se tourna vers Membury pour l'inviter à se joindre à eux. Elle le lui proposait toujours, et il déclinait toujours son offre. Il n'aurait pas été convenable que le majordome prît place à table comme s'il était l'égal de sa maîtresse. Cependant, cela lui faisait plaisir d'y être invité. C'était un petit rite agréable auquel ils se prêtaient l'un et l'autre.

— Non, merci, Miss Miriam.

Daniel accepta et tira une chaise comme s'il en avait l'habitude. Peut-être se remémorait-il les moments où ils s'étaient assis ensemble autour de la table du manoir d'Alderney, où s'était déroulée l'affaire qui leur avait donné tant de fil à retordre tout juste un mois plus tôt. Elle ne l'avait pas revu depuis lors.

Il y eut un bref silence embarrassé. À certains égards, ils se connaissaient très bien, après avoir lutté côte à côte. Et pourtant, socialement, ils ne se connaissaient pas du tout. Son père était l'employeur de Daniel. Quant au père de Daniel, il dirigeait la Special Branch et détenait un pouvoir immense, insoupçonné du public.

En attendant que l'eau eût bouilli, elle plaça deux soucoupes et deux tasses sur la table.

— Je suppose que vous préparez un nouveau procès, dit-elle, rompant le silence. Je veux dire, un qui a un intérêt sur le plan médico-légal ?

Elle lut la réponse dans ses yeux et la légère rougeur sur ses joues.

— Oui, je crois, répondit-il. C'est-à-dire, j'ai accepté un dossier. Je n'avais guère le choix. Marcus… Mr. fford Croft… a déclaré que ça me ferait du bien d'apprendre à perdre avec dignité.

Il sourit et ponctua ses paroles d'un petit haussement d'épaules.

Un instant, elle fut déconcertée, avant de se rendre compte que cette remarque était caractéristique de son père. La manière dont il formait les jeunes avocats, à n'en pas douter peu orthodoxe, avait porté ses fruits avec les plus doués d'entre eux, même si elle était un peu plus dure pour ceux qui avaient moins de… talents ? ou peut-être, moins de passion ? Elle savait qu'il avait engagé Daniel surtout en raison de son amitié pour Sir Thomas Pitt. Mais elle savait aussi que, bien que Daniel l'exaspérât parfois, il avait de plus en plus d'affection pour le jeune homme à mesure qu'il apprenait à le connaître.

— Est-ce là ce que vous apprenez à faire ? demanda-t-elle. À perdre avec dignité ? Je ne suis pas sûre de pouvoir vous aider. Je perds souvent, mais pas particulièrement de bonne grâce.

Elle se hâta de poursuivre, de crainte de donner l'impression qu'elle s'apitoyait sur elle-même. Elle ne devait pas s'autoriser à montrer sa frustration aussi ouvertement.

— Quelle est la nature de cette affaire ?

— Un incendie, répondit-il simplement en l'observant. L'incendie d'un entrepôt, avec deux hommes à l'intérieur. L'un d'eux est mort. L'autre en a réchappé avec quelques égratignures.

Elle savait qu'il la regardait, qu'il attendait sa réaction, bien qu'il n'eût fait qu'esquisser le problème.

— Par conséquent, il est accusé d'avoir tué celui qui n'est pas sorti ?

— Oui, mais c'est pire que ça. Le mort avait reçu un vilain coup à la tête.

Il se tut abruptement.

— Oh ! il s'agirait d'un meurtre ? Pourquoi ? pourquoi ne serait-ce pas un accident ? Il a pu tomber, et votre homme aurait pu constater qu'il était mort et juger qu'il ne servait à rien de risquer sa propre vie en le transportant au-dehors.

Daniel secoua la tête d'un air de regret.

— Je n'avais même pas envisagé cette éventualité.

— Peu importe. Si tel avait été le cas, il vous l'aurait

dit. Il n'aurait pas été souhaitable que vous lui en donniez l'idée. Admet-il qu'il est coupable ?

— Non ! Il prétend qu'il ne l'a pas frappé. Je ne sais pas si ses souvenirs sont flous ou si, tout simplement, il surveille ce qu'il me dit… parce qu'il a très peur.

— Ils étaient amis ?

La bouilloire se mit à siffler derrière elle. Miriam pivota pour la retirer du fourneau et faire le thé.

Daniel se leva aussitôt pour l'aider. C'eût été une étrange initiative s'ils n'avaient pas partagé de telles tâches quelques semaines plus tôt, sur l'île d'Alderney. Ils avaient été des alliés qui se battaient pour une cause sans espoir, et savoir qui se chargeait de quelles corvées ménagères n'avait pas la moindre importance. Les premiers instants passés, il n'y avait eu aucune gêne entre eux. Maintenant, c'était comme si tout cela avait eu lieu une éternité auparavant, dans un autre monde. Ce qui se comprenait, au fond. Une île minuscule dans la Manche *était* bel et bien un autre monde.

Elle prépara le thé tandis qu'il mettait le lait sur la table, ainsi qu'une boîte de petits gâteaux au gingembre. Il était inutile qu'elle lui demande s'il les aimait ; elle savait déjà que c'était le cas.

— Non. En fait, ils appartenaient à des bandes rivales, dit-il, répondant à sa question. J'ai encore beaucoup de points à éclaircir…

— Mais vous le croyez innocent ?

Elle était perplexe. Il ne s'expliquait pas très bien, ce qui ne lui ressemblait guère.

— Je ne sais pas…

Il semblait sincèrement désemparé.

— J'ai eu le sentiment qu'il l'était peut-être, mais jusqu'ici aucun élément ne le suggère.

Il plongea son regard dans le sien.

— Je n'avais pas l'intention de me charger de l'affaire.

Kitteridge avait souligné les problèmes potentiels et nous sommes allés demander à votre père ce qu'il en pensait.

Le souvenir de cette conversation le mettait mal à l'aise. C'était évident à son expression.

— Et Dieu sait comment, je me suis surpris à dire que j'avais envie de l'accepter. Du moins, c'est ce que je crois avoir dit. Marcus a semblé le comprendre ainsi ! Il a répondu que j'allais perdre, mais que j'apprendrais quelque chose, et qu'il me donnait son accord.

Il eut un sourire de regret.

— Je pense que je me suis pris les pieds dans le tapis tout seul.

— On vous y a aidé, commenta-t-elle, parlant d'expérience.

Marcus l'avait fait trébucher, elle aussi, plusieurs fois. Il paraissait parfaitement inoffensif, jusqu'au moment où on se découvrait en train de suivre la voie opposée à celle qu'on avait envisagée. Plus jeune, il avait été un avocat brillant. Désormais âgé de plus de soixante-dix ans, il avait vieilli ces derniers temps. La mère de Miriam était morte quand celle-ci avait dix ans, et il était seul depuis trop longtemps. Il lui arrivait d'oublier certaines choses, des noms en particulier. Miriam avait appris à ne pas les dire à sa place, du moins à ne pas le faire trop ouvertement. Cela ne faisait que souligner ses trous de mémoire.

— Que suis-je censé chercher ? soupira Daniel. Il faut que j'essaie, quelle que soit la vérité. L'inspecteur de police qui mène l'enquête semble assez compétent, et le médecin légiste, le Dr Appleby, est toujours raisonnable. Tous les deux ont l'air de croire qu'il ne peut pas être innocent. Pire, je pense qu'ils n'auront aucun mal à prouver que le crime était prémédité.

Son visage se crispa subitement, et parut en même temps plus jeune, comme si la pensée venait de s'imposer à lui et l'avait pris par surprise.

— Il sera pendu, n'est-ce pas ?

Il en coûtait à Miriam de l'admettre, mais toute autre réponse serait un mensonge et le blesserait sans pour autant servir à quoi que ce fût.

— Oui. Et c'est horrible, avoua-t-elle.

La gorge de Daniel se serra.

— Y aurait-il un moyen de prouver que le geste a été commis sur une impulsion ? Qu'une bagarre a mal tourné ? Qu'Adwell a eu de la chance mais Jackson non ? Qu'il s'est fracturé le crâne en tombant, par exemple ?

Elle secoua la tête.

— Ils pourront établir le point de départ de l'incendie. Ils peuvent faire beaucoup de choses, s'ils essaient... et ils vont essayer.

— N'y a-t-il donc rien à faire ?

— Pas si votre homme a délibérément tué ce Jackson.

Là encore, une réponse franche. Difficile, mais ne dire que ce qu'il voulait entendre serait une perte de temps et une insulte envers la relation honnête qu'ils avaient partagée. Cela reviendrait à bâtir sur des sables mouvants. La vérité était peut-être pénible à affronter, mais rien d'autre ne l'aiderait.

— Nous ne savons pas cela avec certitude, lui fit-il remarquer. Parfois, l'évidence n'est pas la vérité.

Elle savait à quoi il faisait allusion. Les enquêtes qu'ils avaient menées ensemble, les deux seules majeures de Daniel jusqu'alors, avaient été complexes, et il s'y était engagé plus ou moins par accident. Des dossiers d'apparence mineure, à ses yeux en tout cas, s'étaient révélés avoir des ramifications bien plus profondes qu'il ne l'avait escompté. Celle-ci, en revanche, était sans doute précisément ce dont elle avait l'air : un cas irréfutable d'incendie criminel doublé de meurtre. En fin de compte, une affaire à la fois triste et banale, comme la plupart. Pourquoi se refusait-elle à lui dire cela ? Pour épargner sa sensibilité ? C'était gentil, même tendre. C'était aussi condescendant, même si elle n'avait pas l'intention de l'être, comme s'il était incapable de faire face à la vérité. Il s'en offusquerait.

Elle sourit résolument.

— Mais en général, elles sont assez proches. Et nous avons eu deux histoires complètement rocambolesques récemment. Plus que notre juste part, non ?

Il lui rendit son sourire, et une lueur amusée brilla dans son regard.

— Je garde les ordinaires pour moi. N'avez-vous pas eu d'affaires sans intérêt dont vous ne m'avez pas parlé ?

Puisqu'il ne l'avait pas revue depuis la conclusion de l'enquête qui les avait conduits à Alderney, c'était forcément le cas. L'essentiel du travail qu'on lui confiait était de la chimie pure, aucune tâche médico-légale, rien qui eût trait de près ou de loin à un crime, rien qui mette à l'épreuve ses compétences ou son imagination, seulement sa patience !

— Si, admit-elle.

Il y avait une foule de choses à ajouter, mais elle garda le silence. Ce n'était pas le moment.

— Eh bien, que pouvons-nous faire ? demanda-t-il, avant de s'empourprer légèrement. Que puis-je faire ? rectifia-t-il. Je ne voulais pas présumer…

— Nous pourrions commencer par, coupa-t-elle, usant délibérément de la première personne du pluriel, trouver le meilleur expert qui existe en matière d'incendie, quelqu'un dont le jugement sera accepté, en général sans la moindre contestation.

— Y a-t-il quelqu'un qui… ?

Son regard semblait essayer de jauger si elle était aussi franche qu'elle le suggérait, ou si elle tentait de manière détournée de le réconforter.

Parfois, elle pouvait déchiffrer ses pensées si aisément… et à d'autres moments, s'avoua-t-elle, elle n'y parvenait pas du tout.

— Oui. L'avis des meilleurs spécialistes est plus ou

moins considéré comme parole d'Évangile. C'est le cas de Sir Barnabas Saltram, par exemple. Il a si souvent raison, et de manière si impressionnante, que presque personne n'ose le contredire.

Alors qu'elle prononçait ces mots, des souvenirs vieux d'une vingtaine d'années affluèrent à son esprit. Jeune étudiante alors, elle était désespérément désireuse d'apprendre et, songea-t-elle avec un frisson, d'une naïveté confondante.

Barnabas Saltram n'avait pas encore été anobli, mais sa carrière était en plein essor, un professeur en visite daignant partager un peu de sa célèbre expertise avec une poignée d'étudiants triés sur le volet. Il les avait toisés et avait aussitôt déclaré qu'enseigner quoi que ce fût à une femme était une perte de temps. Qu'elle se marierait, aurait des enfants, et n'exercerait jamais l'art ou la science qu'elle avait pu apprendre. Il avait également laissé entendre que, de toute façon, ses connaissances n'iraient pas bien loin. Qu'un tuteur ordinaire suffirait.

Elle avait les joues en feu à ce souvenir. Dans son cas, il avait vu juste. Pas quant au mariage ou aux enfants, mais parce qu'elle n'avait jamais pu réaliser son ambition d'exercer. Si l'incident se produisait maintenant, elle lui signalerait l'exemple de Marie Curie, qui avait reçu le prix Nobel ! Alors, il aurait l'air surpris un instant avant de lui rappeler que Marie Curie était aussi loin de Miriam fford Croft que le ciel de la terre. Et elle serait anéantie, ce qui serait précisément son intention.

Daniel l'observait, l'air perplexe.

— Nous avons besoin de quelqu'un de cette envergure pour examiner les éléments dont nous disposons. Alors, nous aurons une idée plus précise des faits et des possibilités.

La bouche sèche, elle but une gorgée de thé, puis une autre.

— Cela fait, avec le poids de son témoignage, vous

pourrez peut-être monter une défense qui incorpore tout ce que vous savez.

Daniel prit un air penaud.

— Il n'y a pas d'argent. Je vais défendre ce client pour… pour le bénéfice de mon éducation. Et parce que c'est plus intéressant que de remuer des paperasses au bureau. Un homme du rang de Saltram exigerait une fortune et puis, l'affaire n'a rien de prestigieux !

— La fracture du crâne a besoin d'être expliquée, acquiesça-t-elle. Il faut aussi déterminer où chacun des deux se trouvait lorsque l'incendie s'est déclenché. Si possible, il serait utile de savoir ce qui l'a causé, si c'était un accident, un acte délibéré, ou si le doute est permis.

Elle continuait à parler, cherchant à trouver le moyen d'éviter de faire appel à Saltram si possible, car il lui répugnait de le voir et de lui demander quoi que ce soit.

Cependant, la vie d'un homme était en jeu. C'était tout ce que Daniel pouvait voir, et tout ce qu'elle voulait qu'il vît. Le reste était trop sordide, et trop personnel. Il devrait être oublié. En fait, elle avait réussi à l'oublier des années durant… ou presque.

Daniel la dévisageait. C'était une bonne chose qu'il fût si perspicace, mais par moments elle aurait préféré que ce ne fût pas le cas. Chacun devrait pouvoir préserver une certaine intimité, même vis-à-vis de ses amis. De fait, les amis étaient ceux dont l'opinion comptait le plus.

— Connaissez-vous son adresse ? J'irai solliciter son aide, dit-il. Et… si cela ne vous ennuie pas, une lettre d'introduction ou de recommandation…

Il laissa sa phrase en suspens.

— Il vaudrait mieux que je lui pose la question moi-même, murmura-t-elle, sans quoi vous ne parviendriez peut-être pas à le voir avant le procès.

Réussirait-elle à s'acquitter de cette tâche sans se laisser submerger par les émotions ? Elle ne devait pas influer sur la manière dont Daniel le voyait. La vie de son client dépendait peut-être de cela. Indépendamment de ce fait, s'ils ne cherchaient pas à établir la vérité, ce manquement les rongerait, éroderait leur confiance en eux-mêmes, en leurs sentiments et leurs valeurs. Le mensonge ressemblait à la moisissure qui se répandait jusqu'à ce que tout le tissu tombe en poussière.

Daniel ne protesta pas. Son visage se détendit et la chaleur se lut dans son sourire.

— Merci.

Elle détourna les yeux. Elle ne voulait pas qu'il sût à quel point cette décision lui coûtait.

— Maintenant, dites-moi tout ce que vous savez au sujet de l'incendie et ce qu'Adwell vous a dit. Je vous écoute…

Après le départ de Daniel, Miriam refit du thé. Le premier avait refroidi. Elle n'avait pas vraiment envie d'une seconde tasse, mais effectuer cette petite tâche lui apportait un certain réconfort, et parfois il était plus facile de réfléchir, ou de repousser le moment de réfléchir à propos des pires choses si on avait les mains occupées. C'était une excuse, et elle le savait. Qu'est-ce qui avait bien pu la pousser à dire à Daniel qu'elle demanderait à Saltram de témoigner *pro bono* dans cette affaire ? Elle ne pouvait qu'imaginer ce que ce dernier dirait, et de quelle manière il le dirait. Elle entendait l'incrédulité dans sa voix, voyait le petit rictus de mépris lui tordre la bouche.

Jeune homme, Barnabas Saltram avait été grand et mince, élégant, toujours impeccablement habillé, mais ses traits étaient assez quelconques. La dernière fois qu'elle l'avait croisé, un ou deux ans plus tôt, ses tempes étaient striées de fils argentés, ce qui lui allait très bien. Ses cheveux légèrement ondulants étaient encore épais, et son front n'était nullement dégarni. Il avait environ quinze ans de plus qu'elle, ce qui signifiait qu'il avait à peu près cinquante-cinq ans, et il était à l'apogée de sa vie professionnelle.

Elle se plut à imaginer qu'il l'avait oubliée. Vingt ans avaient passé depuis…

Elle le chassa de son esprit. C'était absurde. Personne n'était blessé. Il n'y avait rien à se rappeler. Pour l'amour du Ciel, elle devait se conduire en adulte !

Pourtant, elle se rappelait bel et bien. Elle se rappelait tout ! Aurait-il oublié ? Oui, sans doute. Il était très célèbre désormais : le meilleur médecin légiste au monde, peut-être.

Non. Sois honnête. Ç'avait été clair dans son visage, dans ses yeux, lorsqu'ils avaient été présentés par quelque personne bien intentionnée à Madrid : il n'avait pas oublié.

La bouilloire sifflait. Elle fit le thé, le servit, se rassit à la table familière. Il n'y avait rien à tenter ce jour-là. Saltram serait occupé. Il était toujours occupé. Si elle téléphonait à son secrétaire pour solliciter un rendez-vous, on lui dirait qu'il n'était pas disponible dans un proche avenir. Il n'acceptait pas d'affaires au tout-venant ! Si elle désirait laisser une lettre… ? Elle connaissait toutes les réponses mot pour mot. Elle l'avait vu les donner à d'autres.

Elle se rendrait à son cabinet le lendemain de bonne heure. Il avait ses habitudes. Entre sept et huit heures et demie, il lirait les dernières publications scientifiques ou même serait en train de rédiger un article destiné à l'une d'elles. Il en avait écrit qui comptaient parmi les meilleurs mais, pour rester connu, il fallait publier régulièrement. Son secrétaire, qui que fût cette personne à l'heure actuelle, arriverait vers neuf heures moins le quart et commencerait par trier le courrier et, naturellement, monterait la garde à la porte pour éloigner les badauds ou intrus éventuels.

Quelle tenue devait-elle porter ? Quelque chose de sobre, mais pas trop agressif. Du noir ? Non. Le noir allait très bien à sa silhouette mince, à son teint clair et à ses cheveux flamboyants, à ses yeux bleu foncé, presque bleu marine, qui surprenaient chez une rousse.

Pas du noir. Du vert, peut-être. Non ! Surtout pas. Elle avait porté du vert ce jour-là. On s'attendait toujours à ce que les femmes aux cheveux auburn portent du vert. Le rose était beaucoup plus original. Cependant, il serait déplacé pour une rencontre professionnelle. Elle rougit jusqu'aux oreilles en imaginant les commentaires de Saltram. Il serait spirituel, drôle – et cruel.

Du bleu sarcelle, une couleur douce et sombre, entre vert et bleu. Une couleur qu'on remarquait à peine, au début, plus subtile et plus élégante que le bleu paon, avec son association malheureuse à l'orgueil.

Des boucles d'oreilles, bien sûr. Elles étaient flatteuses, donnaient de l'éclat à son teint, accentuaient ses pommettes…

Où donc avait-elle la tête ?

Songerait-il qu'elle avait choisi ces détails pour retenir son attention, pour lui plaire ? Cette seule pensée suffirait presque à lui faire revêtir une robe de bure. La tenue qu'elle portait devait l'aider à se sentir sûre d'elle. Lui tenir lieu d'armure. Pour se protéger d'elle-même !

Elle devait rassembler ce qu'elle savait sur l'affaire, les notes qu'elle avait prises à partir du récit de Daniel, et ce serait également une bonne idée de sortir acheter tous les journaux qu'elle pouvait trouver mentionnant le fait divers. Saltram ne l'écouterait peut-être pas. Seigneur, il ne la ferait peut-être même pas entrer ! Malgré tout, elle devait être préparée.

Le lendemain matin, elle était prête, du moins autant qu'elle pût l'être. Elle prit un taxi pour se rendre au centre-ville, une de ces automobiles noires et carrées qui devenaient si prisées. Elle possédait sa propre voiture. C'était un des nombreux cadeaux de son père, et elle adorait rouler à la campagne. Cependant, il était difficile de se garer en ville, et elle ne pouvait pas se permettre de perdre du temps à tourner en rond à la recherche d'une place si elle voulait arriver au cabinet de Saltram avant que ses activités du jour lui donnent une chance de s'échapper.

Elle se surprit à respirer trop vite, et aussi à trembler un peu, ce qui la mit en colère. Elle aurait aimé affirmer qu'il ne pouvait rien lui faire, qu'il ne voudrait rien lui faire ! Peut-être même était-ce vrai.

Et peut-être pas.

Elle descendit, régla la course et remercia le chauffeur, puis traversa le trottoir. Après avoir lu la plaque soigneusement gravée en lettres d'or à côté de la porte, elle entra. Un panneau discret l'informa que le cabinet de Barnabas Saltram se trouvait au quatrième étage. Elle appela l'ascenseur, monta dans la machine exiguë et grinçante, et fut soulagée lorsque la grille s'ouvrit et qu'elle se retrouva sur le palier. Elle se dirigea vers le cabinet.

Il était encore temps de changer d'avis. Il ne saurait jamais qu'elle était venue.

Cependant, Daniel, lui, le saurait. Il lui pardonnerait peut-être, même s'il ne devait jamais comprendre ses raisons. En ce qui la concernait, c'était précisément le contraire : elle comprendrait, mais ne se le pardonnerait pas.

Avant d'avoir pu se quereller davantage avec elle-même, elle toqua d'un coup sec et tenta d'actionner la poignée. Celle-ci céda sans résister, et Miriam pénétra dans une pièce de réception déserte, au décor simple mais révélateur, aux murs agrémentés de gravures classiques, parfaites mais impersonnelles. Comme cela ressemblait à Barnabas ! Elle admirait ce genre de choses autrefois, comme on admire de magnifiques portes closes. L'endroit était d'une propreté immaculée et il y régnait un ordre presque aseptisé. Un souvenir déferla en elle, lui coupant le souffle. C'était absurde ! Elle se torturait !

Elle gagna la porte de communication avec le cabinet et toqua fermement.

Silence.

Elle s'apprêtait à renouveler son geste quand le battant s'ouvrit à la volée. Elle se retrouva nez à nez avec Barnabas Saltram. Plus exactement, le visage à la hauteur du nœud impeccable de sa cravate.

— Bonjour, Sir Barnabas, dit-elle d'une voix presque calme.

— Qui êtes-vous, madame, et pourquoi faites-vous irruption dans mon cabinet à cette heure indue ? Je ne reçois aucun client avant neuf heures et demie. Si vous...

Il cilla, comme s'il venait juste de se rendre compte qu'ils se connaissaient. Mais elle avait saisi l'éclair de compréhension sur son visage dès qu'il avait vu ses cheveux, avant même de croiser son regard.

— Parce qu'à cette heure-ci j'aurai votre attention, du moins le temps de vous dire pourquoi et pour qui je sollicite votre aide.

Elle s'était entraînée à prononcer ces paroles, mais là, cela s'entendait, et leur donnait un ton artificiel.

Il hésita.

— Miss... hum... fford Croft, n'est-ce pas ?

Il semblait moins stupéfait à présent.

— Oui.

Elle devait lui exposer l'affaire avant qu'il ait le temps de lui opposer un refus.

— Il s'agit d'une question médico-légale pour laquelle vous êtes un expert – je devrais dire « l'expert » – et je crois le seul qu'un tribunal soit prêt à écouter, au point peut-être de réviser son verdict si ledit verdict était erroné. Vous comprendrez si je vous dis que la vie d'un homme dépend de l'issue de ce procès.

Il parut surpris.

— Pourquoi est-ce vous qui venez me voir plutôt que l'avocat de la défense ?

Sa voix était un peu cassante, et il était à l'évidence perplexe, ce qui pouvait se comprendre.

Elle le fixa longuement. Il avait changé, mais son visage demeurait familier. Elle savait précisément d'où venaient les rides apparues ici et là, creusées par des expressions qu'il arborait souvent. Ses traits étaient réguliers, aucun n'était trop prononcé, tout chez lui était maîtrisé, presque patricien. Ses brusques accès de colère n'avaient pas encore laissé de marque indélébile. À moins qu'il n'eût appris à les contrôler. La célébrité lui seyait.

Elle devait se ressaisir ! Elle n'était plus une jeune fille intimidée par lui, comme elle l'avait été autrefois.

— Miss fford Croft !

Il avait dû se lasser d'être ainsi observé.

— De quoi est-il question et pourquoi cela vous intéresse-t-il au point que vous veniez à ma porte de si bonne heure pour me demander une faveur ?

Une lueur amusée traversa son regard.

— Ce qui ne peut être aisé pour vous, ajouta-t-il.

Elle le regarda droit dans les yeux. Ses pupilles étaient noisette. C'était curieux, elle avait cru qu'elles étaient marron.

— Un peu de gêne n'a guère d'importance, comparée à la vie d'un homme, rétorqua-t-elle avec une pointe de raideur.

Il arqua les sourcils.

— Un innocent ?

Un doute pesant perçait dans sa voix.

— C'est à cela que sert un procès, Sir Barnabas. Je pensais que c'était un des points sur lesquels nous étions d'accord. On examine les preuves, dans leur totalité, et on voit ce qu'elles vous disent. Ce qu'on souhaite n'entre pas en ligne de compte. « La science, messieurs, la science. »

Elle citait des propos qu'il avait eus en classe, vingt

ans plus tôt, sans savoir s'il serait flatté qu'elle s'en souvienne ou irrité qu'elle les lui rappelle.

— Je constate que vous avez fini par saisir, Miss fford Croft, commenta-t-il avec le plus mince des sourires. Que pouvez-vous me dire concernant cette affaire ?

Il leva une main.

— Attendez ! Peut-être vaudrait-il mieux que je me renseigne par moi-même. J'ignore si vous êtes consciencieuse et je ne peux faire reposer la vie d'un homme sur votre observation du moindre détail. Si je dois prêter serment devant la cour, je dois m'assurer personnellement de l'exactitude des faits.

Elle ne prit pas le temps de réfléchir avant de répondre.

— Je ne serais pas venue vous voir si j'avais pensé que vous aviez changé au point de défendre une affaire en vous basant sur les observations d'autrui.

C'était un compliment qu'elle répugnait à lui faire, mais elle était sincère. Peut-être avait-il changé : tout ce succès, toute cette flatterie, l'admiration presque universelle dont il faisait l'objet avaient pu émousser son jugement. Peu importait – tant qu'il acceptait de témoigner. Elle attendit.

Il cilla, surpris. Puis, comme s'il relevait un défi, il lança :

— Envoyez-moi les détails par écrit. Vous pouvez dire à l'avocat que je serai témoin, mais je ne mentionnerai que ce qui m'apparaît dans les preuves, seulement ce que je crois.

— Bien entendu.

Il n'y avait rien à ajouter. Elle avait gagné, elle n'avait plus qu'à s'en féliciter et à partir.

— Je le lui dirai.

Elle eut un bref sourire, tourna les talons et ressortit.

3

Daniel éprouvait une certaine appréhension à la perspective d'un entretien avec Ginger Jackson, l'aîné des frères de Paddy, mais il ne pouvait se permettre de s'en abstenir. Il finit par le trouver dans un pub non loin de Tooley Street, en début de soirée. Il répugnait à se charger seul de cette tâche, néanmoins il n'avait pas de bonne raison de demander à Kitteridge de l'accompagner. D'ailleurs, ce dernier n'était pas homme à savoir se défendre lors d'une bagarre et Daniel ne voulait pas se sentir responsable s'il venait à être blessé, d'autant moins qu'il avait de l'amitié pour lui. Indépendamment de tout cela, Daniel avait déjà poussé la patience de Marcus à peu près jusqu'à ses limites.

La rencontre avait été organisée par l'ami et allié occasionnel de Daniel, Roman Blackwell, ancien policier devenu agent d'investigations à son compte, un homme doté de connaissances extraordinaires, aussi bien légales qu'illégales, qui avait enfreint la loi un peu trop souvent. La dernière fois qu'il avait été arrêté avait été la plus grave. Il avait été accusé à tort d'avoir commis un meurtre. C'était un excellent faussaire, un voleur habile qui savait comment tourner la cupidité d'autrui à son avantage mais ne recourait jamais à la violence ; au contraire, celle-ci l'offusquait. Le talent démontré par Daniel pour démasquer le véritable assassin les avait surpris tous les deux et avait marqué le début d'une amitié étonnamment agréable.

Maintenant, Blackwell sirotait une pinte de Guinness et fixait d'un air amical un Ginger Jackson fort gêné, qu'on avait contraint à s'asseoir de l'autre côté de la table. Daniel avait une pinte de bière intacte devant lui.

— Merci d'avoir accepté de me rencontrer, Mr. Jackson, commença-t-il.

— C'est contre mes principes, riposta l'homme. Ce salaud d'Adwell a tué mon frère. Il l'a brûlé vif.

— Peut-être, intervint Blackwell, prenant Daniel de vitesse. Peut-être pas. Quoi qu'il en soit, on ne peut pas le pendre sans qu'il y ait un procès, et il ne peut pas être jugé sans avoir d'avocat.

— Qu'est-ce que vous voulez que je fasse ? demanda Ginger à Daniel.

— Paddy avait-il rendez-vous avec Adwell à l'entrepôt ?

— Ouais ! C'est pas évident ? lança Ginger en le toisant avec pitié.

Il se tourna vers Blackwell.

— Je croyais que vous aviez dit qu'il était intelligent.

— Répondez-lui, c'est tout, aboya Blackwell.

— Ouais.

— Pourquoi ?

— Comment ça, pourquoi ?

— Pourquoi a-t-il accepté d'aller seul, de nuit, dans un entrepôt, rencontrer Adwell ? Pourquoi ne pas le retrouver dans un pub, comme ici ? Il devait lui faire confiance…

— L'imbécile qu'il était ! Un salaud d'assassin !

— Peut-être. À moins que Paddy n'ait eu l'intention de tuer Adwell, suggéra Daniel. Mais qu'il se soit fait coiffer sur le poteau.

Ginger se leva à demi, mais Blackwell l'obligea à se rasseoir.

— Ils devaient se mettre d'accord sur quelque chose ? insista Daniel.

— Si vous ne voulez pas vous retrouver accusé d'avoir tout organisé, vous feriez mieux de dire la vérité, conseilla Blackwell à Ginger.

— Bon ! Bon ! On allait se mettre ensemble. Sinon on n'aurait pas eu assez d'hommes, et lui non plus, admit Ginger à regret.

— Mais ils se sont querellés ? insista Daniel.

— On le dirait, non ? s'énerva Ginger. En tout cas, ça ne les a menés nulle part ! Notre Paddy est mort et Adwell va se balancer au bout d'une corde. Ni l'un ni l'autre ne va être chef. C'est tout ce qu'ils ont mérité, ces idiots !

— Ils se disputaient le commandement ? s'écria Daniel. Au moins, c'est crédible, même si c'est…

— Quoi ? grogna Ginger en le foudroyant du regard.

— Tragique, répondit Daniel. On dirait que ni l'un ni l'autre n'a gagné.

Ginger termina sa Guinness et se leva.

— Comptez pas sur moi pour admettre ça au tribunal, parce que j'irai pas. Et si vous m'y forcez, vous le regretterez !

— Je ne crois pas que vous puissiez ajouter quoi que ce soit, déclara Daniel. Merci, Mr. Jackson.

— Débrouillez-vous pour qu'il soit pendu, c'est tout !

Ginger abattit sa chope sur la table et tourna les talons. En quelques secondes, il se fondit dans la foule qui s'agglutinait au comptoir.

— Je me demande qui va prendre la relève, commenta Blackwell sur un ton curieux.

— Pour le commandement ?

— Bien sûr, pour le commandement, répondit Blackwell avec un grand sourire. Ça rapporte de l'argent, ça ! Beaucoup d'argent !

Le lendemain matin, Daniel se rendit avec Kitteridge dans un club de Regent Street où ils devaient rencontrer Sir Barnabas Saltram. Trois jours s'étaient écoulés depuis que Miriam avait pris rendez-vous pour eux, et ils avaient mis ce temps à profit pour rassembler tous les éléments dont ils disposaient et les coucher sur papier, afin de pouvoir remettre le document à Saltram s'il le demandait. Et ils avaient bien sûr tout mémorisé afin de répondre à ses questions sans hésiter quand il les interrogerait.

Ils étaient l'un et l'autre bien habillés, sans excès d'élégance toutefois. Il eût paru présomptueux de vouloir donner l'impression qu'ils s'imaginaient être membres d'un tel club.

À vrai dire, cela irritait Daniel. Il avait grandi en ayant une certaine idée de qui il était. Il traitait chacun avec respect, du moins l'espérait-il. Son père l'avait parfois réprimandé pour avoir fait preuve d'une pointe d'arrogance. Il supposait que c'était normal. Il était le seul garçon, mais sa sœur Jemima, qui avait trois ans de plus que lui, ne lui permettait jamais de se donner des airs. Comme leur mère, elle avait des idées bien arrêtées sur beaucoup de choses. Née dans un milieu social privilégié, Charlotte Pitt voyait là un fait du hasard et n'y faisait jamais allusion.

Néanmoins, Daniel regimbait à l'idée de devoir témoigner à Saltram une déférence qu'il n'éprouverait peut-être pas. Il en était agacé, avant même d'avoir rencontré l'intéressé. Kitteridge était complètement différent. Cela ne lui posait aucune difficulté de s'incliner devant Saltram, que ce fût dans le domaine médico-légal ou la question de savoir qui allait gagner la prochaine course de chevaux. Daniel le regarda à la dérobée alors qu'ils se tenaient sur le trottoir de la rue cossue, balayée par le vent. Un seul coup d'œil lui suffit pour déceler la tension chez son ami. Kitteridge remuait les épaules comme si son col était trop serré. Il leva une main pour l'ajuster, puis se ravisa. Il était rasé de près, et ses cheveux d'ordinaire en bataille avaient été coupés. Son costume lui allait aussi bien qu'un vêtement de prêt-à-porter pouvait le faire. Ses souliers luisaient comme des sous neufs.

Daniel lui sourit.

— Imaginez-le en sous-vêtements, suggéra-t-il.

Kitteridge écarquilla les yeux.

— Quoi ?

— Vous m'avez entendu ! Il vous paraîtra moins intimidant. Mais ne riez pas, sinon vous aurez l'air d'un sot.

— Vous n'êtes pas sortable, grogna Kitteridge. Venez ! Entrons ou passons notre chemin. Sinon on va nous prendre pour des rôdeurs !

Sans attendre Daniel, il gravit les marches et s'adressa au portier en livrée.

— Bonjour. Mr. Kitteridge, venu voir Mr. Barnabas Saltram. Mr. Pitt m'accompagne, annonça-t-il en déposant sa carte sur le plateau tendu de l'homme, lequel y jeta à peine un coup d'œil.

— Oui, monsieur. Si vous et Mr. Pitt voulez me suivre, Sir Barnabas vous attend dans la salle à manger.

Daniel se détendit quelque peu et suivit Kitteridge à l'intérieur. Jusqu'ici, au moins, Saltram leur avait facilité les choses.

La salle à manger était très imposante. Daniel était entré dans plusieurs clubs de gentlemen, en général avec son père, et était toujours amusé de voir avec quelle aisance Sir Thomas dissimulait le fait qu'il était le fils d'un garde-chasse, de surcroît un garde-chasse déporté des années auparavant pour braconnage. Même Daniel, qui le connaissait si bien à tant d'égards, n'aurait pu soupçonner la gêne qu'il ressentait. Pour sa part, il avait bénéficié des privilèges conférés par l'aisance matérielle. Il ne se remémorait pas l'époque où ses parents avaient vécu avec une extrême parcimonie, d'une semaine à l'autre, en faisant durer leur argent pour joindre les deux bouts. Il n'avait connu que la sécurité qu'ils lui avaient offerte, et l'excellente éducation qui l'avait mené à Cambridge.

Il n'avait pas besoin de regarder Kitteridge pour déchiffrer les émotions qu'il éprouvait. Il savait que ce dernier avait une conscience aiguë de ses origines provinciales, d'être si souvent le garçon qui n'était pas tout à fait à sa place. En société, l'intelligence, même la brillance intellectuelle, ne suffisait jamais tout à fait. Et il était sans doute plus intelligent que les trois quarts des hommes d'âge moyen, aisés, assis devant un excellent petit déjeuner dans cette salle richement décorée, aux tapis moelleux et à l'atmosphère feutrée.

Saltram était assis seul à une table dressée pour trois personnes, devant une des fenêtres. Son complet gris foncé était coupé à la perfection, pas le moindre pli ne froissait sa chemise ou sa cravate repassées avec soin.

Il les vit arriver et les salua sans se lever. Il se présenta, devinant sans peine lequel des deux était Pitt, et lequel Kitteridge. Ils s'assirent. Les formules d'usage furent prononcées, le thé fut commandé ainsi que les œufs, le bacon, les rognons, les tomates, et la marmelade. Puis Saltram se tourna vers Kitteridge, supposant à raison qu'il était le plus qualifié.

— Ne perdons pas de temps, dit-il avec un semblant de sourire, tout juste un frémissement des lèvres. Il s'agit d'un incendie criminel, c'est tout ce que je sais. Donnez-moi les détails, les preuves dont la police dispose. Peu m'importe qui étaient les deux jeunes gens et le motif de la querelle qui les opposait. Cela a peut-être de l'intérêt pour l'affaire de votre point de vue, mais pas pour ce qui est de l'aspect médico-légal. Mr. Kitteridge ?

Kitteridge se redressa. Il n'allait pas se laisser bousculer. Il exposa les conclusions de la police concernant l'origine du sinistre, le lieu précis où il s'était déclaré, la présence de matériaux extrêmement inflammables à un ou deux mètres de là et leur nature.

Daniel observa le visage de Saltram tandis qu'il écoutait sans interrompre. Il ne prit pas de notes, mais Daniel avait entendu dire que sa mémoire était prodigieuse, et il était tout à fait prêt à le croire.

Le repas fut servi et ils commencèrent à manger. Kitteridge poursuivit, ne marquant une brève pause que le temps d'avaler une bouchée ici et là. Il répéta les propos tenus par le Dr Appleby lorsque ce dernier avait décrit le corps.

Saltram intervint.

— Vous dites qu'Appleby a décrit les os ? Vous ne les avez pas vus vous-même ? Appleby est peut-être efficace, mais je préférerais avoir votre avis. Le sien me fait l'effet d'une opinion préconçue plutôt que d'une observation.

Kitteridge parut légèrement mal à l'aise.

Daniel ouvrit la bouche pour parler, puis décida qu'il valait mieux laisser Kitteridge s'expliquer. Il ne voulait pas donner l'impression de voler à son secours.

— Eh bien ? insista Saltram en piquant de sa fourchette ses derniers champignons grillés.

— C'est Mr. Pitt qui est allé voir Appleby, pas moi, répondit Kitteridge.

Il s'apprêtait à expliquer pourquoi, mais son interlocuteur ne lui en laissa pas le temps. Il se tourna vers Daniel, une expression curieuse sur les traits, comme s'il venait juste de remarquer sa présence.

— Pourquoi ? Pourquoi vous et non Kitteridge ?

Daniel avait préparé sa réponse.

— Parce que je me suis renseigné d'abord plutôt que de faire perdre son temps à Mr. Kitteridge. Une jeune femme est venue me voir en disant que c'était une affaire urgente, et je suis allé vérifier si elle pouvait nous intéresser…

Saltram prit la mine interdite de quelqu'un à qui on a raconté une plaisanterie de mauvais goût.

— Et qu'est-ce qui vous rend apte à en décider ? Depuis combien de temps êtes-vous employé chez fford Croft et Gibson ?

Son regard assombri était perçant, implacable.

— Un an, répondit Daniel. C'est pourquoi je rassemble des informations que je soumets à Mr. Kitteridge pour décision, plutôt que de décider moi-même.

— Et si vous pouviez décider vous-même, que diriez-vous ?

La question avait été posée d'une voix égale, mais ses yeux jaugeaient Daniel. Il n'aurait pu signaler plus clairement son dédain pour la réponse.

— Ce que Mr. fford Croft m'a dit, rétorqua Daniel sans hésiter. « Vous n'avez aucune chance de l'emporter à moins d'avoir de votre côté un témoin dont l'expertise ne peut être mise en doute par quiconque. Mais chaque homme mérite d'être défendu, qu'il soit innocent ou coupable et, si vous prêtez attention, vous apprendrez beaucoup de choses. De toute façon, vous n'êtes d'aucune utilité à remuer des paperasses ici ! »

Il soutint le regard de Saltram. Il était surpris de constater à quel point il désirait gagner, ce qui était absurde, car Adwell était presque certainement coupable. Ce qu'il voulait en fait, c'était voir Saltram à l'œuvre, réunir toutes ses forces, et accomplir un éventuel miracle.

Ce dernier lisait-il cela dans ses yeux ?

— Et qu'imaginez-vous donc apprendre ? demanda-t-il sans aménité, en haussant les sourcils.

Daniel ne cilla pas.

— La différence entre le témoignage d'un expert et celui d'un individu ordinaire.

Saltram hocha lentement la tête.

— J'irai examiner ce cadavre pour voir quelles autres informations je peux en tirer. Avec qui avez-vous travaillé jusqu'ici ?

Cette question avait été posée de manière presque péremptoire, suggérant que la réputation de Daniel dépendait de sa réponse.

— Le Dr Ottershaw.

Il avait réveillé cet homme excentrique en pleine nuit pour lui demander son aide, et celui-ci n'avait pas hésité un instant, comme si sa requête était tout ce qu'il y avait de naturel. Ils étaient restés debout jusqu'à l'aube et avaient pris le petit déjeuner ensemble, épuisés mais victorieux, prêts pour l'étape suivante. Alors, il avait été question d'empreintes digitales, pas de corps abîmé par le feu. Il était inutile de le préciser.

Saltram eut un léger haussement d'épaules. Un geste étrangement méprisant.

— Dans ce cas, fford Croft a raison. Vous apprendrez quelque chose. Je ne sais pas dans quelle mesure cela vous sera utile.

Il se détourna.

— Peut-être en récolterez-vous les fruits, Mr… euh… Kittering, c'est ça ?

S'agissait-il d'un test, afin de voir si Kitteridge était trop intimidé pour le corriger ? Daniel brûlait de le faire pour lui, mais cela ne servirait à rien et serait peut-être même considéré comme condescendant sans qu'il l'eût voulu. C'était à Kitteridge de répondre, et il ne devait pas tolérer cette erreur.

Il y eut un instant de silence total. Ils entendirent le tintement d'un couvert que quelqu'un avait laissé échapper sur la table.

— Kitteridge, Sir Barnabas, rectifia l'intéressé lentement.

Son visage était impassible, mais Daniel percevait une tension dans sa voix.

— Oh ! Oui. Encore du thé, Kitteridge ? proposa Saltram.

Lorsqu'ils s'en allèrent, ni Daniel ni Kitteridge ne restèrent longtemps silencieux. Ils étaient dans le taxi, à mi-chemin de Lincoln's Inn, quand Kitteridge prit enfin la parole :

— Il avait le crâne enfoncé. C'est ce que vous m'avez

dit. Comment cela a-t-il pu arriver si personne ne l'a frappé ? Il faut cogner bien fort pour en arriver là !

— C'est à Saltram de le déterminer, rétorqua Daniel. Il ne renoncera pas comme ça !

— Acharné à défendre la cause de la justice... murmura Kitteridge, sur un ton légèrement interrogateur.

— Fariboles ! riposta Daniel sans complaisance. Il n'aime pas être battu, voilà tout, que ce soit par un vivant ou par un mort !

Ce soir-là, Daniel alla dîner chez ses parents. Il aimait bien sa chambre à la pension de famille mais, en un sens, la maison où il avait grandi serait toujours son foyer.

Dès le seuil franchi, il sentit une chaleur l'envelopper. Non qu'il fît froid au-dehors ; c'était la familiarité des lieux qui le réchauffait. Si le savoir nouveau acquis par la civilisation était sans doute un bienfait, le passé, lui, était un havre de sécurité. Rien ne pouvait le ternir, ni changer les petites choses qui étaient irrévocablement bonnes.

Sa mère, qui avait entendu le majordome ouvrir la porte, sortit du salon pour l'accueillir. Bien sûr, elle avait changé, jour après jour, à mesure qu'elle vieillissait, mais le changement était si graduel qu'il le remarquait à peine. Il était le second enfant, et elle avait un peu moins de trente ans quand il était né. Maintenant, elle en avait à peine plus de cinquante. Si le bonheur, la confiance, la foi passionnée en ses principes avaient gardé sa détermination intacte, son tempérament, en revanche, s'était adouci... la plupart du temps. Daniel supposait que la majorité des jeunes gens trouvaient leur mère belle. Lui savait qu'il avait raison. De plus, elle était chaleureuse, drôle, et le connaissait beaucoup trop bien à son goût. Ses défauts se reflétaient chez Daniel, mais s'il avait hérité de son courage aussi, il n'aurait pas à se plaindre.

Ce soir-là, elle portait une robe à la mode, dont il n'aima

pas la forme. Il la jugea trop radicale, trop moderne. Cependant, la couleur était un rouge foncé, une sorte de rouge indien, dont l'éclat le fit sourire. Il la serra étroitement contre lui un instant et puis la lâcha pour la suivre dans le salon qu'il avait toujours connu. C'étaient deux pièces qu'on avait réunies en une seule, et les rideaux étaient tirés à l'autre bout, devant la porte-fenêtre qui donnait sur le jardin. Au-dessus de la cheminée la plus proche était accroché un grand tableau tout en nuances de gris et de bleus représentant des navires dans les eaux calmes d'un port, un ciel clément, des bâtiments qui se dressaient à l'arrière-plan. C'était une œuvre hollandaise, mais personne ne se souciait de savoir s'il s'agissait d'un original ou d'une copie. Sa valeur ne tenait pas à son prix.

Un ou deux coussins neufs égayaient les fauteuils, à moins que les anciens n'eussent été recouverts. Hormis cela, tout était comme autrefois : les livres, les tableaux, les bibelots, chacun doté de son histoire propre et associé à un souvenir précis.

Son père se tenait debout devant la cheminée, un sourire sur les lèvres. Il regarda Daniel de la tête aux pieds, puis s'avança et lui serra la main, un peu plus longtemps que nécessaire. Tout avait été dit des années plus tôt. Ce geste était seulement destiné à lui rappeler que rien n'avait changé.

Pas même l'offre d'un verre de xérès. Et le refus poli, accompagné d'un sourire. Ils parlèrent des sujets habituels, agréables, en attendant que le repas soit servi. Ils évoquèrent Jemima et ses deux petites filles. On ne pouvait penser longtemps à la famille sans parler de la petite Cassie, qui, à trois ans, voulait tout savoir sur chacun, et remarquait la moindre différence avec les réponses qu'on lui avait données par le passé. Elle adorait argumenter, et était fascinée par l'idée que Daniel était payé pour le faire ! Il était sans le vouloir devenu « son avocat » et, bien qu'il se refusât à l'admettre, il en tirait un grand plaisir.

Le bébé, Sophie, fut également mentionné. Et maintenant qu'ils avaient fait plus ample connaissance avec Patrick, le mari de Jemima, les nouvelles le concernant leur tenaient plus à cœur aussi.

Au dessert, Pitt posa enfin à Daniel la question que celui-ci attendait depuis son arrivée. Son père avait coutume de l'interroger sur son travail, et de l'écouter avec intérêt sans pour autant paraître demander un récit détaillé. Ce soir-là, Daniel ne s'en serait pas offusqué. L'affaire Adwell le préoccupait au point de ternir la sérénité de cette rencontre – surtout là. Cette maison, synonyme de sécurité émotionnelle, n'avait pourtant jamais été à l'abri de la noirceur de la vie, de la violence ou de la possibilité de violence.

Pitt avait été policier avant d'épouser Charlotte. Ils s'étaient rencontrés à cause d'une série de meurtres. L'une des victimes avait été la sœur aînée de Charlotte, Sarah. Enfants, Daniel et Jemima s'asseyaient en haut de l'escalier, hors de vue, afin d'écouter les adultes qui discutaient d'une voix étouffée dans le couloir et, plus tard, autour de la table de cuisine, pour essayer d'élucider des crimes touchant le cœur du gouvernement, voire des proches de la Couronne.

— Je viens de me charger d'un procès que je vais perdre, annonça Daniel en réponse à la question de son père.

Celui-ci avait-il senti qu'il s'inquiétait ?

— Pourquoi vas-tu le perdre ? demanda Pitt, dont le visage était indéchiffrable.

Daniel ne s'était pas attendu à cette question.

— Parce que je pense que mon client est coupable. Il ne semble pas y avoir d'autre explication crédible, bien qu'il prétende être innocent. J'ai consulté Marcus avant d'accepter.

Charlotte les regarda tour à tour sans rien dire.

— Tu n'as pas dit pourquoi tu avais accepté, lui fit remarquer Pitt. Quelle était ta raison ?

Cette fois, Charlotte intervint :

— S'agit-il d'une faveur que tu devais à quelqu'un, et à laquelle tu ne peux te soustraire ?

Daniel prit une inspiration pour nier, puis comprit qu'au fond il avait eu pitié de Jessie Beale. Ç'avait été une décision stupide, impulsive, et chaque fois qu'il se penchait davantage sur l'affaire, elle lui semblait se présenter de plus en plus mal. Il fallait s'attendre à ce que les gens mentent de temps à autre, mais de là à aller au-devant des ennuis…

Il avait trop tardé à répondre. Il opta pour une déclaration qui ferait son effet.

— J'ai demandé à Sir Barnabas Saltram d'examiner les preuves, dit-il, regardant d'abord Pitt, puis Charlotte, avant de se tourner de nouveau vers Pitt. Vous avez dû entendre parler de lui…

Il s'interrompit. Si son père pouvait parfois lire dans ses pensées, la réciproque était vraie.

— Vous le connaissez !

— Un peu, admit Pitt, le visage étrangement dénué d'expression. Pas assez pour te donner une opinion, hormis que je suis étonné que tu aies pu retenir ses services. Il doit y avoir quelque chose qui l'intéresse particulièrement. Soit l'affaire, soit le client.

La curiosité se lisait dans son regard.

Charlotte l'observait à son tour, maintenant, le front un peu plissé.

— Ce n'est pas le client, répondit Daniel aussitôt. Il s'agit d'un jeune qui travaille comme débardeur sur les quais, quand il le peut. Il se trouvait dans un entrepôt sur Tooley Street, où il avait rendez-vous avec le membre d'un gang rival. Il était question qu'ils s'allient, à ce que j'ai compris. Un incendie s'est déclaré, un incendie plutôt important…

Assis dans le grand fauteuil, Pitt se pencha un peu en avant, les coudes sur les genoux.

— Un incendie important ? Est-ce ainsi que la victime a péri ?

Daniel sentit un nœud se former au creux de son estomac. Comment Pitt, chef de la Special Branch, était-il au courant d'un incendie qui avait eu lieu dans Tooley Street ? L'affaire avait-elle plus de ramifications qu'il ne l'avait soupçonné ? Était-ce pour cette raison que Saltram avait accepté d'y prendre part ?

— Dis-le-lui ! pressa Charlotte.

— Cela va influer sur son jugement, objecta Pitt. Et ce n'est peut-être pas…

— Et peut-être que si ! coupa-t-elle. Thomas, Daniel est assez grand pour décider lui-même ce qu'il pense de Saltram. N'essaie pas de juger à sa place. Tu… tu es trop protecteur.

Pitt parut stupéfait.

— Je suis quoi ? demanda-t-il, avec une incrédulité qui frôlait le comique.

— C'est mignon de ta part, dit Charlotte gentiment en posant avec tendresse la main sur la sienne. Mais ce n'est pas nécessaire.

— Tu ne te rends pas compte !

Daniel se sentait à la fois pris d'une envie de rire, et absurdement ému. Son père était résolu à ne pas intervenir dans sa vie, pas même pour l'aider en usant de son pouvoir personnel ou politique. De son point de vue, ce serait mal, et ce qui était tout aussi grave, cela reviendrait à priver Daniel du mérite d'une éventuelle victoire, car celui-ci se demanderait toujours si elle était légitime ou si elle avait été achetée, d'une manière ou d'une autre.

Sa mère le savait et comprenait, et pourtant, elle le protégeait comme une tigresse à d'autres égards. Il se souvenait qu'en grandissant, c'était à son père qu'il voulait plaire. Il voulait que Pitt fût fier de lui et pourtant, il savait que c'était Charlotte qui le soutiendrait et se battrait pour lui jusqu'à la mort. Il lui vouait plus de respect qu'à n'importe qui d'autre, à l'exception de sa grand-tante Vespasia, dont la disparition avait laissé dans son existence un vide que personne ne pourrait jamais combler. Elle leur manquait à eux tous.

C'est un des aspects les plus douloureux du passage à l'âge adulte, songea-t-il. Inévitablement, certains de ceux qu'on aime le plus, certains des meilleurs d'entre nous, ne nous accompagnent pas jusqu'au bout du chemin. Les choses changent. Certaines pertes deviennent moins lourdes à supporter, mais la blessure ne guérit jamais tout à fait.

— J'ai demandé conseil à Marcus, qui m'a dit d'engager le meilleur expert possible.

Manifestement, Pitt eut du mal à le croire. Le scepticisme se lisait sur ses traits.

— C'est-à-dire, pas exactement à Marcus, rectifia Daniel. En fait, j'ai demandé son avis à Miriam.

— Et tu t'es adressé à Saltram ? demanda Pitt, encore incrédule. Je suis surpris qu'il t'ait reçu !

— C'est Miriam qui est allée le voir, expliqua Daniel. Elle me l'a proposé, et j'ai accepté. Je savais que je ne serais pas reçu. C'est grâce à elle que Saltram nous a vus, Kitteridge et moi. À son club… pour un petit déjeuner tardif.

Pitt était très immobile. Anormalement immobile.

— Vous le connaissez ? Je veux dire, plus que de réputation ? insista Daniel.

— Non, répondit Pitt. Je ne le connais que de réputation, mais j'ai l'impression que c'est un rapport plus personnel. Je l'ai vu témoigner, et j'ai échangé quelques mots avec lui au tribunal.

— Pour une affaire qui vous tenait à cœur ?

Il percevait la tension de Pitt. Discrète, elle se décelait à une série de petits détails, la position de ses mains, l'angle inconfortable de sa tête, le sourire qui ne reflétait aucun humour.

— Je connaissais plusieurs des protagonistes.

— Racontez-moi.

— C'est sans rapport avec cette affaire-ci, Daniel. Je ne veux pas que tu sois influencé…

— Thomas, coupa Charlotte, il va être influencé de toute manière. Saltram parle des procès auxquels il a pris part, s'il les a gagnés.

Elle ponctua ses paroles d'un sourire de regret.

— Et il gagne toujours.

Le cœur de Daniel aurait dû être plus léger mais l'expression qu'il lisait dans le regard de sa mère lui interdit tout soulagement.

— Quoi ? Vous le connaissez aussi ?

— Bien sûr que non ! Sir Barnabas *ne connaît pas les femmes*. Il a regardé ton père qui était derrière moi comme si j'étais transparente.

— Tu exagères, intervint Pitt.

— Il faut avoir toutes les pièces pour former un tableau, acquiesça Charlotte. J'exagère un peu, ici et là…

— Un peu ? répéta Pitt, qui souriait.

Elle se tourna vers Daniel.

— Saltram est très intelligent, comme il te le dira aussi souvent que tu lui en donneras l'occasion. En fait, il est tellement intelligent qu'il est presque aussi intelligent qu'il le pense. Il s'habille très bien, mais c'est toujours comme si quelqu'un d'autre l'avait fait à sa place…

— Charlotte, coupa Pitt. Tu ne sais pas…

— Bien sûr que non, admit-elle. Peu importe. Il en a l'air. C'est tout ce que je dis. Je suppose, si tu préfères, que j'aurais pu dire que ses vêtements étaient choisis par un valet au goût exquis, et dénué de toute personnalité. Est-ce mieux ?

À la lueur douce de la lampe, elle parvenait à arborer un air complètement innocent.

Daniel ne put s'empêcher de rire, mais de nervosité

autant que par amusement. Il se tut à l'instant où sa mère pivota vers lui.

— Je l'ai rencontré, dit-il. Et en un sens, je ne l'ai pas rencontré.

— Exactement. Mais il est question d'un incendie ?

— Oui.

— Dans ce cas, tu devrais écouter l'histoire du procès qui a rendu Saltram célèbre.

Elle regarda Pitt de nouveau.

— Ce n'est pas tout à fait… commença Pitt.

— Pour l'amour du Ciel, il vaut mieux que tu dises la vérité à Daniel, tout ce que tu sais ou dont tu souviens. S'il se renseigne par lui-même, ce ne sera pas la même chose, insista-t-elle.

Pitt capitula.

— As-tu entendu parler de Sir Roger Daventry ?

Daniel réfléchit un instant, mais rien ne lui vint à l'esprit.

— L'affaire remonte à vingt ans, précisa Pitt.

— Oh !

Daniel se sentit stupide.

— Je n'avais que…

— Que cinq ans, je sais, mais le procès a fait grand bruit. Tu as dû lire quelque chose à ce sujet à Cambridge, au moins. Il a été défendu de manière spectaculaire. Son manoir avait été ravagé par un grave incendie. Une vaste propriété dans le Herefordshire. Elle était dans la famille depuis des générations. Toute une aile a été détruite avant que les pompiers arrivent et maîtrisent le feu. Sa femme, Marguerite, avait brûlé vive dans son dressing.

Daniel chassa les images qui s'imposaient à lui.

— S'il y a eu procès, les autorités devaient croire que quelqu'un avait mis le feu délibérément, mais qui ? Le mari ?

— C'est ce qu'on a supposé tout d'abord, confirma Pitt. C'est en général le cas.

— Il ne l'a pas fait ? Qui d'autre se trouvait dans la maison ? Beaucoup de serviteurs, j'imagine ? Un cambrioleur ?

— On n'a trouvé aucun signe de cambriolage à l'époque, mais cesse de jouer aux devinettes, veux-tu ?

— Excusez-moi. Mais l'incendie était-il accidentel en fin de compte ?

— Daventry a été questionné et a clamé son innocence, poursuivit Pitt. Il était anéanti par la disparition de son épouse. Apparemment, elle était très belle et, surtout, elle avait une personnalité exceptionnelle. C'était une femme pleine d'imagination, de volonté, très généreuse, appréciée de la plupart des gens, mais pas de tous…

Charlotte lança un regard à Pitt, puis s'adressa à Daniel :

— Il essaie d'être impartial. Ce qu'il veut dire, c'est que c'était le genre de femme qui ne laisse personne indifférent. On l'aimait ou on la détestait ; on était d'accord avec elle ou pas d'accord. Et au fond, on approuvait ou on désapprouvait. Ta tante Emily la connaissait un peu. Daventry était candidat à la députation, tu sais.

— Et tante Emily aimait bien cette femme ? demanda Daniel aussitôt.

La sœur cadette de Charlotte, Emily, n'avait pas son pareil pour jauger autrui. Dotée d'un œil pragmatique et d'un humour décapant, elle était à la fois foncièrement gentille et d'un réalisme mordant. Son premier mariage lui avait apporté un titre et une fortune, ainsi qu'une place dans la haute société. Quand son mari était mort prématurément, elle en avait néanmoins éprouvé un profond chagrin. En secondes noces, elle avait fait preuve de plus de romantisme en épousant un bel homme désargenté, sans grand avenir professionnel, mais que tout le monde aimait, elle plus que tous les autres. Il les avait tous étonnés en devenant un député respecté. S'il l'avait fait pour Emily, il veillait à ne pas le dire.

Contrairement à sa sœur, Charlotte avait épousé un policier sans argent et sans perspectives d'avenir. Les premières années avaient été dures, mais tout sauf ennuyeuses. Jamais elle n'avait eu honte de son mari, ni été gênée d'emprunter une robe qu'elle n'avait pas les moyens d'acheter pour « retourner » en société de temps à autre, notamment dans la poursuite de l'élucidation d'un crime.

— Oh ! oui. Marguerite Daventry évoluait en société et elle était très appréciée. Il y a toujours un certain type de gens qui recherchent la compagnie de ceux qui font scandale. Cela leur donne l'impression de ressembler à quelqu'un qui ne les fait pas mourir d'ennui. Et ils sont témoins du prix occasionnel que l'on paie pour être intéressant.

Daniel se demanda si elle faisait allusion à elle-même, plutôt qu'à Emily et au rôle que Marguerite Daventry s'était apparemment choisi. Celle-ci avait péri en appelant peut-être des secours qui n'étaient jamais venus. C'était la première fois qu'il entendait parler d'elle, et pourtant une image claire s'était peinte dans son esprit, et il éprouvait un réel pincement de douleur à songer qu'elle était morte.

— Que s'est-il passé ?

— Daventry a été arrêté, répondit Pitt. On n'a jamais su au juste ce qui avait causé le sinistre, mais il semblait bien avoir été d'origine criminelle. Soit cela, soit c'était un accident stupide causé par un serviteur. Ceux-ci avaient tous des alibis qui pouvaient être confirmés par leurs collègues, et la police les a crus. Daventry a été jugé.

— Ne t'arrête pas là ! protesta Charlotte sur un ton pressant. Tu n'en es pas encore arrivé à Saltram !

Daniel vit le visage de Pitt se crisper un peu. Éprouvait-il de la tristesse pour la mort de cette femme ou le chagrin de son mari, ou de la colère face à une forme d'injustice ? À moins qu'il ne fût ému par la pensée d'une mort aussi absurde, qui que fût la victime ? Il n'en avait aucune idée mais, quand il détourna les yeux et les posa sur la main de son père sur la table, les jointures de ses doigts étaient blanches.

— Saltram a-t-il prouvé qu'il était coupable ? demanda-t-il.

Il devait savoir, maintenant.

— Non, murmura Pitt. Il a prouvé qu'il n'y avait pas eu meurtre. Elle est morte à cause de l'extrême chaleur causée par l'incendie. Il s'est propagé vite, la porte s'est bloquée – sans doute quelque chose est-il tombé devant – et elle n'a pu s'échapper.

— Dans ce cas, pourquoi Daventry a-t-il été accusé ? s'étonna Daniel, perplexe. La police avait-elle vu les choses d'un autre œil ? Comment en est-on arrivé à un procès s'il n'y avait pas de preuves ?

— Mercaston, qui dirigeait l'enquête, était un bon policier, affirma Pitt, lequel regardait droit devant lui, absorbé dans ses souvenirs. Les os du crâne étaient fêlés. On aurait dit qu'elle avait reçu un violent coup à la tête, assez fort pour la tuer. Et puis que quelqu'un avait quitté la pièce, refermé la porte derrière lui et calé quelque chose contre elle. Une chaise. Une table. Difficile à dire d'après ce qu'il en restait.

Daniel regarda sa mère, puis Pitt de nouveau. Par certains côtés, l'affaire ressemblait à celle de Rob Adwell, du moins en apparence.

— C'est ce que Mercaston avait pensé ? Et vous, qu'en pensez-vous ?

— Je ne m'occupais pas de l'enquête. Je connaissais un peu Mercaston, voilà tout. Je l'aimais bien. Je n'étais pas impartial.

Charlotte s'impatientait.

— Parle-lui de Saltram.

— Barnabas Saltram a comparu pour la défense, expliqua Pitt en se calant contre le dossier de sa chaise. Il a démontré que la chaleur d'un brasier peut dans certaines circonstances être intense au point de fracturer un crâne. Bien sûr, il n'a pas prouvé que c'était ce qui s'était passé ce jour-là, mais l'accusation n'a pas davantage pu établir que ce n'était pas le cas. Et Saltram était un homme très impressionnant.

— Il l'est toujours, admit Daniel à regret. Par conséquent, s'il témoigne en faveur de Rob Adwell, il pourrait le faire acquitter.

— Oui. Et c'est peut-être bien ce qui s'est passé, acquiesça Pitt.

Daniel était dérouté.

— Dans ce cas, pourquoi est-ce si mal ? Peut-être Daventry n'a-t-il pas assassiné son épouse ? Tout le monde peut se tromper, Mercaston y compris. Il est possible que Daventry soit un salaud et Saltram aussi, mais cela ne signifie pas qu'ils aient tort.

Il se tourna vers Charlotte.

— Vous ne l'aimiez pas même avant qu'il se montre condescendant avec vous ? demanda-t-il avec un léger sourire.

Il avait vu la réaction de sa mère quand on la traitait de haut. Jamais elle ne perdait la maîtrise d'elle-même – elle aurait considéré cela comme indigne d'elle – mais tôt ou tard elle ripostait par une remarque glaciale.

— Il y a vingt ans, aucun d'entre nous n'était si important, répliqua-t-elle.

Elle cachait quelque chose, il en avait la certitude.

— Mais…

Elle lui lança un regard perçant, puis un soudain sourire illumina son visage.

— J'ai dû patienter, dit-elle simplement, et il sut qu'elle ne dirait rien de plus.

Pitt reprit la parole :

— L'incendie était d'origine criminelle. On a arrêté un jeune homme du nom de James Leigh. Il était coupable de cambriolage, du moins, à ce qu'il semblait. Il n'a pas pu expliquer sa présence sur les lieux, pas de manière crédible. On l'a accusé d'avoir mis le feu aussi.

— Et ?

— Il a été pendu.

— Avait-il eu l'intention de… ?

Daniel se tut, la gorge nouée. Il n'avait jamais entendu parler du jeune homme, mais il imaginait l'horreur du châtiment qu'il avait subi.

— Peu importe, lâcha Pitt. L'incendie avait été causé au cours d'un acte délictueux. Il avait détruit la maison. Une femme était morte. Aux yeux de la loi, c'est suffisant.

— Avait-il agi seul ?

— Apparemment. On n'a trouvé personne d'autre.

Daniel se tourna vers Charlotte.

— Est-ce pour cette raison que vous haïssez Saltram ?

— Je ne le hais pas ! protesta-t-elle. Je… je l'abhorre parce qu'il a pris plaisir à sa victoire, et que, au fond, c'était une tragédie. Il n'y avait pas de vainqueurs. Il ne devrait pas être question de défaite ou de victoire, mais d'arriver au plus près de la vérité.

Daniel jeta un coup d'œil à Pitt et lut l'émotion sur son visage. Il était encore aussi amoureux de sa femme qu'il l'avait toujours été, mais il avait renoncé à lui expliquer le système judiciaire, et les raisons pour lesquelles celui-ci apportait souvent des réponses simplistes à des réalités complexes et douloureuses.

— Je suppose que je devrais m'estimer heureux de m'être attaché ses services, murmura Daniel sans conviction. Nous n'avons pas les moyens de le rémunérer !

— Il en aura pour son argent, assura Pitt. D'une manière ou d'une autre.

4

Assise en face de son père, Miriam mangeait lentement. Une multitude de pensées se bousculaient dans son esprit : Daniel, l'affaire Adwell, sa propre intervention auprès de Barnabas Saltram, si bien qu'elle n'avait pas la moindre idée du contenu de son assiette. À vrai dire, elle n'appréciait jamais les plats à leur juste valeur. Certes, elle remerciait la cuisinière : c'était simplement du savoir-vivre que de reconnaître le soin qu'elle avait mis à les confectionner. Quoique, lorsque Miriam songeait au visage plein de sagesse et d'humour de cette dernière, elle la soupçonnait d'en savoir beaucoup plus long à son sujet qu'elle n'en disait. Elle était au service des fford Croft depuis que Miriam était toute petite et quoi qu'elle dît, peu de choses la surprenaient, ou alors, elle le cachait bien. C'était une figure réconfortante à l'arrière-plan, avec les odeurs familières de la cuisine, les draps en coton qui séchaient sur l'étendoir suspendu au plafond, le pain frais, les herbes aromatiques, et parfois, l'odeur appétissante d'un gâteau au four.

Miriam n'avait que de vagues souvenirs de sa mère. Une voix douce qui lui lisait ses livres préférés, des mains fraîches lui touchant le front quand elle avait de la fièvre, ou qui lui brossaient les cheveux d'un geste régulier. Un parfum sucré, moins prononcé que celui de la lavande, rappelant plutôt la senteur des narcisses, très pur, très blanc, à supposer qu'on pût attribuer une couleur à un parfum.

Elle jeta un coup d'œil en direction de son père. Ils étaient seuls depuis près de trente ans maintenant. Ils parlaient de toutes sortes de choses tranquillement et sans gêne, comme ils l'avaient toujours fait. Cependant, il y avait d'autres vieux sujets qu'ils contournaient. C'était rarement évident, mais elle en avait conscience. La solitude en était un, sous ses divers aspects. Sur le plan intellectuel, la compagnie de Marcus lui suffisait. Son père avait l'esprit nourri par le droit et ses multiples facettes, ses dilemmes et sa logique, et il lui arrivait encore de la surprendre. C'était excitant d'entendre une idée nouvelle, un éclairage neuf sur une vieille question, un problème vraiment difficile.

Sa compagnie lui suffisait-elle ? Elle l'ignorait. Il était entouré de jeunes avocats à son cabinet, des gens à qui il s'intéressait personnellement parce qu'ils étaient prometteurs, ou qu'ils lui donnaient du fil à retordre. De temps à autre, il lui demandait ce qu'elle pensait d'eux.

Elle se souvenait très bien du jour où, six ou sept ans plus tôt, il l'avait interrogée à propos du jeune Toby Kitteridge. Ce dernier était encore plus emprunté à l'époque qu'il ne l'était maintenant. Miriam avait tout juste passé la trentaine, elle n'était pas encore au-delà de l'âge habituel du mariage. Elle l'avait terrifié, à l'évidence. Leur premier dîner s'était déroulé dans cette même salle à manger, avec ses rideaux en velours fané, son mobilier en riche merisier, cette caricature vulgaire et hilarante de Hogarth accrochée au mur. À l'exception de Marcus, presque personne n'y accordait un regard, ce qui était dommage car son humanité était le parfait antidote à la froide sécheresse du droit.

Les pensées de Miriam retournèrent à Toby Kitteridge. Fascinée par le contraste entre l'agilité de son esprit et la gaucherie de son corps, elle avait attribué le malaise du jeune homme à sa présence. Par la suite, elle en était venue à comprendre qu'il était ainsi avec tout le monde, jusqu'au moment où il commençait à parler droit. Alors, il semblait trouver ses mots sans difficulté, se focaliser sur ses pensées, et tout le reste prenait sa place. Il était encore un peu comme cela mais, après tout ce temps, il était presque à l'aise avec elle.

Il était beaucoup plus facile de parler à Daniel. Vu la différence d'âge entre eux, il n'était jamais venu à l'esprit de Marcus de le considérer comme un prétendant éventuel. Avait-il abandonné l'espoir de la voir se marier un jour ? Cette idée la blessait plus qu'elle ne s'y serait attendue.

Ils n'évoquaient jamais son fiancé, Wallace, mort depuis longtemps au cours de l'incendie d'une maison.

Le feu était un sujet lourd d'émotion pour Miriam. Elle avait de peu échappé au sinistre qui avait tué Wallace et en avait gardé sur un pied une cicatrice qui resterait à jamais. C'était une petite marque, presque invisible et peut-être impossible à identifier pour quelqu'un d'autre, mais Miriam savait ce que c'était. Si la plaie s'était refermée, elle n'avait pas oublié la sensation d'être prisonnière de la chaleur accablante, la peur de ne pouvoir s'échapper, d'être pour ainsi dire dévorée, de souffrir atrocement, et qu'il ne reste rien de reconnaissable d'elle.

Bien sûr, les choses ne s'étaient pas déroulées ainsi. Elle avait été sauvée. Mais les minutes, et même les secondes qui avaient précédé cet instant, étaient gravées dans sa mémoire pour toujours. Elle n'avait désormais presque plus de cauchemars. Si elle éprouvait un résidu de chagrin, c'était pour Wallace, pour toutes les choses qu'il n'avait jamais faites, et qu'il avait été si sûr de faire un jour. La possibilité de mourir jeune ne l'avait jamais effleuré. Pourquoi aurait-elle dû ?

Leurs fiançailles n'avaient duré que trois ou quatre mois. Maintenant, elles semblaient avoir eu lieu dans une autre vie. Marcus s'imaginait-il qu'elle souffrait encore de sa perte ? Était-ce pour cette raison qu'il n'y faisait aucune allusion ? À dire vrai, elle ne pensait que rarement à Wallace, non parce que le sujet lui était douloureux, mais parce qu'il n'avait jamais occupé dans sa vie la place immense qui aurait dû être la sienne.

Cela en disait-il long sur la capacité de Miriam à tomber amoureuse ? Par bonheur, Marcus ne lui avait jamais posé la question, quoi qu'il pensât ou imaginât d'elle.

Cette nouvelle affaire de Daniel, celle qui avait exigé qu'elle rassemble tout son courage pour approcher Barnabas Saltram de nouveau, inquiétait-elle Marcus ? Cela n'avait pas paru être le cas, bien qu'il s'agît d'un incendie, là encore. Elle l'observa de l'autre côté de la table en merisier. Ses cheveux étaient blancs, en bataille, comme s'il était sorti se promener en pleine tempête – en fait, exactement comme d'habitude. Il portait un gilet mauve vif et une chemise blanche propre. En dépit de sa personnalité très affirmée, il s'habillait dans les tons sobres appropriés au milieu juridique. Ses gilets étaient sa seule concession à la mode. Il en possédait tant qu'elle avait perdu le compte. Lui aussi, peut-être ! Et quand il n'était pas à son cabinet, il affectionnait les vestes en velours, mais dans des couleurs foncées, riches, simples.

— Pourquoi fait-il ça ? demanda-t-il en levant les yeux.

Il s'attendait à ce qu'elle eût suivi son cheminement de pensée, et qu'elle sût de qui et de quoi il parlait. Peut-être le décevrait-elle en lui posant la question, parce que cela voudrait dire que ses propos étaient obscurs, ou qu'elle ne l'écoutait pas.

— Pas d'argent, ajouta-t-il.

— Vous voulez dire Daniel ou Saltram ? s'enquit-elle, comme s'ils venaient d'aborder le sujet.

— Saltram, évidemment ! s'écria-t-il sur un ton agacé.

Le jeune Pitt ne s'intéresse jamais à l'argent. Il a la tête dans les nuages. Cela dit, il n'a jamais eu faim, pas littéralement. Il est trop bon, ce garçon. Le moindre chien errant…

— Pourquoi Saltram a-t-il accepté ?

Elle répétait la question pour se donner du temps.

— Pour la renommée, je suppose. Pourquoi fait-il quoi que ce soit ?

— C'est un procès sans envergure, objecta Marcus. Une querelle entre deux jeunes gens à la limite du milieu criminel. Un désaccord concernant un cambriolage en vue. Qui vire à la tragédie. Qu'est-ce qui différencie cette affaire de cent autres à Londres chaque année ?

— Quelqu'un a trouvé la mort dans l'incendie, et de plus, un possible coup à la tête serait la cause immédiate du décès, comme dans le procès Daventry. N'est-ce pas évident ?

— Quoi ? Que Saltram essaie de nous rappeler son premier vrai succès ? Les journaux ne parlent pas de lui depuis quelques mois et il voulait faire un peu de bruit ? Une façon de crier : « Regardez-moi ! »

— Vous le croyez au-dessus de cela ?

Elle saisit l'amertume qui perçait dans sa voix et regretta de ne pas avoir formulé sa réponse autrement. Personne ne savait qu'elle n'aimait pas Saltram et elle ne souhaitait pas rendre ce sentiment public, du moins pas pour le moment.

Marcus la dévisagea avec un regain d'attention, les yeux un peu étrécis.

Elle garda le silence, persuadée qu'il la percerait à jour quoi qu'elle ajoutât.

— Je l'espère, dit-il, mais j'en doute. En général, une fracture du crâne est causée par une mauvaise chute d'une sorte ou d'une autre. Saltram est-il le genre d'homme à apprendre l'humilité après un échec s'il s'avère qu'il s'est trompé cette fois ? Cela m'étonnerait. Je crois qu'il refusera d'accepter qu'il a eu tort et qu'il se battra de toutes ses forces pour prouver le contraire. De toute manière, il ne pardonnera pas celui qui lui donne cette leçon.

Miriam le dévisagea gravement, le corps traversé par un brusque frisson d'angoisse, comme lorsque la température chute brutalement avant l'orage.

— Voulez-vous dire que j'ai contribué à une tragédie, père ?

L'expression de Marcus s'adoucit aussitôt.

— Non. Non, pas du tout. Il est bien possible qu'il gagne. Et j'ignore si c'est dans l'intérêt de la justice ou non. Ce malheureux jeune homme est sans doute coupable et devrait être emprisonné, de façon à mettre un terme à sa carrière criminelle. Mais je suis soulagé que Saltram ait de bonnes chances de l'emporter. Ainsi, il ne rejettera pas la responsabilité d'une défaite sur toi, ni sur le jeune Pitt.

— Je vois mal comment Daniel pourrait être responsable ! protesta-t-elle. Il voulait qu'un expert comparaisse au tribunal. Qui pourrait être plus expert que Barnabas Saltram ?

— Et depuis quand la faute a-t-elle le moindre rapport avec la personne qu'on blâme ? Sois réaliste, ma chère.

Il reposa ses couverts.

— S'il te plaît ! Suis la pensée rationnelle que tu aimes tant pour ce qui est de la science, mais, je t'en prie, observe la réalité quand il s'agit de la nature humaine.

Elle soutint longuement son regard, ne sachant que répondre.

— Ce que je ne comprends pas, ma chérie, c'est pourquoi tu es allée toi-même voir Saltram ? reprit-il sur un ton dégagé.

Il n'insista pas davantage. Ils savaient l'un et l'autre qu'il songeait au passé, à ses difficultés avec Saltram et aux préjugés de ce dernier à l'encontre des scientifiques de sexe féminin. Il s'inquiétait pour elle, pour sa vie professionnelle et parce qu'elle était seule depuis la fin tragique de ses fiançailles, mais l'exprimait avec maladresse, seulement par des questions anodines. Il ne l'interrogeait pas sur d'éventuels projets, ni même sur la manière dont elle imaginait son avenir, comme si cela risquait d'être trop douloureux d'exiger des réponses qu'elle ne pouvait fournir.

Pensait-il qu'elle avait enterré tous ses projets, tous ses rêves, qu'elle y avait renoncé pour se protéger ?

Il prit une nouvelle bouchée de côtelette d'agneau et la mangea entièrement avant de reprendre la parole :

— Tu t'intéresses tant que cela à cette affaire ? Tu crois que ce jeune homme est innocent ? Ou Daniel t'a-t-il demandé de l'aider ? Tu ne lui dois aucune faveur, tu sais. Non qu'il en ait besoin, d'ailleurs. Tu l'aimes bien, n'est-ce pas.

C'était une affirmation, pas une question.

— Oui. Et j'aime bien Toby Kitteridge aussi, répondit-elle. Et dans cette affaire, ils n'ont aucune chance de gagner, sauf par le biais de preuves scientifiques…

Elle prit une inspiration, sur le point d'ajouter qu'elle aurait aimé pouvoir les aider elle-même. Saltram était brillant. Elle ne pouvait le nier, et ne le désirait pas. Mais oui, elle éprouvait du ressentiment à savoir qu'on lui refusait la possibilité de se mesurer à lui, d'essayer d'être aussi compétente, sous prétexte qu'elle était femme.

Ce qu'elle désirait, c'était accomplir exactement ce que Saltram avait accompli. Peut-être n'avait-elle ni son talent ni sa discipline, mais elle aurait aimé être mise à l'épreuve. Non, ce n'était pas tout à fait honnête. Elle aurait adoré cela, y aurait consacré toutes ses facultés, tout son temps, tous ses efforts. Coûte que coûte, elle aurait surmonté les déconvenues, elle se serait relevée et se serait remise au travail jusqu'à ce que sa parole soit suffisante pour convaincre un jury. Mieux, elle aurait découvert la vérité où qu'elle fût, braqué une lampe dans les ténèbres, donné un sens au chaos.

— Miriam.

Elle tressaillit, soudain ramenée au présent.

— Oui ?

— Que recherches-tu ? Voudrais-tu que Saltram commette une erreur en ta présence, pour qu'il sache que tu l'as vue ?

Ses yeux étaient assombris par l'anxiété.

— Non, père, pas du tout. J'ai compris que Daniel n'avait pas la moindre idée d'où commencer. Il ne semblait pas y avoir d'autre solution que de faire appel à un expert d'envergure pour parvenir à la vérité. Il fallait que ce soit Saltram. Je préférerais de loin que ce ne soit pas le cas, mais ça l'est. J'avoue que je suis surprise qu'il ait accepté.

— Et déconcertée ? insista-t-il.

Son visage était curieusement dénué d'expression, si totalement innocent que cela n'avait rien de naturel.

— Oui, admit-elle. Mais à présent, il faut que je m'en accommode au mieux. C'est à moi de m'assurer que Daniel a une défense… ou puisse en avoir une. Je dois aller jusqu'au bout.

— En faisant quoi ? En servant d'assistante à Saltram ? En essayant de maintenir la paix entre eux ? Je ne peux imaginer que Daniel apprécie Saltram. Ni l'inverse. Saltram a eu un léger différend avec son père, le savais-tu ? C'était il y a longtemps, mais c'est le genre d'homme qui n'oublie pas un grief.

— Avec Sir Thomas ?

Cette possibilité ne lui était pas même venue à l'esprit.

— Donc tu l'ignorais ? Il est possible que Daniel l'ignore aussi. Et toi ?

— Moi ?

Il fit une grimace.

— Toi et les vieux griefs, ma petite ? Ne me dis pas que tu as oublié la manière dont il t'a traitée !

— Bien sûr que non, mais je ne savais pas que vous vous en étiez aperçu, rétorqua-t-elle, sur un ton dégagé.

Elle n'avait jamais su au juste ce qu'il avait pensé de tout cela. Parfois, il lisait en elle avec une clarté stupéfiante. À d'autres moments, il paraissait totalement perdu.

— Il est possible que j'aie fait une erreur en le sollicitant, avoua-t-elle, choisissant ses mots avec soin. Cela dit, c'est le meilleur, sans l'ombre d'un doute. J'ai parfois l'impression que s'il affirmait que quelqu'un était entré en combustion spontanée, on le croirait sur parole.

— En effet, acquiesça Marcus. J'ai vu des gens périlleusement proches de cela. Mais tu as demandé son aide.

Elle lui dit la vérité.

— Il était le seul qui puisse savoir que j'ai parfaitement conscience de ce que je fais. Je n'aurais pu expliquer à personne d'autre mon intérêt ni mes connaissances, ni les raisons pour lesquelles je l'avais choisi pour témoigner dans un procès qui paraît sans espoir.

Sur le point d'ajouter à son argument, elle se rappela juste à temps qu'un seul motif avait plus de poids que plusieurs. Trop de raisons donnaient l'impression que l'on tentait de se justifier. Elle se contenta de lui rendre son sourire.

— De toute façon, ce qui est fait est fait, conclut-elle avec vivacité. Il a accepté, et nous allons devoir composer avec.

— Nous ? Tu veux dire Daniel et toi ? Ou Daniel et moi ? Ou… nous trois ?

Elle savait où il voulait en venir. Il avait peur pour elle. Pas seulement parce que cela lui rappellerait l'époque où elle était l'étudiante de Saltram. Il avait peut-être su, ou même deviné, ce qu'il y avait d'autre… ou presque. Ou craignait-il qu'elle ne souffrît encore de l'absence de débouchés pour elle dans la profession qu'elle chérissait tant ? Il s'en rendait compte. Il avait toujours su que le changement viendrait trop lentement, qu'il n'aurait pas lieu à temps pour elle. Elle l'avait vu dans ses yeux. Il avait espéré, autrefois, même si la raison lui disait le contraire.

Regrettait-il qu'elle n'eût pas épousé Wallace ? Pensait-il que, si elle s'était mariée avec lui et qu'elle eût eu des enfants, sans doute, cela lui aurait suffi ?

Elle était profondément convaincue que cela n'aurait pas été le cas. Était-ce un signe qu'elle acceptait son sort ou qu'elle refusait d'admettre qu'elle était semblable toutes les autres femmes, au fond, mais trop fière et trop têtue pour le reconnaître ?

Sauf que toutes les femmes ne se contentaient pas de rester à la maison, à faire ce qu'on leur disait de faire. Elle avait entendu parler de pionnières qui avaient suivi leurs rêves !

— Miriam !

La voix de son père coupa court à ses réflexions.

— Oui ?

— Tu aides le jeune Daniel ?

— J'aimerais que tu cesses de l'appeler « le jeune Daniel ». On dirait que c'est un enfant que nous avons adopté, lâcha-t-elle avant d'avoir pu s'en empêcher.

— Il est jeune ! s'écria Marcus, surpris.

« Pas pour moi », eut-elle envie de répondre, mais cela aurait ouvert un tout autre chapitre qu'elle préférait laisser clos.

— Il apprend, se contenta-t-elle de dire.

— Ne l'aide pas trop ! Il en viendra à dépendre de toi ! avertit-il.

— Balivernes. Je ne connais rien au droit, rétorqua-t-elle aussitôt, en se levant de table.

— Tu connais bien la nature humaine, insista-t-il sévèrement. Et tu es tenace.

— Daniel aussi. Et cela ne lui vient pas de moi.

— Il a sans doute hérité cela de sa mère. Elle te plaisait. Mais il n'a pas besoin de tes encouragements. Il est assez têtu comme cela. Il était absurde d'accepter cette affaire.

Il plaça ses couverts sur son assiette et se leva à son tour.

— Eh bien, il faut que j'aille voir…

Il fronça les sourcils.

— Son nom m'échappe. Mais je sais où le trouver. Souviens-toi de ce que j'ai dit, Miriam : n'encourage pas Daniel à se lancer dans des procès sans espoir.

Elle ouvrit la bouche pour rétorquer que c'était lui qui avait encouragé Daniel à accepter l'affaire, mais le trou de mémoire dont elle venait d'être témoin déclencha un signal d'alarme en elle, comme une aiguille qui touche un nerf. Il oubliait des noms de plus en plus souvent ces temps-ci, et cela l'effrayait.

— Entendu, promit-elle aussitôt, mais il était déjà sorti.

Elle passa le reste de la journée dans la bibliothèque de son père, occupée à étudier des cas de décès par le feu. Autant lire tout ce qu'elle pouvait trouver. C'était un sujet sur lequel elle en savait déjà plus long qu'elle ne l'aurait souhaité, mais les détails s'émoussent au fil du temps, et elle évitait d'y songer depuis assez longtemps pour en avoir conservé des souvenirs précis.

Elle dîna seule. Membury lui apporta un plateau et elle mangea au coin du feu, dans le salon. Ensuite, elle parcourut le journal, mais elle était incapable de se concentrer. Après avoir parcouru trois fois le même paragraphe, elle renonça. Elle ne savait toujours pas ce qu'il disait. Elle aurait aimé être sûre qu'elle allait s'endormir. Le lendemain, elle vaquerait à d'autres tâches. Elle avait de petits travaux en attente. À quoi bon essayer de se mentir ? Elle tuait le temps. Le gaspillait. Gaspillait sa précieuse vie.

Elle se rendit dans la cuisine et se prépara du cacao, qu'elle but trop chaud. Avec un peu de chance, il l'aiderait à trouver le sommeil.

Allongée sur le lit, les yeux rivés sur le plafond, elle crut un temps que le remède n'allait pas fonctionner. Elle se retourna et se mit à compter des moutons. Au bout d'un moment, ils se muèrent en personnes, dotées de visages. Elle se demanda si les moutons se donnaient des noms, dans quel langage ils communiquaient. Car ils devaient bien communiquer. Que valait la vie, la vie de n'importe qui, sans communication avec quiconque ?

Elle se redressa dans un sursaut, le cœur cognant dans sa poitrine. Elle avait entendu des craquements, distincts et sonores, comme si quelqu'un marchait sur des brindilles sèches – sauf que, bien sûr, c'était le feu. C'était toujours le feu. Son odeur forte et âcre lui avait envahi la gorge. En sentait-elle déjà la chaleur ?

Où était Wallace ? On était en pleine nuit, il faisait aussi noir que dans un four ; bien sûr qu'il n'était pas là. Il était parti fâché. Elle tenta de se rappeler pourquoi et n'y parvint pas. À cause de quelque chose qui n'avait pas vraiment d'importance. C'était ainsi que l'on se querellait avec les gens à qui on ne pouvait pas dire ce qu'on pensait réellement. Mais qu'avait-elle réellement pensé ? Voilà ce à quoi elle n'avait pas fait face.

Et puis, il avait été trop tard. Le hasard avait-il bien fait les choses ?

Il faisait de plus en plus chaud, le bruit s'intensifiait. Il n'était pas réel. Son imagination s'emballait, comme toujours. Les lueurs vacillantes des flammes n'existaient que dans sa tête. La chaleur aussi. Seule la sueur refroidissait sur sa peau, devenait vite glacée. Elle frissonna et, remontant les couvertures sur elle, s'allongea de nouveau. C'était toujours pareil, jusque dans les moindres détails, l'explosion du verre, les cris, la bouffée d'horreur qui l'avait envahie lorsqu'elle avait compris que Wallace était là quelque part et qu'elle ne pouvait pas le trouver. Pourquoi était-il là, au beau milieu de la journée ? Elle était étendue sur le lit parce qu'elle était épuisée. Qu'avait-elle fait ? Travaillé toute la nuit sur une expérience ? Voilà pourquoi il était furieux. Elle revoyait son visage, sauf que depuis longtemps, les contours en étaient flous et qu'il paraissait bien sûr beaucoup plus jeune qu'il ne le serait maintenant, s'il était en vie.

Ce n'était pas la faute de Miriam. Peut-être n'était-ce la faute de personne. Un fil électrique défectueux, d'après les pompiers... et la police. Si, c'était par sa faute qu'elle était seule et que Wallace était mort, et elle le regrettait, elle le regrettait profondément. Il aurait dû vivre une longue vie heureuse, merveilleuse – auprès d'une autre femme !

Elle s'était sentie horrifiée, bouleversée, seule, mais pas désespérée. Il y avait eu des moments où il lui avait manqué brièvement, quand un détail le lui rappelait : une activité qu'ils avaient faite ensemble, une musique qui leur avait plu, une curieuse tournure de phrase bien à lui. Cependant elle avait aussi éprouvé du soulagement.

En serait-il toujours ainsi ? Elle avait cru possible alors de mener une carrière professionnelle. Il l'en aurait empêchée. Elle n'avait compris que lentement qu'elle faisait partie de sa vision d'une existence à l'équilibre parfait, et qu'il pensait qu'elle en prendrait conscience avec le temps, et même qu'elle lui en serait reconnaissante. Cependant, avec ou sans Wallace, elle avait couru après une chimère.

Elle s'enroula étroitement dans les couvertures, sans pourtant parvenir à se réchauffer. Quinze ans avaient passé et elle avait toujours le sentiment d'un inachèvement. Y avait-il quelque chose qu'elle craignait de se rappeler ? Le feu l'avait toujours effrayée, sa sauvagerie, la destruction totale qu'il pouvait causer, la sensation d'une force démesurée qui dévorait tout, et dont la faim n'était jamais rassasiée. Sa soumission à la maîtrise de l'homme n'était qu'une illusion ; il attendait toujours son moment – il souriait et attendait !

Ne sois pas absurde, se dit-elle. C'est un phénomène naturel, un processus scientifique qu'il est possible de comprendre et d'expliquer. Comme tous les autres éléments de la nature, les hommes en ont besoin pour vivre, mais il possède une entité propre aussi. Il faut être un imbécile pour ne pas le comprendre. La force de l'eau est impossible à mesurer. Le poids d'une vague qui déferle, sa puissance d'aspiration lorsqu'elle se retire dans l'océan. Les torrents qui tombent d'une cascade. La vie elle-même, qui se décline dans des formes trop nombreuses à dénombrer, et même à imaginer : la beauté, la variété, la soif de vivre.

Elle se réchauffait enfin. Bientôt, elle recouvrerait le sommeil, et peut-être que, cette fois, elle ne ferait pas de cauchemar.

5

Trois semaines plus tard, Daniel était assis à côté de Kitteridge dans la salle de tribunal et le procès s'ouvrait. Accusé du meurtre de Patrick Jackson, Robert Adwell était debout dans le box, le corps rigide de peur. Kitteridge avait tout fait pour l'assurer qu'ils feraient de leur mieux pour lui, mais ses traits, sa voix et les jointures blanches de ses doigts trahissaient la terreur qu'il éprouvait.

Daniel comprenait. Bien sûr ! La réputation de Barnabas Saltram avait beau être excellente, et même irréprochable, les preuves, elles, étaient irréfutables aux yeux des gens ordinaires dont les jurés faisaient partie. Et Adwell était à ce point paralysé par l'effroi qu'il constituait un piètre témoin pour sa défense. Ses antécédents ne jouaient pas en sa faveur. Il avait été condamné pour plusieurs délits crapuleux qui, bien que dépourvus de violence, lui valaient tout de même une mauvaise réputation. Et pourquoi se serait-il trouvé si tard le soir en compagnie d'un voleur placé un peu plus haut que lui sur l'échelle du crime, sinon pour mettre au point un cambriolage plus vaste, plus ambitieux que ceux auxquels il avait été mêlé jusqu'alors ? D'ailleurs, il n'avait même pas tenté de nier.

Le juge réclama le silence et le procès débuta par les formalités d'usage. Kitteridge déclara plaider non coupable, à la surprise manifeste du magistrat. En fait, ce dernier sembla un instant sur le point de lui demander de répéter.

Cependant, Kitteridge joua superbement son rôle. Daniel, qui était le seul à voir le poing serré que la veste de son collègue dissimulait aux regards, savait qu'il n'avait guère d'arguments à faire valoir pour la défense, mais qu'il était résolu à faire de son mieux.

Il se rassit. Daniel regarda droit devant lui, comme s'il n'avait rien remarqué hormis le soin méticuleux que Kitteridge apportait toujours à sa tâche. Ni l'un ni l'autre n'aurait été confronté à cette affaire si Daniel avait eu le bon sens de ne pas écouter Jessie Beale, et de ne pas demander conseil à Miriam ensuite.

Les témoins défilèrent un par un, racontant la triste histoire de l'incendie dévastateur. Quand Daniel se tourna vers la salle, elle était presque vide. Quelques hommes d'apparence négligée et d'âges variés étaient assis ensemble vers le milieu, sans doute apparentés à Paddy Jackson. Naturellement, Ginger Jackson se trouvait parmi eux. Il y avait une certaine ressemblance entre eux tous. À moins que les hommes misérables et effrayés qui travaillaient sur les docks et dans les scieries, qui s'étaient endimanchés pour venir au tribunal, ne se ressemblent tous aux yeux de ceux qui n'étaient pas de leur monde ?

Au milieu des joutes verbales et légales, des discussions autour des faits et des réputations, ils n'avaient pas le droit d'oublier que Paddy Jackson était mort.

La présentation des éléments médico-légaux fut factuelle et sinistre. Il fallut la matinée entière pour recueillir l'ensemble des informations requises, jusque dans les moindres détails : la description des traces laissées par la fumée, des débris susceptibles d'indiquer l'origine et l'ampleur de l'incendie, la liste des biens perdus. À combien estimait-on les dégâts ? Pouvait-on apporter des preuves ?

L'heure du déjeuner arriva, et l'audience fut brièvement suspendue.

— Vous êtes sûr que Saltram va venir ? demanda Kitteridge, les yeux sur un sandwich au rosbif qu'il mâchait avec difficulté, comme si c'était du carton.

— Oui, affirma Daniel, s'efforçant de s'en convaincre lui-même. C'est un perfectionniste. Il tient toujours parole. C'est en partie l'impression qu'il veut donner.

— Comment se fait-il que vous le connaissiez si bien ? insista Kitteridge, avec une curiosité mêlée de scepticisme.

— Je ne le connais pas. C'est Miriam qui le connaît.

— Ah, bon ? Comment se fait-il ? Et elle le connaît assez bien pour savoir ce qu'il pense de lui-même et pourquoi ?

Un soupçon d'anxiété se lisait sur le visage de Kitteridge, doublé d'un intérêt sincère.

En fait, c'était une question que Daniel se posait aussi. Combien de temps avait-elle étudié sous sa direction ? Un an ? deux ? Il songea aux professeurs de droit qu'il avait eus à Cambridge et se demanda dans quelle mesure il connaissait aucun d'entre eux. S'était-il jamais intéressé à leurs idées personnelles plutôt qu'à leurs opinions en matière de droit et au raisonnement qui les y avaient menés ? Il se rappelait certaines excentricités, quelques bonnes plaisanteries et, plus précisément encore, quelques mauvaises. Leurs sentiments, leurs vulnérabilités, c'était une autre affaire. Et ses études remontaient à bien moins loin que celles de Miriam.

En revanche, il conservait des relations avec ses amis d'alors, et les revoyait à l'occasion. Quand il n'avait pas beaucoup de travail, il allait de temps à autre passer un week-end à Cambridge. En train, il ne fallait pas longtemps. D'ailleurs, beaucoup de ses anciens camarades se trouvaient à Londres maintenant. C'était agréable de se revoir, et plus encore d'évoquer des souvenirs, dont bon nombre se révélaient d'ailleurs de plus en plus piquants au fil des récits.

Miriam s'était-elle fait des amis aussi facilement ? Combien de membres de sa classe étaient aussi des femmes ? Des jeunes femmes qui étaient censées étudier des matières artistiques ou littéraires, ou encore l'histoire ou les langues vivantes. Ensuite, naturellement, on attendait d'elles qu'elles se marient. Même dans ce nouveau siècle bouillonnant d'idées, où on parlait de révolution sociale et de normes nouvelles, certaines choses demeuraient figées.

Il éprouva une soudaine vague de tristesse pour elle tant il imaginait avec acuité la solitude à laquelle elle avait dû être confrontée. Il se souvenait des premières semaines qu'il avait passées loin de chez lui, quand il ne connaissait personne assez bien pour échanger davantage que des formules de politesse : révéler ses pensées ou ses sentiments l'aurait rendu trop vulnérable, trop aisément cerné et compris, ou mal compris. À dix-neuf ans, il découvrait tout à coup qu'il en savait beaucoup moins qu'il ne l'avait cru. Ou feint de le croire.

Tout allait bien le matin : il était plein d'énergie, impatient d'acquérir de nouvelles connaissances, de leur donner un sens. En revanche, à la fin de la journée, c'était différent : il bataillait avec des notions complexes qui ne semblaient pas s'associer aussi logiquement qu'elles étaient supposées le faire – et qu'apparemment elles le faisaient pour tous les autres. Il était fatigué, et il regrettait les matières familières, celles qu'il maîtrisait sans peine.

Cela avait passé au fil du temps, à mesure que les semaines se transformaient en mois et que les amitiés se développaient. Il s'était aperçu que la plupart de ses camarades traversaient les mêmes difficultés que lui : que la solitude était un sentiment et non une réalité.

Mais qu'en avait-il été pour Miriam, avec son amour

et sa quête du savoir, sans la récompense d'un diplôme à la fin – parce que c'était une femme ?

— C'est un secret ?

La voix de Kitteridge mit brusquement fin à ses réflexions.

— Quoi ? demanda Daniel, qui avait oublié la question d'origine.

— J'ai demandé comment Miriam fford Croft connaissait Saltram assez bien pour savoir quel jugement il porte sur lui-même.

Peu désireux de s'interroger là-dessus, Daniel répondit à côté.

— D'après elle, il s'enorgueillissait d'être toujours ponctuel et s'attendait à ce que ses étudiants soient comme lui.

C'était proche de la vérité. Ses propos avaient été plus perspicaces que cela, mais il ne désirait pas en discuter avec Kitteridge. Il regarda le sandwich de ce dernier.

— Vous ne mangez pas ?

Kitteridge reposa la moitié qui restait.

— Non. Vous en voulez ?

— Non, merci. Autant retourner au tribunal. Je crois que le prochain témoin est le policier, Quarles.

Kitteridge se leva et ajusta sa veste. Bizarrement, elle semblait toujours glisser sur ses épaules, qui paraissaient pourtant tout à fait droites. Cela devait tenir à sa posture.

— Je ne vois pas l'utilité de l'interroger, reprit Daniel en précédant son collègue dans la rue.

— Il fait toujours froid ici, grommela Kitteridge, si près des docks. Je ne sais pas comment les gens peuvent vivre dans ce quartier.

— Ils n'ont sans doute pas le choix, rétorqua Daniel. Vous feriez quand même mieux de dire quelque chose à Quarles, sinon cela donnera l'impression que vous ne voulez pas vous battre.

— Je sais ! riposta Kitteridge. Eh bien, que suggérez-vous que je lui demande ? Je ne suis ici que parce que Marcus m'en a donné l'ordre. C'est votre dossier.

Daniel ravala une réponse mordante. À dire vrai, il s'était attendu à ce que Marcus leur ordonne de lâcher l'affaire. Il comprenait l'irritation de Kitteridge.

— Assurez-vous qu'il est certain des détails, répondit-il. La position du corps, ce qui se trouvait à proximité, tout objet qui aurait pu expliquer qu'il ait trébuché. La distance entre le mort et l'escalier. Ce genre de choses.

Kitteridge ouvrit des yeux ronds.

— Pourquoi donc ? Suggérez-vous que Jackson ait mis le feu et qu'il soit tombé dans les marches après ?

— Ce n'est pas impossible...

— Mais c'est sacrément peu probable ! Et que faisait Adwell pour s'en sortir sain et sauf ? Pourquoi n'a-t-il pas au moins essayé d'aider Jackson ?

— Je ne sais pas ! Mais il y a une grande différence entre prendre la fuite parce qu'on a peur du feu et laisser quelqu'un brûler vif après l'avoir assommé.

— Si ce n'est pas Adwell qui l'a frappé, qui cela pourrait-il être ? demanda Kitteridge, raisonnable. Pour impliquer un tiers, il faudrait qu'il y ait eu quelqu'un d'autre sur les lieux. Personne ne voudra le croire. Si c'était le cas, pourquoi Adwell n'en aurait-il pas parlé ? Et qui serait-ce ? Un des frères Jackson ?

— Je n'ai rien suggéré de tel, répliqua Daniel sur un ton plus sec. J'aimerais vraiment pouvoir croire à l'innocence d'Adwell...

— Mais vous n'y croyez pas ! coupa Kitteridge, la peur perçant dans sa voix.

Comme l'avait dit Marcus, ils se battaient pour une cause désespérée. À moins d'être un magicien, ce que Miriam semblait considérer possible, Dieu savait pourquoi, même Saltram ne pourrait les sauver.

Ils regagnèrent le tribunal côte à côte. Il n'y avait rien d'utile à ajouter.

L'audience reprit par le témoignage de Quarles. Sûr de lui, il parla simplement, sans donner beaucoup de descriptions. Son témoignage résonnait d'autant mieux qu'il était exprimé d'une voix calme et neutre, dans un langage dénué de toute prétention.

— Oui, monsieur, Paddy Jackson est mort durant l'incendie. Son corps était vilainement brûlé. Le médecin légiste vous donnera des détails, j'imagine.

— Mais il a péri dans l'incendie ?

— Il a été brûlé dans l'incendie, monsieur. Je ne peux pas jurer du moment où il est mort ni de quelle manière.

— Cependant vous avez arrêté l'accusé, Robert Adwell. Pourquoi ?

— Parce qu'il était dans l'entrepôt avant que le feu se déclare et qu'il en a réchappé sans grand mal.

Kitteridge ne prit pas la peine de se lever. Il pourrait faire objection aux propos de Quarles, et donner au public l'impression qu'il s'acquittait de son travail, mais il savait que la réponse ne l'aiderait pas. En fait, cela risquait de paraître encore plus futile que cela ne l'était.

— Comment le savez-vous ? insista l'avocat de l'accusation.

Quarles fournit quelques détails, répéta des propos tenus par Adwell, évoqua ses vêtements tout juste roussis.

— Par conséquent, il admet avoir été sur les lieux, dans le but avoué de rencontrer la victime et, pourtant, il est lui-même sain et sauf, conclut l'avocat avec une légère surprise. Il a rencontré la victime, ils ont discuté, se sont querellés, peut-être…

Cette fois, Kitteridge bondit sur ses pieds.

— Objection, Votre Honneur !

— Oui, oui.

Le juge fronça les sourcils.

— Vous allez un peu vite en besogne, Mr. Harris. Ne laissez pas votre imagination s'emballer. Les deux hommes se sont rencontrés. Cela suffit. Aller plus loin relève de la pure hypothèse. Vous affaiblissez votre cause. Mr. Adwell s'en est sorti indemne hormis quelques dégâts à sa veste. Autant dire rien. Mr. Jackson a reçu un coup à l'arrière de la tête, ainsi que nous le confirmera le bon docteur le moment venu, et est mort soit des suites de ce coup, soit dans l'incendie. Avez-vous quoi que ce soit d'utile à ajouter ?

— Non, merci, Votre Honneur.

Le juge avait fort bien résumé les faits pour lui. Il était assez avisé pour ne pas perdre l'avantage.

— Mr. Kitteridge ?

— Non, merci, Votre Honneur. La défense ne nie aucun des faits tels qu'ils sont présentés, uniquement les conclusions qui en sont tirées.

Daniel était incapable de se détendre. Le témoin suivant devait être Appleby, le médecin légiste auquel il avait rendu visite au début de l'affaire. Daniel se sentait vaguement coupable d'avoir fait appel à Saltram pour mettre ses conclusions en doute, voire les discréditer. Mais, si mince que fût cette chance, c'était la seule qu'avait Adwell.

Appleby vint à la barre, l'allure toujours aussi négligée. Les cheveux dressés sur sa tête, comme s'il était sorti par grand vent, il était vêtu du gilet rouge qu'il portait le jour où Daniel l'avait interrogé quelques semaines plus tôt, ou d'un autre identique, mais doté de tous ses boutons et fermé avec soin. Il avait l'air rassurant, il émanait de lui une indéniable humanité. On l'aurait pris pour un médecin de famille, accoutumé à soigner rhumes et maux d'estomac, ou un accident domestique de temps à autre, plutôt que pour un homme qui examinait des corps calcinés afin d'établir la cause de la mort.

Il prêta serment, et fit face à l'avocat de l'accusation.

Celui-ci avait bien entendu reçu la liste de témoins convoqués. Daniel se rendit soudain compte qu'il s'était raidi et que ses mains s'étaient crispées sur ses genoux. Leur défense allait-elle être mise à mal par ce modeste et sympathique médecin avant même que Saltram fût appelé à la barre ?

Il regarda autour de lui et tenta de déchiffrer l'expression de Miriam. Il avait su qu'elle serait là, mue à la fois par la curiosité et un sentiment de responsabilité pour le recours à Saltram. Par loyauté aussi, parce qu'ils avaient décidé de se battre en se fondant sur sa conviction qu'une victoire était possible – si improbable fût-elle. Aurait-il été plus sage, et plus généreux envers Adwell, de plaider coupable au lieu de prolonger les débats pendant plusieurs jours ?

Il était trop tard pour changer d'avis.

Prenant son temps et mesurant ses paroles, l'avocat commença. L'ombre de Saltram affectait-elle sa confiance en lui ?

— Docteur Appleby, vous avez examiné la dépouille que la police vous a apportée et dont on vous a dit qu'elle était celle de Paddy Jackson, est-ce exact ?

— Oui, c'est exact.

— Le corps était-il brûlé au point qu'il était impossible d'en déterminer la nature ?

— Pas du tout. Il était manifeste qu'il s'agissait d'un être humain, répondit Appleby, l'air quelque peu surpris. Cela a été clairement précisé, sans aucun doute ! Enfin, mon cher, à quel jeu jouez-vous ?

Harris s'empourpra.

— J'examine les preuves dans l'ordre, docteur… Appleby. Nous commençons par établir qu'il s'agissait de restes humains, puis nous procédons à l'identification, et ensuite nous examinons la cause du décès si possible, et les circonstances…

— Je n'ignore rien de la procédure, jeune homme. Puisque vous avez jugé bon de constituer cette cour et d'accuser Robert Adwell de meurtre, il est légitime de supposer que vous avez déjà établi tout cela, au moins !

L'avocat parut agacé. À ses yeux, Appleby tentait de semer le trouble dans l'esprit des jurés, et de laisser entendre que ces éléments restaient à prouver.

— Votre Honneur… commença-t-il.

Le visage du juge était un masque de neutralité.

— C'est votre témoin, maître. Je vous suggère de lui poser des questions auxquelles il est habilité à répondre.

L'avocat fixa le magistrat en silence, puis capitula.

— Docteur Appleby, ayant identifié les restes comme des restes humains, et la police vous ayant fourni toutes les informations dont elle disposait quant à son identité et aux circonstances dans lesquelles le corps avait été découvert, avez-vous pu déterminer la cause du décès ?

— Oui, monsieur, en effet. Cet homme est mort après avoir été frappé à l'arrière de la tête, très violemment, par un objet contondant.

Un murmure se répandit dans la salle, mais s'éteignit dès qu'Appleby reprit la parole.

— Quelque chose comme un tuyau en plomb ou une matraque.

— Un barreau de rampe d'escalier, peut-être ?

Appleby parut sceptique.

— Vous pensez que quelqu'un aurait arraché un barreau à l'escalier de l'entrepôt et l'en aurait frappé ?

— C'est peu plausible, admit son interlocuteur. Donc, ce serait plutôt un tuyau qui aurait traîné sur les lieux, ou, plus probablement qu'on aurait apporté dans l'intention de s'en servir. Ou une bonne vieille matraque en bois dur.

— L'un ou l'autre est une possibilité. Je ne peux pas dire si c'était cela ou non. Personne n'a, semble-t-il, rien trouvé sur place que je puisse examiner.

— L'entrepôt a été détruit par le feu !

— C'est bien malheureux. Mais au moins le corps du malheureux a été sorti des lieux auparavant.

— En effet. Si je comprends bien, vous ne l'avez pas vu à l'endroit où il a été découvert ? Vous n'avez donc pas pu tirer de conclusions de la position de la victime, ou ce genre de chose ?

— Non. Cela dit, la chaleur intense déforme les corps de manière étrange et grotesque. C'est un spectacle des plus éprouvant. Ce n'était pas le cas pour cet homme.

— Vous affirmez que la mort n'est pas due au feu, à l'extrême chaleur, pas plus qu'à l'inhalation de gaz toxiques ou à une électrocution, mais à un coup porté à la tête. Qu'est-ce qui vous porte à croire que l'impact n'a pas été causé par une chute dans l'escalier ? La police vous a-t-elle informé qu'il y avait une volée de marches à quelques mètres du lieu où on l'a trouvé ?

— Oui. On m'a même fait un croquis, de mémoire, puisque le bâtiment a ensuite été réduit en cendres. Mais pour répondre à votre question, la partie du corps assez bien conservée pour que je puisse l'examiner ne portait aucune trace d'ecchymoses hormis la blessure, laquelle se trouvait à un endroit…

Il indiqua l'arrière de sa propre tête, bien au-dessous du sommet du crâne.

— … qui n'aurait pas pu être affecté par une chute, du moins pas de manière isolée. Et le crâne ne présentait aucune autre lésion.

— Merci, docteur Appleby, je n'ai pas d'autre question. Restez là, je vous prie, au cas où Mr. Kitteridge souhaiterait vous interroger.

Il y avait un léger sourire sur son visage, comme s'il savait pertinemment qu'il ne pouvait y en avoir.

Il était encore trop tôt pour que l'audience fût levée. L'accusation avait terminé d'exposer ses arguments. La présentation avait été brève et sans appel. Après avoir échangé un bref coup d'œil avec Daniel, Kitteridge se leva, remercia Appleby, s'éclaircit la voix et se tourna vers le jury.

— Messieurs, vous avez entendu l'affligeant et troublant récit de la mort d'un homme. Que ce soit par le feu ou la violence, il a perdu la vie. Nous lui devons de découvrir la vérité, comme nous le devons à l'homme qui est accusé de l'avoir tué. Le récit que vous avez entendu est très crédible. Au début, je l'ai cru moi-même. Cependant, je ne suis pas un expert en matière de mort par incendie. J'avoue qu'un feu hors de contrôle me terrifie. La pensée d'en être prisonnier, incapable d'y échapper, me donne des cauchemars. J'imagine qu'il en va de même pour vous.

Daniel observa les jurés et les vit hocher la tête. Au moins, ils écoutaient. Jusque-là, Kitteridge avait retenu leur attention.

— Il est de mon devoir de faire tout mon possible pour défendre mon client, s'il m'affirme qu'il est innocent. Ce qui est le cas. Je l'avoue – j'ai moi-même peine à le croire. Du moins, j'avais peine à le croire !

Il hésita un instant.

Aucun des jurés n'esquissa un geste. Ils étaient si immobiles qu'ils auraient pu être peints sur le mur tel un décor de théâtre.

Kitteridge changea de position un peu gauchement, baissa les yeux un bref instant, puis les releva sur les douze hommes qui lui faisaient face.

— Toutefois, cette affaire a éveillé l'intérêt du plus célèbre expert d'Angleterre, j'irais même jusqu'à dire du monde, en science médico-légale, j'ai nommé Sir Barnabas Saltram. Vous n'avez peut-être pas entendu parler de lui. Après tout, il est fort rare qu'un citoyen respectable ait besoin de faire appel aux ressources d'un spécialiste en la matière. Son domaine d'expertise consiste à observer dans le moindre détail, souvent à travers un microscope, les objets qui ont été exposés au feu, qu'il s'agisse de chair calcinée, de tissu, et même d'ossements.

Il poussa un long soupir, puis frissonna légèrement.

— En faisant appel à Sir Barnabas, nous pouvons être certains d'apprendre tout ce que l'expertise humaine peut nous enseigner. Ce sont non pas des suppositions, mais des faits, qui vont nous être présentés, et cela par un homme qui a consacré sa vie, son temps, toutes ses capacités intellectuelles, à les analyser.

Il se tourna vers le juge.

— Votre Honneur, j'appelle Sir Barnabas Saltram à la barre.

Le magistrat s'abstint de toute critique, et ne manifesta pas même de surprise. Lui aussi, à l'évidence, était désireux d'écouter Barnabas Saltram et de savoir si l'esprit d'un génie pouvait interpréter les faits différemment.

Un silence s'abattit sur la salle tout entière. Nul ne s'agita, mais plusieurs personnes ne purent résister à la tentation de pivoter sur leur siège pour scruter la porte.

Daniel s'y refusa et continua obstinément à regarder droit devant lui. Il voyait les poings serrés de Kitteridge, les jointures blanchies de ses doigts.

La porte s'ouvrit dans un léger grincement, après quoi on entendit un bruit de pas discret dans l'allée. Kitteridge exhala un soupir et ses épaules se détendirent un peu.

Saltram parvint à la hauteur de Daniel et de Kitteridge. Sans même leur accorder un regard, il se dirigea vers l'huissier, le salua d'un bref signe de tête puis gravit les marches de la tribune et prêta solennellement serment.

Daniel observa les visages des jurés. Ils avaient l'air impressionnés hormis deux, qui paraissaient faire montre de scepticisme, peut-être même d'un certain ressentiment face au privilège qu'ils percevaient. Cependant, une majorité n'était pas nécessaire pour empêcher un verdict de culpabilité. Une seule voix suffisait.

— Bonjour, Sir Barnabas, commença Kitteridge, avant de s'éclaircir la gorge comme si sa cravate l'étranglait.

Sans doute était-ce le cas. Daniel comprenait parfaitement ce qu'il éprouvait.

— Bonjour, Mr… euh… Kitteridge, répondit Saltram avec une inclinaison presque imperceptible de la tête.

À sa manière de prononcer les mots, on aurait dit que nul usage ne les imposait, que c'était pure courtoisie de sa part.

— Nous apprécions beaucoup que vous ayez pris le temps de vous intéresser à cette affaire plutôt mineure, Sir Barnabas. Et, afin de faire taire certaines rumeurs que j'ai entendues, à savoir qu'un bienfaiteur anonyme, qui aurait sans doute un intérêt jusqu'ici caché dans cette affaire, règle vos honoraires, j'aimerais préciser que vous n'avez demandé aucune rémunération pour vos services.

Saltram eut un mince sourire.

— Vous faites erreur, Mr. Kitteridge. Il ne s'agit pas d'une affaire mineure, et elle n'est pas dénuée d'intérêt.

Daniel sentit un nœud se former dans sa poitrine. Qui payait ? Quel était l'élément qu'il ignorait ? Tous les regards étaient rivés sur Saltram, lequel devait en avoir conscience. On n'entendait pas le moindre son dans la salle, pas même le bruissement d'étoffe causé par quelqu'un qui change de position.

— C'est une question de vie ou de mort, reprit Saltram. L'innocence ou la culpabilité d'un homme, et par conséquent son exécution d'une des plus terribles manières qui soient, bien que nous prétendions être une société civilisée. Si nous le sommes bel et bien, nous devons tout faire pour établir la vérité. C'est là une des plus grandes vocations de l'homme.

Daniel se détendit et se surprit à frissonner en dépit de la chaleur étouffante qui régnait dans la salle, plus remplie maintenant. La présence de Saltram à elle seule avait attiré un public bien plus vaste.

Kitteridge desserra les poings.

Daniel se demanda ce qu'il ressentait. Un respect mêlé de crainte ? Saltram avait déjà éveillé cette réaction, avant même d'avoir commencé à témoigner. Debout à la tribune, les épaules droites, en aucun cas raides, il était très à l'aise. Ses mains fines et fortes reposaient négligemment sur la barre proprement dite, les mains d'un chirurgien, d'une propreté immaculée.

— Nombre d'entre nous savent que vos qualifications sont exceptionnelles, Sir Barnabas, mais pour les archives du tribunal, voudriez-vous, je vous prie, nous les rappeler ?

— Avec plaisir…

Saltram débita la liste des cursus qu'il avait suivis en médecine et en science médico-légale, des diplômes qu'il avait obtenus, ainsi que des fonctions qu'il avait exercées et des articles qu'il avait publiés, notamment ceux traitant de la mort par le feu.

— Je vous remercie. Sir Barnabas, avez-vous examiné le corps de Patrick Jackson ?

Une fois de plus, un léger sourire se dessina au coin des lèvres du scientifique.

— En effet. Le Dr Appleby a eu la courtoisie de m'autoriser à le faire en ma qualité d'expert dans ce domaine, et compte tenu de mon intérêt pour la défense de l'accusé, Robert Adwell.

— Et pourriez-vous, je vous prie, dire à la cour ce que vous avez trouvé, monsieur ?

Daniel jeta un coup d'œil en direction de Miriam. Toute son attention semblait focalisée sur Saltram, mais il ne parvenait pas à déchiffrer son expression. Elle était assise très droite, le dos raide, et il avait l'impression que, s'il l'avait touchée, ses épaules auraient été rigides sous l'étoffe bleu marine de son tailleur. Redoutait-elle que Saltram ne pût leur venir en aide, qu'il n'y eût aucun élément médico-légal de nature à susciter un doute raisonnable sur la culpabilité de Rob Adwell ? Ou craignait-elle de faire perdre son temps à Saltram ? Avait-elle peur qu'il ne lui reproche de lui avoir donné une image erronée de l'affaire ?

Pourquoi était-il venu, au fond ? Pour s'attirer un regain de publicité ? Par égard pour une vieille amitié ? Daniel ne croyait pas à cette dernière hypothèse. Envers Marcus, peut-être, mais pas envers Miriam. Quoique ignorant des rapports qu'ils avaient eus vingt ans plus tôt, il devinait que ce n'avait pas été une relation aussi confortable que l'amitié. À moins qu'il n'eût une dette à rembourser, peut-être ? Les dettes n'entraînent pas toujours la gratitude. Celle-ci peut être un fardeau qu'un homme fier ne supporte pas facilement, ni avec grâce.

Il reporta son regard sur Saltram, tout en s'efforçant d'imaginer la nature d'une telle dette. C'était un homme séduisant, aux traits austères et bien dessinés. Ses cheveux châtains, striés de gris sur les tempes, étaient encore épais et mettaient en valeur ses traits. Sa voix égale, son élocution distincte retenaient toute l'attention du public. Le sujet était macabre, mais il avait éveillé les émotions. On l'écouterait jusqu'au bout dans un silence absolu.

— Ce corps n'était pas sérieusement brûlé, dit-il. C'était à l'évidence celui d'un jeune homme en bonne santé. Il a été facile d'établir qu'il s'agissait d'un certain Patrick Jackson. Plusieurs membres de sa famille ont affirmé sous serment l'avoir reconnu.

Il baissa un peu la voix. Deux jurés se penchèrent en avant pour mieux entendre.

À côté de Daniel, Kitteridge serra les dents, sa tension était palpable.

— Cela dit, la cause du décès est une tout autre question, continua Saltram, une concentration intense sur le visage. C'est de cela qu'il s'agit ici. Messieurs…

Il s'adressait directement au jury.

— … débarrassez votre esprit de tous préjugés. C'est pourquoi nous avons confiance en vous, pourquoi, en fait, nous vous avons choisis, un par un, après mûre réflexion. C'est à cela que vous vous êtes engagés en prêtant serment…

L'avocat général se leva, prêt à l'interrompre, mais un coup d'œil aux visages des intéressés suffit à lui faire comprendre qu'il ne ferait que s'attirer leur hostilité. Si la solennité du moment était brisée, elle serait remplacée par la colère et le mépris à l'égard de quiconque était en désaccord avec un hommage aussi grave.

L'ombre d'un sourire vacilla sur le visage de Saltram et puis s'évanouit.

— La vie d'un homme est en jeu, dit-il d'une voix légèrement rauque. La justice elle-même, peut-être. La pendaison d'un homme pour un crime qu'il n'a pas commis réduit à néant tous nos efforts pour être justes, pour être une nation civilisée qui croit en la loi, et non à une vengeance de sauvages.

Il se tut. Peut-être avait-il senti qu'il était allé aussi loin que la cour le lui permettrait. Un coup d'œil aux jurés apprit à Daniel qu'ils étaient toujours captivés. Le juge en personne n'aurait pu rompre le charme sans faire de dégâts.

— La cause du décès était-elle l'incendie qui a ravagé au moins la moitié de l'entrepôt ? Cet incendie a-t-il incinéré le corps ? Non. La victime a-t-elle été asphyxiée par la fumée et les vapeurs toxiques ? Non. Si tel était le cas, il serait aisé d'en apporter la preuve. La mort est-elle due à un manque d'oxygène, celui-ci ayant été consommé par le feu ? Là encore, le corps nous le dirait – et ce n'est pas le cas.

Il inclina l'angle de ses épaules en direction des jurés, comme s'ils étaient les seuls occupants de la salle. Et en un sens, ils l'étaient. Eux, et eux seuls, prononceraient le verdict.

Mais Daniel voyait l'effet que ce geste avait produit sur eux. Eux, à leur tour, ne voyaient que Saltram.

— Les os du crâne étaient endommagés, sévèrement fracturés, poursuivit-il. Un choc à la tête conduit souvent à la perte de connaissance, puis à la mort. Pourtant, dans ce cas, le blessé aurait continué à respirer et ses poumons auraient été pleins de fumée, de cendre et de gaz toxiques. Or ils ne l'étaient pas !

Il marqua une pause, fixant chaque homme tour à tour pour s'assurer qu'il avait compris.

— A-t-il fait une chute qui aurait pu causer cette blessure ? Ou été assommé par un objet lourd ?

Il toucha la base de son crâne, sa nuque, pour illustrer ses propos.

— Rien n'a été découvert à côté de lui qui soit de nature à étayer cette hypothèse. S'il avait trébuché et qu'il fût tombé dans l'escalier voisin, il aurait eu de nombreuses contusions. Il n'en avait pas. Son corps ne se trouvait pas à l'endroit où il aurait atterri après une pareille chute et, d'ailleurs, il n'avait pas le cou brisé non plus.

Là encore, l'ombre d'un sourire effleura ses lèvres.

— Cela étant, quelle est la cause de la mort ? La tête et les épaules ont été soumises à une chaleur intense. L'homme a été identifié par ses chaussures et les vêtements qu'il portait sur la partie inférieure du corps. Son identité ne fait aucun doute. L'accusé lui-même le reconnaît. Pourquoi cette disparité entre le haut et le bas du corps ? Y a-t-il une explication ?

Il sourit un instant, peut-être pour vérifier que chaque personne présente lui consacrait son attention. Il ne pouvait guère en douter !

— Si, ainsi que le croient les pompiers, le sinistre n'a pas été accidentel, mais criminel, ayant pour but de causer une chaleur instantanée et intense, et qu'il progressât dans la direction opposée à l'individu qui a péri… je n'affirme pas que cet homme ait allumé le feu, mais ce n'est pas impossible.

Il eut un large haussement d'épaules.

— Le feu s'est déclaré de manière explosive, en dégageant une chaleur immédiate et extrêmement forte, suffisante pour fracturer les os du crâne et provoquer sa mort. Cette explication, messieurs, concorde avec tous les faits dont nous disposons, et ce que nous pouvons déduire ou supposer. Oui, Patrick Jackson et Robert Adwell se sont querellés dans cet entrepôt plein de matériaux hautement inflammables. L'un d'eux a péri : Patrick Jackson. Mais ses blessures ne concordent pas avec l'hypothèse selon laquelle Adwell aurait agressé Jackson, allumé le feu et pris la fuite en laissant Jackson brûler vif.

Il prit une longue inspiration. Un silence total régnait dans la salle.

— N'est-il pas plus probable que Jackson ait mis le feu ? Les flammes ont jailli beaucoup plus vite qu'il ne l'avait escompté, si bien qu'il a été pris de panique et s'est retrouvé prisonnier du brasier, et que la chaleur brutale a fait éclater presque immédiatement les os de son crâne. Ensuite, le courant d'air a poussé les flammes de l'autre côté, du côté qu'il avait prévu au départ, laissant son corps en partie brûlé derrière elles.

Enfin, il se tourna vers le banc de l'accusation.

— Je vous suggère avec le plus grand respect, monsieur, que vous ne pouvez pas être certain que les choses ne se soient pas déroulées ainsi. La victime escomptée a survécu et se tient devant vous aujourd'hui, accusée de meurtre. Le véritable meurtrier a succombé à son propre piège. Je vous suggère que justice a été rendue.

Saltram resta à la barre et attendit. L'air semblait presque vibrer de tension.

— Je vous remercie, Sir Barnabas, déclara Kitteridge. Je n'ai pas d'autres questions. Peut-être l'accusation en a-t-elle ?

Harris se leva, l'air un peu étourdi, comme si, en train de courir tranquillement, il venait de se retrouver le nez par terre.

— Sir Barnabas, commença-t-il sur un ton hésitant,

cette hypothèse est-elle la seule qui concorde avec tous les faits que vous avez mentionnés ?

— Peut-être que non, répondit Saltram, raisonnable. C'est la seule qui se présente de manière aussi évidente. Le crâne humain est plus aisément endommagé qu'on ne le suppose, dans certaines circonstances. Et pourtant, dans d'autres, il peut résister à de remarquables assauts et demeurer intact. Ce qui ne signifie pas, bien entendu, que le cerveau à l'intérieur ne soit pas affecté.

— Mais c'est… ?

— Le crâne n'a pas besoin d'être fracassé pour que le cerveau soit endommagé, expliqua patiemment Saltram, d'une voix plus grave. Un impact violent, de côté, suffit. Mais ce n'est pas de cela qu'il s'agit ici. Les os eux-mêmes ont craqué, à mon avis, sous l'effet de la fournaise.

— Pas à cause d'un coup ?

— Ce n'est pas impossible. C'est beaucoup moins probable. L'angle de l'impact ne correspond pas à celui d'un coup qu'aurait pu porter un homme d'une taille à peu près identique. On ne peut pas pendre un homme pour un geste qu'il aurait pu commettre, mais qu'il n'a sans doute pas commis. Vous avez échoué à prouver votre théorie, monsieur. Je suggère que l'accusé n'est pas coupable. La victime a eu l'infortune d'être tuée par son propre fusil, en un sens, et il n'y a pas de preuves suffisantes de la culpabilité de Mr. Adwell.

L'avocat renonça. Il savait qu'il n'allait pas ébranler Saltram.

Le juge invita Kitteridge à procéder à un nouveau contre-interrogatoire. Ce dernier déclina l'offre. Il n'y avait rien à ajouter. Saltram fut remercié. Les jurés suivirent des yeux sa silhouette élancée, aux épaules larges, jusqu'à ce que la porte se referme derrière lui.

Après les ultimes argumentaires, le jury se retira.

Le juge déclara l'audience suspendue jusqu'au lendemain matin.

— Bon sang, il a été bon, soupira Kitteridge une fois dehors, lorsqu'ils se furent éloignés de la foule qui se dispersait. Vous pensez qu'il a vu juste ?

Daniel réfléchissait.

— Juridiquement parlant, ils ne peuvent pas condamner Adwell.

— Je sais bien ! rétorqua Kitteridge. Mais a-t-il vu juste ? Est-ce vraiment ce qui s'est passé ?

Daniel était debout sur les marches du palais de justice, face au vent glacial.

— Je n'en ai pas la moindre idée.

— S'il le dit, c'est au moins une possibilité, argua Kitteridge.

— Juste parce qu'il le dit ? lança Daniel sur un ton de défi.

Saltram lui déplaisait, sans qu'il pût comprendre pourquoi. L'homme était un expert qui gagnait une fortune pour dispenser ses compétences, et le méritait peut-être. Et il était venu dans ce tribunal mineur pour donner son avis à titre gratuit. Pourquoi ? Dans l'intérêt de la justice ? Pourquoi Daniel était-il réticent à croire cela ? S'il s'était agi du Dr Ottershaw, l'expert en empreintes digitales, il n'aurait pas hésité. Saltram lui rappelait-il quelqu'un qu'il avait connu et qui lui avait été antipathique ? Ce serait à la fois injuste et puéril de se laisser influencer de la sorte.

Le jury ne pouvait plus raisonnablement déclarer Adwell coupable maintenant, même si le juge intervenait pour guider le verdict. S'il le faisait, ce serait un motif d'appel. Daniel songea qu'il devait aller trouver Miriam et la remercier. Il avait le sentiment qu'il lui en avait beaucoup coûté de solliciter une faveur de la part de Saltram. Il ne savait pas du tout pourquoi, et ce serait maladroit, peut-être même indiscret, de le lui demander. Tenait-il seulement à le savoir ? La question rôdait à l'arrière-plan de son esprit, comme une douleur sourde dont il ne parvenait pas à se libérer.

Il l'aperçut devant lui, un peu plus loin sur le trottoir, la lueur d'un lampadaire se reflétant l'espace d'un instant sur ses cheveux flamboyants. Il se hâta de s'excuser auprès de Kitteridge et de la rattraper.

— Miriam !

Elle se retourna.

— Vous avez réussi, dit-elle, mais aucun triomphe ne se lisait sur son visage.

— Pas nous, répondit-il. C'était Saltram. Avant qu'il vienne à la barre, nous étions en train de perdre la partie.

Ils étaient juste sous le lampadaire, et il voyait l'expression délibérément neutre qu'elle essayait d'adopter, comme si elle était aux prises avec trop d'émotions et n'était sûre d'aucune.

— Il est très expert, et il l'a prouvé au fil des années, observa-t-elle. Les gens le croient. Il a une façon… une manière de parler qui les incite à écouter.

Si elle avait dit cela auparavant, il aurait présumé qu'elle exprimait son admiration pour la complète maîtrise que Saltram avait de sa profession. Maintenant, il en était moins certain. Là, alors qu'ils se tenaient seuls sous ce lampadaire, comme isolés, il lisait dans son regard que la réponse était bien plus complexe. Ils avaient presque certainement gagné le procès et cette victoire était directement due à son intervention, et pourtant il était sûr qu'elle éprouvait un sentiment de défaite, une défaite définitive.

Avait-elle pu être amoureuse de Saltram par le passé et était-elle encore hantée par l'écho de ce sentiment ? Saltram était-il le genre d'homme qui aurait pu éveiller son amour ? sa tendresse ? voire un besoin, profond, douloureux, qui perdurait encore ?

Pourquoi cette pensée le faisait-elle souffrir ? Car c'était le cas ! Il ne pouvait imaginer le froid, le distant Saltram répondre à son affection, rire avec elle, partager son enthousiasme pour une expérience scientifique, sa compassion, ou quoi que ce fût d'autre dans le domaine des sentiments. Ni comment elle aurait pu s'imaginer qu'il en serait capable !

Cependant, Daniel avait été amoureux lui aussi, quelques fois, de femmes qui n'auraient jamais pu le rendre heureux. Et réciproquement. Ce n'avait été que des toquades. Il l'avait su au bout de quelques semaines, de quelques mois tout au plus. Miriam avait-elle gardé ce feu en elle pendant toutes ces années ? Il en éprouvait un vague ressentiment. Nourrissait-elle une passion à sens unique pour ce perfectionniste glacial, ce cerveau sans cœur, sans rire, sans une once de tendresse ? Et dénué de réalité ! se réprimanda-t-il. Tout cela n'était que le pur produit de son imagination.

Elle le regardait toujours, attendant sa réponse.

— Daniel ?

— Oui, s'empressa-t-il de dire. Je… je vous suis très reconnaissant de lui avoir demandé son aide. Il ne l'aurait jamais fait pour nous.

Elle parut chercher une réponse. Une qui serait polie, et sincère, mais qui ne révélerait que peu de chose ?

Il ne devait jamais lui montrer ce qu'il devinait ; ce serait beaucoup trop indiscret, en fait, impardonnable ! Il se força à sourire.

— Il ne nous aurait sûrement même pas reçus.

Elle se détendit quelque peu. Ses épaules se relâchèrent.

— Peut-être que non, mais il a accepté l'affaire pour ses propres motivations.

— Vous croyez ?

— J'en suis certaine. Il n'agit jamais sans raison, ou dans le seul but de faire plaisir à quelqu'un. Ses motivations sont toujours scientifiques… ou légales.

— Et vous n'admirez pas cela ?

Il regretta les mots à l'instant même où ils jaillirent de sa bouche. Il prit une inspiration, cherchant en vain comment les neutraliser : rien ne lui vint à l'esprit.

Comme si ses pensées étaient gravées sur son visage, elle sourit, mais c'était tout juste si elle contenait son émotion, et il était trop tard pour éviter de s'en rendre compte ou y donner une autre interprétation.

— Il est très intelligent, en effet. Je m'imaginais autrefois que je serais aussi bonne que lui un jour, mais peut-être que je me trompais. Je ne pouvais avoir ni la ténacité suffisante à la poursuite de l'excellence ni la maîtrise de moi-même nécessaire pour accepter la vérité, si laide ou si douloureuse fût-elle. Il me l'a dit voilà des années.

Daniel voulut l'interrompre, mais elle se hâta de poursuivre, peut-être parce que la moindre hésitation risquait de la dissuader de terminer.

— C'est une compétence masculine, dans la nature comme dans la loi. Peut-être a-t-il raison et les femmes ne sont-elles pas équipées pour affronter de telles horreurs. Nous ne pouvons nous dissocier de nos émotions et poursuivre la vérité pure.

Il ne put rester plus longtemps silencieux.

— Balivernes ! se récria-t-il farouchement. Débarrassez-vous de ces idées démodées ! Elles appartiennent au siècle dernier. Si vous avez un cerveau, vous pouvez réussir. Et si vous voulez vous endurcir, vous en êtes capable !

Sa voix s'adoucit.

— Cependant, j'espère que, si vous le faites, cela ne chassera pas votre humanité, comme cela semble être le cas pour lui. Quel imbécile pompeux !

Elle émit une petite exclamation, un son étranglé, presque un rire, mais des larmes brillaient dans ses yeux. Il sut alors avec certitude, comme lorsqu'une lumière crue montre tous les détails d'une scène, qu'elle avait autorisé Saltram à lui voler ses rêves, même si elle venait seulement de s'en rendre compte.

— Miriam...

Il posa une main sur son bras, puis comprit qu'il avait peut-être lui aussi dépassé les limites des convenances. L'amitié ne lui conférait pas de tels droits. Il retira sa main.

— Saltram est un expert compétent et un témoin idéal, mais ne le laissez pas vous dicter ce que vous pouvez ou ne pouvez pas faire. Il est au sommet de sa carrière. Ce qui signifie qu'il pourrait décliner à partir de maintenant.

— Oh ! Daniel, s'exclama-t-elle, incrédule.

— C'est possible !

Cependant il n'y croyait pas vraiment, lui non plus.

— En tout cas, ses idées sont d'un autre siècle. Concernant les femmes. Regardez Marie Curie ! Les femmes peuvent accomplir toutes sortes d'exploits : remonter le Nil ou le Congo, par exemple. Collectionner les papillons au Moyen-Orient, lutter pour changer la société ici même. Voyez Elisabeth Fry, Annie Besant !

Il se creusa les méninges pour trouver d'autres noms.

— Et Mrs. Pankhurst. Je parie que, d'ici dix ans, les femmes auront le droit de vote.

— Y a-t-il des crocodiles dans le Nil ? Je n'aime pas les crocodiles.

— Ce sont des préjugés ! Je parie que vous n'en avez jamais rencontré !

— Daniel, vous déraisonnez ! rétorqua-t-elle, un sourire sincère sur les lèvres à présent.

— Non, pas du tout, je... disons que j'exagère un peu la réalité.

— Un peu !

— Oui. C'est à vous d'aller plus loin.

— Peut-être... mais pas ce soir. Je crois que vous avez gagné votre procès.

— Moi, je crois que Saltram a gagné le procès de Kitteridge, mais je sais ce que vous voulez dire.

Elle lui décocha un vrai sourire, très doux, après quoi elle se détourna et s'éloigna.

Le lendemain matin, après tout juste une demi-heure de délibération, les jurés délivrèrent leur verdict : « Non coupable. » Le juge les remercia, et les autorisa à partir. Les journalistes se ruèrent vers la porte pour être les premiers à rapporter la nouvelle, qui était bel et bien celle à laquelle ils s'attendaient.

Kitteridge paraissait encore stupéfait, même s'il avait bien dû escompter ce résultat. Il se tourna lentement vers Daniel.

— Travailler avec vous est un peu comme se tenir sur un de ces manèges qui montent et qui descendent en trombe comme s'ils étaient sur le point de sortir des rails. Je ne sais jamais si on va se renverser, arriver jusqu'au bout, ou retourner au point de départ.

— Vous voulez descendre ? demanda Daniel, espérant que la réponse serait non.

Il aimait bien Kitteridge qui, en dépit de ses excentricités, savait précisément faire la différence entre le bien et le mal, la cruauté et la bonté, et discerner la vérité, fût-elle déformée par les apparences.

— Non ! répliqua Kitteridge, incrédule. Quelle question idiote !

Daniel n'eut pas le temps de répondre. Jessie Beale venait vers eux, le visage illuminé par la victoire et la reconnaissance.

6

Plusieurs semaines plus tard, bien après la mi-novembre, Daniel était assis dans sa taverne favorite et flirtait avec une ravissante serveuse. Il y prenait plaisir car le temps était épouvantable, la bruine se muait rapidement en neige fondue, et la nuit tombait déjà. Les lampadaires n'offraient que de pâles cercles de clarté où l'on apercevait le reflet fugace de la lumière sur les cristaux de givre prisonniers des gouttes. Tout le reste n'était qu'une obscurité brumeuse traversée ici et là de silhouettes indistinctes.

Il faisait durer la conversation parce qu'il espérait sans y croire vraiment que le temps allait s'améliorer.

— Vous avez l'air si innocent qu'on vous donnerait le bon Dieu sans confession, s'esclaffa la serveuse avec un grand sourire. Mais je ne suis pas née de la dernière pluie !

Daniel lui avait raconté des histoires de plus en plus rocambolesques, et elle avait bien failli le croire jusqu'au moment où la dernière anecdote avait basculé dans l'invraisemblable et qu'il n'avait pu retenir son rire plus longtemps.

Un homme entra et s'assit sur le tabouret à côté de lui, apportant une bouffée d'air froid, comme si celui-ci s'était accroché à la bruine qui imprégnait son manteau et le bord détrempé de son chapeau.

— Regardez donc ce que la tempête nous apporte ! s'exclama la serveuse gaiement. Si ce n'est pas Mr. Quarles. Vous avez l'air d'un rat mouillé ! Qu'est-ce que je vous sers, *luv*[1] ?

Daniel le regarda. En effet, c'était Quarles, l'inspecteur de police qui avait enquêté sur l'affaire Adwell.

Il frissonnait et semblait à la fois exténué et abattu. Seul l'accueil de la serveuse fit naître un bref sourire sur ses lèvres.

— La journée a été longue ? demanda Daniel.

Comme Quarles ne répondait pas, il se présenta de nouveau.

— Daniel Pitt. La mort de Paddy Jackson dans l'entrepôt de Tooley Street. Vous vous souvenez ?

— Oh ! Pour ça, je m'en souviens, rétorqua le policier. J'essaie de ne pas y penser, mais on n'en a pas encore terminé !

— Je ne vois pas ce qu'il y a à dire de plus.

Daniel était conscient de la colère qui vibrait dans la voix de Quarles. Pensait-il encore qu'Adwell était coupable ?

— Vous allez le découvrir, répondit Quarles sur un ton sombre. J'imagine qu'elle vous enverra chercher. Je l'entends d'ici.

Daniel eut l'intuition que les récriminations ne faisaient que commencer. Dès qu'il aurait répondu de manière civile, il sortirait sous la pluie et rentrerait à sa pension. Il y ferait bon. Mrs. Portiscale ne lésinait pas sur les feux à cette saison. Cela valait bien la légère augmentation de loyer qu'elle demandait.

— Hé, Lillie ! s'il vous plaît, donnez à Mr. Quarles une pinte de ce qu'il veut, c'est moi qui offre.

1. *Luv*, déformation de *love* : mot affectueux encore souvent utilisé, notamment dans le nord de l'Angleterre, même entre inconnus.

— Tout de suite ! s'écria-t-elle en souriant. Une pinte de Guinness, c'est ça ?

— Oui, merci.

Quarles la prit et Daniel régla la consommation avant même que les mains glacées du policier aient pu sortir son portefeuille de sa poche.

— Merci, dit-il de nouveau, s'adressant à Daniel. Mais vous ne me remercierez pas quand je vous dirai pourquoi j'ai besoin de boire un verre. Vous aurez des nouvelles demain matin, je suppose.

Daniel sentit une tension soudaine s'emparer de lui, une menace diffuse.

— De quoi parlez-vous ? Cessez de jouer aux devinettes avec moi.

— Je viens d'arrêter Jessie Beale pour meurtre. Elle va forcément faire appel à vous, aussi sûr que le soleil se lèvera demain. Quoique, Dieu nous aide, ça n'ait pas l'air si certain. On va avoir droit au froid, à la pluie et à la nuit jusqu'en février maintenant.

— Jessie Beale ? répéta Daniel, interloqué. Pourquoi ? Que s'est-il passé ? Elle ne peut pas avoir tué quelqu'un.

— C'est sans doute ce qu'elle va vous affirmer.

Quarles but une longue gorgée de liquide mousseux.

— Que voulez-vous dire ?

Si c'était une plaisanterie, elle n'avait rien de drôle.

— Qui est mort ?

L'inspecteur reposa son verre.

— J'aurais pensé que vous l'aviez deviné, Mr. Pitt. Robert Adwell, le malheureux, a trouvé la mort dans l'incendie d'un hangar aujourd'hui. Une cabane assez grande, mais pas tout à fait un entrepôt. Il y avait tout un tas de produits inflammables là-dedans. De la peinture, des produits chimiques et autres. Il a fait sacrément chaud avant que les pompiers puissent l'éteindre. Assez chaud, sans doute, pour faire craquer les os d'un crâne !

Il fixa calmement Daniel, soutenant son regard sans ciller.

— On dirait que la famille Jackson s'est vengée, répondit Daniel. Pourquoi avez-vous arrêté Jessie ?

Il s'efforçait d'assimiler la réalité, de gagner du temps, et Quarles le savait.

— On le dirait, n'est-ce pas ? admit Quarles. Vous le croyez ?

Il souriait presque. Son sourire atteignit ses yeux, puis s'effaça.

Daniel ne sut que répondre. Son cerveau fonctionnait à toute allure, tentant d'analyser ce rebondissement tout à fait imprévu. Les frères de Paddy Jackson avaient-ils pu choisir ce moyen pour venger sa mort ? Il serait compréhensible qu'ils eussent tué Adwell de la manière dont on l'avait accusé d'avoir tué Paddy. Il y avait là une sorte d'égalité primitive. Nul ne le contesterait. Peut-être même pourrait-on en apporter la preuve, si on ne se fiait pas au témoignage subtil de Saltram. Ou qu'on ne l'eût pas entendu. Beaucoup de gens ne lisaient pas les journaux. Ne lisaient pas du tout ! Mais ils avaient dû en entendre parler. Le bouche-à-oreille fonctionnait plus vite qu'un oiseau ne pouvait voler.

Quarles l'observait sans rien dire.

— Je ne sais pas, admit Daniel. Cela pourrait être l'un ou l'autre. Mais oui ! Pourquoi pas la famille de Paddy, même si ce n'était pas pour cette seule raison ? Ils étaient rivaux, n'importe quel prétexte aurait fait l'affaire.

— Et ils auraient procédé exactement de la même façon ? objecta Quarles, l'incrédulité perçant dans sa voix.

— Cela y ajoute une certaine justice, lui fit remarquer Daniel. Pourquoi Jessie aurait-elle fait ça ? Elle tenait dur comme fer à obtenir la libération d'Adwell. Si elle avait désiré sa mort, elle n'avait qu'à attendre que la justice suive son cours.

— C'est vrai, concéda Quarles. Mais vous avez un jugement des choses qui est figé dans le temps. Je trouve que c'est souvent un défaut, chez les avocats. La situation au moment du crime, pour ainsi dire. Cela ne leur vient jamais à l'idée qu'elle puisse évoluer, à cause du verdict.

— Bien sûr, répondit Daniel. C'est le seul moment où l'on puisse juger. Quand arrive le procès, les choses ont pu changer. En fait, c'est sûrement le cas.

— Pour quel crime ?

Daniel était sur le point de répondre quand il prit conscience de ce que Quarles lui faisait remarquer. Deux crimes avaient été commis. D'abord, Paddy Jackson avait été tué, et maintenant Adwell, à peine un mois et demi plus tard.

— Qu'est-ce qui n'est plus pareil ? demanda-t-il. Précisément ?

— Voilà ce que nous avons besoin de savoir, acquiesça Quarles, qui s'était désintéressé de son verre. Un événement s'est-il produit entre-temps qui a changé la donne ? Moi, je pense qu'utiliser en tout point la même méthode que pour la mort de Paddy, jusque dans les moindres détails, est un peu trop subtil pour Ginger Jackson. Je l'aurais plutôt vu rouer Adwell de coups dans une ruelle obscure. Et autre chose : comment auraient-ils su s'y prendre pour causer un incendie comme celui-là, et faire en sorte que les blessures soient presque identiques à celles de Paddy ? Elles n'ont été décrites que de manière succincte lors du procès. Les types dont nous parlons ne sont pas vraiment des lumières.

— Et vous pensez que Jessie Beale en est une ? s'écria Daniel, incrédule.

— J'ai bien l'intention de le découvrir.

— Mais pourquoi aurait-elle tué Adwell ? Pas juste pour le plaisir ? Si elle ne l'aimait plus, elle n'avait qu'à le quitter.

— Je ne sais pas. Mais je compte le découvrir. Je l'ai

arrêtée avant qu'elle puisse filer dans une autre juridiction, et qu'on la perde de vue. Elle aurait bien été capable de faire ça !

— Pourquoi l'aurait-elle tué ? insista Daniel. C'était un risque terrible. Pourquoi ne pas simplement s'en aller ?

— Parce que c'est plus compliqué que ça, asséna Quarles d'une voix sombre.

Maintenant, toute trace d'humour avait déserté ses traits.

— Il y a une raison derrière tout ça, un règlement de comptes quelconque, mais je ne sais pas lequel. Plusieurs cambriolages ont eu lieu au bord de la Tamise, dans le secteur où opèrent les Jackson et leurs rivaux. Des vols d'envergure. Certains ont leur petite idée sur qui est responsable, mais j'ai la mienne. Ce qui est sûr, c'est que l'argent en jeu est suffisant pour causer un meurtre et, en général, c'est l'argent ou la jalousie qui est à l'origine du crime. Souvent, la vengeance n'attend pas aussi longtemps.

Quarles le fixait, et Daniel en fut troublé. Il ne se sentait pas coupable d'avoir défendu Adwell. En fait, il avait pensé que celui-ci était sans doute innocent. À moins qu'il n'eût seulement été convaincu par la terreur qu'avait Adwell d'être pendu, et que la perplexité de ce dernier quant aux faits n'eût pas été sincère ? S'il était bel et bien coupable, ç'avait été un très bon acteur, et Daniel était encore plus crédule qu'il ne le craignait. Peut-être Kitteridge avait-il été plus lucide, mais avait-il accepté de défendre Adwell parce que le cabinet, en la personne de Daniel, s'y était engagé ? Quelqu'un devait représenter l'accusé pour que le procès fût équitable, indépendamment de son identité et du crime commis.

Pourtant, face à Quarles, il était mal à l'aise.

— Quel rôle Jessie a-t-elle joué ? demanda-t-il. Pensez-vous qu'elle ait agi seule ? Et pourquoi ? Parce qu'ils s'étaient querellés au sujet du butin d'un vol quelconque ?

— Non, bien sûr que je ne crois pas qu'elle ait agi seule ! riposta Quarles sèchement. Elle est sans doute de mèche avec les frères Jackson.

— Mais elle m'a demandé de défendre Adwell. Pourquoi l'aurait-elle fait si elle était de mèche avec les Jackson ? protesta Daniel.

Il se refusait ne fût-ce qu'à feindre de croire à une telle hypothèse.

— Adwell a tué Paddy, comme nous l'en avons accusé, et ensuite, peut-être qu'il a menacé Jessie Beale parce qu'elle était au courant, et qu'elle l'a tué en voulant se défendre.

Daniel le fixa calmement.

— Vous n'y croyez pas !

— Non, admit Quarles, en regardant sa Guinness d'un air morose. Il est plus plausible qu'elle ait changé de camp et qu'un des frères Jackson ait tué Adwell. Mais ils sont tous impliqués.

— Malgré tout, vous inculpez Jessie ?

— Si elle n'est pas coupable, elle sait qui l'est.

— Devrais-je vous remercier de m'avoir averti ?

— Sans doute que non, ou guère.

Cette fois, Quarles sourit pour de bon.

Le lendemain matin, Daniel était au cabinet de bonne heure, ayant pour une fois devancé Kitteridge lui-même. Il sirotait sa deuxième tasse de thé, et regardait les minutes s'égrener à l'horloge quand Kitteridge passa devant sa porte ouverte, puis fit volte-face et entra. Il portait un pardessus écossais extraordinairement bien coupé, mais parvenait quand même à avoir l'air mal fagoté. Peut-être à cause de l'écharpe en laine qu'il avait enroulée autour de son cou pour se protéger du vent glacial, plutôt qu'un chapeau et un foulard en soie. D'un autre côté, peut-être que sa tenue n'importait guère, et qu'il aurait toujours l'air d'un daltonien qui s'était habillé à la va-vite.

Néanmoins, Daniel fut content de le voir.

— Du thé ? Il est tout frais. Enfin, encore chaud.

Kitteridge le détailla, soupçonneux.

— Que faites-vous ici d'aussi bonne heure ? Je ne vois rien sur votre bureau.

— Ce n'est pas encore arrivé, répondit Daniel, mais ça va venir.

Il remplit une tasse de thé. Kitteridge en voudrait dans quelques secondes s'il n'en voulait pas maintenant.

— Que va-t-il se passer ? demanda ce dernier en accrochant son manteau à une patère. Ce que vous dites n'a ni queue ni tête, mais je suppose que vous le savez.

Il s'assit et prit la tasse.

— Vous m'attendiez. Pourquoi ?

— J'ai rencontré Quarles au pub hier soir.

Daniel avait répété ce qu'il allait dire, mais cela ne sonnait pas mieux à ses oreilles pour autant.

— Et cela vaut la peine d'en parler ? demanda Kitteridge, méfiant.

— Oui. Rob Adwell est mort dans un incendie hier.

— Justice poétique, commenta Kitteridge froidement. Ou êtes-vous en train de dire que les frères Jackson se sont vengés ? Ce n'est pas totalement dénué d'intérêt, mais ça ne nous regarde pas. Ils avaient peut-être raison. Je veux dire, quant aux faits. Nous n'avons pas prouvé qu'il était innocent, seulement qu'il n'était pas coupable au-delà de tout doute raisonnable.

— Peut-être.

Daniel reposa sa tasse.

— Quarles a arrêté Jessie Beale pour son meurtre et il croit qu'elle va demander à nous voir ce matin.

— Eh bien, je ne suis pas disponible ! déclara Kitteridge sur un ton résolu. Je vais m'en assurer, dussé-je défendre un ivrogne pour désordre sur la voie publique à la place.

— Vous allez me laisser seul ? demanda Daniel avec un sourire incertain.

Il n'avait guère envie de s'engager dans cette affaire, encore moins sans la compétence et la présence de Kitteridge. Même si Marcus l'y autorisait. Pourtant, sur le plan moral, il ne voyait pas comment s'y soustraire.

— Cela suggérerait presque que nous pensions avoir tort la première fois, lui fit-il remarquer.

Kitteridge le dévisagea, tandis qu'une succession d'émotions se lisaient sur ses traits.

— Même si Marcus vous demande de le faire ? insista Daniel.

— Il ne l'a pas fait, rétorqua Kitteridge.

— Bien sûr que non. Personne ne m'a rien demandé non plus… jusqu'à maintenant.

Ils n'eurent pas à attendre longtemps. Daniel se trouvait dans la bibliothèque, occupé à chercher des références pour Marcus, quand on le pria de se rendre dans le bureau de Kitteridge. Il s'exécuta le cœur serré, certain de savoir de quoi il s'agissait.

Il avait vu juste. Un jeune homme était assis en face de son collègue, un attaché-case encore sur les genoux, en proie à un mélange visible d'enthousiasme et de nervosité. Ses cheveux clairs retombaient sur son front et il portait une veste aux manches trop courtes qui devait être de seconde main. À son grand agacement, Daniel éprouva aussitôt une bouffée de compassion pour lui. Il l'imagina s'accablant de reproches si sa requête était refusée, ce qui était absurde ! Il ne devait pas sauter sur des conclusions hâtives. Kitteridge était un avocat très habile, plus réputé de jour en jour, et pourtant ses vêtements ne donnaient jamais l'impression de lui aller non plus !

— Mr. Holland, de chez Hedge et Carter, de l'autre côté de la Tamise, annonça Kitteridge. Il nous apporte un dossier que sa cliente désire que nous acceptions. L'affaire de Miss Jessie Beale, pour être précis.

— Enchanté, Mr. Pitt.

Le jeune homme s'était levé avant même que Kitteridge eût terminé.

— C'est ce que je souhaite en effet, parce que vous avez obtenu un succès spectaculaire dans une affaire très similaire voilà un mois environ. La victoire semblait impossible et pourtant vous l'avez emporté. Toute la profession en parle.

Daniel devait-il feindre l'ignorance ? Cela eût semblé un peu insincère et n'eût guère été honnête.

— Enchanté, Mr. Holland. Si vous faites allusion à l'affaire de Robert Adwell, c'est Sir Barnabas Saltram qui l'a gagnée…

— Oui, bien sûr, coupa Holland, mais c'est vous qui l'avez engagé. J'ignore si c'est votre réputation qui l'a persuadé de vous apporter ses services ou d'autres relations, familiales peut-être. Le fait demeure qu'il vous les a apportés. Et que vous avez réussi l'impossible. L'affaire pour laquelle je viens au nom de ma cliente solliciter votre aide est exactement la même. En fait, presque identique ! déclara-t-il avec enthousiasme, comme si c'était un avantage.

— Peut-être devriez-vous me relater les circonstances précises qui vous amènent, suggéra Kitteridge, en l'invitant d'un geste à se rasseoir.

Holland s'exécuta, et entreprit de leur faire plus ou moins le récit que Quarles avait fait à Daniel la veille au soir. Il ajouta quelques détails, tels que l'adresse du hangar où le feu s'était déclaré, ses dimensions, les grandes lignes du rapport rédigé par les pompiers. Aucun témoin n'avait été trouvé. D'autres informations suivraient peut-être après un examen des décombres.

— Et bien sûr, il y aura aussi le rapport du médecin légiste. Nous ne l'avons pas encore. C'est le Dr Appleby qui s'en charge cette fois encore. Un excellent homme, mais qui n'a pas la réputation de Sir Barnabas. Enfin, personne ne peut rivaliser avec lui. Pas en Angleterre et, je dirais même, pas davantage dans le monde entier. Je ne sais pas si vous pouvez faire appel à lui de nouveau, ou si une référence à son témoignage précédent suffirait.

— Nous ne pouvons guère citer son témoignage dans une autre affaire pour l'appliquer à celle-ci ! protesta Daniel avant que Kitteridge eût eu le temps de répondre. Il a comparu par sens du devoir. Ses honoraires sont bien au-delà des moyens de la plupart des gens, à plus forte raison d'une jeune femme sans fortune personnelle, comme Miss Beale.

— Vous m'avez mal compris, monsieur, dit Holland avec une certaine raideur. Miss Beale dispose de ressources considérables et ne s'attendrait pas à ce que Sir Barnabas mette son temps et ses compétences à son service sans compensation appropriée.

— Ah bon ?

L'air perplexe, Kitteridge se tourna vers Daniel.

— Je pensais que vous vous étiez chargé de l'affaire Adwell *pro bono* aussi ? M'étais-je trompé ?

Il savait pertinemment que tel n'était pas le cas.

— Non, pas du tout, répondit Daniel avant de s'adresser à Holland. Je crois que vous feriez mieux de vous expliquer, monsieur.

— Miss Beale a largement les moyens de régler les honoraires de fford Croft et Gibson, même si on y ajoutait ceux de Sir Barnabas.

— Voilà un changement radical de situation en ce qui la concerne, sauf erreur de ma part ?

— Le fait est qu'elle peut payer les frais nécessaires à sa défense, quels qu'ils soient, et qu'elle vous demande de la représenter puisque, non seulement vous étiez le seul avocat de Londres prêt à vous charger de l'affaire précédente, mais que vous l'avez gagnée, alors que cela semblait impossible. Nous ne pensons pas qu'il s'agisse d'un coup de chance, d'un tour de passe-passe ou d'une erreur de l'accusation. Nous croyons que cette victoire résulte d'un désir de venir en aide aux moins favorisés, une forme de justice, si vous voulez. Et aussi – nous en sommes sûrs – d'une extraordinaire compétence.

Soudain, il ne semblait plus si nerveux, si naïf, et le fait que ses vêtements étaient peut-être empruntés ne comptait plus.

Kitteridge fit trois tentatives pour refuser, cherchant des prétextes élégants et échouant à en trouver un seul. Il n'eut d'autre solution que d'accepter l'affaire.

— Moralement, vous n'avez pas le choix, conclut Marcus quand il fut informé. Réglez cela aussi vite que possible.

Il planta son regard dans celui de Daniel, lui faisant bien comprendre qu'aucune discussion n'était possible.

— Bien, monsieur.

Il était tard. La nuit de novembre était presque tombée, mais au moins il ne pleuvait pas. Même le vent était modéré. Daniel sortit dans la rue, Kitteridge sur ses talons. D'un accord tacite, ils se dirigèrent vers leur pub favori. Le ciel était légèrement couvert, assez pour empêcher une gelée blanche précoce. Les lampadaires brillaient à intervalles réguliers, rappel agréable d'un monde ordonné, prévisible. Aucun n'était en panne ni ne vacillait, et c'était très réconfortant pour les esprits troublés de ceux qui cheminaient dans leur lumière.

Ils marchaient en silence, n'éprouvant pas le besoin de parler. Daniel était certain que Kitteridge réfléchissait à la même énigme que lui et trouvait lui aussi que, plus il se donnait du mal pour comprendre, plus la vérité s'imposait à eux, incontournable.

Ils entrèrent dans le pub, échangeant le froid silencieux de la rue contre la rumeur bruyante à l'intérieur, la chaleur, et les odeurs de bière, de cidre, de Guinness et déjà, des plats du soir, de la tourte au bœuf, du pudding cuit à la vapeur et imbibé de mélasse, du stilton accompagné de beurre et de pain croustillant. Des éclats de rire fusaient, des cris enjoués saluant l'arrivée d'une connaissance. C'était comme une couverture de normalité qui les enveloppait.

Ils commandèrent l'un et l'autre la tourte au bœuf, aux rognons et aux champignons. Ils en avaient mangé la moitié quand Kitteridge rompit le silence.

— Nous n'avons pas le choix, grommela-t-il, ne faisant que constater l'évidence. Connaissez-vous la vérité ? Souhaitez-vous seulement la connaître ?

— Non, admit Daniel après avoir enfourné une bouchée. Ni l'un ni l'autre, mais ça a de l'importance et nous sommes obligés de la chercher.

— C'est assez crucial pour Jessie Beale de savoir si nous pouvons persuader un jury qu'elle n'a pas tué Rob Adwell. Pourquoi la police l'accuse-t-elle ? A-t-elle des preuves un tant soit peu valables ?

— Qu'est-ce qui pourrait ne pas être valable ?

— Tout ce que disent les Jackson, à moins que ce ne soit confirmé par quelqu'un en qui nous pouvons avoir confiance. Cela les arrangerait sans doute très bien que Jessie soit coupable. Comment s'est-elle procuré assez d'argent pour nous payer – et payer Saltram –, enfin ? Elle vous a dit qu'elle n'avait rien, non ?

Daniel avala une autre bouchée.

— C'était en septembre. Nous sommes en novembre, et apparemment, elle roule sur l'or. Sa situation a changé du tout au tout.

— C'est une évidence, mais où a-t-elle dégoté une somme pareille ? Est-ce le produit d'un vol ? D'un chantage ? Est-ce un paiement pour services rendus ? Cela pourrait avoir de l'importance.

— Rien que des gains illégaux, observa Daniel. Mais oui, ça pourrait être important, et je n'en sais rien.

— Eh bien, pouvez-vous imaginer une manière honnête de s'enrichir aussi vite pour une jeune femme sans compétence particulière ?

Daniel réfléchit un instant.

— Je ne vois qu'un héritage... mais pourquoi présumez-vous que l'origine de cette somme soit illicite ?

— Nous devrions en garder la possibilité à l'esprit, c'est tout. Si elle a été obtenue par des moyens malhonnêtes, nous ne pouvons accepter l'affaire. Je suppose que vous y avez pensé.

Kitteridge reprit ses couverts puis regarda Daniel d'un air interrogateur.

— Oui, répondit ce dernier lentement.

En fait, cette pensée lui était venue quelques minutes plus tôt, alors qu'ils marchaient dans la rue.

— Sommes-nous censés établir si l'argent de chaque client provient de sources plus ou moins honnêtes ? Ça risque d'être un peu difficile. J'ai en tête un certain nombre de clients de Marcus dont la fortune n'est peut-être pas ouvertement le produit d'un vol, mais qui provient malgré tout de l'exploitation d'autrui, d'une manière ou d'une autre.

— Daniel !

— Quoi ?

— Elle a rassemblé cet argent en un peu plus d'un mois, à supposer qu'elle l'ait réellement, mais passons. Qui a tué Adwell ? Les frères Jackson ? Et ne venez pas me dire que c'était un accident mortel. Je n'y crois pas, et personne n'y croira non plus.

— La question n'est pas là, argua Daniel en piquant un rognon avec sa fourchette. Le problème, c'est la preuve, si vraiment le cas est identique. Saltram ne peut pas invoquer une explication différente cette fois – cela reviendrait à se contredire. Il se ridiculiserait, et il ne ferait jamais ça ! conclut-il avant d'engloutir le rognon.

— Je sais. Peut-être ne va-t-il même pas accepter de venir. Se prétendre accaparé par une affaire autrement plus importante. Mais si nous nous y prenons bien, et que nous obtenions la réformation du jugement sans lui, ça aura l'air d'une défaite. Il ne le supportera pas.

Kitteridge marqua une pause avant de poursuivre :

— Admettons que Jessie soit innocente. Les assassins doivent être les frères Jackson, mus par un désir de vengeance. C'est plausible. Ils ont su les détails de la mort de Paddy… tout a été expliqué durant le procès. Ils sont peut-être plus intelligents qu'on ne le croyait ? suggéra-t-il avec espoir.

Daniel réfléchit un instant.

— Mais si les circonstances sont présentées comme identiques au tribunal, Jessie sera acquittée, elle aussi. Ce n'est pas à proprement parler une vengeance.

— C'est à supposer qu'elle ait été complice de la mort de Paddy. Peut-être n'est-ce pas le cas, et Adwell était-il le seul que les Jackson voulaient châtier.

Kitteridge termina sa tourte et reposa sa fourchette sur son assiette vide.

— Et il est également possible qu'ils se fichent comme d'une guigne de savoir si Jessie va être pendue pour son meurtre.

— Qu'allons-nous faire ?

— Essayer de découvrir la vérité autant que possible.

— Y compris l'origine de la fortune de Jessie ?

— Nous pouvons nous renseigner pour savoir si, à tout hasard, elle était mariée à Adwell.

— Je pense qu'elle l'aurait dit tout de suite, lui fit remarquer Daniel. Elle s'est présentée comme étant Miss Beale. Êtes-vous en train de suggérer que l'argent était celui d'Adwell, qu'il aurait fait fortune récemment et caché le magot quelque part ?

— Sa part du butin pour les vols commis avec les frères Jackson ?

Daniel y songea quelques minutes, le temps de terminer son assiette.

— Je suppose que si cet argent provient de là, elle n'a pas eu à attendre le règlement de la succession, commenta-t-il avec un sourire en biais. Et d'après Quarles, il y a eu pas mal de cambriolages dans ce quartier, ces derniers temps.

— Demain matin, nous irons parler à Quarles et à Appleby, décida Kitteridge. Il faut qu'on essaie de donner un sens à tout ça, du moins qu'on examine les faits et qu'on les mette dans un semblant d'ordre. Et il faudra aussi qu'on aille voir Jessie, ajouta-t-il sur un ton morose. Je vous accompagnerai. C'est moi qui devrai la défendre au tribunal si la police persiste à vouloir l'inculper et je suis sûr qu'elle le fera.

— Pas si nous trouvons…

Daniel s'interrompit, ne sachant comment poursuivre.

— Exactement, acquiesça Kitteridge.

Le lendemain matin, la situation n'avait pas l'air plus prometteuse. Au contraire, Daniel découvrit que, si on examinait les faits froidement, sans les contours flous de la fatigue et le goût agréable du cidre, ils paraissaient bien pires. Et cela se lisait sur son visage.

Ce jour-là, le petit déjeuner consistait en porridge, œufs brouillés, tartines grillées et marmelade. Il remercia sincèrement Mrs. Portiscale.

— Ne vous en faites pas, mon petit, peut-être que les choses iront mieux demain, dit-elle, tentant de le réconforter.

Daniel était son favori parmi les cinq pensionnaires qui occupaient alors la maison, et elle ne faisait pas mystère de sa préférence. Il appréciait ses attentions, mais il veillait aussi à ne pas les tenir pour acquises et se sentait parfois obligé de lui confier quelques détails qui n'étaient pas confidentiels, juste avant qu'ils ne fussent révélés dans la presse.

— Merci, Mrs. Portiscale, dit-il, se forçant à sourire. J'en doute. Enfin, nous ferons de notre mieux.

Dehors, le temps était froid et venteux. C'était une journée qui paraissait superbe jusqu'au moment où on tournait vers l'est et que le vent vous transperçait telle la lame d'un couteau, pénétrant la plus épaisse des écharpes, et vous faisait mal aux oreilles.

Il traversa la Tamise et arriva à la prison de bonne heure, et pourtant trouva Kitteridge déjà là, adossé au mur, face au soleil, l'air songeur ou peut-être à demi endormi. Il se redressa en entendant les pas sonores de Daniel sur les pavés.

— Vous avez eu des idées ?

— Non, et vous ?

— Non, avoua Kitteridge en réglant son allure sur la sienne. Mon père aurait tout de suite su quoi dire, ajouta-t-il brusquement.

Daniel fut surpris. Kitteridge n'évoquait presque jamais sa famille, et son père encore moins.

— Par exemple ? Des choses utiles ?

— Pas le moins du monde. Il aurait surtout parlé du Seigneur qui voit tout le mal et qui le dénoncera le moment venu. De toutes les dettes qui devront être remboursées.

Daniel ne trouva aucune réponse appropriée.

— Mon père était prêcheur autrefois, expliqua Kitteridge.

— Quand j'étais petit, je me disais qu'avoir un père policier était difficile mais, plus j'y pense, plus ça me paraît bien. Du moins en comparaison.

— Ce n'est qu'une question de temps, continua Kitteridge. Tous les petits garçons grandissent et deviennent des hommes… du moins la plupart. Et les graines du mal sont en nous dès la naissance.

— Balivernes ! s'emporta Daniel. D'ailleurs, si vous avez été conçu dans le péché, c'est son péché à lui, pas le vôtre. Franchement, vous ne pouvez pas croire à de telles sottises ! Vous…

Puis il regarda le visage de Kitteridge et vit l'humour dans ses yeux… et la douleur. Il se hâta de se détourner, suffoquant sous l'effet de l'émotion. Il savait si peu de choses. La surface avait la minceur d'une couche de peinture. Comparé à Kitteridge, il était transparent, aussi innocent qu'un enfant – un enfant très gâté, de surcroît. Même Marcus, qui paraissait si résolu, si sûr de ses opinions, était assez compliqué.

Ils atteignirent les portes de la prison, montrèrent leurs papiers et furent autorisés à entrer. Ils ne parlèrent de nouveau que lorsqu'ils furent dans la cellule d'interrogatoire en pierre nue, assis en face de Jessie Beale devant une table en bois. Les cheveux attachés à la base de la nuque, elle paraissait plus âgée, et son visage était de cendre.

— Je croyais que vous n'alliez pas venir, dit-elle, quand la porte se referma sur le gardien. Pourquoi est-ce que vous n'êtes pas venu hier ?

Sa voix, durcie par la tension, trahissait sa peur.

Kitteridge décocha à Daniel un coup de pied sous la table.

— Nous étions occupés à examiner les preuves.

Jessie ouvrit grand les yeux.

— Ce ne sont pas les mêmes que la dernière fois ?

— Comment le savez-vous ? demanda Kitteridge. Je pensais que vous n'étiez pas sur les lieux.

Le visage de Jessie demeura impassible.

— C'est ce que Mr. Quarles m'a dit. Il se trompait ?

Daniel était heureux que ce soit Kitteridge qui posât

les questions. Il préférait rester silencieux et observer Jessie. Pas seulement son expression, mais aussi le ton de sa voix, le choix de ses mots. L'angle de son corps, la raideur de ses mains posées sur le bois brut.

— Non, apparemment pas, admit Kitteridge.

Jessie prit une profonde inspiration et la relâcha lentement. Allait-elle faire une suggestion ? Cela révélerait toute l'étendue de ce qu'elle savait. Mais soit elle était innocente, soit elle était plus fine que cela.

— Où étiez-vous quand le feu s'est déclaré ?

Elle ne cilla pas.

— Je ne sais pas. Quand s'est-il déclaré ?

Daniel lâcha un soupir. Kitteridge n'allait pas la prendre en flagrant délit de mensonge ; il perdait son temps à essayer.

Elle bougea doucement sa main sur la surface égratignée de la table.

— C'était peut-être un des frères Jackson, pour se venger de la mort de Paddy… et du fait que Rob a été reconnu non coupable. Ils ont appris à copier plutôt bien ce qui s'est passé l'autre fois ?

— Peut-être, concéda Kitteridge. Mais il serait sage de notre part de ne pas le suggérer.

L'ombre d'un sourire se dessina sur les lèvres de Jessie.

— Je ne vais rien dire. Je n'y suis pas obligée. L'accusé peut se taire. Vous pouvez vous servir de la même défense que pour Rob. C'était fantastique. Ça a marché comme sur des roulettes.

— Et si nous refusons ?

Le corps de Jessie se raidit, mais son visage ne bougea pas d'un iota. Un parfait exemple de maîtrise de soi.

— Vous ne ferez pas ça, murmura-t-elle. Vous donneriez l'impression que vous n'y avez pas cru la dernière fois et Sir Barnabas Saltram ne revient jamais sur ce qu'il a dit. Il se prend pour Dieu… vous n'avez pas remarqué ?

Une certitude soudaine s'imposa à Daniel, aussi éclatante qu'un rai de lumière.

— Jessie, c'est vous qui avez tué Rob Adwell, n'est-ce pas ?

Elle se tourna vers lui, un sourire radieux sur les lèvres, les yeux clairs et sincères, toute dissimulation disparue.

— Mais vous allez me défendre quand même. Vous ne pouvez pas ne pas le faire, sinon vous reviendriez sur votre parole.

Kitteridge pivota aussitôt sur sa chaise, fixant Daniel d'un air atterré.

Daniel n'avait pas quitté Jessie des yeux.

— Vous avez tué Paddy Jackson aussi ?

— Ce n'était pas un accident ? demanda-t-elle suavement. Causé par la chaleur du feu, comme Sir Barnabas Saltram en a témoigné ?

— C'en était un ? insista Daniel.

— Non, bien sûr que non, rétorqua-t-elle avec mépris. Mais vous avez prouvé que ç'aurait pu en être un, et vous prouverez la même chose pour celui-ci. Vous n'avez pas le choix !

Jessie avait raison, il n'avait pas le choix. Elle n'avait pas admis ouvertement qu'elle était coupable. Elle l'était. Ils le savaient l'un et l'autre, mais elle était bien trop intelligente pour le dire.

7

L'après-midi tirait à sa fin et déjà le ciel perdait de sa clarté quand Miriam fut interrompue dans sa lecture par Membury, venu lui annoncer que Mr. Pitt était à la porte et demandait à lui parler.

Tout d'abord, elle fut troublée. Elle n'avait guère accordé de soin à son apparence, d'autant moins qu'elle avait prévu d'être seule, car Marcus dînait avec des amis à son club, un lieu où elle n'était pas admise et n'avait aucun désir de l'être.

— Faites-le entrer, décida-t-elle. Ne le laissez pas dehors sous la pluie.

Le majordome écarquilla les yeux. Jamais il n'avait laissé quiconque debout sous la pluie. Puis il vit le sourire de Miriam et comprit qu'elle le taquinait, ce qu'elle faisait dans les moments les plus inattendus, le prenant souvent au dépourvu. C'était l'une des nombreuses plaisanteries tacites entre eux.

— Oui, Miss Miriam. Aimeriez-vous du thé, Miss Miriam, et peut-être quelques parts de gâteau au gingembre ? Le gentleman a l'air transi et un peu soucieux.

Membury était un homme très mesuré, pour qui tout degré d'anxiété ne frôlant pas l'hystérie se décrivait de la même manière. Néanmoins, on percevait dans sa voix une indéniable gentillesse.

— Oui, s'il vous plaît, et merci.

— Je vous en prie, Miss Miriam.

Il se retira. Elle entendit ses pas dans le couloir. Elle n'avait pas le temps de chercher un peigne, tout au plus celui de lisser la jupe froissée de sa robe.

La porte s'ouvrit et le majordome fit entrer Daniel. Il frissonnait, les joues rougies par le vent.

— Entrez, dit-elle, surprise d'être aussi contente de le voir, bien qu'il ne se fût pas annoncé. Asseyez-vous au coin du feu ; vous avez l'air glacé. Je vais remettre du charbon. On nous apporte du thé.

Il fit mine de dire quelque chose puis se ravisa.

— Qu'y a-t-il ? Vous êtes trop pressé pour prendre un thé ?

Elle était déçue, mais tentait de n'en rien laisser paraître.

— Non ! J'ai toute la soirée, mais je ne veux pas vous déranger. Et je ne voudrais pas croiser Marcus… avoua-t-il, l'air gêné.

— Il ne reviendra qu'après dîner. Je lisais, c'est tout.

Maintenant, elle était trop empressée.

— Que vouliez-vous me dire ?

La question lui parut abrupte, mais elle était inquiète qu'il eût voulu éviter Marcus.

Il s'assit dans le fauteuil en face d'elle, de l'autre côté du feu.

— Vous vous souvenez de l'éloquence dont Saltram a fait preuve pour renverser la situation et convaincre les jurés de déclarer Adwell non coupable ?

Ce fut comme si on avait rouvert la porte d'entrée, et laissé pénétrer la nuit et le froid.

— Bien sûr…

— Je crains que certains n'en aient tiré la leçon.

— Que voulez-vous dire ? Vous parlez d'un autre jury, c'est cela ?

Il serra les lèvres.

— Oui. Quelqu'un est mort exactement de la même

manière : le crâne brisé par une chaleur intense, lors d'un incendie dans un entrepôt vide.

Il se tut.

— Je suis désolé.

— Ne vous excusez pas, dit-elle sèchement. Que s'est-il passé ? Ne me dites pas que c'était un accident.

— Je ne le crois pas, et personne d'autre ne le croira, répondit-il sans la quitter des yeux. Cette fois, la victime est Robert Adwell.

— Oh !

Elle était stupéfaite. Sans savoir pourquoi, elle s'était imaginé qu'il s'agissait d'un des frères Jackson.

— Pourquoi ? Le savez-vous ? Et surtout, qui l'a tué ? Cela ressemble à une vengeance… est-ce le cas ?

— Je n'en ai pas la moindre idée. Peut-être est-ce ce qu'on a voulu faire croire.

— Quelqu'un a tiré la leçon du procès et s'en est inspiré, conclut-elle.

— Oui, mais c'est Jessie Beale qui a été arrêtée.

— Mais pourquoi ?

Cela n'avait aucun sens !

— Pourquoi aurait-elle… ?

Soudain, elle comprit pourquoi il avait l'air si choqué et se redressa vivement sur sa chaise.

— Dans ce cas, Saltram s'est trompé, n'est-ce pas ? Quelqu'un a tué Paddy Jackson. Était-ce Adwell ? Et les Jackson l'ont-ils tué pour se venger ?

Elle était horrifiée par cette injustice et le rôle si décisif qu'elle y avait joué, pourtant une minuscule partie d'elle-même avait une réaction totalement différente ! Saltram s'était trompé ! Les souvenirs l'assaillirent, d'une époque où ils s'étaient connus si bien, presque entièrement, mais c'était une épine qu'elle repoussa avec violence, comme si elle l'arrachait à ses pensées. Sans se soucier de ce qu'elle pouvait déchirer d'autre. Daniel ne devait jamais savoir.

Il lui parlait et elle n'y avait pas prêté attention. À l'évidence, il avait encore froid, mais la chaleur du feu commençait à faire son effet. Il paraissait moins tendu.

Elle allait le prier de répéter quand Membury revint, apportant du thé et un gros morceau de gâteau, ainsi qu'un couteau afin qu'ils puissent se servir à leur guise. Il avait appris longtemps auparavant que, si on présentait le gâteau en parts, les jeunes gens en prenaient une. Si on les laissait couper les tranches eux-mêmes, ils en prenaient une deux fois plus grosse.

Dès qu'elle l'eut remercié et qu'il eut disparu, elle se tourna vers Daniel.

— Que disiez-vous ?

— Quarles, le policier chargé de l'enquête, a arrêté Jessie. Il croit que c'est elle qui les a tués tous les deux.

— Tous les deux ? Vous voulez dire Paddy Jackson aussi ?

— Oui.

— Oh ! Daniel, pas étonnant que vous ayez l'air si abasourdi. Qu'allez-vous faire ? Comptez-vous la défendre ? Vous n'y êtes pas obligé, si ?

— Elle me l'a demandé, murmura-t-il alors qu'elle versait le thé dans les tasses.

Miriam fouilla son regard.

— Parce que vous avez fait acquitter Adwell ? Pour le meurtre de Paddy… alors que c'est elle qui l'a commis ? Oh ! Seigneur, c'est affreux.

Elle posa la théière avant de la laisser échapper.

— Que… qu'allez-vous faire ?

Elle réfléchissait à toute allure. Sa première réaction avait été de lui conseiller de refuser, mais elle se rendit très vite compte qu'il ne pouvait se dérober aussi aisément. Il s'était acquis une réputation en sauvant Adwell, et Kitteridge plus encore que lui, sans parler de tout le cabinet fford Croft et Gibson. Ils étaient empêtrés dans l'affaire jusqu'au cou, exactement comme Jessie Beale l'avait escompté, sans doute. La petite garce !

— Daniel ! Vous ne pouvez refuser !

— Je sais. Croyez-moi, si c'était possible, j'aurais pris mes jambes à mon cou. Je ne sais pas quoi faire.

Il fixait le gâteau, visiblement au désespoir.

— Êtes-vous certain que c'est elle la meurtrière ? insista Miriam, consciente de s'accrocher à des chimères.

Il la dévisagea avec franchise.

— Oui. Elle l'a reconnu de manière détournée ; pas ouvertement, ce qui m'aurait libéré. Elle m'a même mis au défi de tenter quoi que ce soit. Et elle pense que je devrais faire appel à Saltram de nouveau. Qu'il viendra, ne serait-ce que pour défendre sa réputation.

— Elle a raison sur ce point. En fait, cela me fait mal au cœur de l'admettre, mais j'ai l'impression qu'elle a raison sur beaucoup de choses.

Elle se mordit la lèvre.

— Qu'allez-vous faire ?

— Rien, admit-il. Hormis essayer de mettre de l'ordre dans mes pensées avant d'aller raconter à votre père le tour pris par les événements. Je suppose que tout dépend de lui, en fin de compte, quant à savoir si nous acceptons de la défendre ou non. Que dira-t-il, à votre avis ?

C'était une bonne question. En général, elle avait une intuition assez solide de ce que Marcus allait faire. Il était passionné par le droit, passionné par les défis. Il était également très attaché à la réputation du cabinet. Cependant, cette affaire ne ressemblait sans doute à aucune autre qu'il eût traitée. Il agirait selon sa conscience. Quoi qu'elle lui dît. Le risque encouru en choisissant une autre approche serait toujours plus grand au bout du compte.

Comment pouvait-elle les protéger tous les deux, Marcus et Daniel ? Et Kitteridge, aussi ?

— Les preuves sont-elles identiques ? s'enquit-elle en

regardant Daniel de nouveau. Je veux parler des preuves matérielles.

— Le combustible utilisé pour mettre le feu est similaire. Les blessures sont un peu plus sévères, mais situées elles aussi à l'arrière du crâne, juste au-dessus de la nuque. D'après Appleby, les différences sont insignifiantes.

Il semblait terriblement abattu.

— À vrai dire, la même défense ferait l'affaire, presque mot pour mot.

— Oui, c'est vrai, mais peu importe.

Il lui déplaisait de prononcer les mots qu'elle avait en tête, néanmoins elle ne pouvait éviter la vérité.

— C'est le nom de Saltram qui a du poids. Il faudrait qu'il tienne des propos vraiment absurdes pour qu'ils doutent de lui.

La lueur d'espoir qui était apparue sur les traits de Daniel s'éteignit aussitôt.

— C'est ce que je pensais, dit-il d'une voix vaincue.

— Vous dites qu'elle a admis devant vous, plus ou moins, être coupable ?

— Oui et non. Je ne peux pas me dérober en affirmant savoir qu'elle l'est. Elle ne m'a pas dit comment elle s'y était prise. Je pense qu'il y a un rapport avec le butin d'un vol, cela dit, je ne peux en apporter la preuve non plus. Que puis-je faire, Miriam ?

En dépit de son désir de lui être utile, elle ne voyait aucune solution. Il devrait assurer la défense, à moins que Marcus ne le lui interdît, et elle savait déjà qu'il n'en ferait rien.

— Nous avons besoin de Saltram, murmura Daniel en levant les yeux vers elle. Il ne viendra peut-être pas, ajouta-t-il avec un mince espoir.

— Si, affirma-t-elle avec conviction. L'affaire Adwell – l'acquittement, je veux dire – lui a valu un bon nombre d'articles dans la presse, parce qu'il tenait du miracle.

Il viendra, comme l'affirme Jessie, ne serait-ce que pour défendre sa réputation.

L'humour de la situation la frappa subitement.

— Que dis-je, ne serait-ce que pour cela ? La réputation est tout pour lui. Il me semble parfois qu'il n'existe que dans l'esprit d'autrui. Seul dans une pièce, il risquerait de disparaître.

Les mots avaient à peine jailli de ses lèvres qu'elle les regretta. Daniel allait penser qu'elle était amère parce que Saltram avait atteint les sommets dont elle n'avait fait que rêver. Et même ses rêves s'estompaient, maintenant. Ils n'avaient jamais été que des ombres élégantes sur le mur. Elle avait été la seule à les voir, à penser qu'ils étaient le reflet d'une quelconque réalité.

Les cendres se tassèrent dans l'âtre, mais ni l'un ni l'autre n'y prêtèrent attention.

Daniel la dévisageait.

— Telle que cette affaire se présente, elle va l'amener à témoigner, affirma-t-elle. Et vous pouvez parier la vie de Jessie qu'il n'admettra pas s'être trompé la première fois, quelles que soient les contorsions qu'il doive faire subir à la logique. Il n'a pas affirmé qu'Adwell était innocent. En fait, il a dit qu'il n'y avait pas de preuve au-delà du doute raisonnable. Il trouvera le moyen de se tirer d'affaire et vous pouvez parier tout ce que vous possédez qu'il la haïra de toutes ses forces pour s'être servie de lui aussi efficacement. Par deux fois !

Elle s'aperçut qu'elle souriait et en eut un peu honte.

Il y avait un élément de cette histoire qu'elle savourait. Dire qu'une jeune femme qui avait grandi sur les docks, une femme sans éducation, avait utilisé le célèbre Barnabas Saltram pour commettre un meurtre impunément – par deux fois !

Combien de temps mettrait-il à s'en rendre compte ?

— Qu'y a-t-il d'amusant ? demanda Daniel.

— L'ironie de la situation. Jessie Beale triomphe de Sir Barnabas Saltram, non seulement une fois, mais deux.

Daniel rit à son tour.

— C'est le seul aspect amusant de cette triste affaire. Le célèbre Sir Barnabas… vous l'avez admiré autrefois, n'est-ce pas ?

— J'admirais son intellect.

C'était la vérité : elle avait admiré l'étendue de ses connaissances et sa capacité à saisir des parallèles qui avaient échappé à d'autres, des causes et effets que beaucoup de gens avaient sous le nez mais ne voyaient pas. Elle avait admiré son dévouement. Peut-être, avec le recul, avait-elle fermé les yeux sur les aspects de sa personnalité qui ne lui plaisaient pas. Son absence d'humour. Son manque d'empathie. Bien sûr, ce n'étaient pas là les outils d'un scientifique. Ni l'humour ni l'émotion n'avaient leur place dans la quête de la vérité.

Quand avait-elle cessé de le considérer juste comme un professeur et commencé à le voir… comme un homme ?

Daniel attendait.

Elle sentit le rouge lui monter aux joues à ce souvenir : l'excitation, la gêne, l'humiliation. Toujours l'humiliation. Et puis la douleur, et l'immense déception. Elle n'avait pas été aussi habile à la cacher – alors. C'était il y avait longtemps.

Elle devait répondre à Daniel.

— Et sa maîtrise de lui-même, ajouta-t-elle, levant enfin les yeux vers lui, prenant conscience de l'extraordinaire vérité. Mais je ne crois pas qu'il m'ait jamais été sympathique. J'ai fait sa connaissance quand j'étais étudiante et il a dit sans ambiguïté ce qu'il pensait des femmes qui voulaient faire carrière dans la science. Il est difficile d'apprécier quelqu'un qui vous a piétinée à cause de ses préjugés.

Elle lut le soulagement sur le visage de Daniel.

— C'est aussi l'impression que j'ai de lui, admit-il.

Et je n'ai eu affaire à lui qu'une seule fois. Cela dit, il a sauvé le procès, même si nous nous sommes complètement fourvoyés. Quelle raison Jessie avait-elle de vouloir tuer Paddy Jackson et Adwell ?

— Avez-vous besoin de le savoir ? Je veux dire, est-ce nécessaire pour le procès ?

— Si je dois…

Il s'interrompit et eut une grimace de dégoût.

— Je ne vois pas comment je peux la défendre honnêtement alors qu'elle n'a pas nié. Et si j'obtiens son acquittement ? La police devra accuser les frères Jackson !

— Il faudra qu'elle apporte des preuves, lui fit-elle remarquer. Un pas à la fois.

— C'est justement ce qui nous a perdus, objecta-t-il, accablé. De faire un pas en avant alors que je ne voyais pas où le chemin nous menait. Je dois faire mieux que ça.

— Attendez d'avoir l'avis de Marcus. Vous n'êtes pas seul dans cette affaire, ajouta-t-elle en l'observant pour s'assurer qu'il comprenait aussi tout ce qu'elle ne disait pas.

— Je me sens seul. Je me suis laissé prendre par les sentiments, j'ai écouté Jessie Beale, je l'ai crue, et voilà ce qui m'a mis dans ce pétrin. Ce qui *nous* a mis dans ce pétrin. Si Marcus me congédiait à la fin de cette histoire, je ne lui en voudrais pas.

Elle le dévisagea. Il paraissait si jeune. Elle pouvait clairement se représenter l'enfant qu'il avait été une douzaine d'années plus tôt. Si plein d'espoir, si vulnérable. *Ne sois pas idiote*, se morigéna-t-elle. *Tu étais une jeune femme à l'époque. Ton visage était lisse, il ne portait pas encore l'empreinte de la douleur ni de la sagesse !*

— Il n'en fera rien, affirma-t-elle. Il vous sermonnera peut-être sévèrement sur la nécessité d'anticiper, et de ne pas croire tout ce qu'un client vous raconte. D'un autre côté, il comprendra peut-être que vous avez déjà tiré la leçon de vos erreurs. La priorité, c'est de régler cette affaire.

Il se leva.

— Merci, Miriam. Merci aussi pour le thé et le gâteau. Je vais rentrer chez moi pour réfléchir. Je ne prendrai pas de décision avant d'avoir parlé à votre père – et à Kitteridge, bien entendu.

— Je vous en prie, Daniel.

— Je me sens comme un écolier qui s'est trompé dans ses calculs, avoua-t-il. Pourquoi n'ai-je pas percé Jessie Beale à jour dès le début ?

Elle lui sourit, soudain soulagée.

— Parce que vous êtes un homme, répondit-elle. Les femmes voient bien plus clair dans le jeu des autres femmes.

— Oh ! s'écria-t-il, rougissant légèrement.

— Vous apprendrez, assura-t-elle. Et j'irai même jusqu'à dire qu'avec le temps vous en viendrez à lire les hommes encore plus efficacement.

Elle était sincère. Elle se rendait compte qu'il percevait une part d'autodérision dans ses paroles, mais il fut assez sage pour ne pas faire de commentaire. Peut-être avait-il deviné à qui elle avait fait allusion.

Avec un sourire, elle le raccompagna à la porte.

Elle songea à une foule de choses cette nuit-là. Quand arriva le lendemain matin, elle en avait accepté certaines qu'elle avait esquivées jusqu'alors. Il était temps. Comble d'ironie, c'était le talent de Saltram, son économie de mots, et pourtant sa capacité à fournir des explications à la fois précises et compréhensibles au jury qui l'avaient enfin convaincue qu'il lui serait impossible de devenir ne fût-ce qu'une pâle copie de lui. Elle s'était accoutumée à l'idée qu'elle aurait eu les compétences nécessaires, si au moins on l'avait autorisée à les exercer.

Cela la rendait furieuse et la faisait souffrir d'être

confrontée à cette injustice, à cet aveuglement si stupide, à ce gaspillage de talent, de vies, ces préjugés, cette malhonnêteté. Elle aurait pu s'indigner à l'infini… et l'avait fait par le passé. Mais à quoi cela l'avait-il menée ? Elle ou d'autres ?

À rien. C'était la réponse honnête. À rien du tout, hormis peut-être à la nécessité d'affronter la réalité. À se résoudre à reconnaître une défaite qui avait toujours été là, mais qu'elle avait refusé de voir alors qu'elle sautait aux yeux de tous.

Elle irait consulter Octavius Ottershaw. C'était un homme bon, gentil, mais curieusement candide. Un scientifique intelligent, qui saurait lui dire la vérité de la manière la plus gentille possible et qui ne renonçait jamais à chercher les réponses qu'il voulait.

Son taxi s'arrêta devant chez lui à dix heures et demie du matin, une heure très civilisée pour rendre visite à un vieil ami, lequel était à n'en pas douter en train de travailler, comme elle l'aurait été en temps normal. Ce jour-là, cependant, elle n'avait pas le cœur à l'ouvrage. Rien d'important ne l'attendait, à part une série d'expériences qu'elle s'était fixées. Ce jour-là, elles lui semblaient particulièrement dénuées de sens, et même être juste conçues pour la convaincre qu'elle ne faisait pas semblant de se rendre utile.

Elle le trouva chez lui. Ce fut seulement quand le majordome le lui confirma et lui ouvrit grand la porte qu'elle se rendit compte qu'elle avait tenu pour acquis qu'Octavius serait là et qu'il la recevrait, bien qu'elle fût venue sans être annoncée.

Le majordome lui offrit du thé, des petits sandwichs et du gâteau. Elle accepta. Elle n'avait pas voulu faire face à Marcus, de sorte qu'elle n'avait pas pris de petit déjeuner et avait faim. Elle avait versé du thé dans une des tasses et déjà mangé un des sandwichs quand Ottershaw entra.

Son apparence était plus ou moins celle qu'elle lui avait toujours vue : la veste un peu de travers, à moins que ce ne fussent ses épaules, un nœud papillon plutôt qu'une cravate, le visage rasé de près.

Il prit place en face d'elle, remarqua qu'elle avait presque terminé son thé et mangé au moins un sandwich et la regarda d'un air soucieux.

— Vous n'avez pas pris de petit déjeuner ? Qu'y a-t-il ? Vous avez en général trop de bon sens pour vous affamer, surtout le matin.

Il tendit la main vers la théière.

— Que se passe-t-il ?

— Vous avez suivi l'affaire Adwell ?

— Qu'est-ce qui ne va pas ? Vous pensez qu'il était coupable ?

— Je ne savais pas quoi penser sur le moment mais, de toute façon, il est mort.

Ottershaw arqua un sourcil stupéfait.

— Comment ?

Il était clair que la nouvelle ne lui était pas parvenue.

— Exactement de la même manière que Paddy Jackson, ajouta-t-elle.

— Seigneur ! Qu'Oscar Wilde m'excuse : perdre une personne dérangeante ressemble à de la malchance ; en perdre deux ressemble à… un meurtre. Et ne me dites pas qu'il y a deux individus dans Tooley Street qui passent leur temps à faire brûler vifs d'autres gens ! Cela paraîtrait excessif.

Il avait oublié sa tasse de thé.

— En effet, n'est-ce pas ?

Avoir partagé cette nouvelle avec lui avait déjà fait du bien à Miriam. Doux, excentrique, discrètement spirituel, Ottershaw lui rappelait le Cavalier Blanc dans *De l'autre côté du miroir*. Sauf que, à la différence de ce monsieur, il ne tombait pas constamment de sa monture.

— Et non, Daniel et moi pensons désormais avoir affaire à un tueur.

— Le jeune Daniel Pitt ?

— Jusqu'à hier, il était d'avis qu'Adwell avait sans doute tué Paddy, et il espère, en dépit de ce qu'on lui a dit, que les frères de Paddy ont tué Adwell pour se venger. Mais je ne crois pas que cet espoir persiste très longtemps, et certainement pas jusqu'à la fin d'un procès.

— L'hypothèse paraît plausible. Pourquoi cet espoir ne durerait-il pas ? Vous paraissez très sûre de vous.

— Parce que la police a arrêté Jessie Beale et l'a inculpée du meurtre d'Adwell, et il semblerait qu'elle ne l'ait pas nié à Daniel. Au contraire, elle a dit quelque chose comme : « Vous avez fait acquitter Rob du meurtre de Paddy, et vous pouvez me faire acquitter en invoquant la même défense. Refuser reviendrait à admettre que vous vous êtes trompé la première fois. Et aucun de vous ne va faire ça. »

— Eh bien, eh bien ! s'exclama Ottershaw, l'air choqué. Quelle fille intelligente ! Et perspicace. Saltram, du moins, n'admettrait jamais avoir commis une erreur. Je ne sais pas au juste comment il va s'en tirer, mais je vous parierais mes chaussettes qu'il va réussir.

— Non, merci, répondit Miriam avec un sourire. Je ne veux pas de vos chaussettes. De toute façon, je pense que vous avez raison.

Il attendit un instant.

— Donc, vous n'avez pas pris de petit déjeuner parce que vous étiez en train de vous débattre avec le problème. Je suis navré, ma chère, mais vous avez l'air plus vaincue que prête à livrer bataille.

Il avait parfaitement lu en elle. Combien de fois était-ce arrivé par le passé, mais n'avait-il rien dit par gentillesse, parce que cela n'importait guère ? Et peut-être parce qu'elle n'était pas prête à l'entendre. Et qu'il s'en rendait compte. Il était à l'aise en compagnie des femmes. Il avait été dévoué corps et âme à son épouse. Celle-ci était morte depuis plusieurs années, mais de tendres souvenirs semblaient l'entourer. Il avait une fille également, qui avait épousé l'homme qu'elle aimait et était partie vivre au Canada. Néanmoins il y avait des photos d'eux ici et là, et des lettres aussi. Cela faisait plaisir à Miriam de le savoir.

— Je vais toujours devoir solliciter quelqu'un d'autre, répondit-elle, cillant furieusement, tandis que sa voix menaçait d'échapper à son contrôle. Et je suis enfin obligée de l'admettre. Peut-être qu'ils ont raison et que les scientifiques vraiment brillants seront toujours des hommes. Les femmes ne possèdent pas… je ne sais pas quoi… le courage ? L'endurance ? La capacité d'examiner les faits et de les analyser sans se laisser influencer par leurs émotions ?

— Barnabas Saltram ne s'est jamais libéré de ses émotions depuis le jour où il a réussi l'examen d'entrée à l'université. Il avait seize ans environ, je crois.

— Seize ans ? se récria-t-elle, incrédule.

Sentiments et souvenirs revinrent au galop, malgré elle. Barnabas penché par-dessus son épaule, corrigeant son travail, la complimentant pour ses bonnes réponses, et elle trop consciente de sa présence pour se remémorer ce qu'il disait. Barnabas, la tête renversée en arrière, riant d'une plaisanterie absurde en latin, que personne d'autre n'avait comprise. Barnabas effleurant sa joue, tendrement. Barnabas et d'autres souvenirs trop intimes pour se les rappeler sans gêne et sans humiliation. Ottershaw ne devait jamais savoir cela, ne devait même jamais s'interroger.

— C'est l'homme le plus froid que je connaisse, déclara-t-elle, s'obligeant à parler d'une voix neutre.

— Ce sont des émotions froides, Miriam. Froides et stériles… telles que le narcissisme. Souvenez-vous, Saltram n'a de place pour personne dans son cœur ni dans son esprit. Une autre personne représenterait une intrusion. Jetterait une ombre sur l'éclat pur de sa brillance.

Elle le dévisagea, à l'affût d'une trace de moquerie ou d'irritation sur ses traits. Ou encore de pitié. Pensait-il qu'elle avait besoin d'entendre cela, après avoir un temps cru que Barnabas était différent ? Le savait-il ? Avait-elle fait l'objet d'une discussion entre eux ? Qu'avait dit Barnabas à son sujet ? Elle détourna les yeux. Elle ne pouvait supporter l'idée qu'Ottershaw pense… quoi ? N'importe quoi !

Elle devait se ressaisir, se focaliser sur le véritable problème auquel ils étaient confrontés. Que suggérer à Daniel ? Quelle aide lui offrir ? Et une question morale plus importante encore pesait sur eux tous : si Jessie Beale était coupable, et qu'Adwell l'eût été, lui aussi ? Comment en obtenir la certitude ? Que devaient-ils faire dorénavant ?

— Il aurait mieux valu ne jamais avoir demandé à Saltram de défendre Adwell, n'est-ce pas ?

— Peut-être, admit Ottershaw. Peut-être que non. La question de la culpabilité de Jessie ne s'était jamais posée alors, si ?

— Non ! répondit Miriam, interdite.

— Pensez-vous que ç'ait été un accident, comme Saltram l'a suggéré ? Et que tout le monde se soit mépris ?

Il semblait sincèrement inquiet.

— Je l'ai pensé sur le moment, je suppose, et, en l'absence de preuves, c'est la conclusion qui doit s'imposer légalement.

— Et maintenant ?

— J'ai peur que Jessie Beale n'ait effectivement tué ces deux hommes et que nous ne puissions jamais en apporter la preuve… ni établir le mobile, avoua-t-elle. Au lieu de quoi, nous allons devoir lui venir en aide pour nous sauver nous-mêmes. Ou du moins Barnabas. J'ignore comment il va réagir mais, pour ma part, il est temps que je fasse davantage que tâtonner en marge de procès auxquels je ne peux témoigner par manque d'autorité ou de réputation. Il semblerait que j'en sache juste assez pour être un danger, mais pas assez pour me défendre. Je croyais...

Elle dut se taire un instant. Elle avait mené ses batailles, croyant en la victoire finale, et la défaite avait eu un goût terriblement amer. S'il s'était agi d'un combat soudain, plutôt que d'une longue guerre d'attrition qui l'avait contrainte à s'avouer vaincue, ç'aurait été différent. Mais la vie lui échappait, sans avoir été pleinement utilisée.

Ottershaw prit une inspiration pour répondre, puis vit son expression et garda le silence.

— Merci, murmura-t-elle. Daniel va peut-être vous appeler, parce qu'il ne va pas révéler à n'importe qui la situation idiote où nous nous trouvons. Le problème de fond, c'est la peur que Jessie Beale ne soit coupable, ce qu'il ne peut révéler davantage. Je ne sais même pas ce que nous pourrions chercher.

— Je vais y réfléchir. Maintenant, mangez donc un peu de gâteau. Il est délicieux et il vous fera attendre le déjeuner.

Miriam regarda le gâteau et sourit, amusée par l'absurdité de ce conseil face à la perspective de la débâcle qui la guettait de toutes parts, sur le plan personnel, professionnel, et bien sûr celui de l'éthique. Mais comme il ne servait à rien de mourir de faim, elle se servit une belle part.

— Le jeune Daniel m'a exposé la situation ridicule dans laquelle vous vous trouvez, déclara Marcus au cours du dîner. C'est une des choses que j'apprécie chez lui : il est honnête. Il n'essaie pas de rejeter la faute sur autrui, sur son père, par exemple.

Il semblait attendre une réponse.

— Bien sûr qu'il est honnête, rétorqua-t-elle sur un

ton un peu sec. Vous ne l'auriez pas engagé, quelles que soient ses notes à Cambridge, si vous aviez cru le contraire. Et vous ne l'avez pas fait non plus pour faire plaisir à Sir Thomas. Vous l'avez choisi parce que vous aviez besoin de quelqu'un et qu'il vous convenait très bien.

Marcus fronça les sourcils, posa sa fourchette et l'observa avec plus d'attention. La pièce était confortable. Les rideaux en velours rouge foncé étouffaient jusqu'au hurlement du vent, à plus forte raison, le tapotement des occasionnelles gouttes de pluie.

— Tu es très tendue ce soir, Miriam. Est-ce parce que ce nouveau crime concerne un autre incendie ? Je n'ai pas oublié la manière dont Wallace est mort. Je suis certain que tu en souffres encore. C'est inévitable. Mais beaucoup d'années ont passé.

Son front était plissé par l'inquiétude, et il paraissait curieusement abattu, comme s'il se reprochait de ne pas avoir su lui offrir plus de réconfort.

Les yeux de Miriam s'emplirent de larmes. Marcus percevait sa douleur et s'accablait de reproches parce qu'il ne pouvait pas l'apaiser. C'était son père, et il se disait qu'il aurait dû pouvoir la protéger.

Elle considéra son assiette, puis se ravisa et releva la tête. Il était grand temps de lui avouer une part de la vérité, même si c'était douloureux. Même si elle devait se sentir coupable.

— Père, je ne souffre pas à cause de Wallace, dit-elle clairement.

— Tu n'as pas à te justifier, mon petit. C'était quelqu'un de bien.

Elle avait du mal à se rappeler le visage affable, agréable, de Wallace.

— Je sais, affirma-t-elle, songeant qu'elle devait s'acquitter de cette conversation avec sincérité, ou perpétuer le mensonge en connaissance de cause jusqu'à la fin.

Et je l'aurais sans doute aimé davantage si j'avais eu le temps d'apprendre à mieux le connaître, mais il est mort depuis quinze ans et j'ai cessé d'en souffrir. Si j'ai jamais dit le contraire…

Elle prit une profonde inspiration, cherchant les mots justes, en vain.

— Tu ne trouveras personne qui soit comme lui, dit Marcus doucement. Malgré tout il pourrait y avoir quelqu'un qui soit aussi bon à sa manière, si tu voulais.

Elle se maîtrisa.

— Donne une chance à quelqu'un, Miriam, insista-t-il. Un autre homme pourrait te rendre heureuse si…

— Père, coupa-t-elle, personne ne rend quelqu'un d'autre heureux. Le bonheur n'est pas la responsabilité d'autrui. C'est à moi de construire mon propre bonheur, et une des choses qui me rendent malheureuse, c'est la façon dont je passe mon temps. Je fais comme si, un jour au cours de ma vie, l'intelligence des femmes allait être reconnue, et leur compétence professionnelle prise au sérieux. Je vais accepter désormais que ce n'est pas le cas.

— Miriam, le bonheur réside dans…

— Non, coupa-t-elle de nouveau, laissant bruyamment retomber sa fourchette sur son assiette. Wallace était bon, gentil, mais il voulait me changer. Il pensait savoir mieux que moi ce que je voulais, il pensait que toutes les femmes, qu'elles soient vêtues de soie ou de toile de jute, sont au fond pareilles. S'il avait vécu, je suppose que je l'aurais épousé et que j'aurais connu une part de bonheur, mais il y aurait eu un vide en moi, les muscles de mon cœur et de mon esprit auraient été inutilisés, atrophiés. Vous pensez que c'est mal de garder des oiseaux en cage… c'est vrai. Une cage dorée reste une cage. C'est mal, quelles que soient les raisons qu'on puisse avoir, d'empêcher les gens de se servir de leurs compétences, de leur courage, de leur imagination, ou au moins d'essayer. Wallace m'a manqué au début. J'ai pleuré pour lui, non pas pour moi. J'en ai honte, je l'admets. J'aurais dû me sentir amputée d'une partie de moi-même. Mais ce n'était pas le cas. Je me sentais libre.

— Miriam ! Tu es surmenée !

Il fit mine de se lever.

— Ne soyez pas condescendant !

Elle avait élevé la voix, ce qu'elle n'avait jamais osé faire avec lui jusqu'alors.

— Je ne suis pas surmenée. J'accepte avec chagrin et difficulté le fait que je ne pourrai presque à coup sûr jamais utiliser mon cerveau parce que je suis une femme. Peut-être avais-je des compétences. Ou peut-être suis-je médiocre, comme me l'a dit Barnabas Saltram, mais je n'ai pas été autorisée à essayer de faire mes preuves. Pour parler votre langage, on m'a reconnue coupable sans m'accorder un procès. Ce n'est pas juste, mais cela va rester ainsi aussi longtemps que je puisse l'imaginer.

Il la fixait, perplexe et légèrement effrayé, comme si elle s'était métamorphosée sous ses yeux.

Elle devait s'expliquer. Peut-être n'en aurait-elle plus jamais l'occasion.

— Vous avez été un avocat brillant, père, vous l'avez maintes et maintes fois prouvé au tribunal. Vous avez obtenu justice pour un nombre incalculable de gens, et vous avez adoré cela – les victoires acquises de haute lutte et même les défaites. Vous vous y êtes donné entièrement. Vous avez un grand talent et vous l'avez développé.

Elle ferma les yeux un instant, les rouvrit et planta son regard dans le sien.

— Que ressentiriez-vous si on vous avait privé de la possibilité d'exercer ce métier ? De sauver les gens que vous avez sauvés. D'entrer dans l'histoire du droit grâce à des plaidoiries brillantes. Même de faire changer d'avis tous ceux qui vous écoutaient. Et cela sous prétexte que vous avez les yeux bleus ; ou que vous n'avez pas hérité d'un titre ; ou pour toute autre raison qui n'a rien à voir avec votre compétence.

— Miriam !

Il secoua la tête, abasourdi.

— Je sais, je sais. Vous n'avez pas rédigé les lois, ni les préjugés. Vous n'êtes pas responsable de l'ignorance. Ni de la peur du changement. Ce n'est pas votre faute. Au moins, vous n'avez jamais dit : « Je ne t'aimerai plus si tu ne te conformes pas à la vision que j'ai de toi. » Bien d'autres ont dû affronter cela.

— C'est monstrueux ! protesta-t-il.

— Oui, mais les gens sont hostiles aux idées nouvelles, qui viennent démentir les vieux préjugés. Tous ces bouleversements les effraient. J'aimerais avoir envie de me conformer ; la vie serait infiniment plus facile. Je pourrais plaire à tout le monde, moi y compris. Mais je ne ferai pas semblant, pas même pour vous.

— Que vas-tu faire ? murmura-t-il.

— Je ne sais pas, répondit-elle, mais déjà une idée avait germé dans son esprit.

Pour le moment, elle était encore vague, floue. Néanmoins, c'était un début.

8

Le lendemain matin, l'idée s'était cristallisée dans l'esprit de Miriam, du moins son essence, et elle savait précisément ce qu'elle avait besoin de faire. C'était une journée humide et venteuse, aussi revêtit-elle un manteau épais et un chapeau assez volumineux pour garder la plus grande partie de sa chevelure au sec. Elle veilla cependant à ne quitter la maison qu'après le départ de Marcus.

Elle prit un taxi et se hâta de lui indiquer le domicile d'Octavius Ottershaw, de crainte de manquer de courage et de se raviser.

— Est-il arrivé quelque chose ? demanda ce dernier en la voyant.

Il avait ouvert la porte lui-même, et la débarrassa de ses habits mouillés. Elle resta immobile dans le couloir, dégoulinant un peu.

— Oui, j'ai réfléchi…

Elle avait eu beau répéter maintes fois les mots dans sa tête, ils sonnaient toujours faux à ses oreilles. Elle n'y pouvait rien, mais elle devait procéder par étapes avant d'arriver à sa conclusion. Elle le suivit dans le salon agréablement chauffé.

— Nous savons ce que Saltram va dire : pour l'essentiel, il n'a pas d'autre choix que de répéter ce qu'il a affirmé lors du premier procès. Et dans une certaine mesure, c'est la vérité. La seule partie que nous puissions mettre en doute est la conclusion que le jury va inévitablement accepter, c'est-à-dire qu'Adwell n'était pas coupable selon la loi. Dans ce cas, la logique et l'équité exigent que, pour le même crime, et les mêmes preuves, Jessie Beale soit déclarée innocente elle aussi. Et nous savons qu'elle est coupable. Saltram viendra parce qu'il ne pourra pas résister à l'envie de se justifier. Il ne pourrait jamais laisser cette tâche à quelqu'un d'autre.

— C'est une certitude, acquiesça le Dr Ottershaw en lui indiquant un spacieux fauteuil au coin du feu. Que suggérez-vous ?

Elle s'assit, prit une profonde inspiration et exhala lentement son souffle.

— M'aiderez-vous à trouver un argument qui réfute celui de la défense ? Nous savons que Jessie est coupable, même si l'affaire ressemble de manière frappante à la dernière. Nous connaissons les faits concernant la mort de Paddy Jackson – enfin, vous et moi au moins les comprenons. Si elle a reproduit les circonstances à l'identique, quelque chose a dû nous échapper. Quelque chose qui peut avoir plus d'une interprétation, et nous avons choisi la mauvaise. Si nous découvrons ce qui s'est passé, nous devrions pouvoir le prouver, n'est-ce pas ?

— Oui, dit-il, envisageant visiblement la question sous un jour différent. Cela tombe sous le sens, mais je ne vois pas du tout par où commencer.

Il était debout devant l'âtre, dans la pièce fanée mais confortable, aux meubles disparates qui semblaient pourtant tous être à leur place.

— Nous devons faire un tri entre les faits indiscutables, ceux que nous pouvons tester encore et encore en obtenant toujours le même résultat, et les autres, et voir si ces derniers peuvent avoir une explication à laquelle nous n'avons pas pensé.

Elle sourit, mais son sourire demeura fixe sur son visage, comme figé.

— « Combien de fois vous ai-je dit que, quand vous aurez éliminé l'impossible, ce qui reste, si improbable que cela paraisse, doit être la vérité ? »

— Sherlock Holmes, acquiesça Ottershaw. À le lire, cela paraît facile ; ça ne l'est pas.

Il la considéra gravement.

— Non, ce n'est pas aussi évident que Holmes le suggère. Il y a des distinctions subtiles, beaucoup d'éléments qui sont sujets à interprétation, et même avec toutes les compétences que nous avons, les erreurs sont possibles. Mais oui, bien sûr, je ferai tout mon possible pour vous aider. Je suppose que le jeune Pitt va solliciter votre concours.

— Oui, admit-elle avec un sourire gêné. Ne serait-ce que pour demander à Sir Barnabas d'examiner les preuves concernant le nouveau décès et de témoigner une fois de plus.

Ottershaw étrécit les yeux et inclina la tête de côté.

— Vous êtes très impliquée dans cette affaire, n'est-ce pas ? Bien plus que vous ne l'avez dit.

Ce fut un soulagement que de cesser de dissimuler. Les mots jaillirent de sa bouche :

— Oui, Saltram était mon professeur à l'université. Il m'a parfois rendu la vie difficile et je me sens responsable du fait qu'il a obtenu l'acquittement d'Adwell parce que c'est moi qui ai suggéré à Daniel de s'adresser à lui… et qui ai rendu cela possible. J'ai plaidé sa cause auprès de Saltram et lui ai obtenu un rendez-vous.

— De sorte qu'en fait, c'est vous qui avez obtenu l'acquittement ?

— Je suppose, mais vous ne devez pas non plus négliger le rôle de Toby Kitteridge.

Il ne semblait toujours pas avoir compris ce qu'elle lui demandait, à moins qu'il ne veuille le clarifier pour eux deux.

— Je pense qu'il doit y avoir une autre solution que de laisser Jessie s'en tirer impunément, reprit-elle. Il faudrait déterminer au-delà de tout doute raisonnable si la chaleur du feu aurait pu causer les deux décès. Croyez-vous que ce soit le cas ? Je veux dire, vous, personnellement, sans tenir compte des preuves ?

— Non, je ne le crois pas, répondit-il avec gravité. À mon avis, il est possible qu'Adwell ait tué Jackson et que Jessie l'ait su mais ait voulu le sauver pour une raison ou pour une autre. Je crois aussi qu'elle a tué Adwell, ou aidé les frères Jackson à le faire et je ne sais pas pourquoi. Cependant, avant de pouvoir en convaincre la cour, nous devons nous débarrasser de l'effet hypnotisant, si je puis dire, que Sir Barnabas exerce sur le jury. Et ensuite, démontrer que Jessie avait un mobile pour une telle action. En partie, c'est du ressort de la police. Quant à ce qui relève des faits médicaux, bien sûr, je vous aiderai de mon mieux. Nous travaillons bien ensemble. Nos compétences se complètent.

Maintenant, elle était embarrassée. Il avait raison, mais lui en demandait-elle trop ?

— Seulement jusqu'à ce que nous ayons réparé les dégâts que j'ai causés en mêlant Saltram au procès… commença-t-elle.

Ce fut au tour d'Ottershaw de paraître un peu déconfit.

— J'envisageais une collaboration à plus long terme. Ai-je tenu trop de choses pour acquises ?

Un monde de sens se cachait derrière ces paroles. Il n'avait jamais tenté d'aborder cette question, mais il savait qu'elle ne serait jamais appelée à témoigner régulièrement au tribunal en tant que professionnelle. Elle l'avait fait à deux reprises pour Daniel, du fait du hasard. Dans la première affaire, ç'avait été une question d'empreintes, où elle avait montré aux jurés fascinés que chacun d'eux possédait des empreintes digitales qui lui étaient uniques, tout comme le coupable et l'innocent. Et dans une autre affaire, elle avait obtenu gain de cause pour qu'un médecin vienne présenter des constatations médicales. Mais ces deux événements avaient été fortuits, elle s'était trouvée au bon endroit au bon moment et ses observations avaient pu être confirmées par d'autres.

Miriam savait qu'elle ne devait pas mettre Daniel dans une situation où il dépendait d'elle. Cela reviendrait à profiter de son inexpérience, ou peut-être de sa sensibilité face à l'injustice.

Ottershaw attendait. Au-delà du soin qu'il avait mis à ne pas la blesser, que voulait-il dire ? Elle sentit la honte lui brûler les joues. Avait-il pitié d'elle ? Elle avait envie de lui crier qu'elle n'avait besoin ni de sa pitié ni de son aide, mais ç'aurait été puéril. Et une fois qu'elle aurait cédé à cette tentation, le mal serait irréparable.

— Voyons si je peux être utile dans cette affaire…

Elle s'interrompit.

— Bien sûr ! acquiesça-t-il. Ensuite, si nous réussissons à faire condamner Miss Beale, ou que nous découvrons et prouvons la vérité quelle qu'elle soit, envisagerez-vous de mettre plus souvent vos compétences à contribution dans un but précis ? Je songeais à m'orienter davantage vers les expertises médico-légales. Je trouve qu'elles stimulent l'esprit différemment de la science purement expérimentale. Elles concernent la justice et la nature humaine, et nous amènent à mieux comprendre et à mieux accepter le changement. Les gens sont aujourd'hui prêts à voir ce qui se profile à l'horizon depuis des années, voire des décennies. C'est excitant, vous ne trouvez pas ?

Si. En fait, elle se découvrait soudain de tout cœur d'accord avec lui. Elle pouvait cesser d'être égoïste et de vouloir réussir seule. De vouloir voir son nom reconnu, et même d'être la meilleure. Les idées n'appartenaient pas aux individus. C'était une notion d'une arrogance ridicule. Elle était coupable du défaut même qu'elle discernait si clairement chez Saltram. Quelle horrible pensée ! mais elle contenait une part de vérité.

— Si, dit-elle avec véhémence. Si, j'aimerais explorer de nouvelles idées, voir quelles vérités elles peuvent nous révéler. Si, j'aimerais apprendre à travailler avec vous, si vous pensez que je peux vous être utile. Mais seulement si vous le pensez.

— Ma chère Miriam, je n'ai ni la témérité ni le temps de vous traiter avec condescendance. Ce serait nous faire injure à tous les deux et cela ne servirait, j'en suis certain, ni la science ni la société que je vous offre cela en cadeau parce que vous ne pouvez pas être un autre Saltram. Si vous le suggérez de nouveau, je serai aussi offensé que vous l'êtes.

Il sourit soudain.

— Si nous commencions ?

Miriam décida d'informer Marcus de sa décision sans attendre. Elle ne pouvait guère faire comme si de rien n'était, car elle allait devoir passer le plus clair de son temps ailleurs qu'à la maison. Si elle la lui taisait, il ne manquerait pas de s'en apercevoir et en serait inutilement peiné. De plus, pour être honnête, elle était excitée par l'opportunité qui se présentait et elle avait envie de partager cela avec lui comme elle avait partagé tant de choses par le passé. C'était le début d'un pas vers l'avant, plutôt que de tuer le temps ou d'espérer sans vraiment avoir de raison de le faire.

— Je suis allée voir le Dr Ottershaw aujourd'hui, dit-elle durant le dîner, sur un ton presque dégagé.

Son père ne saisit pas la tension qui perçait dans sa voix. L'espace d'un instant, il parut chercher à qui elle faisait allusion, puis son visage s'éclaira.

— Un brave homme, Ottershaw, commenta-t-il en coupant son rosbif. Comment va-t-il ?

— Très bien. Mais…

Il avait les yeux baissés sur son assiette. Il n'avait pas compris qu'elle ne parlait pas simplement de la pluie et du beau temps.

— Mais ?

Il leva les yeux.

— Qu'y a-t-il ? Miriam ?

— Rien ! Nous avons parlé travail.

— Cela te surprend ?

Une pointe d'amusement se lisait sur ses traits.

— Te concernant, cela ne m'étonne guère. Qu'essaies-tu de me dire ? Explique-toi un peu mieux. A-t-il dit quoi que ce soit d'utile à propos de cette misérable affaire où nous semblons avoir mis les pieds ? A-t-il des suggestions ? Devrais-je lui envoyer Daniel ? Nous piétinons ! Et ne me dis pas que Daniel ne t'en a pas parlé. Il te parle plus volontiers qu'à moi.

Il avait complètement renoncé à manger et la fixait avec intensité.

— Bien sûr ! Je ne suis pas son employeur, et je n'en sais pas assez non plus pour le critiquer.

— Miriam, tu éludes ma question. Dis-moi ce qu'Ottershaw a dit, sinon parle d'autre chose. Tu… tergiverses ! Cela ne me plaît pas ; c'est agaçant.

— Bien, père. Le Dr Ottershaw et moi nous sommes mis d'accord pour que je collabore avec lui. D'abord dans le but de donner plus de sens à l'affaire Jessie Beale, et éventuellement d'apporter des preuves. Et ensuite, pour tout autre sujet intéressant, mais en dirigeant mes recherches vers un but spécifique, lié aux cas sur lesquels il travaille.

Elle attendit sa réponse ; il allait s'en réjouir, forcément ?

Il parut perplexe.

— Pourquoi ? Tu n'as pas besoin de travailler pour quelqu'un d'autre. Tu peux explorer tout ce que tu veux, tout ce qui t'intéresse.

Elle inspira et expira plusieurs fois.

— Père, je m'amuse toute seule. Il faut que je me consacre à des tâches qui comptent, qui ont une vraie utilité, au lieu de me contenter de tuer le temps. Des questions qui ont de l'importance pour les gens. Sinon, je ne fais pas partie d'un tout plus vaste, et j'ai besoin de cela.

Elle se tut : c'était très difficile à expliquer sans donner l'impression de se plaindre. Puis, alors qu'elle le regardait – ses cheveux ébouriffés, sa mine excentrique, le nœud papillon à son cou qui n'était assorti à rien d'autre –, elle ressentit un élan de foi, et même d'espoir.

En apparence, il était inoffensif ; il se montrait rarement brusque, encore moins impoli, mais à sa manière, c'était un combattant, et il l'avait toujours été, même s'il luttait pour une cause connue de lui seul.

— Vous connaissez très bien le droit, reprit-elle. Vous avez plaidé et fait triompher la justice dans nombre de procès extraordinaires, là où la victoire semblait impossible.

Un bref et magnifique sourire illumina son visage, puis s'évanouit.

— C'est très flatteur, ma chérie, mais il n'y a aucun rapport.

— Non, admit-elle, et c'est précisément là que je veux en venir. Aurait-ce été satisfaisant si vous aviez su toute la théorie du droit et que vous ne fussiez jamais allé au tribunal l'appliquer à une vraie affaire ? À la vie d'un homme en chair et en os ?

— Mais…

Il se tut.

— Tu veux manier le glaive toi-même, et pas te contenter de l'aiguiser pour quelqu'un d'autre. Mais les femmes…

— Sottises ! Je veux être Boudicca, pas la reine Victoria ! Une femme qui ne faisait rien hormis donner des ordres à d'autres…

Le visage de son père demeura presque parfaitement solennel ; seul un muscle frémit, trahissant une pointe d'amusement.

— Tu n'es pas tout à fait dans la même situation, ma chérie. La reine Victoria donnait des ordres et on lui obéissait. Crois-moi, on lui obéissait !

L'humour se reflétait dans ses yeux, mais elle y décelait des larmes aussi.

— Elle jouissait d'un grand pouvoir, dont elle pouvait user pour son plaisir ou son déplaisir, et je constate que tu te compares à elle à un seul égard, ce qui dépouille ta comparaison d'une grande partie de son sens. Cela dit, tu as été claire : tu ne souhaites pas être protégée. Je voudrais seulement…

— Je ne veux pas être protégée du risque de commettre des erreurs, d'échouer, d'être déçue par moi-même et par les autres. La seule manière de ne jamais se tromper est de ne rien faire du tout. Mais je vous promets que je ferai tout ce que je peux, même garder mes pensées pour moi, du moins parfois, pour éviter de faire souffrir les autres. Je crois que le Dr Ottershaw me remettra à ma place en cas de besoin, ne serait-ce que pour préserver sa réputation. Il paraît très doux, mais je crois que, sous la façade, c'est une autre histoire.

Le lendemain matin, Miriam était à la porte d'Ottershaw à neuf heures moins le quart, prête à se mettre au travail.

— Bonjour, dit-il en l'accueillant, un sourire calme sur les lèvres. Nous avons plusieurs questions à traiter et très peu d'indices à examiner. Plus j'y réfléchis, plus je suis persuadé que nous allons devoir conduire des expériences avec nos propres matériaux pour voir si les résultats concordent avec ce que nous savons. Je me suis renseigné quant à la manière de reproduire le genre de température nécessaire, d'après Saltram, pour fracturer un os. Entrez, entrez.

Il sembla se rendre compte qu'ils étaient toujours dans le couloir et recula.

— Accrochez votre manteau. Il fait un temps épouvantable dehors, mais il fait bon dans le salon. Je ne supporte pas les maisons froides. Nous devons préparer un plan d'action. Désirez-vous un thé ?

— Non, merci, j'ai pris le petit déjeuner il n'y a pas longtemps.

Il étrécit les yeux et la considéra avec attention.

— Votre père approuve-t-il tout cela ?

— Vous me demandez si j'ai sa permission ?

Elle ne savait pas si elle devait se mettre en colère ou s'il pensait simplement que Marcus avait le droit d'avoir son opinion. Seule cette seconde possibilité la satisferait.

— Non, dit-il vivement. Je veux juste savoir si je dois être discret ou pas. Il est beaucoup plus facile de ne pas l'être.

Elle se détendit.

— Oui. Je lui ai tout expliqué en détail et il comprend que c'est pour le mieux. En fait, que c'est peut-être la seule solution qui puisse marcher.

— Bien. Bien. Dans ce cas, asseyons-nous au coin du feu et considérons ce que nous savons, ce qui doit être vérifié, ce qui dépend du témoignage d'autrui, et si nous pouvons nous fier ou non à l'exactitude et à l'honnêteté des témoins. Ensuite, nous pourrons déduire ce qui reste à découvrir.

— Et faire entrer le tout dans un cadre logique, ajouta-t-elle. Il est difficile de croire quelque chose quand on n'en voit pas la raison. J'en suis venue à penser que Jessie Beale est très intelligente. Elle a au moins une longueur d'avance sur nous, peut-être davantage.

— Dans ce cas, nous devons faire vite, déclara-t-il sans chercher à argumenter. Sommes-nous d'accord pour nous fier aux éléments rassemblés par la brigade des pompiers, mais pas forcément accepter toutes leurs conclusions ?

— Oui, si quelque chose ne concorde pas avec le reste, nous le mettrons de côté pour le moment.

— Sur le plan médical, c'est une autre question. J'accepte les observations et les mesures d'Appleby, mais je préfère en tirer mes propres conclusions.

Elle se pencha en avant.

— Croyez-vous qu'il nous autoriserait à voir le corps ?

Et je suppose que la scène de l'incendie serait intéressante si nous la comprenions mieux.

— Ce sera peut-être un domaine sur lequel se pencher à l'avenir, acquiesça-t-il. Pour maintenant, vous devrez vous contenter de la parole des pompiers. Encore que nous puissions leur demander d'expliquer comment les preuves justifient leur conclusion et elle seule, qu'en pensez-vous ?

— Je crois que Daniel sera très content de se charger de cela, dit-elle avec un minuscule sourire. Et Kitteridge aussi. Le pauvre, il s'est retrouvé embarqué dans cette affaire à son corps défendant.

— J'en suis sûr, mais à qui parmi les témoins pouvons-nous nous fier ? Que ce soit pour leur jugement ou leurs compétences ?

Il haussa les épaules.

— Y en a-t-il ?

— Nous devrons garder l'esprit ouvert, dit-elle sans hésiter. Même les plus honnêtes parmi nous peuvent se tromper ; ou être à ce point convaincus de quelque chose qu'ils n'envisagent même pas qu'il puisse y avoir une alternative.

Elle esquissa un sourire de regret.

— Cela m'est arrivé.

Il jeta un coup d'œil vers elle, mais garda le silence. Le regard était suffisant.

— Et nous avons tous des intérêts personnels, ajouta-t-elle avec un soupir. Des croyances auxquelles nous ne pouvons aisément renoncer. Plus nous vieillissons, plus nous y sommes attachés, plus nous avons du monde une image plus ou moins fixe, et nous ne pouvons pas la lâcher.

— Pas même en partie, quelle que soit la vérité, murmura-t-il. Maintenant, par où commençons-nous ?

Avec l'aide de Charlie, le gamin des rues âgé de onze ans qu'Ottershaw avait engagé pour les seconder dans de menus travaux, ils s'affairèrent toute la journée et jusque tard dans la soirée. Charlie était très doué pour faire du thé, et leur servit des assiettes de sandwichs que le majordome avait préparés, rapportant les assiettes à la cuisine après avoir veillé à ne laisser aucune miette. Miriam aimait l'entendre fredonner des chansons des rues qu'elle ne parvenait pas à comprendre mais, de temps à autre, il gloussait tout seul, et elle aimait le son de sa gaieté.

Ottershaw et elle interrogèrent les pompiers, officiers et agents de police qui avaient été présents à l'un ou l'autre des incendies. Ils étaient basés dans le même quartier, sur Tooley Street, la longue route qui bordait les quais, et les deux sinistres avaient eu lieu à deux pas l'un de l'autre. Dans l'ensemble, c'étaient les mêmes hommes qui étaient intervenus.

Pour Miriam, ces entretiens furent éprouvants. Le feu la fascinait mais, depuis l'incendie où Wallace avait trouvé la mort, il lui faisait horreur aussi.

Elle écouta attentivement les réponses aux questions qu'elle posait, prenant sans arrêt des notes. Il était évident que les hommes la trouvaient bizarre, à tout le moins, toutefois ils semblaient s'en accommoder. Outre l'immense respect qu'elle avait toujours eu pour leur courage – quel être humain sain d'esprit n'en aurait pas eu ? – elle se découvrit impressionnée par leur compétence, leur savoir, leur discipline. Et surtout, un respect nouveau envers le feu, mêlé à la terreur qu'il lui inspirait.

Pendant ce temps, Daniel et Kitteridge travaillaient aussi, s'efforçant de comprendre les relations qui existaient entre les divers frères Jackson et Adwell, et où Jessie avait sa place. Pourquoi aurait-elle tué Adwell ? Il devait y avoir une raison, et celle-ci était au cœur de toute cette tragédie.

Deux jours plus tard, Daniel et Miriam se retrouvèrent dans l'après-midi afin de comparer leurs progrès.

— Tous les journaux en parlent, lâcha-t-il avec gêne, alors qu'ils étaient attablés devant un bol de soupe dans un café de la rive sud, à moins de cent mètres de Tooley Street. Ils en font tout un plat parce que le témoignage de Saltram a obtenu l'acquittement d'Adwell.

Elle le regarda. Sa fatigue était visible. On la voyait à ses traits creusés, à la pâleur de son teint. Il était tassé sur lui-même dans son manteau. Déjà le ciel s'assombrissait à l'est, et la nuit n'allait pas tarder à tomber. On approchait de la fin de novembre. Soudain, elle se sentit furieuse de ne rien pouvoir faire pour l'aider.

— Cela pourrait jouer en notre faveur, murmura-t-elle.

Il releva un peu la tête.

— Comment ? Cela ne fait qu'ajouter à la probabilité que le jury croie Sir Barnabas Saltram. Il est la garantie de presque n'importe quoi.

Un instant, une intense hostilité se lut dans ses yeux. Miriam répondit ce qu'elle avait pensé sans le dire à voix haute.

— Le seul qui puisse défaire ce qu'il a fait, c'est lui-même. Encore faut-il qu'il se représente à la barre.

— Je ne le lui ai pas demandé, avoua Daniel, l'air embarrassé, se moquant légèrement de lui-même. Je n'en ai pas eu le courage.

— Il viendra, affirma-t-elle.

— Vous croyez ? demanda-t-il, sceptique.

Avait-elle perdu l'esprit ? Elle se précipitait tête baissée dans un piège, un piège posé par sa propre nature et non par Saltram.

— Oui ! Si nous le lui demandons de la bonne manière.

Elle parlait avec tant d'assurance. C'était elle qui s'infligeait cela ! Qu'était-il advenu de son détachement scientifique ? Peut-être était-ce pour cette raison qu'elle ne serait jamais aussi bonne que Saltram.

— Quelle est la bonne manière ?

Il avait beau feindre l'indifférence, ne pas montrer qu'il gardait espoir, elle le décelait sur son visage, dans sa voix, même dans la façon dont il s'était imperceptiblement redressé sur son siège.

— J'y ai songé, dit-elle, choisissant ses mots avec soin. Il faut que cela lui apparaisse comme un défi, présenté non seulement par les faits, mais par ceux qui voudraient lui nuire. Nous ne devons pas donner l'impression de le menacer, plutôt de menacer les coupables. Peut-être Jessie Beale elle-même. La réputation de Saltram est en jeu. Pour la préserver, il sera prêt à se battre. C'est son bien le plus précieux, la chose qu'il a protégée, nourrie, toute sa vie durant. Il la défendra comme un autre homme protégerait son unique enfant.

Était-ce une exagération ? Elle ne le croyait pas.

— Daniel, réfléchissez ! insista-t-elle d'une voix pressante. Les journaux ne parlent que de cela. Renseignez-vous pour savoir qui va mener l'accusation.

— Un certain Fimber, répondit-il. Il a l'air plutôt correct.

— Appleby sera le légiste ?

— Oui. Et Quarles représentera la police.

— Bien. L'ouverture du procès va susciter beaucoup d'intérêt dans la presse. Avez-vous une idée du mobile ? Je veux dire, pourquoi Jessie Beale a-t-elle fait cela ? Et puis, il y a la question de Paddy Jackson. Allez-vous suggérer qu'elle est coupable de son meurtre aussi ?

— Ce sera Kitteridge, pas moi. Je ne suis que second avocat.

Devait-elle prononcer des paroles encourageantes ? Non, ce n'était pas le moment.

— Savez-vous quelle approche il envisage ?

— Il ne le sait pas encore. Compte tenu du fait que nous avons défendu Adwell, nous ne pouvons guère l'accabler maintenant, mais cela pourrait bien émerger des preuves. Pourquoi ?

— Parce que si cela émerge, vous devez avoir une théorie quant au mobile. Personne ne tue sans raison. Si c'est Adwell qui a tué Paddy Jackson, délibérément, vous devez opter pour une sorte de rivalité. Si c'était Jessie, il vous faudra fournir une raison. Et si c'était un accident et que vous insistiez là-dessus, vous vous trouverez dans une impasse. Ou, plutôt, Jessie sera dans une impasse. Deux accidents identiques en l'espace d'un mois et demi ?

— Mais Sir Barnabas va affirmer que c'est le cas, lui fit-il remarquer. Il n'a pas le choix ! Il ne peut pas affirmer que le premier était un accident et le second non.

— Non, reconnut-elle avec un petit sourire crispé. Ce sera intéressant de voir ce qu'il dit. Je ne crois pas qu'il essaie de se dérober. Personne ne l'oublierait. Il va falloir qu'il invente quelque chose rapidement. Quand vous irez lui demander de témoigner, vous aurez besoin de le lui faire remarquer. Son « erreur » sera interprétée par d'autres s'il ne s'en charge pas lui-même.

Un plaisir dangereux s'immisçait dans cette pensée. Dangereux parce qu'elle appâtait un tigre, elle le savait, un tigre qui l'avait férocement blessée par le passé. Elle ne devait jamais oublier, elle n'osait pas oublier, la rage sur son visage. Vingt ans plus tard, elle frissonnait encore à ce souvenir.

Il ne prendrait jamais la fuite.

Mais elle non plus.

Devait-elle avertir Daniel… d'une manière ou d'une autre ? S'il devait être blessé, ce serait peut-être la seule chose qui pourrait l'inciter, elle, à reculer.

— Daniel ?

Il la regardait calmement.

— Daniel, Saltram était un terrible ennemi, je sais. Il… il me hait. Je ne peux vous expliquer pourquoi. Vous n'avez pas besoin de le savoir, et ce n'est pas quelque chose de public.

Elle sentait la honte lui brûler les joues.

— Mais si vous le mettez dans l'embarras ou que vous prouviez qu'il avait tort, il ne vous le pardonnera pas. Si vous voulez faire marche arrière, c'est maintenant qu'il faut le faire.

Il parut perplexe, et un peu offensé peut-être.

— Faire marche arrière ? Je veux le combattre jusqu'au bout. Et Jessie Beale avec. Je ne sais pas comment. Je pense qu'elle a tué Adwell et mis le feu qui a tué Paddy Jackson. Mais nous sommes obligés de la défendre et elle le sait. Saltram le sait-il aussi, à votre avis ? Maintenant, je veux dire ? Deux accidents comme cela, en deux mois ? Les victimes étant deux hommes qui se haïssaient. C'est absurde.

Il ferma les yeux et exhala lentement son souffle. Puis il la regarda.

— Il faut que je lui donne une autre hypothèse, n'est-ce pas ? Du moins, Kitteridge.

— Oui, acquiesça-t-elle. Un de vous deux. Vous feriez mieux d'y réfléchir. Si vous trouvez la vérité, cela vous aidera peut-être. En tout cas, faites attention à ce que vous dites à Saltram. Dites-lui-en le moins possible. En général, il est très pris, si bien que vous devez aller le voir bientôt. En fait, dès que vous saurez la date du procès.

— Viendrez-vous avec moi ? Je suis désolé de vous le demander, mais en dépit de ce que vous m'avez dit, il vous écoute…

Elle s'était préparée à cette requête. C'était idiot, cela revenait sans doute à se mettre une corde autour du cou, pourtant elle aurait honte d'elle-même si elle n'y allait pas.

— Oh, oui. Dans l'intervalle, trouvez une histoire qui soit crédible. Fimber en a peut-être une. Ou Quarles.

Il lui sourit, le visage éclairé par le soulagement. Elle ne pouvait plus faire marche arrière désormais, quoi que Saltram dise… ou fasse.

Le jour où Daniel et elle allèrent demander à Saltram de témoigner, Miriam ne put rien avaler au petit déjeuner. Ils devaient le solliciter. Il ne pouvait comparaître à moins d'y avoir été invité par la défense ou par l'accusation. Jusqu'à la veille au soir, elle avait été tout à fait certaine qu'il saisirait sa chance à pleines mains. En fait, elle s'était demandé s'il avait songé à proposer sa collaboration, mais qu'il s'y fût refusé parce qu'il était sûr qu'ils devraient faire appel à lui. Elle se rendait compte, évidemment, qu'il avait peut-être changé depuis l'époque où elle pensait le connaître. Pour sa part, elle avait changé au-delà de ce qu'elle aurait pu imaginer au cours de ces années.

Mais lui ? Elle éprouvait toujours le même sentiment d'humiliation quand il la critiquait, la même vulnérabilité, la même peur qu'il puisse lire en elle comme dans un livre ouvert.

Se ferait-il supplier ? Daniel était-il vulnérable, lui aussi ?

Non, bien sûr que non. Il n'avait pas d'émotions investies dans cette affaire, hormis peut-être le regret de s'être autorisé à croire Jessie quand elle lui avait demandé de défendre Robert Adwell. Cependant, à ce moment-là, en l'absence d'informations contraires, il devait se fier à sa cliente. Et Saltram avait prouvé qu'il était fort possible qu'il eût eu raison de le faire.

Miriam s'habilla avec soin. Le noir manquait de fantaisie, mais était toujours approprié à cette saison. Et la couleur seyait à son teint clair, à l'éclat de ses joues et à sa chevelure flamboyante. Les boucles d'oreilles en perle convenaient aussi à n'importe quelle occasion, à la fois distinguées et tout aussi dépourvues de fantaisie. Cette visite n'était pas un événement mondain. Surtout, elle n'avait rien de personnel.

Cette pensée lui noua la gorge, de sorte qu'elle ne put rien manger.

Elle avait toutes les informations que Saltram pût raisonnablement demander, rédigées avec soin afin de pouvoir les lui laisser, s'il acceptait de témoigner. Pourquoi avait-elle des doutes, subitement ?

Daniel vint la chercher en taxi. C'était un des nouveaux taxis noirs qu'il aimait, très moderne. Ils firent le trajet en silence. Il la regardait sans dissimuler son admiration, si bien qu'elle rougit et se détourna. Cela n'avait aucun rapport avec ce qu'ils avaient entrepris, mais elle en fut contente néanmoins.

Au cabinet de Saltram, ils furent introduits dans l'antichambre par la réceptionniste. Saltram devait s'attendre à leur visite ; malgré tout, il les fit patienter pendant un quart d'heure. Pour les faire douter d'eux-mêmes ? les rendre nerveux ? leur donner l'impression qu'ils étaient venus demander une faveur ? ou simplement parce qu'il en avait le pouvoir ?

Quand il apparut enfin, il était impeccablement élégant, ses cheveux bien lissés sur son crâne.

— Bonjour, Mr. Pitt, Miss fford Croft.

Il inclina courtoisement la tête.

— Je vous présente mes excuses si je vous ai fait attendre.

Miriam devança Daniel qui s'apprêtait à répondre.

— Il est rare que vous soyez pris au dépourvu. J'espère que cette nouvelle ne vous a pas troublé outre mesure ? demanda-t-elle en le regardant droit dans les yeux.

Elle vit une lueur de colère jaillir dans son regard froid, aussitôt maîtrisée.

— Pas du tout, Miss fford Croft. J'avais une autre affaire urgente qui m'a réclamé plus de temps que je ne l'avais escompté. Je m'attendais à ce que vous veniez demander mon aide tôt ou tard. À vrai dire, je pensais que vous viendriez plus vite.

Cette fois, Daniel fut le plus rapide.

— Il ne servait à rien de vous déranger avant de connaître la date du procès, Sir Barnabas. Si elle vous convient, c'est une excellente nouvelle. Sinon nous demanderons un délai supplémentaire. Le juge ne s'en étonnera guère si je lui explique que votre présence est nécessaire à notre défense. Il aura prévu cette éventualité.

Saltram le toisa. C'était comme si l'horloge s'était arrêtée. Aucun d'eux ne bougea.

Puis Saltram arqua les sourcils.

— Est-ce là une manière vulgaire de solliciter mon aide dans l'affaire extraordinaire où vous vous êtes empêtré ? Peut-être devrais-je dire… une fois de plus. Je vous ai sorti du pétrin une fois, mais vous semblez y avoir replongé. Dieu sait pourquoi.

Là encore, il y eut un silence. Un, deux, trois.

Miriam prit la parole :

— Il y a toujours des possibilités qu'on ne prévoit pas, Sir Barnabas. Je suis sûre que cela vous est arrivé un jour ou l'autre.

Elle avait voulu aiguillonner sa mémoire, lui rappeler ce qu'il en était d'échouer.

Il ne l'avait pas oublié. Une haine amère traversa son regard et elle sut qu'il était toujours un ennemi. Elle eut l'impression qu'une lame d'acier glaciale la transperçait. Elle n'osa même pas regarder Daniel.

— Je n'avais pas imaginé qu'elle soit mêlée à l'affaire, du moins pas directement, intervint Daniel, brisant le silence. Je pensais qu'Adwell était peut-être coupable, mais que ce ne serait pas prouvé au-delà du doute raisonnable. Il me semblait que vous étiez du même avis.

Saltram le dévisagea avec intensité, comme s'il essayait de lire dans ses pensées.

Les secondes s'égrenèrent.

— J'examine les faits, Mr. Pitt. Les preuves. Je ne m'érige pas en juge de la culpabilité ou de l'innocence. Je m'en tiens à des faits scientifiques, purement médicolégaux. Je laisse au jury le soin de les interpréter, et vous devriez faire pareil. Vous êtes jeune et aussi arrogant que la plupart des jeunes gens.

Daniel faillit s'étrangler, mais par bonheur s'abstint de tout commentaire.

— Je ne vous céderai certainement pas la charge

d'établir la vérité dans le gâchis que vous avez accepté de défendre, reprit Saltram. Je présume que vous avez des détails du dossier, des faits, des éléments à porter à ma considération ? Avez-vous une idée de ce qui s'est passé ? ou vous attendez-vous à ce que je vous fournisse cela aussi ?

— J'ai des faits, Sir Barnabas, répondit Daniel sans s'émouvoir. Concernant l'incendie, le corps, les conclusions auxquelles le Dr Appleby est parvenu et les questions qui s'en dégagent. Certains éléments rassemblés par la police suggèrent qu'Adwell avait un mobile pour le meurtre de Paddy Jackson, et que Jessie avait peut-être des raisons de désirer la mort d'Adwell.

Saltram prit une inspiration pour répondre, mais Daniel poursuivit :

— Encore faut-il persuader le jury d'écouter les faits, de les croire, et puis de voir qui ils impliquent. Exposer un mobile ne servira qu'à leur confirmer que tout tient debout.

— Et pour cela, vous avez besoin de moi, acheva Saltram.

— Oui, monsieur, admit Daniel avec une pointe de réticence.

— Cela exigerait tout votre talent que de leur faire croire à deux accidents totalement identiques, coupa Miriam. Et cela à un mois et demi d'intervalle.

Elle frémissait d'une colère qu'elle n'osait montrer. En fait, toute l'affaire avait pris une dimension plus profonde, plus grave et plus complexe. Elle n'avait pas la moindre idée de ce qui s'était réellement passé, mais elle était emportée par des événements que ni elle ni Daniel n'avaient aucun moyen de contrôler. Elle jeta un coup d'œil vers Daniel et comprit qu'il en avait conscience autant qu'elle, même s'il ne savait pas, pas du tout, pourquoi la haine de Saltram était enracinée en lui, irrévocable.

9

La date du procès était arrêtée et le temps pressait. Miriam et Ottershaw travaillaient d'arrache-pied avec le peu d'informations dont ils disposaient, sans savoir ce qu'ils cherchaient.

Ils avaient obtenu l'autorisation d'inspecter les décombres du bâtiment. Miriam avait fixé les poutres noircies, calcinées, brisées. Il n'existait pas de photographies du hangar avant l'incendie, mais pourquoi aurait-on voulu gaspiller des plaques photographiques pour immortaliser l'intérieur d'un entrepôt ? Il n'y avait aucune raison utile ou artistique de le faire. Une grande partie du toit avait été détruite aussi, et la pluie tombée depuis lors avait détrempé le peu que les tuyaux à incendie avaient épargné. Ils n'apprirent rien de plus que ce que les pompiers leur avaient déjà dit.

En plus de l'heure approximative à laquelle le sinistre s'était déclaré, les investigations des experts avaient établi la température du brasier et la nature probable de l'accélérant utilisé. Dans ce cas, il avait été question d'huile, du genre de celle qu'on met dans le moteur d'une voiture – ou d'autres moteurs, d'ailleurs. Assez facile à acheter sans éveiller de curiosité, sans même que le vendeur se souvienne de vous, elle s'enflammait sans grande difficulté.

Face aux éléments réunis, aux questions qui demeuraient, Miriam voyait son espoir disparaître aussi vite qu'un filet d'eau à travers les fissures d'un trottoir, ne laissant rien derrière lui. Il ne faisait aucun doute, raisonnable ou pas, que l'incendie avait été criminel. Cependant, ils n'avaient pas découvert le moindre indice quant à l'identité de la personne qui l'avait provoqué. Si l'on pouvait présumer que ce n'était pas Adwell lui-même, il était impossible d'en avoir la certitude.

— Tout est là, soupira-t-elle lorsqu'ils furent de retour dans le laboratoire d'Ottershaw, mais je n'arrive pas à en dégager un sens. Du moins, aucun qui soit irréfutable, ou qui puisse être interprété de façon utile.

Elle se tourna vers Ottershaw, penché sur un microscope en face d'elle.

— De quoi avons-nous besoin ? Il suffirait d'une seule chose pour ébranler le jury.

Ottershaw cessa de se focaliser sur les débris noircis devant lui et la regarda.

— Quel sens voudriez-vous trouver ? demanda-t-il gravement, un léger pli sur le front. Les jurés ne peuvent que dire « coupable », « non coupable » ou « nous ne savons pas », auquel cas, soit l'accusé sera acquitté, soit, ce qui est plus probable, il y aura un nouveau procès. Mais le juge insisterait pour prolonger les débats plusieurs jours en leur conseillant de faire davantage d'efforts. Dans ce cas, nous ne saurons pas si le verdict, à supposer que nous en ayons un, signifiera qu'ils ont réellement pris une décision ou qu'ils en avaient tellement assez de discuter qu'ils avaient juste envie de rentrer chez eux.

— Je crois que j'en suis déjà à ce stade, marmonna-t-elle en secouant la tête.

— Vraiment ?

Il paraissait stupéfait, et blessé.

— Non, dit-elle, radoucie. C'est juste que je ne sais pas ce que je cherche. Ni même ce que je veux.

— Vous voulez la chose la plus difficile à obtenir, répondit-il avec une certitude totale. Moi aussi. Je veux avoir fait un travail rigoureux, honnête qui prouve que Saltram est faillible et que Jessie Beale est coupable d'avoir mis le feu qui a tué Rob Adwell, et très probablement celui qui a tué Paddy Jackson aussi.

— Nous avons commencé en cherchant des éléments qui pourraient nous aider à défendre Jessie Beale, lui fit-elle remarquer en lui rendant son sourire.

— Ça, c'est un chien à trois pattes, non ?

— Pardon ?

— Il a peu de chances de gagner la course, expliqua-t-il.

— Très peu, admit-elle. Mais il faut qu'on fasse avec.

— Autre chose ?

— Oui ! Prouver que Saltram est un imbécile pompeux ! Et dénué de sens moral, ajouta-t-elle pour faire bonne mesure.

— Et je suppose que vous ne voulez pas être entraînée dans sa chute, observa Ottershaw en la dévisageant.

— Il y a ça aussi, concéda-t-elle avec un sourire.

— Tout cela sans qu'il s'en rende compte.

— Cela m'est égal qu'il s'en rende compte, tant qu'il ne peut pas s'en sortir.

— Dans ce cas, nous devons faire beaucoup mieux que ce que nous avons produit jusqu'à maintenant, et il ne nous reste que quelques jours.

Son visage s'assombrit.

— Je pense que nous devons donner au moins un fait vérifiable au jury, un fait qui mènera inéluctablement aux autres. Lequel de ces éléments… ne peut être déformé ?

Elle réfléchit un moment.

— Adwell et Jackson sont morts, tous les deux lors d'un incendie criminel. Ils avaient l'un et l'autre le crâne fracturé, ce qui a pu être causé soit par la chaleur de la fournaise, soit par un bon vieux coup sur la tête, porté avec un objet dur et arrondi, comme une longueur de tuyau de plomb ou une matraque.

— Et ni l'un ni l'autre n'avaient de fumée ni de gaz

toxiques dans les poumons, ajouta Ottershaw. Par conséquent, ils avaient cessé de respirer avant que le feu ait fait rage longtemps autour d'eux.

— Dans ce cas, comment sont-ils morts si vite, puisqu'il fallait une chaleur intense pour leur fracturer le crâne ? demanda-t-elle. C'est une contradiction.

— Pas s'ils étaient assez près de l'accélérant. Si c'était un produit qui brûle en explosant et produit une chaleur quasi instantanée, cela a pu suffire pour fracturer les os assez rapidement.

— Les deux incendies ont été allumés avec un accélérant du même type : de l'huile de moteur, observa-t-elle, incrédule, les sourcils froncés. Non, je crois que les pompiers se sont trompés sur ce point. La seule chose qui me vienne à l'esprit, qu'on puisse utiliser de manière fiable pour se consumer à cette chaleur en si peu de temps, serait du phosphore ; le blanc, pas le rouge. Cela ferait l'affaire. Nous devons procéder à des tests en ce sens.

— Où Jessie Beale se serait-elle procuré ce produit ? Et d'ailleurs, comment aurait-elle été au courant de son existence ? Si nous pouvons découvrir que c'est bien cela qui a été utilisé, ce serait une piste à suivre pour la police.

— Nous devons en parler à Daniel. Il informera la police. Il est probable que les enquêteurs n'ont pas cherché plus loin que l'huile de moteur, mais qu'en réalité il y ait eu deux accélérants.

— C'est possible. Ils n'ont peut-être pas cherché un produit précis assez chaud pour fracturer des os presque immédiatement.

— Quelle température… cela exige-t-il, au juste ?

— Cinq mille degrés Fahrenheit[1].

— Vraiment ? se recria-t-elle, sidérée. Cinq mille degrés. Je n'arrive même pas à imaginer une telle cha-

1. 2 760 °C.

leur. Au moins, la victime ne doit se rendre compte de rien… c'est juste quelques secondes de douleur atroce.

— N'y pensez pas, ordonna-t-il. Nous avons besoin de votre cerveau à cet instant précis, pas de votre émotion.

Son expression était sombre, teintée d'une compassion si profonde qu'elle percevait sa tristesse. Et elle savait qu'il l'avait déjà éprouvée, tout comme elle, en travaillant sur les dépouilles de ceux qui étaient morts dans la terreur ou la souffrance. On devait chasser cela de ses pensées, et continuer à travailler.

Il la regarda.

— Miriam, nous ne pouvons leur être d'aucun secours désormais, sinon en découvrant la vérité, murmura-t-il, s'adressant peut-être à lui-même autant qu'à elle. Ils ne souffrent plus. Cessez !

— Oui. Vous avez raison. Nous devons faire des tests pour voir si du phosphore blanc a été utilisé et découvrir où on peut l'acheter.

— Si nous trouvons ne serait-ce qu'un résidu, si minime soit-il, ce sera suffisant pour présenter un argumentaire.

— Nous parlons donc de deux accélérants similaires, observa-t-elle, sceptique. Du phosphore blanc pour dégager une chaleur intense, et un autre pour faire en sorte que le feu se propage dans le bâtiment ? Qui va croire cela ?

— Peut-être personne, ce qui est justement ce que nous souhaitons. Du moins, c'est l'essentiel de ce que nous voulons.

— Dites-moi quoi faire. Plus j'y réfléchis, plus mes cours de chimie me reviennent en mémoire. Nous tenons peut-être un début. Assez pour que la police enquête

— En effet. Vous aurez le plaisir d'annoncer la nouvelle au jeune Pitt et à la police.

Elle sourit, sincèrement cette fois, avec plaisir, et pas juste pour avoir l'air courageuse.

En fin de compte, ce fut Fimber, l'avocat chargé de l'accusation, qui se présenta ensuite au laboratoire d'Ottershaw. Le majordome lui-même manifesta un certain intérêt en le conduisant dans l'immense salle remplie d'instruments en tous genres et de toutes tailles, allant du four jusqu'à la pince à épiler.

Fimber promena un regard émerveillé autour de lui.

— Fantastique, dit-il doucement. Qu'avez-vous à me montrer ?

C'était un homme mince, pas particulièrement grand, mais que sa posture rendait imposant. Son visage était intéressant, curieux et empreint d'humour, même quand il ne souriait pas. Il considéra Miriam avec intérêt, mais ce fut à Ottershaw qu'il s'adressa.

— Un soupçon de preuve, répondit ce dernier. Plutôt une trace… la preuve que quelque chose était là.

Fimber fronça les sourcils.

— Tel que ? Et que voulez-vous dire par « là » ? Le lieu de l'incendie, j'espère.

— Oui. En fait, sur les lieux des deux incendies. Du phosphore blanc. Nous sommes retournés sur place, et, sachant ce que nous cherchions, nous avons découvert de minuscules résidus.

— Et… en quoi est-ce important ? Où cela nous mène-t-il ?

— C'est une substance qui brûle extrêmement vite et qui atteint une très haute température presque sur-le-champ.

— C'est-à-dire ?

— Cinq mille degrés Fahrenheit.

— Doux Jésus !

— Eh oui ! Une chaleur suffisante pour fracturer un crâne humain, comme cela est arrivé à Robert Adwell.

Le visage de Fimber avait perdu de sa couleur.

— Et à Paddy Jackson aussi ? Avez-vous trouvé des

traces là-bas aussi ? C'est important. Seigneur, quelle affaire !

— Oui, nous en avons trouvé là aussi. Très peu, mais trop pour que son origine soit naturelle. Dans les deux cas, c'est ce produit qui a servi d'accélérant.

— Pourquoi ne vous en êtes-vous pas rendu compte plus tôt ?

— Parce que nous ne le cherchions pas. Il ne saute pas aux yeux. Il y avait quantité d'autres choses plus faciles à trouver, et moins violentes, comme l'huile ou l'essence utilisée pour commencer le deuxième incendie…

— Mais vous avez dit que c'était du phosphore blanc, coupa Fimber.

— Oui, pour la chaleur qui a fracturé les crânes, pas pour les incendies qui ont consumé l'entrepôt et le hangar. Ce qui est sans doute la raison pour laquelle nous n'avons pas songé plus tôt au phosphore. La brigade des pompiers a identifié la substance utilisée pour que le feu se propage et nous n'avons pas cherché plus loin. C'est seulement quand Miss fford Croft (Ottershaw lança un bref coup d'œil en direction de Miriam) a trouvé une contradiction entre la chaleur requise pour fracturer des os et ainsi, causer la mort, et le fait que les deux victimes avaient très peu de fumée et de gaz toxiques dans les poumons, que nous avons compris que deux accélérants avaient été utilisés. Un pour le feu ordinaire, l'autre pour la chaleur nécessaire pour causer une mort rapide et violente.

Fimber se tourna vers Miriam, une expression toute nouvelle sur les traits.

— Je suis stupéfait, Miss fford Croft, et très impressionné. Nous devrons réfléchir à la meilleure manière de présenter ces faits pour que le jury les comprenne.

— Le Dr Ottershaw s'en chargera, murmura-t-elle avec un sourire.

Ç'avait été facile à dire. Il lui suffisait de voir sa compétence reconnue. Elle n'avait pas besoin de plus.

La satisfaction s'épanouit en elle, effaçant toute la douleur des échecs passés.

— La police va avoir fort à faire, et bien sûr le professeur Saltram va témoigner aussi.

— Le professeur Saltram ? répéta Fimber, non sans surprise. Vous ne comptez tout de même pas…

— Si, répondit Ottershaw. En fait, tout dépend de cela.

— Eh bien, eh bien.

Fimber secoua la tête.

— Il faut que je voie ça…

Ce soir-là, Daniel rendit visite à ses parents. Il avait eu l'intention de profiter d'un moment où il serait seul avec son père pour l'interroger davantage à propos de Barnabas Saltram, mais sa mère prit vite conscience de l'anxiété qu'il croyait dissimuler plutôt bien. Il aurait pourtant dû savoir qu'elle pouvait lire en lui avec une aisance dérangeante. Enfant, il n'avait pas eu de gouvernante, c'était Charlotte et la bonne, Gracie, qui s'étaient occupées de lui. Ç'avait été une époque heureuse, pleine de bons moments, où ils avaient été proches. Par conséquent, Charlotte connaissait extrêmement bien ses enfants, ce qui était parfois déconcertant.

— Qu'y a-t-il ? demanda-t-elle lorsqu'ils se furent retirés dans le salon.

En cette fin de novembre, les rideaux étaient tirés devant la porte-fenêtre qui conduisait au jardin. L'épais velours étouffait le son du vent et de la pluie. On n'entendait aucun bruit hormis le chuchotement du feu, dont la chaleur emplissait la pièce.

Daniel était surtout venu pour reparler à son père de l'affaire qui avait rendu Saltram célèbre, et dont certains éléments le troublaient à l'évidence encore deux décennies plus tard.

— Seulement une vieille affaire, répondit-il sur un ton aussi dégagé que possible.

— Une enquête de ton père ? insista Charlotte, sceptique.

Elle sentait qu'il éludait ses questions, comme un chien flairait les biscuits dans votre poche.

— Pas exactement, mais une qu'il connaît bien.

Avait-elle deviné que c'était pour cette raison qu'il avait accepté l'invitation à dîner ? Il la contempla, debout dans le pan de clarté projeté par le feu, dont les couleurs chaudes se reflétaient sur le ton satiné de sa peau, les mèches auburn enfouies dans ses cheveux bruns, le gris de ses tempes. Elle ne lui semblait pas plus âgée que dans aucun de ses souvenirs, seulement un peu plus douce, comme si une partie de sa promptitude à juger, de sa colère face à l'injustice s'étaient estompées. Plus sage et plus circonspecte qu'autrefois, elle anticipait mieux les choses, mais elle était tout aussi désireuse de combattre ce qu'elle pensait être mal et tout aussi prompte à rire ou à riposter vertement si c'était justifié… ou pas.

— Daniel.

Elle prendrait toujours son parti, à tort ou à raison ; il le savait sans même avoir besoin d'y réfléchir. Cela dit, elle ne se laisserait pas décourager, et elle n'attendrait pas non plus indéfiniment. Les années ne l'avaient pas rendue plus patiente.

— Oui, dit-il, rencontrant son regard.

Autant lui avouer la vérité tout de suite, songea-t-il. De toute manière, elle le harcèlerait jusqu'à ce qu'elle l'obtienne et peut-être avait-elle déjà deviné. Elle n'avait pas toujours beaucoup de tact, mais elle était perspicace. Il avait entendu dire que son grand-père, horrifié d'apprendre que sa deuxième fille, âgée d'une vingtaine d'années, avait lu dans les journaux des articles fort peu appropriés pour une jeune demoiselle, lui avait suggéré de limiter sa curiosité aux notes ménagères et aux colonnes mondaines, ajoutant que la politique et les faits divers lui rendraient l'esprit vulgaire. Cela semblait comique à présent, mais l'homme avait été parfaitement sérieux trente ans plus tôt.

— L'affaire Daventry, je présume, dit-elle, coupant court à ses réflexions.

— Vous le savez !

— Ce n'était pas difficile à deviner. Tu veux en savoir davantage sur Saltram.

L'omission de son titre rappela aussitôt à Daniel la piètre opinion qu'elle avait du médecin. Il avait tendance à oublier combien elle était directe. Par certains côtés, Miriam lui ressemblait. Peut-être était-ce pour cela qu'il était parfaitement à l'aise avec elle.

Il regarda sa mère et soupira.

— Oui, s'il vous plaît. Cela pourrait m'aider. Mais ne me posez pas de questions sur l'affaire dont je m'occupe, je ne peux pas vous en parler.

— Je sais qu'elle te donne du fil à retordre, mon cher, et c'est tout ce qui m'intéresse.

— Comment le savez-vous ?

Elle ne prit pas la peine de répondre, mais le toisa d'un air dédaigneux avant de se tourner vers Pitt qui venait d'entrer.

Il les interrogea du regard.

— Daniel veut des détails sur l'affaire Daventry, notamment le rôle joué par Saltram, expliqua Charlotte en réponse à la question qu'il n'avait pas posée.

— J'imagine, répondit Pitt.

La lumière se refléta sur son visage, révélant un léger sourire et un pli d'inquiétude sur son front alors qu'il gagnait son fauteuil habituel au coin de l'âtre. Aucun d'eux ne prit la peine d'augmenter la lumière des lampes à gaz. La douce lueur émanant des appliques disposées sur le mur et celle du feu suffisaient à discerner le moindre changement de son expression, et les contours des meubles familiers, la brillance du bois ciré, les formes plus indistinctes des fauteuils et du canapé.

— À certains égards, j'ai l'impression que c'était hier, murmura-t-il.

— Vous n'étiez pourtant pas chargé de l'enquête ? demanda Daniel, surpris.

— Non, ce n'était pas moi, mais c'était une affaire qui restera dans notre mémoire à tous, et j'ai le sentiment qu'elle reste inachevée, en un sens.

— Comment cela ? intervint Charlotte. Que restait-il à élucider ?

Pitt hésita.

Daniel saisit sa chance :

— Pouvez-vous me la relater de nouveau ? Je dois questionner Saltram à la barre demain ou après-demain.

— C'est ton témoin ? demanda Pitt.

À en juger par son expression, il pensait que tel était le cas. Il était troublé, et cela se voyait dans ses yeux, à sa mâchoire crispée, à ses lèvres serrées.

— Oui, admit Daniel, et non.

— Ce n'est pas une réponse, lui fit remarquer Pitt.

— Kitteridge va l'interroger. Sauf qu'il est souffrant, et que, s'il se sent encore malade demain, c'est moi qui m'en chargerai. Je suis préparé. Du moins, je devrais l'être d'ici là.

— Et que va-t-il se passer entre maintenant et demain qui puisse changer quoi que ce soit ?

Pitt s'apprêtait à ajouter autre chose, mais se ravisa.

— Vous allez me parler du procès Daventry, et me dire en quoi le témoignage fourni par Saltram, qui a été le point de départ d'une ascension rapide dans sa carrière, était remarquable… et pourquoi il a encore de l'importance aujourd'hui. Ou pas. Mais j'espère que si.

— C'est de notoriété publique.

— Pas ce que vous en avez pensé.

— Ce n'était pas moi qui menais l'enquête.

— Mais vous étiez au courant et vous pensez que quelque chose n'allait pas, insista Daniel.

— Je persiste à penser que James Leigh, le jeune homme qu'on croyait être un cambrioleur, n'était pas coupable.

Pitt était manifestement peiné. La douleur se lisait sur ses traits.

— Pourtant, cela semblait la seule conclusion possible.

— Les preuves étaient-elles erronées ou ont-elles été mal interprétées ?

— Je ne sais pas.

— Racontez-moi tout depuis le début.

Le regard de Charlotte se posa sur son mari, puis sur Daniel avant de retourner sur Pitt, mais elle garda le silence.

Pitt hésita, mit de l'ordre dans ses pensées, puis commença, légèrement penché en avant sur son siège, comme s'il ne parvenait pas à se détendre.

— Je vais la raconter dans l'ordre où la police a appris les faits. Comme je te l'ai dit, j'ai assez bien connu Mercaston, l'enquêteur. Il m'en a parlé parce que l'affaire continuait à le tracasser. C'était deux ans après les faits.

« Il appartenait à la police du Herefordshire. Daventry Hall est un grand manoir isolé. C'était en partie le problème. La propriété abritait un bassin d'ornement d'où on pouvait puiser toute l'eau qu'on voulait, mais la brigade des pompiers a mis un certain temps à arriver sur les lieux. Ils ont sauvé la maison principale, qui a été reconstruite, en revanche l'ancienne aile est a été entièrement détruite.

— Et cette partie de la maison était occupée… ?

— Sir Roger était sorti ce soir-là, mais Lady Daventry était à la maison. Elle s'est couchée de bonne heure et s'est retrouvée prisonnière des flammes. Elle a brûlé vive, ajouta Pitt tout bas. Ç'aurait été terrible pour n'importe qui, mais elle était jeune, et remarquablement belle.

— Cela a-t-il de l'importance ? s'étonna Daniel.

Le ton de sa voix lui parut plus critique qu'il n'avait eu l'intention de l'être, toutefois le jugement à l'emporte-pièce de son père ne lui ressemblait pas, et il en était déconcerté.

— Elle aurait souffert tout autant si elle avait été la femme la plus laide d'Angleterre.

— Une grande partie de la véritable beauté vient de l'intérieur, Daniel, riposta Pitt sévèrement. Avec un peu de chance, tu t'en rendras compte quand tu seras plus âgé.

Sur le point de riposter, Daniel se ravisa et sourit.

— Je suis déjà assez âgé pour le savoir. Continuez. Que s'est-il passé ensuite ?

— L'aile était trop endommagée pour qu'on puisse déterminer avec certitude comment l'incendie s'était déclaré. C'était l'hiver et les cheminées étaient allumées. On a d'abord cru qu'une fenêtre avait été laissée ouverte et qu'une rafale de vent avait fait bouffer les rideaux à l'intérieur, de sorte qu'ils auraient pris feu. Le temps que l'alarme soit donnée, il était trop tard pour sauver Marguerite. Les escaliers étaient en bois ancien, sec, qui ne demandait qu'à brûler. Les flammes se sont propagées très vite. Les pompiers ont fini par éteindre l'incendie, mais Marguerite était morte quand ils sont arrivés jusqu'à elle.

Il se tut, son visage reflétant la tristesse qu'il avait ressentie lorsqu'il avait appris la nouvelle.

Charlotte recouvrit sa main de la sienne.

— Quel rôle Saltram a-t-il joué dans l'affaire ? demanda Daniel. Pourquoi a-t-on fait appel à lui ? Y avait-il un doute quant aux circonstances du décès ?

— Oui. Quand le médecin légiste a examiné le corps, il a constaté, d'une part, que celui-ci était moins brûlé qu'il ne s'y attendait, et, d'autre part, qu'elle avait subi une blessure. Le crâne était fracturé. Il en a conclu qu'elle avait reçu un coup violent et délibéré à l'arrière de la tête. Sir Roger avait un alibi pour la majeure partie de la soirée, mais pas toute. Les policiers ont interrogé beaucoup de gens, dont les domestiques, à maintes reprises. Tous pouvaient justifier de leur emploi du temps, et d'ailleurs, ils étaient tous entièrement dévoués à Marguerite. En fin de compte, Roger Daventry a été accusé d'avoir tué son épouse et d'avoir mis le feu pour dissimuler son crime.

— Il est encore en vie, n'est-ce pas ? s'enquit Charlotte. Il a une soixantaine d'années à présent.

— Oui, il a été reconnu non coupable. Grâce au témoignage spectaculaire de Saltram, qui a démontré que la chaleur pouvait fracturer un crâne si elle était assez intense, ce qui, apparemment, était le cas.

— Doute raisonnable, murmura Daniel sur un ton morose. On ne peut pas pendre quelqu'un si le jury croit qu'il est peut-être innocent. Pensez-vous vraiment qu'il soit coupable ? Pourquoi ?

— Son mobile est assez évident, répondit Pitt. Elle en était venue à le haïr et la plupart des gens des environs la préféraient à lui. La famille de Daventry était bien connue et jouissait d'un grand respect, même à l'époque. La situation devenait gênante pour lui. Il voulait devenir député. Si elle avait fait connaître ses sentiments ne fût-ce qu'un peu plus largement autour d'elle, il n'aurait pas eu la moindre chance d'être élu. Tandis qu'après l'incendie il a bénéficié d'une grande compassion, dont il s'est bien servi. Il a eu son siège au Parlement. Les gens ont eu pitié de lui, ajouta-t-il avec une amertume soudaine.

— Qu'est-ce qui vous fait penser qu'il l'a tuée ? insista Daniel. Croyez-vous qu'il ait soudoyé Saltram ?

Il en doutait, mais c'était possible.

— Non, Saltram est beaucoup trop intelligent pour cela, déclara Pitt, la mâchoire crispée à la lueur du feu de cheminée. Et plus attaché encore à sa réputation. Accepter un paiement aurait signifié qu'il en avait besoin ; il ne se serait jamais abaissé à cela. Il se croyait infaillible. Il a trouvé une explication crédible démontrant que les blessures résultaient de l'incendie, et non d'un acte de violence, et il est devenu un des experts médico-légaux les plus influents et les plus respectés de Grande-Bretagne, et même d'Europe.

— Et Daventry a été acquitté ? Il est sorti du tribunal, figure innocente et digne de compassion ? demanda Daniel, les muscles noués à cette pensée.

— Oui. Ensuite, la police a trouvé un jeune homme qu'elle a accusé d'avoir mis le feu, un supposé cambrioleur, mais il n'a jamais révélé la raison de sa présence sur les lieux ce soir-là. Comme la mort de Marguerite résultait de l'incendie, dit Pitt à voix basse, on l'a pendu.

Daniel jeta un coup d'œil à sa mère et vit qu'elle refoulait les larmes. Il regarda son père de nouveau.

— Et vous pensez que Saltram avait tort et que ce n'est pas l'incendie qui l'a tuée. Pourquoi ?

— Si j'avais eu des preuves, j'en aurais parlé à qui voulait m'entendre, répliqua Pitt. Ce n'étaient que des soupçons, pas des certitudes. Mercaston était sûr que Daventry était coupable, mais le jeune homme, Leigh, était terrifié, et on a interprété sa peur comme de la culpabilité.

— Et Saltram ? s'enquit Daniel doucement.

— Il s'est fait un nom.

— Nous l'appelons à la barre pour la défense demain.

— Et ton client est innocent ? Il faut que tu te serves de lui, Daniel. Peu importe qu'il soit un salopard arrogant.

— Non, articula Daniel d'une voix atone. Ma cliente est coupable. D'avoir tué un homme, mais presque certainement d'avoir commis un autre meurtre aussi. C'était un coup d'essai, et si la défense n'avait pas fonctionné, elle ne l'aurait sans doute pas renouvelé.

Pitt émit un juron, ce qui ne lui arrivait pas souvent.

— Je ne vous le fais pas dire, soupira Daniel.

10

Daniel resta longtemps éveillé cette nuit-là, s'efforçant de comprendre ce qui avait pu pousser Jessie Beale à tuer Paddy Jackson, et Robert Adwell ensuite. Dans les deux cas, ç'avait été un geste mûrement réfléchi et préparé avec soin. Il n'y avait pas eu de querelle soudaine, d'accès de colère, de peur d'une attaque quelconque. Le second meurtre était-il la conséquence du premier, ou avait-elle projeté les deux dès le départ, avant même de passer à l'acte ?

Pourquoi ?

Pour se venger ? De quoi, par exemple ?

Il se représenta son visage, au premier coup d'œil assez quelconque, pas particulièrement joli. Cependant, quand une émotion la gagnait, il s'animait, devenait vif, intelligent, décidé. Beaucoup plus intelligent qu'Adwell. Et que Paddy Jackson aussi ? ou que Ginger Jackson, d'ailleurs. D'après Quarles, un nombre important de cambriolages d'envergure avait eu lieu dans Tooley Street, tout au long des quais du côté sud de la Tamise. L'organisation de ces vols exigeait de l'intelligence, de la méthode, de la préparation. Ce qui n'étaient en aucun cas des compétences qu'Adwell possédait. Daniel ne les discernait pas davantage chez Ginger Jackson. Il ne connaissait pas les autres membres des deux gangs, et il voyait mal un des frères Jackson faire preuve d'une discipline de l'esprit ou du tempérament.

Jessie Beale, en revanche, était une dirigeante née. Son seul handicap était qu'elle était une femme, une jeune femme. Ou était-ce vraiment un désavantage ? Il y avait des femmes très puissantes dans le milieu criminel, ou en marge de celui-ci : des receleuses d'objets précieux, voire des contrebandières, des voleuses habiles. Jessie avait commencé jeune, voilà tout, créant son propre gang plutôt que d'hériter de celui de son père ou de son frère.

Elle avait été assez fine pour déjouer tout le système judiciaire, Saltram, Kitteridge et Daniel aussi. Jusqu'à maintenant. Mais la partie n'était pas encore terminée.

Il se retourna et s'endormit enfin.

Le lendemain matin, lorsque Daniel arriva au palais de justice, Kitteridge faisait déjà les cent pas sur les marches, le visage tourné vers le vent, le chapeau enfoncé sur le crâne, son écharpe flottant autour de lui.

Il faillit percuter Daniel avant de s'apercevoir de sa présence. Ses yeux se plissèrent face à la lumière rasante du soleil d'hiver.

— Qu'y a-t-il ? demanda-t-il, d'une voix où perçait l'angoisse. Il est arrivé quelque chose ?

Daniel régla son allure sur la sienne.

— J'ai des renseignements qui pourraient être utiles.

— Nous savons tout ce qu'il y a à savoir sur ce type d'incendie, mais ça ne va pas nous aider. Jessie Beale est coupable et nous avons fait appel à ce maudit Saltram pour prouver qu'elle ne l'est pas. Que pouvez-vous bien avoir qui puisse nous servir ? grogna Kitteridge avant d'être pris d'un accès de toux. Entrons !

Daniel obéit et lui tint la porte.

— Je ne sais pas au juste, mais j'y ai réfléchi toute la nuit. J'ai dîné chez mes parents et j'ai interrogé mon père sur l'affaire qui a rendu Saltram célèbre. Je veux dire, pas seulement dans les rangs de l'université, mais dans tout le pays. Elle est assez épouvantable.

— Nous ne pouvons pas noircir son nom en nous référant au passé, objecta Kitteridge en se mouchant avec force. D'autres ont déjà dû essayer et ça va nous discréditer auprès des jurés. Ils le prennent pratiquement pour le bon Dieu.

— Je le sais, bon sang, s'énerva Daniel. Laissez-moi vous répéter ce que mon père m'a raconté. Ça pourrait être important.

Kitteridge éternua de nouveau, et suivit volontiers Daniel dans une des petites pièces encore désertes à cette heure matinale. Dès que la porte fut refermée, Daniel lui répéta avec autant de précision qu'il en était capable les révélations de Pitt concernant l'incendie, et, ce qui était sans doute plus important, la personnalité de Saltram. Bizarrement, à la froide lueur grise du matin, après une nuit de sommeil trop courte, elles ne lui parurent pas aussi utiles, comme si elles appartenaient désormais à l'histoire ancienne. Malgré tout, c'étaient des informations supplémentaires sur l'esprit de Saltram, ses convictions, et surtout, sa nature.

Kitteridge secoua la tête.

— Je ne vois pas de point faible, avoua-t-il franchement. Et même en admettant qu'il ait contribué à plusieurs verdicts discutables, nous n'avons aucun témoin qui soit en mesure de le contredire.

Daniel sentit faiblir son optimisme.

— Je sais, mais nous pouvons faire traîner les audiences en longueur. Nous ne sommes pas obligés de l'appeler à la barre avant un jour ou deux.

— Il n'y a pas grand-chose à exploiter, commenta Kitteridge, morose. Et si je deviens aphone, on vous appellera à ma place. Vous n'avez pas d'autres éléments, n'est-ce pas ?

— Pas encore. Sauf une idée qui explique pourquoi Jessie Beale aurait tué ces deux hommes.

Kitteridge se figea tout à coup.

— Quoi ? Pourquoi ne l'avez-vous pas dit ?

— Je viens de le faire.

Daniel avait délibérément tardé. Il ne disposait d'aucune preuve.

— Eh bien ? insista Kitteridge sèchement.

Il s'interrompit pour tousser, et fut saisi d'une quinte interminable.

— Je pense qu'il n'y avait pas deux gangs, mais un seul. Et que la querelle était à propos de savoir qui en était le chef.

— Et qui a gagné ? demanda Kitteridge entre deux quintes.

— Jessie.

— C'est une fille ! s'écria Kitteridge, abasourdi.

— Je crois que c'est elle le cerveau, répondit Daniel. Et si elle échappe à une condamnation, elle sera le chef du gang, sans contestation possible.

Kitteridge le dévisagea.

— Vous êtes sûr de ce que vous dites ?

— Non. Mais c'est possible.

— C'est logique, acquiesça Kitteridge. C'est à peu près la seule chose qui le soit. Mais aucun d'eux ne va l'admettre.

Il se dirigea vers la porte, faisant un effort visible pour redresser les épaules et marcher d'un pas plus léger.

Daniel se sentait profondément désolé pour lui, et il avait également peur de ne rien trouver de plus en l'espace d'un ou deux jours. D'ici là, Kitteridge serait peut-être contraint de se retirer et ce serait à lui de prendre la relève. Il ne confierait pas cette affaire à quelqu'un d'autre. Il ne révélerait à personne que Jessie était coupable. Quant à elle, elle n'avait aucun intérêt à le faire.

L'audience commença par l'interrogatoire de divers membres de la brigade des pompiers par Fimber, représentant l'accusation. L'avocat posa toutes les questions auxquelles il pouvait songer. Où le feu s'était-il déclaré ? Avait-on trouvé des traces d'accélérant ? En était-on certain ? Avait-il pu s'agir d'un accident ? Quelle chaleur faisait-il au début ? Combien de temps avait-il fallu pour que la température augmente ? Et jusqu'à quel point ?

— Mr. Fimber, coupa le juge, un certain Hanover, tout cela est-il absolument nécessaire ? Les jurés sont des hommes ordinaires qui n'ont pas de connaissances particulières en matière d'incendie. Vous soulevez des questions qu'ils ne vont pas poser.

— Les jurés, non, Votre Honneur, admit Fimber avec déférence. Mais la défense, peut-être. Mr. Kitteridge est un homme très érudit et son expérience est considérable.

Le juge sourit et secoua la tête lentement.

— Mr. Kitteridge a trente-cinq ans, monsieur. Il se trouve que j'ai assisté à la progression de sa carrière. Fort prometteuse, même si, hélas ! il souffre d'un mauvais rhume aujourd'hui. Et que, à en juger par sa mauvaise mine, il va peut-être être contraint à s'asseoir avant de s'effondrer. Cela dit, il ne coupe pas les cheveux en quatre par plaisir. Mr. Pitt, qui devra peut-être le remplacer, n'est pas issu du même moule, et vous n'avez peut-être pas tort d'établir vos bases. Poursuivez. Mais ne nous faites pas perdre notre temps.

— Non, Votre Honneur, acquiesça Fimber. Merci pour vos conseils. Je les garderai à l'esprit. Mr. Pitt est un facteur inconnu.

— Il a vingt-cinq ans, observa le juge. Ce n'est qu'un bébé comparé à vous.

— En effet, admit Fimber, dont le visage s'était empourpré de gêne. Et William Pitt le Jeune était déjà Premier ministre depuis un an au même âge. Mais il n'y a pas de lien de parenté, je crois.

Kitteridge éternua, à moins qu'il n'eût étouffé un rire.

— Quel rapport cela a-t-il avec l'affaire, Mr. Fimber ?

demanda le juge, qui semblait avoir du mal à garder son sérieux.

— Seulement que j'élimine les objections avant qu'elles ne soient soulevées, Votre Honneur.

— Laissez quelque chose à faire à Mr. Kitteridge et continuez. Nous en savons désormais davantage à propos du feu que nous n'allons nous en souvenir. La clé du succès dans un procès, Mr. Fimber, consiste à prouver au-delà de tout doute raisonnable que le crime imputé a bel et bien eu lieu et que l'accusé en est coupable. Si vous vous cantonnez à cela, nous serons tous en mesure de vous suivre.

— Oui, Votre Honneur.

Fimber savait où s'arrêter. Il remercia le dernier témoin de la brigade des pompiers et le juge suspendit l'audience pour le déjeuner.

Dans l'après-midi, Fimber appela un expert spécialisé dans les incendies de sites industriels, tels que les vastes entrepôts inoccupés qui longeaient la rive sud de la Tamise. Il dressa une liste minutieuse des qualifications de l'intéressé et exposa son expérience. Certains des jurés semblaient impressionnés, mais d'autres s'ennuyaient. Un ou deux paraissaient vaguement dégoûtés, comme s'ils redoutaient d'avoir à écouter encore des informations déplaisantes.

En réalité, le témoin évoqua surtout les aspects chimiques du feu, les terribles dégâts qu'il causait et les raisons pour lesquelles il était souvent si difficile de déterminer son origine précise. Lorsque Fimber comprit qu'il perdait l'attention des jurés, il en arriva enfin à l'essentiel.

— Et le sinistre dont nous parlons, Mr. Morris, pouvez-vous nous dire comment il s'est déclaré, au-delà de tout doute raisonnable ?

— Oui, monsieur. Avec de l'huile, du type qu'on

met dans les véhicules à moteur. Elle brûle très vite. Différents produits inflammables – de la peinture, de la térébenthine, de vieux chiffons, etc. – étaient stockés à proximité. Le feu s'est propagé très rapidement.

— Assez rapidement pour que l'auteur de l'incendie lui-même ait pu être pris par surprise et succomber ?

Kitteridge se leva lentement.

— Objection, Votre Honneur. Aucun élément ne vient étayer cette hypothèse. Et Mr. Morris n'est pas qualifié pour…

— Vous allez un peu vite en besogne, Mr. Fimber, coupa le juge en hochant la tête. Un corps a-t-il été découvert près du point de départ du sinistre ? N'accusez-vous pas Miss Beale d'en être l'auteur ? Elle semble indemne. Quelque chose m'a-t-il échappé ?

Il porta sur Fimber, puis sur Kitteridge, un regard interrogateur.

Des rires fusèrent parmi le public et deux jurés changèrent de position d'un air gêné.

— J'avais l'intention de prouver, Votre Honneur, que l'accusée possède une certaine expérience en matière d'incendie et qu'elle savait exactement ce qu'elle faisait lorsqu'elle a allumé celui-ci en se servant d'huile comme accélérant. Cependant, elle a mal jugé la vitesse à laquelle le feu allait se propager, si bien que son complice a été happé par les flammes et est mort dans d'affreuses souffrances.

Le vacarme explosa dans la salle. Plusieurs personnes bondirent sur leurs pieds. Un journaliste se rua vers la porte, un stylographe encore à la main. Un huissier qui tentait d'attraper un homme vociférant perdit l'équilibre, si bien qu'ils atterrirent tous les deux sur le sol.

Le juge cria pour réclamer le silence.

— D'où est-ce que ça sort ? se récria Kitteridge, abasourdi, en pivotant vers Daniel.

— Aucune idée, répondit Daniel avec franchise, mais

c'est sacrément habile. Avec sa théorie, elle ne voulait peut-être pas qu'il meure, mais si elle était mêlée au délit et qu'il est mort de toute manière, ça reste un meurtre. Ce type est brillant.

— Je me demande s'il vient d'y penser. Il faut l'avoir à l'œil, celui-là.

Une fois l'ordre revenu, le magistrat considéra Fimber par-dessus ses lunettes.

— Demandez-vous à modifier le chef d'inculpation, Mr. Fimber ?

— Non, Votre Honneur, il reste un meurtre.

— Prémédité ? insista le juge en haussant les sourcils.

Fimber réfléchit quelques instants.

— Je pense que je laisserai les jurés en décider, Votre Honneur. Je suis plus certain d'obtenir une condamnation sans invoquer la préméditation : puisqu'ils étaient tous les deux en train de commettre un délit, il s'agit d'un meurtre quand même.

— Très bien, poursuivez.

Fimber fit traîner l'audience en longueur pendant encore une heure, mais il avait maintenant exploré chaque détail, si bien qu'il ne restait aucune question que Kitteridge pût poser. La cause du sinistre avait clairement été établie comme criminelle, et il n'aurait rien gagné à essayer de jeter le doute sur cette conclusion.

Le dernier témoin de la journée fut le Dr Appleby. Fimber lui demanda s'il avait pu identifier le corps avec certitude.

— Oui, répondit Appleby aussitôt.

— Comment en êtes-vous aussi certain ? Y a-t-il quelque chose d'unique chez lui ?

— Pour moi, certainement. Je l'ai examiné pour m'assurer qu'il était apte à comparaître avant son procès pour un meurtre exactement pareil à celui-ci, voilà moins de deux mois. Il a été déclaré non coupable, évidemment, sinon il n'aurait pas été toujours en vie.

Le visage d'Appleby était presque déformé par l'émotion, mais c'était un tel mélange de colère, de frustration et de chagrin qu'on avait du mal à l'interpréter.

Sa réponse n'était pas tout à fait celle que Fimber avait escomptée, mais le contredire n'aurait fait qu'attirer davantage l'attention du jury.

— Comment est-il mort, selon vous, docteur Appleby ?

Ce dernier sembla considérer la question.

— Assez vite, dit-il enfin. Il n'y avait pour ainsi dire pas de fumée dans les poumons, ce qui signifie qu'il ne respirait déjà plus quand la fumée est devenue épaisse. Le coup porté à sa nuque pourrait bien avoir été la cause du décès. Il a été assez violent pour fracturer le crâne. Le cœur s'est arrêté.

— Quelqu'un l'a frappé ?

— Quelque chose, rectifia Appleby, précis. Que l'objet ait été entre les mains de quelqu'un ou non, je ne peux l'affirmer. Il aurait aussi bien pu s'agir d'une poutre qui s'effondrait, ou il a pu tomber contre un obstacle, tel qu'une rampe d'escalier, ou encore le coin d'une marche. Si vous voulez me faire dire que c'était un meurtre, je ne peux l'affirmer, pas avec certitude. Pas au-delà de tout doute raisonnable.

Appleby paraissait contrarié par une telle suggestion. Le témoignage de Saltram dans le procès précédent flottait lourdement dans l'air, comme si celui-ci était, d'une certaine manière, présent.

Daniel sentit son corps tout entier se raidir. Pour rien au monde il ne voulait que l'avis de Saltram fût justifié. Il regarda Jessie Beale dans le box des accusés. Il aurait presque souhaité déceler un sourire sur ses lèvres. Si les jurés voyaient le triomphe sur son visage, cela jouerait contre elle. Cependant, elle était beaucoup trop intelligente pour cela. Le teint pâle, mal coiffée et le regard humblement dirigé vers le sol, elle tiendrait son rôle jusqu'au bout. Elle n'avait baissé son masque qu'un instant, lorsque Kitteridge et lui l'avaient questionnée. Elle n'avait pu résister à la tentation de leur faire comprendre qu'elle était la meurtrière, mais ç'avait été pour leurs seuls yeux. Ils ne pouvaient le révéler à quiconque. Plus il y songeait, plus il était convaincu que la clé de l'affaire était une rivalité pour le pouvoir, l'argent, la direction du gang des Jackson.

Fimber réfléchissait à la question suivante. Peut-être venait-il seulement de comprendre qu'Appleby n'allait pas lui fournir d'opinion que Saltram pût ridiculiser ou démolir. Il n'allait pas risquer sa propre réputation, ni offrir à Saltram l'occasion de se lancer dans un nouvel exposé destiné à faire étalage de son expertise pour impressionner le jury.

Son tour venu, Kitteridge se leva et fit face à Appleby.

— Vous dites, docteur Appleby, que la véritable cause de la mort d'Adwell a été un arrêt du cœur, provoqué par un coup violent à l'arrière de la tête, ce que vous savez parce que le crâne porte une fracture visible. Vous l'avez vue ?

— Oui.

— Mais vous ne pouvez décrire que grossièrement l'objet qui a causé cette fracture. Vous ne pouvez pas préciser si la victime est tombée, si un débris s'est détaché à cause des dégâts causés par l'incendie, ou si l'objet en question était dans la main d'un homme. Autrement dit, vous ne pouvez nous dire s'il s'agit d'un accident ou d'un meurtre.

— C'est exact, confirma Appleby, l'air soulagé. Ça pourrait être l'un ou l'autre.

— Ou la chaleur de l'incendie lui-même ?

— Je ne suis pas compétent pour en juger, monsieur. Je n'ai effectué aucune expérience de ce genre sur un crâne humain.

— Moi non plus, acquiesça Kitteridge. Merci, docteur Appleby, ce sera tout.

— Mr. Fimber, demanda le juge, avez-vous d'autres questions pour ce témoin ?

Fimber se leva, fit mine de vouloir parler, puis vit l'heure et se rassit.

— Non, merci, Votre Honneur.

Le juge suspendit l'audience jusqu'au lendemain. On percevait dans l'air la tension annonciatrice de l'orage. On n'en finissait pas d'examiner les preuves, et le public s'ennuyait. Malgré tout, il y avait une attente, presque un pressentiment que la véritable violence n'allait pas tarder. C'était la touffeur d'avant la première goutte de pluie, les éclairs à l'horizon, les longues secondes qui précèdent le coup de tonnerre. Ensuite viennent le vent, le déluge, un vacarme assourdissant, la foudre qui frappe, qui tue humains et animaux, abat des arbres et provoque des incendies.

Sottises, songea Daniel. Pour qui se prenait-il ? Il n'y avait pas d'orage, rien qu'un verdict erroné, une jeune femme habile et sans cœur repartant libre après avoir commis un meurtre. Peut-être deux. Il savait exactement comment elle avait procédé, mais pas pourquoi. Cela avait-il de l'importance, d'ailleurs ? Peut-être que non, tant que personne d'autre n'était pendu injustement pour son crime, comme James Leigh l'avait, semble-t-il, été dans l'affaire Daventry.

— Qu'allons-nous faire ? demanda-t-il à Kitteridge.

Ce dernier éternua et se moucha. Il paraissait vraiment souffrant, mais Daniel n'eut qu'un bref élan de compassion. Le rhume allait s'améliorer. Le procès, en revanche, non.

— Gagner du temps, répondit Kitteridge. Autant que possible.

— Avec quoi ? soupira Daniel.

— La procédure policière. Fimber va tenir aussi longtemps qu'il le pourra. Et nous pouvons toujours y ajouter, argumenter.

— Ce sera évident. Même le juge va s'en rendre compte. Je sais que nous n'avons pas…

Il n'acheva pas sa phrase.

— … d'arguments qui tiennent ?

Kitteridge arqua les sourcils.

— Il y en a à revendre. Si nous avons le moyen de faire acquitter notre cliente et que nous ne le faisions pas, nous serons rayés du barreau, et ce sera mérité.

— Elle est coupable, bon sang ! s'énerva Daniel.

Toute cette affaire lui répugnait, et il ne voyait pas d'issue.

Pour toute réponse, Kitteridge éternua de nouveau.

Le lendemain se révéla être le cauchemar auquel Daniel s'était attendu. Si au moins les recherches menées par Miriam et Ottershaw avaient pu déboucher sur une découverte ! Malheureusement, Miriam lui avait fait parvenir un mot pour l'avertir que leurs progrès étaient lents. En revanche, Fimber était bon. Et même très bon. Il fit venir Quarles à la barre afin que celui-ci relate en détail toute son enquête, en commençant par les investigations qui l'avaient conduit à soupçonner un meurtre, et Jessie Beale en particulier. Il raconta l'ascension des frères Jackson dans le milieu criminel, depuis leurs modestes débuts dans la violence, l'intimidation et l'extorsion de fonds jusqu'à leur domination dans le domaine de la contrebande et du vol d'œuvres importées du Moyen-Orient. Ensuite, il décrivit le gang d'Adwell, qui les avait souvent menacés, mais n'était jamais passé à l'acte.

Kitteridge se leva chaque fois qu'il pouvait contredire le moindre détail. Parfois Fimber était abscons ou se laissait aller à une affirmation que rien n'étayait. Il frôlait dangereusement la négligence évidente. Chaque fois que Kitteridge intervint, Fimber put éclaircir ses dires, mais le fit avec le plus grand soin, en prenant beaucoup de temps.

À un moment donné, le juge le réprimanda, lui ordonnant de faire preuve de plus de rigueur dans sa présentation. Il était impossible de dire s'il savait précisément ce que Fimber faisait. Délibérément. Il était sur le fil du rasoir.

— Vous tenez votre succès pour acquis, Mr. Fimber, observa-t-il sur un ton critique. Or nous avons affaire à un crime très grave. Mr. Kitteridge a raison de mettre vos paroles en question. Il se bat pour la vie de sa cliente. Faites preuve d'un peu plus de persuasion. Vous êtes à deux doigts d'abuser de la patience de la cour. Ne m'obligez pas à vous le répéter.

— Non, Votre Honneur, murmura Fimber, contrit.

Assis à plusieurs mètres de lui, Daniel vit le rouge lui monter aux joues. Fimber leur avait donné tout ce qu'il pouvait et maintenant, ç'allait être au tour de Kitteridge d'appeler les témoins de la défense. Il savait que Fimber avait essayé de renforcer au maximum ses arguments et de remettre le moment où Sir Barnabas Saltram viendrait témoigner en faveur de Jessie. Fimber avait bien établi que Jessie avait une raison de désirer la mort d'Adwell. Qu'elle cherchait à prendre le contrôle de toute l'opération. Qu'une fois Jackson et Adwell éliminés, elle serait bien placée pour le faire. Qu'elle avait l'intelligence, le courage et la ruse nécessaires.

— Il faut qu'on appelle Saltram, marmonna Kitteridge avec résignation.

Ils remontaient la rue sous la pluie, en direction de la taverne où ils espéraient manger une part de tourte bien chaude avant de regagner leur domicile respectif.

Daniel en avait conscience. Ils ne pouvaient s'incliner sans se battre, surtout si une victoire était possible, à condition de faire assez d'efforts. Il restait quantité de questions non résolues, d'autres individus mêlés à l'affaire.

Lorsqu'ils voulurent commander des plats, la serveuse hésita.

— Il est un peu tôt.

Daniel lui sourit.

— Je sais, mais nous sommes trempés et transis, et nous avons un long chemin à faire pour rentrer chez nous. Et puis nous sommes en train de perdre un procès au palais de justice à côté. Nous avons besoin que quelqu'un soit gentil avec nous. De préférence, quelqu'un qui sert des repas chauds, ajouta-t-il avec un nouveau sourire. S'il vous plaît ?

— Vous pensez pouvoir m'amadouer, c'est ça ? rétorqua-t-elle, les mains sur les hanches.

— Même des tartines de pain grillé et du beurre feront l'affaire, insista Daniel, qui n'était pas disposé à baisser les bras.

— Je vais voir s'il y a quelque chose de prêt, proposa-t-elle en guise de compromis.

— Merci, dit Daniel, sincère.

Kitteridge fut pris d'une nouvelle quinte de toux.

— Je n'ai pas le choix, hein ? maugréa-t-elle en le regardant d'un air anxieux. Je ne voudrais pas qu'il meure ici et nous donne mauvaise réputation, hein ?

Daniel alla chercher des pintes de bière au comptoir et, dix minutes plus tard, la serveuse leur apporta une tourte à la viande et aux rognons encore fumante, dont la pâte à la graisse de bœuf semblait croustillante et légère à souhait.

— Ne vous brûlez pas, avertit-elle en le déposant sur la table avec précaution.

Ils la remercièrent chaleureusement puis commencèrent à manger. Ainsi qu'elle l'avait dit, le plat était brûlant, tout juste sorti du four.

— Vous avez de quoi lui donner un bon pourboire ? demanda Kitteridge. Elle l'a bien gagné.

— Pas autant qu'elle le mérite, répondit Daniel. Mais environ deux fois le prix.

— Ça ira.

Un quart d'heure plus tard, ils avaient terminé leur

repas et se sentaient réchauffés, mais Kitteridge avait toujours aussi mauvaise mine.

— Vous ne tiendrez pas le coup demain, déclara Daniel. Et si vous vous effondrez au tribunal, ça va attirer l'attention, et même la compassion, mais ça ne nous gagnera pas l'affaire.

— Ça ne nous vaudra même pas un report d'audience, répondit Kitteridge, morose. Vous êtes là depuis le début. Vous vous en tirerez mieux que n'importe quel remplaçant envoyé par le cabinet.

— Nous pourrions demander un ajournement, suggéra Daniel avec espoir.

— Nous pourrions demander à fêter Noël au mois de juillet, répliqua Kitteridge. Mais nous n'aurons pas gain de cause.

Daniel ne protesta pas. Il savait que Kitteridge avait raison. Dans le meilleur des cas, Marcus fford Croft enverrait un clerc se charger de commissions pour lui. Et éventuellement effectuer quelques recherches.

— Prenez un taxi pour rentrer. Je vais vous en chercher un, déclara Daniel lorsqu'ils sortirent. Et ne gaspillez pas votre salive à discuter. Je ne veux pas avoir à vous assommer et à vous renvoyer chez vous en ambulance.

— Ne dites pas de sottises.

— Dans l'état où vous êtes, je n'aurais aucun mal !

Sans vouloir l'admettre, il s'inquiétait autant au sujet de Kitteridge qu'au sujet du procès. En fait, davantage. Le procès était une question de vanité. Et surtout, de justice. Cependant, il avait une affection sincère pour Kitteridge. Cela dit, l'avouer à ce dernier ne ferait que l'embarrasser.

Kitteridge ne protesta pas. Soit il comprenait, soit il était trop malade pour en faire une histoire.

11

La nuit était tombée depuis longtemps, et la pluie tombait en rafales contre les fenêtres du rez-de-chaussée, à la hauteur de la rue. Dans le laboratoire d'Ottershaw, tout était presque silencieux. Les lumières étaient allumées. Ottershaw était encore penché sur un microscope, tandis que Miriam avait terminé sa dernière expérience, laquelle n'avait rien apporté d'utile. Elle était fatiguée, ses yeux brûlants la picotaient et elle avait mal au dos à force d'être courbée en deux pour scruter des cadrans et effectuer des calculs qui, en fin de compte, ne prouvaient rien. Même Charlie ne fredonnait guère. En revanche, il leur proposait régulièrement de leur apporter du thé, ce qu'il faisait. Cela les aidait.

Ottershaw ne se plaignait jamais, mais elle le connaissait assez bien maintenant pour lire la déception en lui.

Elle ne prit conscience de la présence de Daniel sur le seuil que lorsque sa voix s'éleva. Elle tressaillit alors de surprise et le crayon qu'elle tenait lui échappa et roula sur la table avant de tomber sur le sol.

Il paraissait troublé, trempé jusqu'aux os, et dégoulinait. Son visage était blême, à l'exception de ses joues fouettées par le vent.

Elle ignora le crayon.

— Oh ! Daniel, vous avez l'air frigorifié ! Que s'est-il passé ? Saltram vous a fait faux bond ?

Il eut un sourire sombre.

— Non. Je regrette presque que ce ne soit pas le cas, mais il se présentera demain. Nous avons téléphoné au cabinet et il est prêt. Ce n'est pas ça. Miriam, Fimber a pour ainsi dire prouvé la culpabilité de Jessie aujourd'hui. Le pauvre diable a fait durer les témoignages aussi longtemps que possible, pour graver son hypothèse dans les esprits dans l'espoir qu'elle ne sera pas oubliée dès que Saltram sera à la barre ; cela lui a même valu une réprimande assez sèche de la part du juge.

— Pourquoi a-t-elle fait cela ? demanda Miriam, perplexe. Pour des raisons personnelles, ou autre chose ?

Le visage de Daniel reflétait ses émotions. Quand il était fatigué, il était complètement transparent, à ses yeux du moins.

— Je ne suis pas sûr qu'elle fasse quoi que ce soit pour des raisons personnelles, répondit-il. Seul l'argent compte pour elle. Il ne s'est jamais agi d'une lutte entre Adwell et son gang et les frères Jackson. En réalité, il s'agit d'un conflit pour le pouvoir. Et si Jessie s'en sort, c'est elle qui gagne. Alors, oui, c'est pour l'argent – et le pouvoir.

— Vous êtes sûr qu'ils accepteraient Jessie comme chef ?

— Pourquoi pas ? Elle est intelligente – et dure…

— Dans ce cas, elle n'a pas tué Paddy Jackson. C'est sûrement Adwell qui l'a fait.

— J'en doute, répondit-il, l'air abattu. Jackson savait qu'elle allait prendre la tête des opérations et elle l'a tué avant qu'il puisse s'y opposer. À moins qu'il n'ait voulu l'éliminer pour avoir la place ?

Il cilla, comme s'il venait d'être transpercé par la douleur.

— Ou peut-être que c'était juste un coup d'essai pour voir si elle pouvait commettre un meurtre sous couvert d'un incendie et s'en tirer impunément. Si elle échouait et qu'Adwell était pendu, elle s'était débarrassée de lui de toute façon. Et si elle réussissait, elle démontrait que la rébellion ne paie pas.

Miriam fronça les sourcils.

— Dans ce cas, pourquoi ne s'est-elle pas contentée de laisser Adwell être pendu pour le meurtre de Paddy ? Parce qu'elle mettait cette défense à l'épreuve pour voir si elle fonctionnait ?

— Je ne sais pas, admit-il. Mais je pense qu'elle en est capable.

— À moins qu'elle n'ait été confrontée à une autre rébellion ? Peut-être qu'elle l'aimait sincèrement, mais qu'il avait des ambitions aussi ?

— On finira par le savoir, répondit-il. Mais d'abord, il faut qu'on donne l'impression de faire tout notre possible pour obtenir un acquittement, tout en veillant à échouer.

Il ponctua ses paroles d'un sourire, une trace d'humour sombre dans son regard, aussitôt évanouie.

Elle éprouva le besoin douloureux de lui annoncer une bonne nouvelle.

— Nous avons… une ébauche d'idée.

Elle exagérait un peu et le savait.

— Mais pas encore le genre de preuve que quiconque écouterait à part nous. C'est une contradiction de l'argument de Saltram.

Elle soupira, et sentit des larmes de frustration et de défaite lui picoter les yeux. Elle avait tant envie de gagner, cette fois pour Daniel plus que pour elle-même. Cette affaire était une double défaite pour lui.

Ottershaw avait enfin remarqué l'intrusion ; abandonnant son microscope, il s'approcha d'eux. Il paraissait épuisé, le visage profondément creusé par la lassitude et la perspective de l'échec.

— Nous sommes sur le point de trouver quelque chose qui pourrait déstabiliser Saltram, si nous pouvions le prouver, mais nous n'en sommes pas là… pas encore.

Si vous l'appelez à la barre, il n'aura d'autre choix que de s'en tenir à son témoignage précédent. Toute sa carrière…

— Je sais ! interrompit Daniel. Mon père m'a raconté l'affaire Daventry.

Il jeta un coup d'œil à Miriam.

— Souvenez-vous, c'est elle qui a rendu Saltram célèbre. Il a utilisé le même argument pour défendre Adwell et il faut qu'il s'y tienne si nous l'appelons à témoigner pour Jessie. À savoir que la chaleur du feu, si elle est suffisante, peut provoquer la fracture d'un crâne exactement comme ç'a été le cas pour Marguerite Daventry et Paddy Jackson. Jessie n'avait sans doute pas entendu parler de Marguerite Daventry, à moins qu'elle n'ait lu un article à ce sujet. Peu importe. Elle était au courant pour Paddy Jackson. Elle était là, au tribunal, comme nous tous. Elle a fort bien pu s'en inspirer.

Il paraissait totalement abattu, même penaud.

— Il répétera la même chose et nous ne pouvons pas prouver qu'il est dans l'erreur.

Ottershaw secoua la tête.

— C'est à voir. Nous essayons de reproduire les expériences. Il est vrai que la chaleur peut fracturer le crâne, à condition d'être très élevée. Du moins nous l'avons fait à cinq reprises, mais les fractures se trouvaient dans un endroit différent.

— Cela a-t-il de l'importance ? demanda Daniel, avec une pointe d'espoir. Je veux dire, est-ce que cela peut prouver que la cause du décès était différente et qu'il ne s'agit pas simplement d'un feu différent dans un bâtiment différent ? La possibilité du doute ne suffira pas. Il faut qu'il y ait impossibilité que l'incendie à lui seul ait provoqué la mort. Si la chaleur suffit…

— Le phosphore blanc, coupa Ottershaw, atteint jusqu'à cinq mille degrés Fahrenheit. C'est plus que suffisant pour fracturer des os, mais au sommet du crâne d'abord. Pas à l'arrière, juste au-dessus du cou, où se situaient les blessures d'Adwell et de Paddy Jackson. Mais…

Il secoua la tête de nouveau.

— Nous en avons trouvé des traces. Il nous en faudra davantage pour ébranler le témoignage de Saltram.

— Quoi ?

Un instant, Daniel ne comprit pas. Puis la lumière se fit dans son esprit.

— N'importe qui aurait pu le mettre ou le déposer là, et ç'aurait pu être un accident. En tout cas, cela ne condamne pas Jessie.

— Ni personne en particulier, acquiesça Ottershaw. Il pourrait s'agir de résidus d'une utilisation on ne peut plus légitime. En général, ce produit est stocké dans l'eau parce qu'il est hautement combustible et qu'il prend feu facilement. Et il y a quantité d'endroits comme cela au bord du fleuve. Cela expliquerait la chaleur soudaine et d'une extraordinaire intensité.

— Savons-nous qu'elle était *soudaine et d'une extraordinaire intensité* ? répéta Daniel, les sourcils froncés.

— Oui, intervint Miriam pour la première fois. Nous savons qu'elle était soudaine parce qu'Adwell ne s'est pas échappé et qu'il n'avait presque pas de fumée dans les poumons. Tout comme Paddy Jackson. Et nous pensons toujours que la chaleur devait être assez intense pour tuer… dans les deux cas. Encore faut-il être capable de le prouver.

— Vous pourriez témoigner, suggéra Daniel à Ottershaw.

— J'y serais prêt, mais personne ne me croirait contre Saltram.

Il avait parlé sur un ton d'excuse. On aurait dit qu'il se sentait coupable de ne pas posséder la force dynamique, l'immense réputation ou la foi qu'avait Saltram en sa propre opinion. Il était beaucoup trop conscient de la possibilité d'erreur. Il écoutait les autres et accordait aussi de la valeur à leurs connaissances.

— Que me recommandez-vous de faire ? demanda Daniel.

Plus qu'une question, c'était un appel à l'aide.

Miriam fit un pas vers Ottershaw et s'arrêta brusquement. Ce n'était pas le moment d'intervenir. Parfois le silence était non seulement le choix le plus sage, mais aussi le plus courageux.

Ottershaw répondit enfin :

— De trouver la meilleure personne possible pour comparaître contre Saltram, quelqu'un qui a des compétences égales à lui, même s'il n'accepte pas qu'un tel individu puisse exister.

Il n'hésita qu'un instant, mais Miriam perçut la rigidité de son corps et sut qu'il prenait ce qu'il croyait être un grand risque, plus qu'un pas vers l'inconnu, une incursion dans un territoire qui contenait d'autres dangers aussi.

— Quelqu'un qui n'aura pas du tout peur de lui et qui n'hésite pas à offenser et même à susciter la fureur des gens quand ils ont tort et qu'ils font obstacle à la justice.

— Vous inventez tout ça ? s'écria Daniel, sa voix résonnant dans le silence. Excusez-moi, mais vous parlez de quelqu'un en chair et en os ? Nous n'avons pas le temps de rêver. Kitteridge est malade comme un chien. Je n'ai aucune idée de ce que je fais, mais il faut que je le fasse à la première heure demain matin. Et Saltram se bat pour sa réputation. Il dévorera notre témoin tout cru si je lui donne la moindre chance.

— Je sais, coupa Ottershaw. Oui, bien sûr que cette personne existe. Je suis un homme de science, et non d'imagination. Ce talent-là est extrêmement distrayant, au bon moment. Dieu sait que j'aime les limericks de Mr. Lear, mais pas maintenant. Je veux parler du Dr Evelyn Hall, qui est tout aussi remarquable que Saltram, en dépit du fait que celui-ci ne voudrait jamais en convenir.

— Est-il disponible ? Je n'ai jamais entendu parler de lui.

Le sourire d'Ottershaw était tout à fait indéchiffrable.

— Evelyn est un nom d'homme et un nom de femme, je vous le rappelle, et dans ce cas précis, il s'agit d'une femme. Même si cela ne saute pas aux yeux. Le moins que l'on puisse dire, c'est qu'elle est excentrique.

La déception envahit Miriam.

— Une femme ne gagnera jamais contre Saltram.

Ottershaw la considéra avec une sévérité inhabituelle qui suffit à lui imposer le silence. Il se retourna vers Daniel, ignorant l'expression découragée qu'il arborait lui aussi.

— Elle a toutes les qualifications requises, affirma-t-il. En Hollande, où on n'a pas tous ces préjugés envers les femmes ; au contraire, lorsqu'il leur arrive d'atteindre l'excellence, elles sont les bienvenues, et c'est le cas du Dr Hall. En fait, ses compétences sont exceptionnelles.

Miriam réfléchissait à toute allure. Une femme aussi douée que Saltram ! C'était possible. En fait, elle existait déjà.

— Cela ne nous aide pas, murmura Daniel, sans parvenir à dissimuler sa déconvenue. Elle est en Hollande et j'ai besoin d'un témoin demain matin.

— Elle se trouve à Londres, sinon je n'aurais pas parlé d'elle. Nous devons aller la trouver ce soir avec toutes les informations dont nous disposons.

— Il est presque huit heures ! protesta Daniel. Le temps que nous prenions rendez-vous, à supposer que ce soit possible et qu'elle accepte de nous recevoir, nous n'arriverons peut-être pas avant dix heures du soir.

— Elle nous recevra, déclara Ottershaw avec fermeté. À moins qu'elle n'ait complètement changé depuis la dernière fois où je l'ai vue.

— C'était quand ?

— Euh… je ne m'en souviens pas au juste.

— Vous êtes sûr que vous la connaissez, au moins ? demanda Daniel, d'une voix que l'émotion rendait rude, partagée entre l'espoir et le désespoir.

— Oh, oui ! assura Ottershaw. Elle est un peu… spéciale.

Miriam vit l'expression incrédule de Daniel qui fixait Ottershaw, dont les cheveux étaient dressés sur la tête comme les plumes d'un cacatoès tant il y avait enfoui les mains par exaspération. Il portait une chemise blanche bien trop grande pour lui, laquelle était censée protéger la seconde chemise blanche identique qu'il avait dessous. Il était chaussé de pantoufles usagées, tachées de produits chimiques. Son visage maigre était animé par l'enthousiasme. Il avait mis son argent et sa vie au service de la science pour elle-même. Il était convaincu que l'univers avait un sens, qu'il suffisait d'en comprendre la logique au lieu de s'évertuer à vouloir le faire cadrer avec la nôtre.

— Un peu excentrique ? demanda Daniel d'une voix radoucie, en évitant le regard de Miriam.

— Eh bien, assez, concéda Ottershaw. Mais c'est exactement la personne qu'il nous faut, je vous assure.

Quelques secondes s'écoulèrent avant la réponse de Daniel.

— Je suppose que nous n'avons rien à perdre, sauf ses honoraires, à supposer qu'elle accepte.

— Si elle peut venir, elle viendra, déclara Ottershaw sans hésiter. Et elle ne vous fera rien payer, parce que participer à cette entreprise sera sa récompense en soi. Mais au cas où elle le ferait, c'est moi qui paierai.

— Pourquoi le feriez-vous ? commença Daniel.

— Pour l'amour du Ciel, dépêchez-vous ! Sortez trouver un taxi et ramenez-le ici, pendant que Miriam et moi préparons les choses que nous devons lui montrer.

— Les choses ?

Daniel regarda autour de lui les centaines de produits, bocaux, pots et piles de papier, éprouvettes et béchers.

— Des copies des témoignages, répondit Ottershaw sur un ton sec. Des listes de produits chimiques. Contentez-vous de faire ce que je vous dis, s'il vous plaît !

— Oui, monsieur, j'y vais.

Daniel se leva pour partir. Derrière lui, il entendit Ottershaw qui téléphonait.

Près de deux heures plus tard, ils s'arrêtaient devant une maison d'aspect très ordinaire, quelque part sur la rive sud de la Tamise. Aucun d'eux n'avait beaucoup parlé durant le trajet, chacun étant absorbé par ses pensées. Sans doute celles-ci étaient-elles similaires. Il était tard, ils étaient fatigués, et la situation semblait sans espoir. En vérité, ils continuaient à se battre bien après que la bataille était perdue.

Ils descendirent dans l'air mordant de la nuit. Ottershaw régla la course. Debout sur le trottoir, ils regardèrent le taxi s'éloigner, ses feux disparaissant au coin.

— Venez.

Ottershaw les précéda dans la petite allée qui menait à la porte.

— Attendre ne va rien changer à la réponse.

Il parvenait à parler avec courage mais il avait perdu de sa superbe.

Miriam frissonna, rassembla plus étroitement les pans de son manteau autour d'elle, et le suivit. Daniel vint ensuite, tenant à la main l'attaché-case rempli de documents.

Ottershaw appuya sur la sonnette.

On répondit aussitôt. La lumière s'alluma et la porte s'ouvrit non pas sur une servante – peut-être le personnel était-il allé se coucher – mais sur une personne d'âge moyen, aux cheveux gris et courts, et au visage sillonné de profondes rides de curiosité et de bonne humeur. Au premier coup d'œil, il était impossible de dire s'il s'agissait d'un homme ou d'une femme. Les traits étaient décidés mais ne semblaient pas masculins. Les yeux étaient vifs et intelligents.

— Docteur Hall ?

Maintenant qu'il était là, Ottershaw avait l'air moins certain de pouvoir transformer sa conviction en réalité.

— Oui ?

Une voix grave, mais indiscutablement féminine.

— Vous devez être Ottershaw. Entrez !

Elle ouvrit plus grand le battant.

— Qui m'amenez-vous ?

Elle regarda Miriam d'abord.

— Miss fford Croft, je présume. Vous avez l'air transie. Et Mr. Pitt, bien, bien.

Elle recula d'un pas pour les laisser entrer. Ils s'empressèrent de s'engouffrer à l'intérieur et furent soulagés lorsque la porte fut refermée sur l'air glacial de cette soirée de novembre. Debout dans le couloir, ils étaient déjà enveloppés de chaleur. Les murs étaient recouverts de photographies, la plupart de portraits de gens au visage ridé, marqué par l'expérience, chacun remarquable à sa manière.

Le Dr Hall suivit le regard de Miriam.

— Bien, dit-elle avec conviction, vous aimez les visages. Ils sont merveilleux, n'est-ce pas ? Il y a là des centaines d'années de vie. L'expérience, la beauté, la solitude, et le deuil. Venez prendre un thé au coin du feu. Dites-moi ce que vous savez. Il n'y a pas de temps à perdre.

Elle les entraîna dans un salon qui ne ressemblait à aucun de ceux que Miriam avait jamais vus. Il était rempli d'objets venant d'au moins une douzaine de pays différents, certains très simples, d'autres étonnamment complexes.

Le Dr Hall leur indiqua à tous où s'asseoir autour de la table, à quelque distance de la cheminée. Les chaises en bois, à haut dossier, sculptées et cirées, étaient magnifiques mais peu propices à la détente. Si on se laissait aller, on risquait fort d'en tomber.

— Asseyez-vous, ordonna-t-elle.

Elle tendit la main, prit l'attaché-case et le posa à plat sur le coin de la table afin qu'il pût être ouvert et son contenu examiné. Enfin, elle détailla Daniel.

— Vous êtes jeune, observa-t-elle. Comment se fait-il que vous défendiez une affaire comme celle-ci ?

Daniel était trop épuisé pour la contredire. Miriam brûlait de le faire mais savait que ce serait malvenu pour plusieurs raisons. Pour commencer, le Dr Hall n'avait de temps que pour la vérité. Elle était un soldat se préparant au combat. Seuls les faits, et éventuellement les jugements l'intéressaient. De plus, Miriam embarrasserait Daniel. Elle était sûre qu'il préférait de loin s'empêtrer tout seul plutôt qu'être secouru par quelqu'un d'autre. Elle-même réagirait ainsi !

— Mon collègue est plus expérimenté, mais il est souffrant, dit-il simplement. Il a un si mauvais rhume qu'il ne peut plus parler, et guère…

— Compris, coupa-t-elle. Et vous serez face à Saltram demain matin ?

— Oui, c'est notre seul témoin.

Miriam fit la grimace. Leur position semblait si fragile.

Le Dr Hall écarquilla les yeux.

— Que va-t-il dire ?

— Que les blessures du mort auraient aussi bien pu être causées par la chaleur du feu que par un coup à la tête.

— En êtes-vous sûr ?

— Oui. Il le faut, parce qu'il a émis cette opinion lors d'un procès presque identique voilà six semaines.

— Il va être pendu par sa propre corde, alors ?

Elle sourit, l'air profondément satisfait.

— Poétique, non ?

— Si, admit Daniel à regret. Mais en l'occurrence, je crois que c'est plutôt par l'accusée. Elle était impliquée dans la dernière affaire aussi. La victime était l'accusé du premier procès.

Il résuma la situation en quelques phrases.

— Si je comprends bien, je ne témoignerai pas pour vous, mais pour l'accusation. Saltram le sait-il ?

— Non, madame.

Daniel sourit, l'émotion visible sur son visage.

— Et moi non plus, mais je sais que ma cliente est coupable. Elle m'a clairement mis dans la situation où je le sais, et où je dois quand même faire de mon mieux pour la défendre.

— Cela m'intéressera de voir cette jeune femme, admit le Dr Hall. Je commence à saisir votre difficulté. Vous savez qu'elle est coupable parce qu'elle vous l'a fait comprendre. Par des sous-entendus plutôt que par des mots. Vous ne pouvez la trahir, mais vous devez d'une manière ou d'une autre permettre à l'accusation de le démontrer au jury sans l'aider d'aucune façon.

— Oui, et je dois commencer dès demain matin.

— Nous allons boire un thé et nous mettre au travail, décréta-t-elle. Docteur Ottershaw, en attendant que le thé soit servi, vous allez me dire ce que vous pouvez prouver. N'hésitez pas à ajouter vos propres remarques, Miss fford Croft.

Ottershaw lui raconta comment Miriam et lui avaient découvert l'agent qui était à l'origine du sinistre, ou l'avait accéléré, et la température qui, selon eux, avait été atteinte. Ainsi que la vitesse à laquelle cette température avait été atteinte, afin de brûler le corps et de fracturer le crâne.

— Si nous laissions le crâne de côté un instant ? interrompit le Dr Hall. Je regarderai vos photographies, mais abstenons-nous d'abord de toute conjecture quant à la cause de la fracture. Que pouvez-vous déduire du bois et des autres débris présents ? Qu'est-ce qui a brûlé en plus ? Avez-vous des photographies de ce qui restait ? Des dessins ? Possédons-nous au moins les plans du bâtiment tel qu'il était avant ? Quelle a été la sévérité de l'incendie ? Pendant combien de temps a-t-il fait rage ? A-t-il été éteint par la brigade des pompiers ? Qu'ont-ils détruit ? Quel a été leur témoignage ? Je veux tout savoir.

Daniel ouvrit l'attaché-case et lui présenta les pièces qu'il avait apportées, y compris celles obtenues par

Ottershaw et Miriam. Pendant qu'ils les examinaient, une servante aux cheveux en désordre, l'air las, leur apporta une théière et un gros cake, qu'elle découpa à l'aide d'un hachoir à viande. Elle servit le thé sans lait et leur en donna un mug à chacun. Miriam le goûta et faillit s'étrangler. Il était copieusement arrosé de cognac. En quelques secondes, elle fut complètement réchauffée et prit une part de gâteau. Elle ne s'était pas rendu compte qu'elle avait faim, mais elle savait qu'elle devait manger quelque chose pour contrecarrer l'effet de l'alcool.

Le Dr Hall parcourut tous les papiers qu'ils avaient apportés pendant qu'ils attendaient dans un silence nerveux, échangeant un regard de temps à autre. Elle ne fit aucun commentaire, et Miriam dut faire appel à toutes ses ressources de patience et de maîtrise d'elle-même pour ne pas lui demander ce qu'elle en pensait.

Elle fixait le Dr Eve, ainsi que celle-ci leur avait dit être appelée par ceux qui la connaissaient bien. Un vif intérêt mêlé de curiosité se lisait sur ses traits. Elle avait un visage remarquable, qui reflétait chaque pensée lui traversant l'esprit. Miriam y vit de la colère, de la pitié, de la perplexité, une pointe d'excitation. À aucun moment, elle n'y décela d'ennui ni, d'ailleurs, d'énervement. De la rage, oui, mais pas d'irritation.

Du thé fut resservi, cette fois avec moins de cognac. Le gâteau avait presque disparu. Pourtant, il était gros, presque aussi gros que l'assiette. La bouteille de cognac aussi avait disparu, rangée bien avant d'être vide. Il était cinq heures moins le quart du matin. Dans quelques heures, ils seraient bientôt prêts à se rendre au tribunal et à présenter cette affaire. Réveillés, attentifs, enthousiastes, épuisés… mais sobres.

— Daniel, dit enfin le Dr Eve, présentez votre argumentaire en vous basant sur les preuves dont vous disposez. Laissez Saltram dire tout ce qu'il a à dire sur les os du crâne et comment ils se fracturent sous l'effet d'une chaleur intense. Plus il veut parler, mieux c'est. Chaque fait qu'il livre est un de plus que nous pouvons mettre en doute. Je crois connaître mon champ de bataille. Amenez-l'y.

Daniel la fixa.

— Les os du crâne ? répéta-t-il comme s'il allait lui obéir aveuglément.

Miriam comprenait parfaitement ce qu'il ressentait. C'était leur seule tactique et ils n'avaient plus que quelques heures avant l'affrontement. Elle était exténuée, elle avait l'impression d'avoir des grains de sable dans les yeux. À chaque battement de paupière, il était plus difficile de les rouvrir.

— Bien. En haut.

Elle regarda Miriam.

— Première porte à droite. Retirez vos vêtements et mettez-vous sous l'édredon. Je vous appellerai dans deux heures.

Elle se tourna vers Daniel.

— Deuxième porte, pareil. Vous pouvez partager avec Ottershaw, il y a deux lits. Dormez. Je vous réveillerai à temps. Le petit déjeuner sera servi à sept heures et demie, œufs au bacon, tartines grillées et marmelade. Ensuite, Mr. Foster vous conduira au palais de justice.

— Mais… et vous ? demanda Miriam, d'abord perplexe, puis consternée.

— Je vais prendre mon petit déjeuner avec Mr. Fimber, répondit le Dr Eve en souriant. Je serai le premier témoin à la barre pour réfuter les affirmations de Sir Barnabas Saltram. Je l'en informerai ce matin. Maintenant, prenez soin de vous. Je serai partie quand vous vous lèverez. Ceci est votre combat, soyez-y prêt. De la discipline, de la discipline ! Nous devons l'affronter ensemble. Perdre serait très grave. Maintenant, allez-y !

Tous se levèrent avec raideur, étourdis de fatigue. Miriam regarda le Dr Eve un instant. Elle ne savait pas du tout si elle devait faire confiance à cette femme, mais il ne restait pas d'autre solution.

Elle se tourna vers Ottershaw, puis Daniel, et se força à sourire.

— Venez, dit-elle avec chaleur. Nous devons être frais et dispos demain matin.

Daniel lui rendit un sourire où la douceur se mêlait à une pointe d'humour sombre.

— C'est déjà demain matin, répondit-il.

12

Deux heures plus tard à peine, Daniel se réveilla en avance, en proie à un violent mal à la tête. Il faisait encore nuit, mais il ne pouvait plus dormir, si ardemment le désirât-il. Abandonnant la chaleur trop brève du lit, il roula sur lui-même et se leva. Il fit sa toilette à l'eau tiède, se rasa avec soin, même si le résultat laissait à désirer ; de toute façon, il espérait que tout le monde se concentrerait sur Saltram et non sur lui.

L'esprit encore embrumé, il descendit au rez-de-chaussée et trouva le Dr Eve dans la cuisine.

— Bonjour, lança-t-il, aussi gaiement qu'il le put.

— Ce n'est pas la forme ? répondit-elle, perspicace. Moi non plus. J'étais en train de réfléchir à ce que j'allais dire, indépendamment des questions que vous me poserez. Il est habile, vous savez.

Daniel passa une main dans ses cheveux, qui retombèrent aussitôt sur son front.

— Oui, je sais. Il faut que je m'entretienne avec lui ce matin, avant l'audience.

— Vous avez peur de lui ? demanda-t-elle, arquant un sourcil inquisiteur.

Il réfléchit un instant tout en l'observant. C'était une femme à l'apparence extraordinaire, assumant tout à fait son excentricité. Ses cheveux courts bouclaient naturellement. Ils étaient déjà très gris. Prématurément, songea-t-il, mais il ne pouvait en être sûr. Sans doute sa physionomie n'avait-elle pas changé depuis vingt ans et ne changerait-elle pas dans les vingt à venir. Elle portait un pantalon d'homme et une veste en velours bordeaux. Elle le dévisageait, attendant sa réponse. Son premier mouvement fut de lui mentir, mais il s'y refusa. Cela reviendrait à détruire quelque chose qu'il ne serait pas facile de réparer. Une relation honnête qui ne faisait que débuter.

— Oui, admit-il. Pas de ce qu'il peut faire, mais de ce que je pourrais tenter pour gagner par tous les moyens.

Elle eut un grand sourire.

— Il a cet effet-là sur les gens, et puis on se méprise de l'avoir laissé vous faire ça. Il a tort, vous savez, au sujet de la chaleur et des crânes. La difficulté, c'est de faire en sorte que les jurés aient envie de vous croire, pour qu'ils se réjouissent quand vous leur démontrerez qu'ils ont raison de le faire.

Il la dévisagea, s'efforçant de déchiffrer ses pensées, ce qu'elle lui disait par-delà les mots.

— Allons, dit-elle sèchement. Nous rions de ceux qui sont amusants, ou de ce qui nous embarrasse, et nous croyons ce qui est le moins dérangeant, même si c'est ridicule. Nous avons besoin d'être satisfaits de qui nous sommes et cela dépend souvent de qui sont les autres. Nous devons déterminer qui sont les jurés – et leur dire des choses qu'ils peuvent accepter.

Il ne répondit pas.

— La vérité, enfin ! poursuivit-elle. Mais la partie dont ils peuvent s'accommoder, à savoir que Saltram est très intelligent et que l'heure de la science est venue. Dans ce cas précis, cependant, je suis plus clairvoyante que lui. Il n'y a pas que la science qui compte, mais toutes les croyances que l'être humain a jamais eues concernant la vérité, la religion et la vie de tous les jours.

— Et comment allons-nous les persuader ? s'écria-t-il, incrédule.

— Avec précaution, répondit-elle. Avec beaucoup de précaution. Nous leur permettrons de conserver leur foi et, surtout, surtout, leur dignité. Nous devons laisser Mr. Fimber faire traîner les choses en longueur, peut-être juste avec une pointe de réticence, comme s'il ne voulait pas vraiment y croire. Il est un des leurs, après tout, pas un scientifique qui se donne des airs.

— Il n'est pas un des leurs, lui fit remarquer Daniel. C'est un avocat, très intelligent, et très détaché de la plupart des émotions. Du moins, c'est l'impression qu'on a quand on discute avec lui.

— Sottises ! C'est un acteur, comme n'importe quel autre avocat, s'il est bon. Je dois l'aider, voilà tout.

Daniel commençait à comprendre et, en même temps, à éprouver une pointe d'espoir. Jessie Beale avait demandé à être soutenue par Saltram, le meilleur témoin expert possible, mais Fimber avait peut-être trouvé son égal en la personne du Dr Hall.

— Laissez-moi faire, reprit-elle. Et n'oubliez pas que, lorsque j'aurai fourni tout le témoignage que Fimber exige de moi, vous pouvez toujours procéder à un contre-interrogatoire.

Elle sourit.

— Maintenant, prenez votre petit déjeuner. Nous n'avons que peu de temps. Moi, je vais aller voir Mr. Fimber et vous, Saltram. C'est votre témoin, enfin, mon cher, servez-vous de lui !

Daniel mangea ses œufs au bacon. Il fut surpris de constater que le Dr Hall était bonne cuisinière. Il avait l'impression qu'elle avait pris plaisir à préparer le plat.

— Que se passe-t-il ? demanda Saltram de but en blanc lorsque Daniel se présenta chez lui et fut introduit dans la salle à manger par un majordome au visage crispé.

— Bonjour, Sir Barnabas. Rien jusqu'ici, pour autant que je le sache, à moins que vous n'ayez des informations dont vous ne m'avez pas fait part.

Il s'assit sans y avoir été invité. Le majordome se retira.

Saltram ne lui offrit pas de thé.

— Vous dire ce que vous ne savez pas, jeune homme, nous occuperait jusqu'à la fin de nos jours, dit-il avec froideur. Je n'ai pas autant de temps à perdre. Soit vous me faites confiance, soit non. Je présume que oui, puisque je vous ai tiré d'affaire lors de votre dernier procès, qui était, du point de vue pratique, identique à celui-ci. Pourquoi commencez-vous à prendre peur maintenant ? J'imagine que Kitteridge a dû se retirer à cause de son rhume et que vous allez le remplacer. Dommage. Vous n'êtes pas compétent, ni même perspicace. Fort heureusement, vous n'avez pas besoin de l'être. Posez-moi les questions et j'y répondrai. Cela devrait être à votre portée.

— Oui, monsieur. C'est exactement la même chose que l'autre fois.

— Précisément ! Si les jurés ont un minimum d'éducation, ils seront capables de me suivre. Je m'expliquerai avec soin. Quand on comprend quelque chose, il est en général possible de l'expliquer à d'autres, s'ils ont un grain de bon sens. Vous avez les notes de Kitteridge, n'est-ce pas ?

— Oui, monsieur.

— Eh bien, allez les relire et laissez-moi terminer mon petit déjeuner en paix. Cessez de vous conduire comme une vieille femme.

— Bien, monsieur.

Daniel se leva, réprimant soigneusement un sourire

alors qu'il songeait à la *vieille femme*, qui, il l'espérait, allait mettre en complète déroute Sir Barnabas Saltram.

Devant le palais de justice, un petit garçon tendit à Daniel une feuille de papier, un message de Kitteridge disant simplement :

« Bonne chance. Le meilleur de vous-même sera peut-être bien suffisant. T.K. »

C'était absurde d'accorder tant d'importance à une si petite attention, mais Daniel se sentit subitement moins seul. Il entra dans le bâtiment d'un pas plus léger.

La salle était silencieuse et il y faisait froid, en dépit du public nombreux qui se pressait sur les bancs. Peut-être était-ce juste une impression parce que tous portaient des manteaux d'hiver, certains ornés d'un col en fourrure.

Daniel savait exactement où Miriam et Ottershaw étaient assis. En se tournant, il pourrait les voir. Et sa mère aussi, sans doute, s'il avait le temps de la chercher des yeux.

Dans le box des accusés, toute menue en comparaison du garde qui se tenait près d'elle, Jessie Beale était assise très droite, le menton relevé, le teint pâle et l'air courageux. Daniel croisa son regard l'espace d'un instant, et décela un petit sourire narquois sur son visage. Cependant, elle était trop avisée pour que quiconque à part lui pût le saisir.

On s'acquitta des préliminaires. Le moment était venu pour Daniel de prendre la parole. Il avait déjà marqué une pause théâtrale. Une de plus et il aurait l'air d'avoir peur.

— La défense appelle Sir Barnabas Saltram à la barre, annonça-t-il d'une voix sonore, un peu rauque, qui portait encore la marque de sa trop courte nuit de sommeil.

Un silence total s'ensuivit. Nul n'éternua, ne bougea, ni même ne s'éclaircit la gorge. Les secondes s'égrenèrent. Serait-ce la vengeance de Saltram ? Ne pas venir du tout, le laisser debout là, l'air stupide, intellectuellement à nu ?

Non, Dieu, merci, c'était une autre pause théâtrale, destinée sans doute à le faire transpirer un peu.

Élancé, gracieux, d'une rare élégance dans un costume fait sur mesure qui lui allait à merveille, Saltram s'avança dans l'allée sans regarder ni à droite ni à gauche. Pour toute l'attention qu'il lui porta, la salle aurait aussi bien pu être vide. Il n'accorda même pas un regard à la table réservée à la défense.

Il gravit les marches de la tribune et prêta serment. Alors seulement, il pivota et considéra Daniel d'un air interrogateur.

Daniel lui adressa un bref sourire.

— Nous nous sommes déjà rencontrés, Sir Barnabas, dans des circonstances très similaires. Je suis au fait de vos impressionnantes qualifications et des nombreux succès que vous avez connus au cours de votre remarquable carrière.

Il devait être prudent, ne pas trop le couvrir d'éloges, sinon cela éveillerait les soupçons.

— Cependant, pour ceux qui, dans cette salle, ne se seraient pas intéressés à ces sujets avant aujourd'hui, et en particulier pour les jurés, auriez-vous, je vous prie, l'obligeance de nous exposer vos qualifications exceptionnelles dans le domaine de la science médico-légale, la discipline qui étudie les informations que le corps d'un mort peut nous livrer, qui explique comment cette personne a trouvé la mort… au-delà de tout doute raisonnable… et a porté ces dernières années un éclairage neuf et vif sur la nature du crime ? Peut-être s'agit-il d'une des sciences les plus importantes de ce nouveau siècle.

— En effet, acquiesça le témoin. Et pas seulement pour ce qui est de l'étude des os, de la chair en décomposition, de la détermination de l'heure et de la nature du décès. Les rayons X permettent de voir à travers la chair vivante pour photographier des os et montrer des blessures telles que des fractures. N'oublions pas la balistique, ni l'analyse des taches de sang. Je prédis que, du vivant de nombre d'entre nous ici, dans cette salle, la plupart des crimes seront élucidés de manière irréfutable et en moins d'une semaine ou deux après les faits, voire en quelques jours.

Daniel avait le cœur qui cognait, la bouche sèche. Saltram le fixait en retour, comme s'il pressentait un combat. Ils avaient l'un et l'autre quelque chose à prouver. Daniel savait ce que c'était pour eux deux. Il priait pour que Saltram ne soupçonnât rien, et aussi pour qu'il n'eût pas vu Evelyn Hall au-dehors. Elle n'avait pas le droit d'entrer, bien sûr, puisqu'elle allait être appelée à la barre.

— Vous avez eu la bonté de témoigner lors du procès de la Couronne contre Adwell, voilà un mois et demi, et vous avez prouvé à la satisfaction du jury qu'un décès comme celui-ci n'était pas en réalité le crime que nous avions supposé.

Un bruit s'éleva dans la salle, et un homme à la barbe blanche bondit sur ses pieds en criant :

— Menteur ! Blasphémateur ! Avocat du diable !

— Asseyez-vous, monsieur, exigea le juge d'une voix forte, sinon je vous fais expulser.

— Je vous le dis, le péché est le péché, et toutes vos idées modernes ne l'excusent pas aux yeux de Dieu. L'heure du Jugement sonnera !

— Faites sortir cet homme, ordonna le juge, avant de se rasseoir tandis que l'huissier s'exécutait.

Il attendit délibérément que le silence se fît, puis continua :

— Messieurs les jurés, vous ne devez pas prêter attention à cette interruption.

Il se tourna vers Daniel.

— Poursuivez, je vous prie.

Daniel reprit le fil de son discours.

— Je dis « la bonté » parce que vous avez témoigné sans demander votre rémunération habituelle.

Saltram parut déconcerté par le compliment. C'était la vérité, certes, mais il se rendait parfaitement compte de l'antipathie de Daniel à son égard. Le contraire eût été étonnant, après leur dernière rencontre. Bien. Moins il était certain des choses mineures, plus il risquait de manquer d'attention dans celles qu'il tenait pour certaines.

— Non, acquiesça Saltram. Dans l'intérêt de la justice, il est encore plus important de protéger l'innocent que de punir le coupable. Même les hommes de loi les plus passionnés sont d'accord sur ce point. « Mieux vaut libérer dix coupables que pendre un seul innocent », c'est la phrase précise, je crois.

— Exactement.

Daniel hocha la tête, espérant ne pas être allé trop loin.

— Ou une innocente, ajouta Sir Barnabas.

— Puis-je vous demander de rappeler les éléments dont nous disposons, afin que tout soit clair pour les jurés ? Pardonnez-moi si cela paraît fastidieux, mais ils ne les connaissent peut-être pas. Nous avons essayé de trouver un jury qui ne soit pas prédisposé à une décision.

— Naturellement, répondit Saltram avec une patience exagérée.

Il entreprit de décrire les circonstances du décès, sa cause, et de passer en revue les différentes interprétations possibles.

— Vous savez donc qu'Adwell est mort assez vite, coupa Daniel.

— Oui, c'est assez évident puisqu'il n'a inhalé qu'une très légère quantité de fumée. S'il était mort lentement, il en aurait inspiré beaucoup plus, et nous l'aurions trouvée dans ses poumons, expliqua Saltram sur un ton las.

— Merci. Je crois que c'est clair pour nous tous.

Daniel regarda les jurés d'un air interrogateur et lut

la compréhension sur leurs visages, ainsi qu'un intérêt renouvelé. S'ils ignoraient où il voulait en venir avec ces questions, ils savaient qu'il était là pour défendre Jessie Beale. Ils s'attendaient donc à une autre explication, imprévue.

Le magistrat se pencha en avant.

— Je pense que vous pouvez tenir pour acquis, Mr. Pitt, que la cour vous suit. Il est inutile de revenir sur chaque détail. Nous ne doutons pas que le corps soit celui de Robert Adwell, ni que ce dernier soit mort très vite. Si vous croyez pouvoir prouver qu'il n'a pas succombé à un coup à la tête, venez-y, je vous en prie.

— Oui, Votre Honneur.

Cependant, Daniel ne pouvait se permettre d'avancer trop vite. Si les jurés n'avaient qu'une vague idée des détails, les arguments du Dr Eve leur échapperaient complètement. Ils devaient discerner l'édifice entier du raisonnement avant que celui-ci ne s'écroule sous leurs yeux.

— Vous avez examiné le crâne de Robert Adwell, Sir Barnabas ?

L'expression de Saltram se fit quelque peu méprisante.

— Bien entendu. Je n'aurais pas exprimé d'opinion sur une blessure que je n'avais pas observée moi-même.

— C'est évident.

Daniel fronça les sourcils.

— Ce procès est une question de vie ou de mort. Plus précisément, la vie ou la mort de l'accusée, Jessie Beale. Vous êtes habitué à jauger les preuves et à prendre de telles décisions. Ces messieurs du jury ne le sont pas. Vous devez les aider à être certains qu'ils sont parvenus à la vérité.

Le juge fronça les sourcils et se pencha de nouveau en avant, prêt à l'interrompre.

Saltram dut le voir et le devança. Les découvertes qu'il avait faites pouvaient être interprétées, assura-t-il à Daniel avant de se tourner vers les jurés, comme pour leur accorder l'importance qu'ils méritaient. Il expliqua en détail la structure du crâne humain, les parties du cerveau qu'il protégeait, le rôle de celui-ci dans les fonctions du corps.

Le juge avait peut-être eu l'intention d'intervenir, mais il parut aussi absorbé que tous les autres par le sujet. Saltram avait tissé une toile avec ses paroles, aussi délicates que la soie de l'araignée et tout aussi fortes. Rien de ce qu'il disait n'était sujet au doute.

Daniel se cramponnait à sa confiance en lui-même, les doigts crispés le long du corps comme s'il était agrippé à un radeau.

— Et la chaleur peut causer une fracture ? demanda-t-il simplement, lorsque Saltram se tut. Ce merveilleux casque d'os peut être brisé sans qu'aucun coup ne soit porté ?

— Une chaleur extrême, répondit Saltram. Un incendie hors du commun. Normalement, un sinistre ordinaire, même dans un entrepôt, n'atteint pas de telles températures. Et en général, l'inhalation de fumée, plus que de gaz toxiques, cause la mort avant que cela ne se produise. Dans ce cas, on trouve de la fumée dans les poumons, et même de la suie.

— Et que s'est-il passé dans ce cas précis ? demanda Daniel, espérant ne pas exagérer son air candide.

— Une chaleur intense s'est dégagée très vite, répondit Saltram d'une voix un peu tendue.

— Comment cela se fait-il ? insista Daniel.

— Il y avait un élément particulier à cet incendie, expliqua Saltram.

Son regard était focalisé exclusivement sur Daniel maintenant, comme s'il sentait que quelque chose clochait.

— Soit il s'agissait d'un acte criminel et un accélérant a été utilisé, soit cet accélérant se trouvait par hasard déjà à l'intérieur de l'entrepôt, dans un endroit proche de celui où le feu a pris.

— De quel genre de substance pourrait-il être question ? demanda Pitt innocemment.

— Vous êtes jeune, Mr. Pitt, mais ne faites pas semblant d'être si naïf. Vous avez fait procéder à des analyses sur le site pour découvrir cela. Je suggère que vous l'avez trouvé. À en juger par la température, de l'ordre de cinq mille degrés... ou davantage, je devinerai qu'il s'agissait de phosphore blanc.

— Précisément, acquiesça Daniel. Et cette substance concorde avec vos conclusions, monsieur ?

— Oui, affirma Saltram. J'ignore pourquoi on entreposait ce produit, légalement ou non, mais sa présence expliquerait tous les détails de cette affaire et de l'affaire précédente, dans laquelle vous m'avez demandé de témoigner.

— Sans coup à la tête ou ailleurs.

— C'est cela.

— Merci, Sir Barnabas. Nous vous sommes très reconnaissants de nous avoir fait bénéficier de vos compétences et de vos extraordinaires études. Voulez-vous rester à la barre, je vous prie, au cas où mon estimé confrère, Mr. Fimber, souhaiterait vous interroger ?

— Bien entendu.

Saltram se tourna imperceptiblement vers la tribune afin de faire face à Fimber.

Daniel sentit ses muscles se raidir. En avait-il assez fait ? Fimber allait-il tenir tête à Saltram ? Il semblait tétanisé, tel un homme face à un serpent. Avaient-ils opté pour la bonne approche ?

— Mr. Fimber, intervint le juge sur un ton sec, avez-vous des questions à poser à Sir Barnabas ?

Fimber se leva.

— Il est certain que ce témoin est un expert, Votre

Honneur. Je crains de ne pas avoir la compétence nécessaire pour l'interroger en détail…

— Pour l'amour du Ciel ! s'écria le juge, exaspéré. Dans ce cas, faites venir quelqu'un qui en est capable ou acceptez que cet homme sait de quoi il parle et asseyez-vous !

— Votre Honneur, avec votre permission et celle de Mr. Pitt, je préférerais appeler à la barre un témoin de réfutation qui, je vous le promets, sera bref.

— Un témoin de réfutation contre Sir Barnabas Saltram ? se récria le juge, incrédule.

— Oui, Votre Honneur.

— Il a intérêt à être compétent. Je ne tolérerai pas qu'on abuse davantage de la patience de la cour.

— Elle est compétente, Votre Honneur, assura Fimber.

Le magistrat toisa d'un air désapprobateur Miriam assise au premier rang.

— J'espère que vous n'allez pas mettre Miss fford Croft dans l'embarras et m'obliger à dire en public qu'elle n'est pas qualifiée pour témoigner, encore moins pour contredire Sir Barnabas. Ce serait…

— Non, Votre Honneur, coupa Fimber, pas du tout. Je vais appeler le Dr Evelyn Hall, docteur en médecine et en science médico-légale de l'université d'Amsterdam, professeur de chimie à l'université de Paris et…

— Elle parle anglais ? l'interrompit le juge, complètement abasourdi.

— Très bien. Je crois savoir qu'elle est née et a grandi à Londres.

— Dans ce cas, pourquoi a-t-elle étudié à Amsterdam ?

— Parce que les Hollandais sont plutôt en avance sur nous pour ce qui est d'accepter que certaines femmes ont des capacités remarquables…

— Eh bien…

— Madame Marie Curie n'est qu'un exemple parmi

d'autres, acheva Fimber, comme si le juge n'avait pas tenté d'intervenir.

La salle était toujours silencieuse. Daniel entendait la respiration sifflante de quelqu'un qui était assis deux rangées derrière lui. La tension régnait. L'accès de colère du juge un instant plus tôt n'avait pas été totalement oublié.

— Très bien, dit celui-ci. Je ne souhaite pas voir le verdict réformé au motif que j'aurais refusé de la laisser témoigner.

Il jeta un bref coup d'œil à Daniel, puis reporta son attention sur Fimber.

— Pouvez-vous appeler votre docteur ?

Saltram était maintenant assis à droite de l'endroit où Daniel se trouvait. Seules deux rangées les séparaient. Au moment où Daniel vit son expression, il sut qu'Ottershaw avait pris la bonne décision.

Le Dr Eve s'engouffra dans la salle tel un grondement de tonnerre au loin, juste suffisant pour qu'un frisson vous parcourût la colonne vertébrale, accompagné de la certitude de l'orage à venir. Elle ne regarda ni à droite ni à gauche et prêta serment d'une voix claire et pénétrante. Non qu'il y eût eu le moindre murmure de protestation quant à sa présence. Encouragée par Fimber, elle dressa la liste impressionnante de ses qualifications et nomma certains des tribunaux les plus célèbres d'Europe où elle avait témoigné en tant qu'experte.

Fimber la remercia et fit un pas en avant. On aurait dit qu'il s'apprêtait à lui parler en privé, et qu'il était plus un ami qu'un enquêteur.

— Docteur Hall, avez-vous étudié au cours de votre carrière les dégâts causés au crâne par la chaleur intense générée lors de certains incendies ? En particulier, du type de ceux dont il est question dans cette affaire ? J'aimerais pouvoir vous la décrire, et je le ferai si Votre Honneur y tient, mais seulement de manière…

— Oui, coupa-t-elle avec un très léger sourire. Quant

à l'affaire, je suis au courant. Je crains que les journaux n'en aient longuement parlé. On ne peut pas mettre le nez dehors sans voir un gros titre exposant les dernières révélations en date. Par ailleurs, je connais bien les opinions et déductions de Sir Barnabas Saltram. Vous ne trouverez pas de scientifique compétent en médecine légale qui n'ait pas entendu parler de lui.

Partant d'une seule remarque spontanée, elle avait balayé la possibilité d'un éventuel préjugé.

Le magistrat, qui s'était penché en avant pour intervenir, se cala de nouveau contre son dossier, une expression quelque peu amusée sur les traits.

Saltram, lui aussi, parut satisfait.

Daniel espéra avec ferveur que cela ne durerait pas.

— Merci, docteur Hall, continua Fimber. Avez-vous vu beaucoup de crânes fracturés par la chaleur lors de vos recherches ?

— Oui. Et j'en ai vu beaucoup fracturés par des coups d'une sorte ou d'une autre.

— Pouvons-nous écarter ceux qui n'avaient aucun lien avec un incendie ? demanda Fimber poliment.

— Bien entendu.

— Merci. En ne considérant que les os, y a-t-il moyen d'affirmer si les dégâts ont été causés par la chaleur ou par un coup… au-delà de tout doute raisonnable ?

— Si tel n'était pas le cas, ma présence ici serait parfaitement inutile, rétorqua-t-elle. Sir Barnabas Saltram n'a pas besoin de mon opinion pour soutenir la sienne. La réponse à votre question, c'est parfois oui, et d'autres fois non. Il y a plusieurs possibilités. J'ai apporté quelques exemples en plâtre, pas en os. Vous voudrez peut-être que les jurés voient la différence. Si vous souhaitez que Sir Barnabas les examine, je n'y vois aucun inconvénient, bien sûr. J'observe qu'il est encore ici.

Tous les regards convergèrent sur Saltram.

Il eut un geste légèrement dégoûté.

— Je vous remercie, mais je n'éprouve pas le moindre intérêt à regarder des copies de crânes humains. J'en ai vu assez pour bien les connaître. Mais faites votre petit spectacle, je vous en prie. Cela ne fera que prouver au jury la justesse de mes conclusions. Espérons que cela ne les rendra pas malades.

— C'est du plâtre, pour l'amour du Ciel, riposta le Dr Eve avant que Fimber en eût eu le temps. S'ils ont l'estomac assez bien accroché pour entendre la description de ce qui arrive à la chair et aux os d'un être humain dans un pareil brasier, ils sont capables de toucher une réplique en plâtre.

Fimber prit un instant pour mettre de l'ordre dans ses pensées. Ou pour jauger l'humeur des jurés.

Daniel regarda ces derniers et en conclut que le Dr Eve leur était sympathique. Ils appréciaient le soin qu'elle mettait à s'assurer qu'ils comprenaient précisément ce qu'elle expliquait.

— Allons, Mr. Fimber, pressa le juge. Montrez-leur vos spécimens, je vous en prie.

— Merci, Votre Honneur, répondit le Dr Eve, avant d'adresser un signe à l'huissier, lequel apporta docilement deux crânes en plâtre grandeur nature, tandis que son assistant le suivait avec un troisième.

Le Dr Eve le remercia et s'empara du premier.

— Vous voyez, messieurs, l'endroit où le crâne est sévèrement fracturé ici… et ici.

Elle pointa le doigt vers les fractures, au-dessus de la nuque. Ensuite, elle transmit l'objet à l'huissier, qui l'emporta aux jurés, lesquels l'examinèrent avec curiosité.

Daniel jeta un coup d'œil à Saltram, de toute évidence agacé par cet exercice.

— Ceci est la copie conforme, à la plus petite fraction d'un pouce, du crâne d'un individu de trente-cinq ans qui avait été assommé à l'aide d'une barre en métal. Comme on peut l'imaginer, l'issue a été fatale.

Tous regardèrent le crâne avec gravité. Plusieurs allèrent même jusqu'à le palper.

Le Dr Eve prit le deuxième. Celui-ci était fracturé sur le côté.

— Cette personne a été frappée par une bouteille lors d'une rixe dans une taverne. À la tempe, et le coup, là encore, a été fatal. Mais je suppose que vous l'aviez déjà compris.

La tristesse altéra ses traits.

— Ces deux blessures n'auraient pu être causées par un incendie. Celle-ci, en revanche, l'a été, dit-elle en prenant le troisième, dont le sommet était fracturé. Vous pouvez constater que la blessure est située à un tout autre endroit. Sans doute vous est-il arrivé à un moment donné de votre vie, au cours de votre jeunesse, peut-être, de briser une vitre, ou de voir quelqu'un le faire et d'observer le résultat. Je veux parler, précisément, de la cassure centrale en forme d'étoile et du réseau de fêlures étoilé tout autour. L'instinct, non la science, vous dit que l'impact a eu lieu au point central. Cette cassure-ci, en revanche, ne présente aucun point d'impact. Vous voyez ?

Elle le leva pour qu'ils puissent l'observer, puis le tendit à l'huissier, qui le fit circuler.

Daniel regarda Saltram qui s'agitait fébrilement, comme si son siège était trop petit pour lui. L'irritation se lisait sur ses traits, ainsi qu'une autre émotion, moins facile à déchiffrer.

— Oui, la chaleur peut fissurer ou fracturer un os, si elle est assez élevée, reprit le Dr Eve. Mais elle ne le fait pas partout. Si vous y réfléchissez, cela vous paraîtra logique. Le crâne d'un nourrisson met du temps à durcir. Au début, il est très fragile. Et quand on considère la manière dont nous venons au monde, c'est peut-être une bonne chose.

Un murmure d'assentiment se fit entendre parmi les

jurés, et quelques soupirs s'élevèrent dans la salle, émanant surtout de femmes.

— L'épaisseur du crâne est inégale, ajouta le Dr Eve simplement. La chaleur ne le brisera pas à sa base, là où le crâne de notre victime a été cassé. Cette blessure résulte d'un coup violent, qui pourrait avoir été porté à l'aide d'un tuyau en plomb ou d'une pièce de bois, si le coupable avait pris de l'élan.

Fimber écarquilla les yeux.

— Il ne résulte pas de la chaleur ? Vous en êtes certaine, docteur Hall ?

— Oui, j'en suis certaine. Vous pouvez examiner les crânes si vous le désirez.

— Non, je vous remercie. Peut-être que, dès que les jurés auront terminé, l'huissier pourrait les ranger.

— Ils sont un rappel sinistre de notre frêle humanité à tous, n'est-ce pas ? acquiesça le Dr Eve.

Ils attendirent que les derniers jurés eussent fini de regarder les crânes, qui ressemblaient de manière frappante à des vrais, hormis leur blancheur uniforme.

Fimber conclut par quelques brèves questions, puis s'adressa à Daniel.

— Souhaitez-vous procéder à un contre-interrogatoire, Mr. Pitt ?

— Oui, s'il vous plaît.

Daniel se leva. Tout dépendait de lui désormais. Il devait donner l'impression de se battre désespérément pour prouver l'innocence de Jessie. Tout en prouvant sa culpabilité – au-delà de tout doute. Et personne ne devait deviner qu'il l'avait fait de propos délibéré.

Le Dr Eve ne lui avait pas donné d'instructions quant aux questions qu'il devait lui poser. Il pouvait jurer avec une honnêteté absolue qu'elle ne lui avait donné aucune indication, et pourtant elle lui avait laissé une brèche où s'engouffrer. Qu'était-ce donc ? Il fouilla sa mémoire pour se souvenir de ce qu'ils s'étaient dit. Des procès qu'ils avaient évoqués, lorsqu'il était épuisé, incapable de réfléchir davantage. Quelle faille avait-elle laissée ? Quelle était la faiblesse qu'il pouvait exploiter ? La fissure qu'il pouvait élargir, jusqu'à en faire un trou béant.

Il commença prudemment. Il devait lui faire comprendre qu'il avançait à l'aveuglette.

— Il y a une différence claire, quand vous la montrez, docteur Hall, entre une fracture causée par un coup et celle causée par la chaleur. Vous en avez fait la démonstration de manière spectaculaire. Je ne peux pas vous contredire. J'essaierai de n'en rien faire. Vous avez dû étudier ce sujet durant de nombreuses années, et en profondeur.

— Naturellement, acquiesça-t-elle. À l'instar de Sir Barnabas Saltram.

— En effet. Vos qualifications – les vôtres comme les siennes – sont sinon uniques, du moins très inhabituelles.

Le juge considéra Fimber, puis Daniel.

— Mr. Pitt, coupa-t-il sur un ton clairement désapprobateur. Cela est-il une manière de mettre en doute les compétences du Dr Hall ?

Le Dr Eve sourit à Daniel et hocha imperceptiblement la tête. À moins qu'il ne l'eût imaginé. Puis elle regarda dans la direction où Saltram était assis, l'ombre d'un sourire narquois sur le visage. Dans le box des accusés, Jessie Beale les fixait tour à tour et, pour la première fois, semblait moins sûre d'elle.

Daniel sut ce qu'il allait faire.

— En aucun cas, Votre Honneur ! répondit-il avec conviction. J'allais observer qu'il faut une intelligence et une application remarquables, en plus d'années d'études assidues, pour accumuler ces connaissances.

— Le but de votre question, Mr. Pitt, à supposer que vous en ayez un ?

— Comment une jeune femme assez peu instruite, telle que l'accusée, aurait-elle pu acquérir ce savoir ?

Est-elle un génie méconnu de la médecine, qui se fait passer pour une jeune femme ordinaire, logée dans une pension et employée comme serveuse dans une taverne des quais ?

Le silence abasourdi qui accueillit ses paroles fut si absolu que Daniel avait l'impression d'entendre les gens respirer.

Le Dr Eve lui sourit. Un frisson d'appréhension le parcourut.

Le moment était venu. L'argument auquel elle l'avait amené.

— C'est un domaine complexe. Pas facile du tout. Cependant, il me semble que cette jeune femme possède une intelligence au-dessus de la moyenne et… c'est un maître qui lui a donné des leçons, pas à pas…

Elle hésita.

Pour produire un effet ? Il en doutait. Elle voulait qu'il l'interrompît.

— Un maître ? répéta-t-il doucement. Qui donc ? Quand ? Comment ? Et surtout, pour l'amour du Ciel, pourquoi ?

— Quand ?

Le Dr Eve eut un léger haussement d'épaules.

— Voici environ deux mois. De manière très publique, lors d'un événement très semblable à celui-ci. Comment ? Par des explications précises, données lentement et avec soin, de sorte qu'un jury puisse les suivre pas à pas.

La salle tout entière prit une inspiration choquée.

Daniel voyait toute la scène clairement. Il ne jeta pas même un regard vers Saltram, mais il imaginait son visage pâle, froid, séduisant, aussi nettement que s'il avait été en face de lui. Il gardait les yeux rivés sur Evelyn Hall.

— Comment un crâne humain est censé se fissurer sous l'effet d'une chaleur intense, reprit-elle. Dégagée par le phosphore blanc, par exemple. Je crois savoir que des traces de ce produit ont été découvertes sur les lieux de l'incendie qui a tué Paddy Jackson. Et dans ce deuxième incendie, où a péri Robert Adwell, lequel avait été accusé d'avoir tué Jackson… et reconnu non coupable par votre défense brillante. Lors de ce procès, vous avez vous-même assimilé assez d'informations pour pouvoir reconnaître une situation similaire. La comparaison vous déplaira peut-être, mais Miss Beale aussi a appris ces choses et s'en est souvenue. Je ne peux pas affirmer qu'elle s'en soit servie, mais cela semble…

Elle hésita, puis poursuivit.

— Vous avez fait du bon travail concernant Robert Adwell. Je crois qu'il est fort possible qu'il ait été aussi innocent qu'il l'a affirmé, même si le crime dont il était accusé n'était pas plus un accident que celui-ci. Cette fois, nous avons affaire à une copie conforme, jusqu'à la présence du phosphore blanc. Mais c'est un coup à la tête qui a causé la mort de Mr. Adwell, et non la chaleur du phosphore. Vous me demandez comment une telle blessure pourrait survenir… deux fois de suite et pourtant ne pas être causée par une chaleur intense, en dépit de la présence du phosphore ? Deux morts dans exactement les mêmes circonstances ? Ce n'est pas à moi de répondre à cette question. Je crois que le jury peut s'en charger.

— Je n'ai pas d'autres questions pour ce témoin, Votre Honneur, murmura Daniel.

Fimber s'inclina.

— L'accusation a terminé, dit-il, sans pouvoir dissimuler son sourire.

Par bonheur il ne regarda pas Daniel.

Le juge donna de brèves instructions, après quoi le jury se retira. Personne ne quitta la salle. Personne ne se leva non plus. Les minutes s'écoulèrent. Cinq. Dix. Quinze.

Daniel se concentrait pour ne pas croiser le regard d'Evelyn Hall. Ils ne devaient donner à personne l'impression qu'ils s'étaient mis d'accord. Ils n'avaient pas encore gagné, mais il ne put s'empêcher de jeter un coup d'œil vers Miriam. Le soleil se reflétait sur ses cheveux auburn, et il était impossible de ne pas la remarquer. Ottershaw, avec sa crinière de cheveux blancs en bataille, ressemblait à une petite tempête de neige à côté d'elle.

Au même moment, elle pivota vers lui, souriant presque, comme si elle pouvait sentir la victoire proche.

Daniel se détourna. Pas encore. Pas encore. Et les yeux de Saltram rencontrèrent les siens, pleins d'une haine intense, presque une prise de conscience soudaine d'un sentiment très nouveau chez lui. La fureur d'une âme mise à nu, l'espace d'un instant. Elle s'évanouit aussitôt. Pourtant, elle avait été bien réelle, et avait glacé Daniel jusqu'au plus profond de lui-même.

Trente minutes. Les jurés revinrent. Ils étaient parvenus à un verdict, à l'unanimité : coupable.

Ils n'ajoutèrent rien. Il ne fut pas dit, par exemple, s'ils croyaient Jessie Beale également coupable du meurtre de Paddy Jackson, mais le non-dit flottait dans l'air, ténébreux et implacable. Du moins, Daniel eut cette impression.

Il regarda Jessie. Le visage blême, elle paraissait hébétée, comme si elle pouvait à peine en croire ses oreilles. Puis, à mesure qu'elle prenait conscience de la réalité, un changement étrange se produisit. Elle avait joué avec le destin… et perdu. Elle redressa un peu le menton. Personne ne verrait ses larmes. Si elle devait pleurer, elle le ferait une fois seule.

13

Tout d'abord, Daniel fut trop abasourdi par leur victoire pour être capable d'en assimiler les implications possibles. Certes, le résultat ressemblait à une défaite pour quiconque ignorait la vérité, mais le verdict était juste. Daniel et Miriam, Ottershaw et le Dr Hall avaient tout fait pour l'obtenir, et savaient tous que cela ne devait jamais être évoqué, sauf en secret, entre eux. Peut-être était-il préférable que Marcus ne fût pas précisément informé, et d'ailleurs il était assez avisé pour savoir que leur silence et son ignorance étaient pour le mieux.

Daniel n'oublierait pas l'expression de Saltram. Ce dernier était livide de rage. Il ne parla à personne, et passa sans rien dire devant les journalistes rassemblés qui le pressaient de questions, comme s'il ne les voyait pas.

Daniel alla trouver Miriam. Il débordait de reconnaissance et avait envie de l'étreindre, de partager avec elle le sentiment de victoire qui le submergeait. Il la serra fort dans ses bras avant de se rendre compte que son geste était peut-être déplacé.

— Excusez-moi, dit-il, sans la lâcher pour autant. Mais nous avons réussi. Nous avons gagné !

— Je sais.

Elle posa un instant sa joue contre la sienne, hésita, puis retira les bras qu'elle avait noués autour de son cou et recula d'un pas.

— Oui. Je crois que c'était surtout l'œuvre du Dr Eve. Je n'ai jamais senti la moindre crainte en elle, et pourtant elle devait savoir que la victoire ne tenait qu'à un fil. J'aimerais me battre ainsi – sans penser à la possibilité de perdre, parce que je sais que la cause est juste.

Il plongea son regard dans ses yeux bleu foncé.

— Vous devez dissimuler votre peur à tous les autres.

Elle hésita.

— Peut-être pas à tous, dit-elle tout bas. Devraient-ils savoir que je doute de moi-même ? Ou non ?

— Il n'y a pas de réponse simple à cette question, répondit-il. Mais nous n'avons pas vraiment perdu, nous avons gagné. L'important, c'est que nous avons réparé notre erreur. Allons fêter cela.

Il regarda par-dessus l'épaule de Miriam. Le Dr Eve s'approchait, suivie d'Ottershaw.

— Allons dîner dans le meilleur restaurant du quartier. Ensuite, j'irai annoncer la nouvelle à Kitteridge.

Tôt le lendemain matin, au cabinet fford Croft et Gibson, Daniel et Kitteridge dégustaient un thé agrémenté d'une rasade de cognac, officiellement pour se réchauffer, mais en réalité pour célébrer leur succès, lorsque Impney toqua à la porte et entra.

— Mr. Pitt, une dame demande à vous voir. Puis-je prendre la liberté de lui apporter une tasse aussi ? Elle semble transie, monsieur, et son manteau n'est guère assez épais pour la protéger du vent.

— Qui est-ce ?

— C'est Mrs. Adria Leigh, monsieur. Je lui ai dit que vous accepteriez au moins de l'écouter.

Il avait indubitablement outrepassé son rôle en s'engageant ainsi, et on ne pouvait se méprendre sur le masque d'innocence polie mais résolue de ses traits. Si Daniel songea un instant à lui dire de ne pas recommencer, l'expression de son regard le fit changer d'avis.

— Certainement, apportez une autre tasse. Et encore de l'eau chaude, mais plus de cognac.

— Oui, monsieur. Merci, monsieur.

— Vous allez regretter cette décision, marmonna Kitteridge en reniflant.

Il sortit son mouchoir et se moucha.

— Avez-vous la moindre idée de qui il s'agit ?

— Hélas ! oui.

C'était vrai. Il aurait aimé pouvoir refuser de la recevoir, néanmoins c'était impossible. Quoi qu'il fît, il le regretterait.

— Vous ne tirez pas la leçon de vos erreurs, hein ? lâcha Kitteridge sur un ton sec. Encore une femme qui va vous avaler tout cru et vous recracher ?

— Nous avons gagné, Toby. Jessie Beale était coupable et elle a été déclarée coupable. Il est probable qu'elle sera pendue, ce que je n'approuve pas, mais je n'approuve pas non plus qu'on fasse brûler vif un autre être humain. Vous pouvez prendre un morceau de gâteau et vous éclipser, si vous préférez.

— Ceci est mon fichu bureau, Pitt !

La porte s'ouvrit, et Impney la tint pour laisser entrer la visiteuse. Très maigre, elle se tenait bien droite. Ses cheveux bruns encore épais grisonnaient. Elle avait un visage curieux qui, sans être beau au sens classique du terme, possédait une grande dignité, presque une grâce intérieure.

Daniel et Kitteridge se levèrent tous les deux.

— Mrs. Leigh, monsieur, dit Impney à Daniel. Madame, voici Mr. Pitt.

— Enchantée, Mr. Pitt.

Elle lui tendit la main ainsi qu'un homme l'aurait fait. Sa voix était grave, harmonieuse. Elle ne portait pas de gants et ses doigts étaient glacés.

— Puis-je vous proposer un thé, Mrs. Leigh, et du

gâteau ? Il est très bon. Je vous présente mon collègue, Mr. Kitteridge.

Il s'abstint de préciser que le bureau était celui de Kitteridge et qu'il était en réalité l'assistant de ce dernier. Le moment semblait malvenu. À l'évidence, la femme était en proie à une profonde émotion.

Daniel lui indiqua une chaise, et tous s'assirent.

Impney avait déjà apporté un pichet d'eau chaude, de même qu'une tasse et une assiette supplémentaires.

Daniel se chargea de faire le service, puis s'adressa à la visiteuse :

— Que puis-je faire pour vous, Mrs. Leigh ?

Elle tremblait, mais il n'aurait su dire si c'était à cause du froid ou de la nervosité. Plutôt que de répéter sa question, il choisit de patienter.

Elle ne le regarda pas. Elle regarda au-delà de lui, comme si elle n'osait pas affronter un rejet ou un quelconque jugement de sa part.

— Mr. Pitt, vous avez gagné contre Jessie Beale hier, bien que Sir Barnabas Saltram ait parlé en sa faveur.

Elle s'étranglait à demi tant elle était effrayée.

— Non, Mrs. Leigh, rectifia-t-il avec douceur, devinant avec consternation où elle voulait en venir. Je défendais Miss Beale.

— Pourtant, elle était coupable ? bégaya-t-elle.

— Oui, je sais, mais même les coupables ont le droit d'être défendus. Quelqu'un doit se battre pour eux. On ne sait jamais qui est innocent avant d'en apporter la preuve. Quelqu'un…

Il se tut. Il marchait tête baissée droit dans le piège. Elle ne l'avait même pas appâté, il s'y était jeté de lui-même.

— Oui, admit-elle tout bas. Quelqu'un doit les défendre. Vous êtes trop jeune pour vous souvenir de l'affaire Marguerite Daventry voilà vingt ans. J'imagine que vous n'êtes guère plus âgé que cela.

— J'ai vingt-cinq ans, corrigea-t-il.

Ces quelques années faisaient toute la différence.

— Le même âge que mon fils, souffla-t-elle, d'une voix presque étranglée.

Kitteridge était figé. On aurait presque pu oublier qu'il était là.

— Vous avez raison, dit Daniel. Je ne me souviens pas de l'affaire, mais mon père, si. Il m'en a parlé, à cause du rôle joué par Sir Barnabas Saltram.

— Exactement, répondit-elle, rencontrant enfin son regard, avec une intensité qu'elle n'avait pas osé montrer jusqu'alors. Sir Barnabas a défendu Roger Daventry alors, avec la même arrogance qu'il a utilisée pour sauver Robert Adwell, et au procès de Jessie Beale. Il l'a toujours fait, jusqu'au moment où le Dr Hall a démontré qu'il pouvait être battu.

— Mrs. Leigh, cette défense ne pourra plus être invoquée si les preuves sont examinées correctement.

— Sir Barnabas n'est plus Dieu, coupa-t-elle d'une voix pressante.

Était-ce l'assurance qui l'habitait, ou le désarroi ? Question idiote. Il savait que c'était le second. Devait-il admettre qu'il savait qui elle était ? Anéantir son espoir avant qu'il ne soit trop fort ?

— Mrs. Leigh, est-ce votre mari qui a été accusé d'avoir causé l'incendie qui a tué Marguerite Daventry ?

— Oui.

Sa voix était à peine audible.

— Il a été pendu et on continue à nous jeter la pierre, à mon fils et à moi. Il n'avait que cinq ans.

Les larmes étouffaient ses paroles.

Au prix d'un effort, elle se ressaisit, puis regarda Daniel de nouveau.

— Si Saltram avait tort pour Jessie Beale – et c'était le cas – il a pu avoir tort pour Lady Daventry aussi. Il peut se tromper : la preuve vient d'en être faite devant tout le monde au tribunal.

Il en coûtait à Daniel de le dire, mais un fait évident demeurait, qu'aucun d'entre eux ne pouvait nier.

— Daventry a été jugé pour le meurtre de sa femme et déclaré non coupable, dit-il aussi gentiment qu'il le put.

Les mots étaient violents, car leur sens l'était.

— Il ne saurait être rejugé, pas même si nous pouvions établir sa culpabilité au-delà de tout doute. La loi interdit qu'on soit jugé deux fois pour le même crime.

— Je sais.

Elle déglutit.

— Mais cela prouverait que mon mari était innocent, et j'ai besoin de cela pour mon fils. Elle était aimée, Marguerite Daventry, vous savez. Les gens se souviennent d'elle. Ils parlent toujours d'elle. Ils ne donneront aucune chance au fils de son meurtrier. Ni à l'école, ni au travail, ni nulle part ailleurs. C'est un joueur de cricket exceptionnel, mais on ne veut pas de lui dans l'équipe du village.

Elle happa une goulée d'air puis capitula, et se mit à pleurer sans bruit.

— Bon sang, Pitt, vous vous battez constamment contre des moulins à vent, intervint Kitteridge d'une voix pressante. Si un verdict a besoin d'être réformé, c'est celui-là. Vous ne pouvez pas refuser, vous le regretteriez jusqu'à la fin de vos jours.

Daniel le fixa.

— Je le regretterai sans doute si j'accepte, murmura-t-il tout bas.

— Eh bien, au moins, faites ce qui est juste. Je vous aiderai, affirma Kitteridge entre deux éternuements.

Mrs. Leigh releva lentement la tête. L'espoir rendait toute sa grâce à son visage.

L'instinct de Daniel lui hurlait de ne pas se mêler de cette affaire, et son cœur le pressait d'accepter. Peut-être pourrait-il au moins réparer une petite partie des dégâts.

— Entendu, Mrs. Leigh, je vais essayer.

Elle hocha la tête, trop émue pour articuler un son.

— Vous… quoi ?

Le visage de Marcus était presque aussi blanc que ses cheveux.

Daniel s'était attendu à cette réaction. Ou peut-être à une réaction un peu moins violente, mais du même genre.

— Il n'était peut-être pas coupable… commença-t-il.

— Écoutez-moi ! rugit Marcus en se levant à demi. Vous… espèce d'imbécile ! Leigh a été pendu parce qu'il avait mis le feu qui a tué la victime. Une aile entière de la maison a brûlé. Il n'en restait rien. Leigh ignorait peut-être que Marguerite Daventry était à l'intérieur ; il n'empêche que sa mort découlait du geste qu'il a commis. Vous le savez aussi bien que moi.

— Daventry a été inculpé d'abord, lui fit remarquer Daniel, tout en sachant qu'il n'allait pas sortir vainqueur de cette discussion.

Marcus n'allait jamais les autoriser à faire appel. Ils ne gagneraient pas. Cependant, il devait faire de son mieux pour pouvoir regarder Adria Leigh en face, et surtout son fils, qui était si injustement stigmatisé pour le méfait, ou l'infortune, de son père.

— C'est vrai, admit Marcus. Et il a été déclaré non coupable. La défense de Saltram. Certes, le terme était encore inconnu à l'époque, mais ç'a été le point de départ de son ascension. Et il est sacrément célèbre à présent ! Saltram a fait son entrée dans les sommets de la société et n'a jamais eu un regard en arrière.

— Eh bien, le moment est venu qu'il le fasse, déclara Daniel.

— Ne dites pas de sottises, riposta Marcus. Ça ne vous a pas suffi de défendre Jessie Beale ? N'allez pas vous imaginer que je ne sache pas que c'est Evelyn Hall qui vous a épargné un fiasco.

— Miriam a…

— Miriam ne m'a rien dit, coupa Marcus. Et Kitteridge non plus, d'ailleurs. Mais j'ai encore toute ma tête et, bien que je ne me souvienne pas de toutes les affaires que j'ai défendues, je connais la loi et je connais les avocats. Que va-t-il se passer si vous commencez à faire réformer des verdicts, à votre avis ?

Il écarquilla les yeux.

— Vous voulez un nouveau procès pour chacune des affaires qui pourraient être affectées ? Vous avez songé à ça ? Vous voulez qu'on refasse un procès sur dix ? Deux ? La moitié ? Pourquoi pas tous ? Et si on remonte vingt ans en arrière, jusqu'à Daventry et Leigh, doit-on remonter plus loin encore ? Quand est-ce que ça s'arrête, hein ?

— Non, juste celui-ci… commença Daniel.

— Vous vous chargez de celui-ci et vous laissez les autres cabinets juridiques de Londres se débrouiller avec le reste ?

Diverses réponses traversèrent l'esprit de Daniel, et il sut qu'elles ne valaient rien même avant de les formuler. Marcus avait raison. Tous les autres procès dans lesquels Saltram avait témoigné, ou même qu'il avait influencés, seraient remis en question, ouvrant la porte à d'éventuelles représailles.

— Vous serez l'ennemi public numéro un, reprit Marcus. C'est vous qu'on va blâmer pour avoir donné un coup de pied dans la fourmilière, pas Saltram. Tout le monde était content de lui.

— Bien qu'il ait tort ? se récria Daniel, indigné. Qu'est-il advenu du fameux « Mieux vaut libérer dix coupables que pendre un seul innocent » ? C'est oublié, ça ?

— Oh ! Daniel ! s'exclama Marcus d'une voix lasse. Vous croyez tout ce que vous entendez ? Si c'est trop dérangeant, refusez de le croire !

— Vous ne pensez pas ce que vous dites.

— Je ne le pensais pas quand j'avais votre âge, mais

mes souvenirs ne remontent plus aussi loin. En fait, j'oublie beaucoup de choses. Miriam essaie de m'empêcher de m'en apercevoir, mais je le sais. Et si nous nous lançons dans cette entreprise idéaliste, que va-t-il lui arriver quand nous nous rendrons compte qu'on ne nous donne plus de travail, hein ? Vous y avez pensé ?

— Non, avoua Daniel tout bas. Voulez-vous dire que le prix à payer est trop élevé ?

— Non ! Je vous demande si vous en connaissez le prix ? Si vous avez réfléchi à la suite, à l'étape suivante ?

— Non… pas vraiment, admit Daniel. Pensez-vous toujours à l'étape suivante ?

— Non, pas avec les affaires qui méritent réellement qu'on se batte. Vous avez creusé et mis au jour un os d'orteil ; vous n'avez pas la moindre idée de la taille du monstre à qui il appartient.

— Si je perds, les choses n'iront-elles pas plus loin ? Je peux me charger de cette affaire en dehors du cabinet.

Le reste de ce qu'il allait dire était absurde. Il y renonça.

— Oh ! C'est ce que vous allez faire, répliqua Marcus. Vous avez lu Don Quichotte durant vos études ? Personne n'a jamais gagné contre un moulin à vent, mais vous risquez d'inciter les gens à s'interroger sur d'autres affaires qui n'ont jamais été remises en question jusqu'à maintenant. Croyez-vous que Saltram va rester les bras ballants et laisser faire ? Vraiment ?

— Il avait tort ! protesta Daniel. Le jury a voté contre lui. Vous pouvez faire appel pour Jessie, si vous y tenez, mais cela ne changera rien parce qu'elle est coupable. Elle-même ne l'a pas nié.

— Pas devant vous, lui fit remarquer Marcus. Je crois qu'une partie d'elle était contente que vous soyez au courant, tout en étant obligé de vous battre pour elle. Mais au tribunal, elle a plaidé non coupable. Elle dira ce qui, à son avis, sert le mieux ses intérêts, soit pour obtenir la clémence, soit au moins, pour se venger. Ne supposez jamais qu'elle ne vous a pas percé à jour, qu'elle ignore que vous aviez l'intention d'arriver au verdict que vous avez eu. C'est vous qui avez posé au Dr Hall la question qui lui a donné la possibilité de retourner la situation.

Daniel sentit un frisson le parcourir.

— Vous voulez dire que Saltram va s'opposer à un appel du verdict du procès Daventry ?

— Je veux dire qu'il est profondément blessé, et qu'il ne vous le pardonnera pas. Je veux dire que, si vous partez à la chasse à l'ours, vous feriez mieux d'avoir assez de cartouches pour l'achever. Vous ne voulez pas qu'un ours blessé vous traque pour se venger. Voire deux ours blessés.

— Êtes-vous en train de me conseiller de sortir du bois, ou de prendre un fusil plus puissant ?

Marcus eut un sourire suave, une expression curieusement bonhomme.

— Mon cher garçon, je ne vous conseille rien du tout, je vous livre les faits tels qu'ils m'apparaissent. Si vous parvenez à prouver que ces verdicts sont erronés, vous aurez contraint la loi à rouvrir un certain nombre de procès dans lesquels le témoignage de Saltram a joué un rôle crucial. Vous aurez réparé bien des injustices, contrarié un certain nombre d'avocats, et fait le bonheur de bien d'autres. Vous vous serez fait de Saltram un ennemi à jamais.

— C'est ce critère qui compte ? demanda Daniel.

Avant même d'avoir prononcé les mots, il sut qu'il allait les regretter. Cependant, la question était légitime.

— Non, répondit Marcus sans l'ombre d'une hésitation. Mais vous devez en avoir conscience.

— Quel critère compte ?

— La loi, déclara Marcus. Quand on sait la vérité, cela se paie tôt ou tard. Le prix n'a pas de fin. Il peut grossir comme un monstre secret en vous, de jour en jour plus affamé, comme une dette qui accumule des intérêts, sans que vous sachiez à quel moment vous devrez rembourser le capital.

— Par conséquent, il vaut mieux ne pas emprunter.

Ce n'était pas une question, mais une conclusion.

— Vous croyez que c'est ce que je voulais dire ? s'étonna Marcus, perplexe.

— Ce n'est pas ça ?

— Non. Je ne crois pas. Vous allez attaquer l'ours de toute manière. Et si vous ne le faites pas, vous le regretterez toujours, parce que vous penserez que vous auriez pu gagner et vous vous en voudrez de ne pas avoir essayé. Que Mrs. Leigh vous en veuille ou non. Je ne vous dis pas quoi faire ; je vous dis ce que cela va coûter.

— À moi ?

— À tout le monde, Pitt. Vous n'êtes pas seul dans cette histoire. Nous avons tous des choses à gagner et à perdre. Saltram est assez habile pour faire payer votre famille et vos amis, pas seulement vous.

— Ou les gens que je défends ? compléta Daniel à sa place.

— Oui, eux aussi. Et vous serez surpris de voir que certains s'allient à sa cause, car il a des amis. Plus grave encore, il connaît des gens qui ont intérêt à vouloir garder les mêmes secrets que lui.

— Vous voulez dire des gens dont il a caché la culpabilité ? demanda Daniel, bien qu'il connût déjà la réponse.

Un vide affreux s'était creusé en lui, et il ne voyait aucune solution pour le combler. Qui d'autre souffrirait ? Sa famille ? Ses amis ? Marcus et toute la firme de fford Croft et Gibson ? Miriam ? Kitteridge ? Même Ottershaw. Avait-il le droit de prendre cette décision seul ?

Marcus était immobile. Daniel le regarda et sut qu'il n'allait pas lui venir en aide. Devait-il demander conseil à son père ? Pitt aurait peut-être une idée plus claire des conséquences à venir. Des risques… ou des gains éventuels. Ou peut-être lui dirait-il gentiment de se conduire en adulte et d'assumer ses propres responsabilités.

Et si tante Vespasia était encore en vie ? Il savait ce qu'elle aurait dit : « Bats-toi contre ce salaud ! Si tu tombes, fais-le un drapeau à la main. Ne renonce jamais sans avoir ouvert le feu. Tu ne peux pas savoir qui se rangera à tes côtés. Mais peu importe, car la seule personne à qui il est impossible d'échapper, c'est soi-même. »

— Personne d'autre ne va se battre pour Leigh, n'est-ce pas ? dit-il. Si je me détourne maintenant, je ne pourrai plus jamais marcher la tête haute. Si vous devez me congédier…

Sa voix tremblait.

— … eh bien, faites-le. J'ai donné ma parole à Mrs. Leigh.

— Êtes-vous en train de m'offrir une porte de sortie dans la dignité ? demanda Marcus. Ou de m'insulter ?

— Comment ? s'écria Daniel, un instant dérouté.

— Oh ! allez-y donc, espèce de jeune idiot ! s'énerva Marcus. Quand vous aurez rassemblé toutes les pièces, montrez-moi votre dossier et je le soumettrai. Mais laissez Miriam en dehors de tout ça. Elle est bien assez capable de se mettre dans le pétrin toute seule.

— Oui… monsieur.

Daniel était bouleversé, reconnaissant, soulagé et terrifié.

— J'ai une chance qu'elle m'écoute, à votre avis ?

Marcus passa une main dans ses cheveux.

— Pas la moindre, mon garçon, mais essayez quand même.

— Bien, monsieur.

— Qu'est-ce que vous attendez ? Mettez-vous au travail !

— Oui… monsieur !

14

— Ne mêle pas ta mère à ça, avertit Thomas Pitt gravement.

Ils se trouvaient dans son bureau, au siège de la Special Branch, à Lisson Grove. Il était sept heures et demie du matin et il était venu exprès, après avoir insisté pour que Daniel et lui se retrouvent ici et non à la maison. Cette solution aurait été plus facile et bien plus confortable, mais Charlotte l'aurait forcément su. S'il ne lui avait jamais menti, ni même induite en erreur, il y avait une foule de choses qu'il ne lui avait pas confiées, des choses noires, effrayantes, sordides, qu'elle n'avait pas besoin de savoir. Elle l'aidait surtout par sa compréhension silencieuse de ce qu'il pouvait partager ou non avec elle, par le réconfort et la confiance qu'elle lui apportait sans réclamer de détails.

Comme il aurait aimé pouvoir faire de même avec son fils, qui était assis en face de lui, le corps si rigide qu'il semblait déformé sous ses vêtements, à cause de la position gauche qu'il avait adoptée ! Lorsqu'il était petit garçon, Pitt avait su déchiffrer ses humeurs avec aisance. Cependant, depuis qu'il était allé à l'université, une expérience que Pitt n'avait jamais eue, Daniel s'était détaché de lui : par le milieu où il avait grandi, l'éducation qu'il avait reçue, il appartenait à une classe sociale différente de la sienne. Pitt n'y songeait que rarement, mais son père était un garde-chasse qu'on avait injustement accusé de vol. Daniel, lui, était le fils d'un policier qui, à force de détermination et de compétence, s'était élevé dans les rangs jusqu'à devenir chef de la Special Branch. Un des derniers hommes à avoir été anobli par l'ancienne reine avant sa mort. Pour services personnels rendus à la Couronne et à elle-même, en sauvant le prince de Galles du désastre, une action que celui-ci avait eu la générosité de ne pas oublier, plutôt que d'en tenir rancune à Pitt.

Daniel avait eu une jeunesse très privilégiée. Lui-même ne se rendait pas compte à quel point. Il risquait fort de se le voir rappeler s'il persistait dans cette entreprise insensée qui consistait à vouloir blanchir un jeune manœuvre exécuté, presque certainement à tort, pour le meurtre de Marguerite Daventry. Et pourtant, Pitt savait que, si Daniel s'en détournait, cela équivaudrait à un rejet, non de son patrimoine social et de ses perspectives d'avenir, mais de son patrimoine émotionnel, celui qui lui avait été apporté par la personnalité et les convictions de ses parents. Il en éprouverait des regrets, voire un sentiment de culpabilité, jusqu'à la fin de ses jours.

Pitt lui-même s'était engagé dans des causes perdues d'avance, des batailles impossibles à gagner, bien qu'il se fût juré de ne pas le faire. Il n'avait pu sauver son propre père. Il était enfant quand ce dernier avait été condamné. Les cauchemars que lui avait inspirés ce coup du sort revenaient encore parfois, le sentiment d'impuissance qu'on éprouve en voyant des êtres aimés détruits par l'injustice. Quelquefois dans ses rêves, il se tenait debout sur la plage et une immense vague surgie de nulle part l'emportait, tel un bouchon de liège à la surface de l'eau.

Un enfant pouvait-il hériter de vos rêves, de vos cauchemars, sans se rendre compte qu'ils n'étaient pas les siens ?

Et Charlotte ? Elle aussi s'était battue contre des moulins à vent. Avant même sa rencontre avec Pitt. Dès qu'une cause éveillait sa colère ou sa pitié, elle s'y vouait tête baissée. Elle le faisait encore. C'était une des qualités qu'il aimait le plus chez elle. Son courage. Son empathie. Comment pouvait-il s'attendre à ce que Daniel fût différent ?

Daniel le regardait justement, l'incrédulité peinte sur ses traits. Ils étaient assis l'un en face de l'autre, séparés par l'énorme bureau sculpté de Pitt. Des bibliothèques occupaient presque tous les pans de murs, ne laissant que les fenêtres et quelques espaces aux tableaux que Pitt avait apportés de chez lui : des paysages ; des dessins en noir et blanc d'arbres dénudés, malmenés par le vent.

— Je veux dire, ne lui en parle pas, rectifia-t-il. Elle penserait qu'elle doit t'aider, et elle ne peut pas.

— Je le sais ! rétorqua Daniel sèchement. Et je ne veux pas d'aide, seulement des conseils. Je ne peux pas m'en sortir dignement, alors ne me dites pas comment le faire.

Le défi se lisait dans ses yeux.

Avait-il peur que son père ne volât à son secours ? Qu'il eût la main lourde ? Il se trompait. Pitt devait faire en sorte qu'il se trompât. C'était une autre conséquence éventuelle de cette triste affaire. Pour chacun d'entre nous, passer à l'âge adulte, s'affranchir des certitudes et dépendances de l'enfance, comporte ses propres dangers.

— Tu as le choix entre suivre les faits où qu'ils semblent te mener, ou décider d'emblée quelle est la vérité et chercher des éléments qui la prouvent. La solution honnête se trouve quelque part entre les deux. Dans ce cas précis, n'hésite pas à pencher un peu vers les preuves qui pourraient innocenter Leigh. Elles seront beaucoup plus ardues à trouver. Les autres te viendront sans difficulté.

Ce qu'il souhaitait vraiment faire, c'était mettre Daniel en garde contre les ennemis qu'il allait s'attirer en se lançant dans cette affaire, outre Saltram.

Daniel perçut son hésitation plutôt qu'il ne l'entendit.

— Qu'y a-t-il ?

Pitt comprit, non pour la première fois, que Daniel le connaissait depuis aussi longtemps qu'il le connaissait, lui.

— Vous alliez m'avertir de quelque chose, l'encouragea Daniel.

Pitt ne protesta pas.

— J'ignore si Saltram a beaucoup d'amis, au sens de gens qui l'aiment bien, mais il a beaucoup de relations qui lui doivent leur réussite, voire leur liberté. On lui doit sans doute des faveurs, dans des milieux que nous ne soupçonnons pas.

— Des accusés qu'il a défendus ?

— Non, des gens dont le procès n'a même jamais eu lieu. Nous ne connaissons pas tous ceux qui auraient pu être ruinés sans Saltram, mais tu peux parier ta chemise qu'il en a conservé une liste. Et qu'il sait ce qu'ils risqueraient de perdre si certaines affaires venaient à être réexaminées.

Il vit l'expression sceptique de Daniel.

— Ce que nous devons bien avoir en tête, c'est que ces gens-là en auront conscience. Pour pousser un peu la métaphore, tu ne sauras pas où mettre le pied sans réveiller le chat qui dort.

Daniel eut un sourire en biais.

— Je commence à m'en rendre compte, mais il faut bien qu'on le dérange un jour ou l'autre. Les chats endormis peuvent-ils se multiplier ? comme les mensonges ? jusqu'à devenir une menace pour tout le monde, d'une manière ou d'une autre ? À moins que certains d'entre nous ne trouvent plus facile de s'accommoder du mensonge ? Je ne veux pas être de ceux-là.

Parfois, Daniel paraissait si jeune que Pitt se demandait s'il avait jamais éprouvé de tels sentiments, et puis se rendait compte que oui. À la Special Branch, il avait dû prendre des décisions très difficiles, et quelques-unes d'entre elles avaient été moins inspirées que d'autres. Mais le pire, c'était d'abdiquer toute responsabilité et de fermer les yeux, de laisser la corruption s'étendre autour de soi.

Daniel le regardait, attendait sa réponse.

— Avertis Mrs. Leigh, continua Pitt. Qu'elle n'aille pas s'imaginer que la victoire est acquise. Elle ne l'est pas. En fait, elle n'est même pas probable. Saltram n'est pas le seul à redouter la vérité. Il y a une foule d'individus qui sont opposés à l'idée de rouvrir de vieux procès, que ce soit devant un tribunal ou dans l'opinion publique. Et tu ne sauras pas forcément qui ils sont avant qu'il ne soit trop tard.

Daniel parut un peu plus pâle, un peu plus emprunté encore sur son siège.

— Je le lui dirai. Je n'essaierai pas de lui faire croire que je suis optimiste, seulement que je ferai de mon mieux.

— Et tu ne te sentiras pas insulté si elle se ravise ?

L'espace d'un instant, l'expression de Daniel fut comique.

— Insulté ? Je serais soulagé au plus haut point ! Comme si j'avais échappé… je ne sais pas… à quelque chose de vraiment affreux.

— La décision t'appartient.

— Non. C'est à elle de décider. Mais je serai honnête, déclara Daniel d'une voix grave.

— Eh bien, sois-le avec toi-même d'abord. Et…

— Oui ?

— Appelle-moi n'importe quand si tu as besoin de parler.

Daniel sourit, puis se leva.

— Merci.

Daniel se rendit au domicile qu'Adria Leigh lui avait indiqué, dans les quartiers est de Londres. Elle ouvrit la porte sur-le-champ, comme si elle avait guetté son arrivée, puis rougit, gênée d'avoir manifesté tant d'empressement. Il se demanda s'il devait essayer d'avoir l'air dégagé, mais l'espoir mêlé d'angoisse qu'il lisait dans ses yeux lui interdisait de jouer un rôle.

— Aimeriez-vous du thé ? demanda-t-elle, ou autre chose ?

Elle le précéda dans la cuisine. Il regarda à peine autour de lui. Hormis le salon, elle devait vivre dans une chambre, une petite cuisine et une dernière pièce qui servait à tous les autres usages. Le logement était nu et froid et, bien qu'il contînt plus d'objets que bien des gens n'en possédaient, il trahissait sa pauvreté. La dissimuler était impossible. Tout était usé jusqu'à la corde, donnait l'impression d'avoir été réparé à maintes reprises.

Devait-il accepter le thé qu'elle lui offrait ? Peut-être n'en aurait-elle plus ensuite. Cependant, à cet instant, sa fierté comptait davantage.

— Avec plaisir, merci. J'ai plusieurs questions à vous poser.

— Dans ce cas, vous…

Elle ravala les paroles qu'elle s'apprêtait à prononcer. Il n'était pas nécessaire de les dire ; ils savaient l'un et l'autre ce qu'elles étaient. Néanmoins, elle hésitait.

— Il y a des choses que vous devez savoir avant que nous commencions, dit-il. Je veux être sûr que vous comprenez tout et que c'est vraiment ce que vous voulez.

Elle tenta de sourire, au lieu de quoi ses yeux s'emplirent de larmes.

— Vous voulez dire que vous acceptez l'affaire ? Je ne sais pas comment je vais vous payer, mais je le ferai, je vous le promets.

Elle n'avait rien, c'était une évidence. Que pouvait-il dire qui ne parût pas condescendant ?

— J'ai d'autres raisons de vouloir que le Dr Saltram soit discrédité, Mrs. Leigh. Nous allons préparer un procès et, si nous gagnons, nous verrons qui doit quoi à qui. Si nous perdons, il n'y aura rien à partager de toute manière. Cela vous paraît-il juste ?

Elle fit mine de vouloir répondre, mais sa voix s'étrangla. Elle se tourna vers l'évier afin de remplir la bouilloire, puis attisa le feu dans le poêle et y remit une bûche pour faire chauffer l'eau.

— Que voulez-vous me demander ? dit-elle enfin, après avoir retenu les mots aussi longtemps qu'elle le pouvait.

Daniel avait étudié le compte rendu du procès. La lecture en avait été affligeante et ne lui avait appris que peu de chose, sinon qu'aucune preuve n'avait été apportée contre Leigh, lequel avait été condamné d'emblée par le jury. Doté d'un certain charme, le jeune homme ne possédait aucune qualification. Il était issu d'un milieu modeste, le père journalier, la mère cuisinière. Il était l'unique garçon parmi trois sœurs. Les siens étaient restés loyaux envers lui, du moins en apparence, mais l'épreuve les avait brisés.

Au moment de la mort de Marguerite, il était marié, et père d'un enfant en bas âge. Après sa pendaison, sa veuve avait déménagé, acceptant tous les travaux qu'on lui proposait pour subvenir à ses besoins et à ceux de son fils. Les gens avaient cru à la culpabilité de son mari. Puisqu'ils l'avaient pendu, peut-être avaient-ils besoin d'y croire. Le contraire les aurait rendus indirectement coupables de sa mort. Personne ne voulait avoir une chose pareille sur la conscience. Toute autre solution était préférable à celle-là.

Adria attendait, observant son visage.

— Parlez-moi de Daventry, pria-t-il. Et dites-moi la vérité telle que vous la voyiez alors. Quel genre d'homme était-ce ? Comment était Marguerite ? En toute honnêteté ? Pas d'après ce qu'on a dit dans les journaux, ou ce qu'ont raconté les gens qu'ils fréquentaient.

Elle parut un peu perplexe. Sans doute n'avait-il pas été très clair.

— Quelqu'un a mis le feu, reprit-il. Les pompiers et la police étaient sûrs qu'il ne s'agissait pas d'un accident. Si ce n'était pas votre mari, qui était-ce ? Quelqu'un qui haïssait Daventry ? Un ennemi de longue date ? Qui avait besoin de détruire quelque chose dans la maison ? Des preuves ? Ou qui voulait se venger pour un vieux grief ? Un récent ? Avait-on l'intention de tuer Marguerite, ou s'est-elle trouvée là par hasard ?

Une lueur de compréhension s'alluma dans le regard d'Adria.

Il sourit.

— Quelqu'un l'a fait. Quelqu'un est venu, avec tout le nécessaire pour causer un incendie. Pourquoi ? Dans quel but ? Cet individu recherchait-il exactement ce qui s'est passé, voulait-il punir Marguerite ? Punir Daventry ? Ou juste détruire la maison ?

— En tout cas, dit-elle lentement, il a dû être ravi de pouvoir en rejeter la responsabilité sur quelqu'un d'autre. Il a peut-être fait en sorte que ça arrive.

— Oui. Cela ne va pas plaire à cette personne que l'affaire soit réexaminée, peut-être encore moins maintenant qu'alors. Et je ne parle pas du seul coupable, mais d'autres qui ont des secrets que cette enquête pourrait exposer. Des dégâts accidentels, pour ainsi dire.

Il la dévisagea. Il était évident que cela ne lui était pas venu à l'esprit. Tout ce qu'elle voulait, c'était retrouver un peu de sa vie d'avant ; de l'espoir pour son fils.

— Je suis désolé, dit-il doucement. Je sais que c'est terrible. Toutes sortes de gens risquent d'être affectés. C'est souvent ce qui se passe lors d'une enquête. Il y a presque toujours des innocents qui souffrent. Nous avons tous des pans de notre vie qui nous embarrassent ou nous font honte. Des mensonges que nous ne voulons pas voir révélés. Mais ce n'est pas votre faute et vous payez depuis déjà trop longtemps.

— Et mon fils ?

— Je suis sûr que votre mari et votre fils méritent justice. J'ignore où est la vérité, et quels faits nouveaux vont émerger des ténèbres. Et qui va en pâtir. J'ignore même si nous allons la découvrir. Je sais qu'elle fera du mal à certains et qu'elle en aidera sans doute d'autres, et je serais prêt à parier ma maison, si j'en avais une, que beaucoup de gens feront tout leur possible pour qu'elle reste dans l'ombre. Mais je suis prêt à chercher, si vous acceptez de prendre ce risque.

— Je n'ai pas grand-chose à perdre, dit-elle avec un petit sourire triste. C'est la seule chance que pourrait avoir Richard dans la vie. C'est tout ce que je peux lui offrir.

— Si vous changez d'avis à un moment donné, il sera peut-être trop tard pour tout arrêter, mais je me plierai à votre souhait, promit-il. Maintenant, parlez-moi de Daventry. Et de Marguerite.

Elle réfléchit un instant. On aurait dit qu'elle pesait chacun de ses mots avant de commencer.

— Elle était belle, dit-elle enfin. Elle avait d'épais cheveux bruns, des pommettes hautes.

Adria effleura les siennes, comme pour souligner ses paroles.

— Elle était toujours élégante. Elle portait de très beaux vêtements ; et elle riait beaucoup. Parfois, c'était parce qu'elle voyait le côté absurde des choses mais, à d'autres moments, je pensais qu'elle était triste intérieurement et qu'elle tenait à ce que personne ne s'en aperçoive. Elle aimait faire des promenades à cheval toute seule. C'était une excellente cavalière.

— Comment savez-vous tout cela ? coupa-t-il, surpris.

— Mon mari me l'a dit. Mais je l'ai constaté par moi-même quand j'allais à Daventry Hall.

— Que faisiez-vous là-bas ?

— Je suis bonne couturière. Autrefois, je faisais beaucoup de broderies. J'ai travaillé pour Lady Marguerite. Et je reprisais le linge de qualité, le linge de table, quand il était abîmé.

— Je vois.

Il n'imaginait que trop bien sa situation. Le travail d'Adria dépendait des gens qui possédaient des soies et des cotons brodés. Ces gens-là étaient rares et, lorsque son mari avait été condamné, cela s'était su et le travail avait disparu. Il chassa cette pensée. La douleur était un handicap et la pitié ne servait à rien. En revanche, peut-être pouvait-il l'aider maintenant.

— Et Daventry ?

— Il était très fier.

Là encore, elle paraissait chercher les mots appropriés.

— De lui-même. De la maison et des jardins, des écuries. Mais surtout d'elle, de Marguerite. Comme un homme qui adore les objets, les grandes œuvres d'art, et qui veut que ses voisins viennent les admirer, un par un. Une fois, il m'est arrivé de confectionner un col en dentelle pour une dame dont le mari avait acheté un petit tableau de Rubens.

— L'avez-vous jamais vu ?

— Une fois. Il était magnifique, différent d'un tableau ordinaire. C'était presque comme s'il était éclairé de l'intérieur. Ça vous paraît idiot ?

— Pas du tout. Certains tableaux sont ainsi. Et certaines personnes aussi. Elles portent leur propre lumière.

Ses pensées se tournèrent d'abord vers sa mère, mais c'était sans doute naturel. Puis elles se fixèrent sur Miriam. Elle aussi était intensément vivante, comme si tous ses sens étaient concentrés en même temps. Elle emportait une partie de la lumière quand elle s'en allait, le laissant subitement conscient de la solitude. Marguerite Daventry avait-elle été ainsi ? Dans ce cas, elle avait fort bien pu éveiller toutes sortes d'émotions chez les autres, des bonnes comme des mauvaises, et laissé de la place à une foule de malentendus.

— Merci, dit-il. Je n'irai pas à Daventry Hall. La maison a sans doute beaucoup changé en vingt ans. Sir Roger s'est-il remarié ?

— Je l'ignore, admit-elle. Je n'ai jamais voulu y retourner non plus. C'est…

— Je sais. Ce doit être terriblement douloureux.

— Oui.

Il resta encore un peu, s'efforçant de penser à d'autres questions à lui poser, y compris si elle était absolument sûre de vouloir entamer la procédure.

Elle réfléchit pendant quelques secondes.

— Oui, dit-elle très clairement, en le regardant droit dans les yeux. J'en suis tout à fait sûre. Si je ne le fais pas, je penserai toujours que j'aurais pu essayer.

Daniel consacra le reste de la journée à éplucher de nouveau tous les documents qu'il put se procurer sur le procès de Sir Roger Daventry, ainsi que sur ses origines, sa carrière, sa fortune et sa réputation.

Le lendemain, il partit pour le Herefordshire, par le train, dans l'intention de rendre visite aux membres de la famille de Marguerite qui vivaient encore dans la région. Il emporta un petit bagage au cas où il n'aurait pas le temps de tout faire en une seule journée.

Il avait pris rendez-vous avec Gerard Forrester, le frère cadet de Marguerite Daventry. Ce dernier, qui approchait alors de la cinquantaine, avait prospéré dans le commerce de livres rares. Il était bel homme, et Daniel imaginait aisément qu'il avait dû être très séduisant à l'époque où Marguerite était morte. Il n'avait plus désormais l'énergie de la jeunesse, mais il compensait cela par une sorte de grâce, encore qu'il fût à l'évidence réticent à parler à Daniel.

Il l'accueillit dans un cabinet de travail exposé à l'est, dont le mur le plus lumineux était dominé par un magnifique paysage.

— Oui, dit-il, suivant le regard de Daniel. C'est un petit Turner. Superbe, n'est-ce pas ? J'aimerais bien posséder une de ses œuvres majeures, mais qui donc en aurait les moyens ? Saviez-vous que ces merveilleux couchers de soleil qu'il a peints étaient réels ? Une conséquence de l'éruption du Krakatoa, à l'autre bout du monde. De la cendre dans l'air au-dessus de tout le globe. C'est inouï la manière dont un événement peut en affecter un autre, n'est-ce pas ? Que puis-je faire pour vous ? La mort de Marguerite remonte à vingt ans.

Il indiqua une chaise à Daniel et prit place de l'autre côté du bureau.

— Tout ce dont je me souviens vraiment, c'est du chagrin que j'ai éprouvé.

— Je suis navré de remuer ces souvenirs, murmura Daniel, mais certaines affaires récentes ont soulevé de nombreuses questions.

Gerard arqua les sourcils.

— Telles que ? Pour l'amour du Ciel, mon cher, toute l'aile est a été rasée. C'était évident à l'époque. Daventry l'a fait reconstruire depuis lors, mais elle paraît neuve, déplacée.

Il haussa les épaules.

— Peut-être que c'est parce que ma sœur y est morte, mais je hais cet endroit.

— Et Daventry lui-même ?

En voyant le visage bouleversé de Gerard, Daniel se reprocha d'avoir été si abrupt.

— Il ne m'a jamais beaucoup plu, dit celui-ci très vite. Mais peut-être qu'aucun homme ne m'aurait jamais semblé assez bon pour Marguerite. Elle était exceptionnelle.

— Daventry n'était pas de cet avis ?

Gerard haussa les épaules.

— Si, je suppose, à sa manière. Mais… non, pas… suffisamment.

Il poursuivit, décrivant ce que, selon lui, Marguerite méritait.

Daniel l'écouta en se demandant jusqu'à quel point ses propos étaient teintés par le deuil. Certaines personnes idéalisent ceux qui meurent jeunes et ne se remémorent que leurs meilleures qualités. De plus, il se demandait dans quelle mesure Gerard reprochait sa mort à Daventry. Indirectement sinon ouvertement. Si au moins… ou sans cela ! C'était facile. Il songea à Jemima, sa sœur, et comprit que, s'il lui arrivait quelque chose, si elle mourait jeune, il ne se souviendrait peut-être que de ses bons côtés. C'était instinctif. Cependant, ce ne serait pas très utile pour se former un portrait d'elle.

Enfin, il remercia l'homme de l'avoir reçu et s'en alla.

Il lui fallut une heure pour atteindre la petite ville où vivait la sœur de Marguerite, Antonia Llewellyn. Il avait accepté de la retrouver dans un salon de thé. En terrain neutre, en quelque sorte, et plus ou moins public.

Il attendait depuis près d'une demi-heure et commençait à s'impatienter, et à être de mauvaise humeur, lorsqu'une femme poussa la porte et entra, en même temps qu'une rafale de vent. Plutôt grande, mince, elle possédait une crinière de cheveux noirs, très bouclés, désordonnés et magnifiques. Son visage n'était pas tout à fait beau, mais il émanait d'elle une aura de douceur, de féminité et de complète confiance en elle-même.

— Mr. Pitt ? s'enquit-elle en se dirigeant droit vers sa table.

Peut-être était-il le seul homme à avoir l'air d'attendre quelqu'un.

Il se leva.

— Oui, Mrs. Llewellyn ?

— Bien sûr !

Elle le salua d'un large sourire et lui permit de lui

tirer une chaise. Dès qu'elle se fut assise, une serveuse s'approcha.

Ils commandèrent du thé et elle prit tout de suite la parole, sans passer par les courtoisies d'usage.

— Vous êtes allé voir Gerard et vous avez eu sa vision de la femme idéale. Marguerite était mieux que cela.

— Mieux que parfaite ? demanda-t-il, avec un sourire sceptique.

— Absolument ! Réelle ! N'est-ce pas préférable à être un idéal ? un pur produit de l'imagination ? qui soit la réponse à vos rêves ?

Elle le regarda, comme si elle s'attendait à demi à être déçue.

— Oui, confirma-t-il avec certitude. L'inattendu, le vulnérable…

Sans savoir pourquoi il songea à Miriam et comprit tout à coup qu'elle pouvait aisément être blessée par des choses qui lui paraissaient triviales. Et pourtant elle était courageuse à d'autres égards, décidée alors qu'il hésitait.

— Bien sûr, ajouta-t-il. Dites-moi comment elle était réellement.

Antonia sourit.

— Elle pouvait rire à gorge déployée. Parfois, il nous arrivait de nous esclaffer jusqu'à perdre haleine et ne plus pouvoir nous arrêter, même si c'était déplacé. Je n'ai plus personne avec qui rire ainsi.

Elle secoua la tête, comme furieuse contre elle-même pour avoir admis son chagrin.

— Elle se liait d'amitié avec des gens qui n'étaient pas convenables, je m'en rendais compte moi-même, alors que je ne suis pas toujours sage. Elle était désordonnée. Elle flirtait, je le crains. Je crois qu'elle n'en avait même pas conscience. Cela exaspérait Roger. Il ne lui est jamais venu à l'esprit qu'il l'ennuyait à mourir. Je ne pense pas qu'elle l'ait fait pour l'agacer. Quoique, à la réflexion, c'est possible. Elle était soupe au lait, mais aussi prompte à pardonner. Tandis que lui ne pardonnait jamais. Il engrangeait les injustices comme si c'étaient des pièces d'or. Ou des animaux capables de se multiplier, à condition qu'il les nourrisse et les tienne au chaud. C'est Marguerite qui disait ça. C'est une pensée épouvantable, n'est-ce pas ?

— Obscène, acquiesça-t-il avec conviction.

La serveuse leur apporta du thé et des *teacakes*[1] aux raisins secs grillés et beurrés. Daniel aurait pu tous les engloutir. Il devait veiller à ne pas prendre plus que sa part.

— Croyez-vous que Daventry l'ait tuée ?

Elle prit une inspiration choquée.

— Quoi ? Et le grand Machintruc Saltram se serait trompé ?

Soudain, son expression devint solennelle.

— J'espère que non, parce que, si c'est le cas, l'homme qu'on a pendu était innocent. Ce serait monstrueux. Il était marié, vous savez, et père d'un jeune enfant. C'est horrible.

Le chagrin se lut sur ses traits.

— Est-ce pour cette raison que vous êtes venu ?

— Oui.

— Mais… Saltram a tout expliqué, à propos de la chaleur qui peut fracturer les os.

Un frisson la parcourut et elle baissa les yeux sur son *teacake* intact.

— Comment est-ce possible ?

— Il a raison dans certains cas, mais la chaleur fait craquer les os d'une certaine manière, expliqua-t-il. Je viens de gagner un procès et d'en perdre un autre qui portaient précisément là-dessus. La première fois, j'avais tort. J'ai été abusé, et le jury aussi, exactement comme

1. Sortes de petites brioches qui se mangent à l'heure du thé, coupées en deux, grillées et beurrées avec ou sans confiture.

dans l'affaire de Marguerite. Quant au second… c'est une longue histoire.

— Racontez-la-moi quand même, dit-elle. S'il vous plaît. Je voudrais vraiment savoir.

Il s'exécuta, lui relatant comment Jessie Beale avait procédé pour que Saltram témoigne en sa faveur. Daniel était gêné de reconnaître qu'il avait été si aisément berné. Cela dit, il s'était en partie racheté en fin de compte.

— Marguerite vous aurait été reconnaissante de tout cela, observa Antonia à voix basse. C'est à des moments comme celui-ci qu'elle me manque le plus. Personne ne voyait les choses comme elle. Je vous en prie, Mr. Pitt, faites en sorte que le vrai coupable paie pour sa mort. Ou, au moins, pour qu'un innocent ne… Oh ! bon sang, c'est idiot, n'est-ce pas ? Un innocent a déjà payé. Il est un peu tard maintenant pour que justice soit faite. Puis-je vous aider d'une manière ou d'une autre ? Bon sang ! Bon sang ! J'aurais dû le faire voilà vingt ans ! Est-il trop tard désormais ?

— Je ne sais pas, avoua-t-il honnêtement.

— Mais vous n'allez pas renoncer, si ? Qui règle vos honoraires ? Excusez-moi, c'était impoli et cela ne me regarde en rien. Mais Mrs. Leigh n'a pas d'argent. C'est elle qui a fait appel à vous, n'est-ce pas ? Ou le fils ? Comment s'appelle-t-il ?

— Richard. Il a environ vingt-cinq ans à présent. Je ne demande pas de rémunération. Vous avez raison, elle n'a pas les moyens de me payer.

— Donc, Leigh était innocent ? Et vous faites appel parce que vous le croyez et peut-être pour dénoncer Saltram. Ça ne va pas lui plaire. Il fera tout son possible pour vous mettre des bâtons dans les roues. Vous n'avez pas peur ?

— Si, admit-il en souriant. La seule chose dont j'ai plus peur encore, c'est de ne pas agir. Il m'aurait été impossible de regarder cette femme dans les yeux et lui dire que je n'allais rien faire. Je n'aurais jamais pu retrouver le sommeil.

C'était la vérité.

— J'ai de l'argent, déclara-t-elle sur un ton neutre, détaché. Si vous avez besoin d'un client pour justifier votre entreprise, ou de régler quelques frais, je le ferai. Ce n'est pas de la charité, donc pas de fierté déplacée. C'est une dette envers ma sœur, qui traîne depuis trop longtemps. Quand tout sera terminé, que vous gagniez ou que vous perdiez, je voudrais que vous me disiez où trouver Mrs. Leigh. J'aimerais faire quelque chose pour elle. Au nom de Marguerite, autant qu'au nom de la justice.

— Merci, Mrs. Llewellyn. J'accepterai si nécessaire. En ce moment, mon cabinet, fford Croft et Gibson, me laisse le champ libre. Cette affaire nous tient à cœur, et nous avons par ailleurs un excellent expert en science médico-légale, tout aussi compétent que Saltram.

— Doux Jésus ! Vous blasphémez ! Est-ce possible ? s'exclama-t-elle, un humour sardonique sur les traits.

— Si vous aviez rencontré le Dr Hall, vous ne poseriez pas la question. À propos, que diriez-vous d'un autre *teacake* ?

15

Ensuite, Daniel alla voir Mercaston, le policier qui avait enquêté sur l'affaire Daventry vingt ans plus tôt. Un entretien avec lui était le point de départ naturel d'une investigation des faits, et cela d'autant plus que Thomas Pitt le connaissait et que, par conséquent, la porte était ouverte à Daniel.

Mercaston approchait de l'âge de la retraite. À soixante ans juste passés, il jouissait encore d'une bonne santé et éprouvait des sentiments mitigés à voir sa carrière prendre fin. Il avoua à Daniel que l'affaire Daventry n'avait jamais cessé de le perturber.

— Une sale histoire, dit-il, assis à sa table de travail, dans son élégant bureau aux fenêtres donnant sur la grand-rue de Ledbury.

Il regarda Daniel avec intérêt.

— Votre père m'en a parlé quand je l'ai vu l'autre jour. Je suppose que vous avez un motif solide pour vouloir rouvrir le procès ?

— Oui, monsieur.

Daniel lui résuma l'affaire Jessie Beale. Mercaston l'écouta jusqu'au bout sans l'interrompre, un dégoût manifeste sur les traits.

— Si je comprends bien, vous en êtes là ? fford Croft et Gibson a fait appel au nom de James Leigh ? Non que le malheureux ait grand-chose à y gagner.

— Si nous l'emportons, il sera blanchi, et cela aidera sa femme et son fils.

Mercaston secoua la tête.

— Et dans le cas contraire, ça va remuer toute la boue et être encore pire, à supposer que ce soit possible. J'imagine que vous y avez pensé ?

— Bien sûr. Mrs. Leigh veut essayer. Il ne lui reste pas grand-chose à perdre.

Mercaston pinça les lèvres.

— Et vous, qu'avez-vous à perdre ? À part votre place chez fford Croft et Gibson et votre réputation ? Voire l'argent que cela pourrait vous coûter si Saltram vous poursuit pour diffamation ? Avez-vous songé à cela ? Et puis, il y a votre famille. Il s'en prendra à votre père, rien que par plaisir. C'est un salaud rancunier. Et naturellement, Daventry est encore en vie. La loi ne peut rien contre lui, mais sa réputation en souffrira.

Daniel était fatigué et il avait déjà pensé à tout cela, y compris au mécontentement de Daventry et à sa possible opposition. À vrai dire, il avait passé une bonne partie de la nuit à ressasser tous ces points.

— Vous avez raison, lâcha-t-il. Nous devrions tous faire marche arrière et nous excuser, ne rien remettre en question, surtout pas les affirmations de Saltram. Qu'importe la pendaison d'un innocent ici et là ? Qu'un coupable reste en liberté n'a aucune importance. C'est le prix de la justice.

Le visage de Mercaston s'illumina. Il avait parfaitement saisi le sarcasme.

— De qui donc tenez-vous votre caractère ? Pas de votre père ; il réfléchit toujours avant de parler. Enfin, presque toujours.

— De ma mère, rétorqua Daniel sur un ton sec, tout à fait conscient de l'ironie qui perçait dans la voix de son interlocuteur.

Ce dernier hocha la tête.

— Une femme à la personnalité exceptionnelle, à ce que j'ai entendu dire. Si vous vous mariez aussi bien que votre père, vous devriez aller loin… à condition que Saltram ne vous dévore pas tout cru. Que puis-je faire pour vous ? Je donnerais cher pour voir cet homme remis à sa place. Je prendrais même ma retraite de bonne grâce si je pouvais le voir partir en même temps.

— Merci, monsieur, dit Daniel, acquiesçant sombrement face à l'émotion que trahissaient ces paroles. J'ai déjà lu le compte rendu officiel et la transcription des témoignages donnés lors du procès de Daventry et de Leigh.

— Avez-vous trouvé un motif d'appel ?

— Non, hormis l'affirmation que la fracture du crâne était due à l'incendie, invoquée pour réfuter la conclusion estimant qu'il devait s'agir d'un coup. Au fond, la question était de savoir s'il y avait ou pas culpabilité au-delà de tout doute raisonnable. L'affirmation de Saltram s'ajoutait à l'absence de mobile de la part de Daventry, à sa réputation, aux témoignages affirmant que le mariage était harmonieux, et qu'il adorait son épouse. Les jurés ont débattu deux jours durant, mais en fin de compte ils ont conclu que le meurtre n'avait pas été prouvé.

— Ils n'avaient rien pour condamner Daventry, en revanche ils pensaient que l'incendie était criminel. Et je crois qu'ils avaient raison sur ce point, répondit Mercaston. Vous pouvez toujours vous pencher là-dessus, pour ce que ça vaut. Les jurés ont estimé que Leigh avait mis le feu, et qu'il était par conséquent directement responsable de la mort de Marguerite. S'il n'y avait pas eu d'incendie, elle serait encore vivante.

— Ce n'est pas dit, lui fit remarquer Daniel, avant d'être frappé par une pensée subite. A-t-on cherché à savoir si elle avait déjà échappé de peu à la mort auparavant ?

Mercaston se figea.

— Non, on n'y a jamais songé. Mon Dieu, comme c'est stupide ! Cela ne nous est pas venu à l'esprit ! Et pourtant, il y a eu de curieux incidents, en effet. Elle avait fait une chute de cheval qui n'aurait jamais dû se produire. C'était une cavalière émérite. Une autre fois, sa voiture a perdu une roue. Nous n'avons jamais fait le lien avec ce qui s'est passé après. Vous êtes bien le fils de Pitt, vous !

Daniel se surprit à être submergé de gêne. C'était stupide de laisser un compliment anodin l'affecter aussi profondément, mais c'était ainsi. Il n'était pas facile d'être à la hauteur de son père. Parfois, cela l'effrayait ; à d'autres moments, il voyait là un défi à relever.

— Je vais tâcher de me renseigner davantage, reprit Mercaston. J'aurais dû y penser à l'époque. Nous avons mis ces incidents sur le compte d'un tempérament intrépide. Nous devrions chercher à savoir ce qui a changé juste avant sa mort. Qu'est-ce qui a provoqué cette attaque, et pourquoi a-t-elle eu lieu à ce moment-là ? Avait-elle été projetée de longue date, ou a-t-elle été décidée à la hâte, parce qu'il y avait urgence ?

— Puis-je vous aider ? s'écria Daniel, envahi par une soudaine bouffée d'excitation, comme si une lumière venait d'éclairer le chemin devant lui.

Il avait quelque chose de précis sur quoi travailler ! Tout soupçon sur la mort de Marguerite Daventry, tout ce qui pouvait ressembler à un précédent attentat à sa vie, jetterait un doute sur la condamnation de James Leigh et éclairerait d'un jour nouveau ceux qui avaient pu y être mêlés.

Mercaston réfléchit longuement, tournant la question dans son esprit.

— Je ne crois pas, dit-il enfin. Si j'ai besoin de vous, puis-je vous joindre au cabinet ?`

C'était une façon détournée de lui demander si Marcus était pleinement informé de l'affaire ou si Daniel préférait lui en dissimuler certains aspects.

— Oui, répondit Daniel avec un sourire. Mr. fford Croft est au courant de tout. D'ailleurs, je préfère qu'il le soit. En dehors du fait que le cabinet lui appartient, il pourrait discerner quelque chose qui nous a échappé. C'est le meilleur juriste que nous ayons.

Mercaston répondit par un sourire sincère, teinté d'un léger regret.

— Il l'était, mais il vieillit.

Il se pencha par-dessus le bureau.

— Veillez sur lui. Il a beaucoup d'amis, mais ce sont aussi des rivaux. Ne comptez pas sur leur compassion. Ils ont peut-être des points faibles, des procès qu'ils ne veulent pas voir se rouvrir. Voire des clients dont le statut de victime est désormais un peu… douteux ?

Daniel n'avait jamais songé à Marcus comme étant vulnérable, mais alors même que son interlocuteur disait cela, il se remémora d'infimes pertes de concentration, de petits détails qu'il avait oubliés. Ces incidents ne devaient pas être aussi insignifiants qu'il l'avait supposé, sinon comment Mercaston en aurait-il entendu parler ? Un frisson le traversa.

— Des points faibles ? répéta-t-il.

— Vous connaissez certains des dossiers sur lesquels Saltram a pesé d'une manière ou d'une autre. Mais les autres ? Toutes les affaires qui risquent d'être réexaminées à présent, sans que nous sachions encore desquelles il s'agit. Vous pourriez parier votre dernier sou que les gens qui y sont mêlés le savent.

La sensation de froid se renforça.

— Oh ! exhala Daniel. Oui.

Ensuite, Daniel alla voir Mr. Yates, le chef de la brigade de pompiers qui avait lutté contre l'incendie de Daventry Hall. Ce dernier avait été un peu plus difficile à localiser, mais il vivait toujours à proximité et était tout à fait disposé à le recevoir.

Son cottage était situé à l'entrée d'un village, et on pouvait s'y rendre à pied de la petite gare de chemin de fer où un train s'arrêtait deux fois par jour. Le déplacement était fastidieux et exigeait du temps, toutefois Daniel ne pouvait se permettre de négliger le moindre élément, même si cela lui imposait une longue marche sous la pluie et dans le vent.

En route, il prépara les questions qu'il voulait poser à Yates. Il avait découvert beaucoup de choses concernant les incendies ces derniers mois, et éprouvait un respect nouveau à l'égard du feu et des hommes qui le combattaient.

Le trajet en train fut rapide, et il prit plaisir à contempler la campagne qui défilait derrière les vitres. Un tapis de neige recouvrait déjà les collines et, à l'exception des rares sapins, tous les arbres étaient nus.

En descendant à la petite gare, il mit son chapeau et partit sous la pluie. Quelques instants plus tard, il était déjà trempé. Le chapeau qu'il avait enfoncé sur sa tête lui fut arraché par une bourrasque, et survola un fossé plein d'eau avant d'atterrir dans un pré où paissaient des vaches.

— Je t'en prie ! cria-t-il à une vache curieuse qui s'en approchait.

À vrai dire, l'absence de couvre-chef ne faisait guère de différence ; ses cheveux ruisselaient de pluie de toute façon.

Au détour de ce qu'il espérait être le dernier virage, il fut récompensé par la vue d'une chaumière entourée d'un jardin hivernal, agrémenté de lauriers vert foncé, de houx aux baies éclatantes, d'arbres nus au délicat lacis de branches. Dieu merci, de la fumée s'échappait de la cheminée, aussitôt emportée au loin par le vent.

La porte d'entrée s'ouvrit avant qu'il eût appuyé sur la sonnette. Une femme corpulente, au visage chaleureux, se tenait sur le seuil, un sourire sur les lèvres, la lumière du couloir se reflétant sur ses cheveux aussi pâles que la neige.

— Entrez, dit-elle en ouvrant la porte davantage. Venez, donnez-moi votre manteau. Avec un peu de chance, nous pourrons le faire sécher avant que vous repartiez. Seigneur, mon garçon, n'avez-vous donc pas de chapeau ? Vous êtes trempé jusqu'aux os !

— Mrs. Yates ? demanda-t-il, afin de s'assurer qu'il était au bon endroit avant d'entrer et de dégouliner sur le plancher.

Il était si soulagé d'être enfin à l'abri, au chaud et au sec, que s'il pénétrait à l'intérieur, il ne pourrait pas supporter l'idée de devoir ressortir.

— Ça vaudrait mieux, répondit-elle avec un sourire. Allons, entrez donc et laissez-moi refermer la porte. Mon mari est là, au coin du feu. Donnez-moi ces vêtements. Je vais chercher une serviette pour vous sécher les cheveux. Vous n'avez donc pas de chapeau ? Il va falloir qu'on vous en prête un. Vous allez attraper la mort. Allez vous asseoir. Je vais vous apporter du thé. Et ça vous dirait de manger un sandwich au poulet ?

— Ce serait avec grand plaisir, répondit-il avec un grand sourire. J'avais un chapeau, mais le vent me l'a volé et l'a donné à une vache.

— Je vais ouvrir l'œil au cas où je verrais une vache coiffée d'un chapeau, répondit-elle, impassible, avant de lui rendre son sourire. Allons, dépêchez-vous de vous mettre au coin du feu.

Daniel avait l'impression d'avoir à peu près dix ans, et d'avoir été temporairement adopté. C'était très réconfortant.

— Oui, madame, dit-il en ouvrant la porte qu'elle lui avait indiquée.

Yates était assis près du feu, l'air détendu et bien au chaud, le visage empreint de curiosité. Il ne se leva pas, mais désigna à Daniel le fauteuil en face de lui, de l'autre côté de l'âtre.

— J'ai vu des rats noyés qui avaient meilleure mine que vous, commenta-t-il gaiement. Excusez-moi si je reste assis, ma jambe gauche n'est bonne à rien.

Il ne fournit pas d'explication supplémentaire. Du coin de l'œil, Daniel remarqua qu'il n'y avait qu'une seule pantoufle par terre, sous la couverture qui reposait sur ses genoux.

— Ce rat noyé va bientôt avoir une tasse de thé et un sandwich au poulet, observa-t-il en souriant.

Yates hocha la tête.

— Vous êtes ici à propos de l'incendie chez les Daventry, Mr. Pitt ? Vous avez fini par comprendre que Saltram n'est qu'un cerveau dénué d'humanité ? Vous avez pris votre temps. Qu'est-ce qui vous a mis sur la voie ?

— Deux graves erreurs de ma part, avoua Daniel.

— Vous vous en rendez compte ? C'est un bon début ! Racontez-moi ça.

Daniel s'exécuta brièvement, ne s'interrompant que lorsque Mrs. Yates lui apporta une serviette pour ses cheveux, puis, un instant plus tard, du thé et un sandwich au poulet.

Il la remercia chaleureusement. Elle hésita un instant, comme submergée par l'émotion, puis s'empressa de ressortir et ferma la porte derrière elle.

Daniel se demanda s'il l'avait offensée sans en avoir conscience.

Yates remarqua sa perplexité.

— Ne vous inquiétez pas, dit-il à voix basse. Notre fils était pompier aussi. Nous l'avons perdu quand il avait à peu près votre âge. Si elle veut vous dorloter, laissez-la faire, s'il vous plaît.

— Je suis désolé.

Daniel tenta de s'imaginer un pareil deuil et sut qu'il

ne pourrait jamais approcher de la réalité. Il reprit le récit du procès de Jessie Beale.

— Donc, vous allez attaquer Saltram pour le compte de la veuve Leigh ? conclut Yates. Bonne chance, mon garçon, vous allez en avoir besoin. C'est un salaud et un rusé, celui-là. Quoique, à bien y réfléchir, vous êtes rusé aussi. Vous avez retourné la situation contre lui. Il ne l'oubliera pas. Il n'oublie pas… et il ne pardonne pas. Qu'attendez-vous de moi ? Des informations sur l'incendie chez les Daventry ?

— Oui, je vous en prie. Tout ce dont vous vous souvenez. Les détails précis qui ne font aucun doute pour vous, ou qui pourraient suggérer qu'il ne s'agissait pas d'un incendie criminel. J'aimerais savoir si des archives ont été conservées. Si un accélérant a été utilisé, et si oui, lequel ? Et pourquoi Marguerite n'a pas pu s'échapper.

— Parce qu'elle était déjà morte, la malheureuse, coupa Yates. Mais vous auriez besoin du médecin légiste de l'époque pour le prouver. Son jugement a été contredit par Saltram, qui a affirmé que l'incendie avait fait éclater le crâne.

— Comment a-t-il pu le savoir, si elle était brûlée ? demanda Daniel. A-t-il suggéré qu'elle avait perdu connaissance à cause de la fumée ou des vapeurs toxiques et qu'elle a brûlé ensuite ?

— Cela concorderait avec les preuves.

— Savez-vous précisément quelle température a été atteinte par l'incendie, ou sinon, pouvez-vous me donner votre opinion à ce sujet ? Il faut une chaleur intense pour fracturer un crâne.

— Je n'ai jamais connu d'incendie domestique où une chose pareille soit arrivée, déclara Yates d'un air sombre. Des incendies industriels, peut-être, où des produits chimiques auraient pu avoir un tel effet. Mais il ne s'agissait pas de ça. Vous voulez savoir ce que je pense ?

— Oui, s'il vous plaît, monsieur, répondit Daniel aussitôt.

— Je crois que Saltram était jeune et qu'il cherchait à se faire un nom. Il en savait long sur le corps humain, et moins sur le feu. Il a avancé une hypothèse et le jury l'a cru. Ç'a été le début de son ascension vers la gloire. Elle a été rapide… et brillante. Cela dit, il a été aidé. Daventry était très reconnaissant et a chanté ses louanges partout.

— Vous voulez dire qu'il y avait là plus que de la gratitude ? demanda Daniel, choisissant ses mots avec soin.

D'autres idées naissaient dans son esprit.

— Daventry l'a sans doute payé grassement, non ? Les experts dans son genre ne sont pas bon marché.

— Il n'était pas si expert que ça à l'époque, lui fit remarquer Yates. Il avait tout juste un pied à l'étrier, mais l'autre a suivi bien vite. Je ne sais pas grand-chose là-dessus.

— Moi non plus. Mais je compte bien le découvrir. Il ne devrait pas être difficile de se renseigner. De savoir si Saltram a changé de tailleur, de couturier, de chausseur ; s'il a déménagé dans un autre quartier. Bref, s'il a changé de train de vie. Je vais commencer par là, et les clubs auxquels il s'est inscrit et qui a appuyé sa candidature. Si c'était Daventry, ce serait une indication.

Yates le considérait avec intérêt.

— Et comment allez-vous vous y prendre, mon garçon ? Vous avez vos entrées dans les clubs de gentlemen de Londres ? Si ce n'est pas le cas, on va poliment refuser de vous répondre, et moins poliment vous ordonner de débarrasser le plancher.

— Je pense que c'est important, déclara Daniel. Pour parvenir à la justice.

— Ces gens-là n'accepteront pas ça de vous. Même moi, je le sais.

Daniel eut un mince sourire.

— Je n'aime pas me servir de l'influence de ma

famille. Ça donne l'impression que je ne peux pas faire mon travail moi-même. Mais dans le cas présent, j'y suis obligé. Mon père dirige la Special Branch. Je lui demanderai. Seulement cette information, si elle est pertinente.

— Eh bien !

Yates se cala dans son fauteuil, tirant la couverture qui dissimulait son infirmité.

— Il sait que vous vous attaquez à Saltram ?

— Oui. Je n'essaierais pas de le lui cacher. Hormis le fait que je ne m'en tirerais pas comme ça, je n'en ai pas envie. Je ne suis pas toujours d'accord avec lui. Mais quand ça arrive, je découvre souvent que c'est moi qui ai tort.

Yates eut un léger rire, qui s'acheva sur une note de douleur.

Daniel eut la certitude qu'il pensait à son fils disparu.

— Merci, monsieur, dit-il.

— Prenez un de mes chapeaux. Sinon vous allez vous mouiller.

Daniel ouvrit la bouche pour décliner l'offre, puis regarda son hôte avec plus d'attention et accepta.

Il rentra trempé et exténué à l'hôtel où il avait réservé une chambre. Il était trop tard pour aller interroger quelqu'un d'autre, si bien qu'il dîna seul et alla se coucher. Il avait eu l'intention de se préparer pour la journée du lendemain, mais il s'assoupit, et ne se réveilla que le matin venu.

Il prit rendez-vous avec le médecin légiste afin de lui poser quelques questions, en partie par courtoisie et en partie au cas où il apprendrait des bribes d'information susceptibles de se révéler importantes par la suite.

En fait, ce dernier n'avait rien à ajouter à ce que Daniel savait déjà. L'incendie avait été dévastateur et le souci principal du médecin avait été l'identification de la victime. Celle-ci avait été effectuée sur la base de la taille de la dépouille, le fait qu'elle appartenait à une femme, et que Marguerite était la seule personne manquant à l'appel. Il n'y avait jamais eu de véritable doute. D'après le Dr Salisbury, elle avait eu le crâne fracassé par un coup violent porté à l'arrière de la tête, près de la nuque, et la mort avait été instantanée.

Saltram avait été d'accord sur tous les détails sauf un seul. Pour lui, l'extraordinaire température dégagée par la fournaise, qui avait détruit une aile entière de la maison, aurait aisément pu causer les fractures.

Marguerite ne semblait pas avoir tenté de s'enfuir : si tel avait été le cas, son corps aurait été retrouvé plus près d'une des fenêtres. Par ailleurs, il était très sévèrement brûlé. Néanmoins, la question du crâne fracturé demeurait. Aurait-elle pu être morte avant de succomber aux flammes ?

Saltram avait juré que ses blessures pouvaient résulter d'une chaleur intense. La seule conclusion sûre à tirer était que la mort était la conséquence directe de l'incendie.

Et tel avait été l'avis du jury. Par conséquent, l'individu qui avait mis le feu était également coupable de meurtre.

Ce n'était pas Daventry. Il n'y avait aucune preuve contre lui et personne n'avait soulevé cette hypothèse. Déclaré non coupable, à l'unanimité, il sortit du tribunal riche veuf éploré, objet de toutes les compassions. Porté par une vague de popularité, il fut peu après élu au Parlement. Ces paroles furent prononcées par le Dr Salisbury, non sans aigreur.

Tout de suite après, Daniel alla s'entretenir avec Gonville, l'avocat de l'accusation lors du procès. Ce dernier l'attendait dans son bureau, ayant reporté tous ses autres rendez-vous pour le recevoir. C'était un homme mince, noueux plutôt que maigre. Âgé de plus de cinquante ans maintenant, il avait encore tous ses cheveux et les rides qui s'étaient formées sur son visage étaient résolues et non amères.

— Pitt ! s'écria-t-il en lui serrant la main avec fermeté. Pourquoi diable remuez-vous toute cette histoire ? Avez-vous vraiment espoir de l'éclaircir… après tout ce temps ?

Il lui désigna un fauteuil en face de son bureau.

— Du thé ? Du café ?

Il avait déjà la main au-dessus de la sonnette, prêt à appeler la personne chargée de ces choses-là.

— Non, merci. À moins que vous n'ayez plus d'informations à m'apporter que je ne m'y attends.

Gonville étrécit les yeux.

— Pourquoi vous lancez-vous dans cette entreprise ?

— Pour renverser le verdict sur Leigh. Si minces que soient mes chances, j'ai l'intention d'essayer. Nous avons des éléments nouveaux, des jugements récents.

— Le procès de Jessie Beale, coupa Gonville, lui épargnant la nécessité de s'expliquer.

— Oui, répondit Daniel avec un sourire sombre. Si je comprends bien, tout le monde est au courant.

— Joli renversement, commenta Gonville. Vous êtes un peu jeune, non, pour aller donner des coups de pied dans les nids de frelons ?

— Je n'avais pas prévu ça, commença Daniel.

— Je m'en doutais un peu. Trop tard pour revenir en arrière à présent. Que puis-je pour vous ?

— J'ai lu la transcription du procès, mais j'aimerais avoir votre point de vue. Avez-vous été pris au dépourvu par le témoignage de Saltram ?

La question était directe. Rien n'obligeait Gonville à lui répondre et Daniel le savait.

— Oui, admit son interlocuteur. Il n'était pas encore connu à l'époque. Il était jeune, en train de se faire un nom. Personne ne s'attendait à l'ascension fulgurante qui a suivi le procès. Le verdict a fait jurisprudence, comme vous le savez sans doute…

Il sourit.

— Cela dit, je ne me suis pas appesanti là-dessus. Pour vous dire la vérité, je ne pouvais pas supporter cet homme, mais je croyais qu'il savait de quoi il parlait et qu'il nous avait empêchés de pendre un innocent. Les procès qu'on gagne et qui se soldent par une pendaison continuent à vous hanter, si l'on est honnête. C'est ainsi pour moi, de toute façon. Et cet homme qui a été pendu par la suite – Leigh – était-il innocent ?

— Eh bien, si Daventry a tué son épouse, oui, répondit Daniel calmement.

— Dans ce cas, nous avons cela sur la conscience, soupira Gonville. Je crois qu'il nous faut à tout prix le déterminer. Vous pouvez avoir toutes mes notes, si tant est qu'elles vous soient utiles.

Daniel le remercia. Une heure plus tard, il obtenait une réponse similaire de la part de Waveney, qui avait défendu Daventry. Ils étaient assis dans le bureau de l'avocat en question, aussi différent de celui de Gonville que les deux hommes l'étaient. Leur seul point commun était qu'ils étaient prêts à reconsidérer l'affaire.

— En toute franchise, je pensais que Daventry était coupable jusqu'au moment où j'ai entendu Saltram. Cet homme était brillant, ajouta-t-il en secouant la tête.

Ses cheveux clairs commençaient à se dégarnir sur son crâne et il faisait une bonne dizaine de centimètres de moins que Daniel. La vive intelligence qui perçait dans sa voix le rendait agréable, et même intéressant.

— Il est venu me voir, vous savez, pour me proposer ses services. Il semblait être un expert et il était convaincu que, si on lui permettait d'examiner le dossier, il pourrait prouver qu'en réalité personne n'avait tué Lady Daventry. Bien entendu, je ne me suis pas fait prier pour accepter.

Il esquissa une grimace.

— Je dirais que c'est une bonne leçon sur l'intérêt d'avoir toujours deux ou trois longueurs d'avance avant de s'engager. Mais qui peut prévoir aussi loin, si honnête et si consciencieux soit-on ?

— Si vous aviez pu prévoir aussi loin, monsieur, qu'auriez-vous fait ? s'enquit Daniel, curieux.

Il ne discernait aucune porte de sortie honorable, pas plus qu'il n'y en aurait eu pour lui, même s'il avait su qu'Adwell était coupable de la mort de Paddy Jackson. Il n'était venu à l'idée de personne d'accuser Jessie alors. Ils n'avaient d'ailleurs encore que leurs opinions personnelles, pas de preuve tangible de sa culpabilité.

— Je me serais découvert un cas grave de maladie infectieuse, répondit Waveney. Et j'aurais fait en sorte qu'elle dure assez longtemps pour m'empêcher de participer au procès !

Daniel sourit. Il savait que Waveney ne parlait pas sérieusement.

— Ça n'aurait pas marché, dit-il avec regret. Vous avez été convaincu que Daventry était innocent, tout comme les jurés. Vous le pensiez tous, jusqu'au moment où Evelyn Hall a mis Saltram en pièces dans l'affaire Jessie Beale.

— Et vous avec, me semble-t-il, ironisa Waveney.

— Oui.

Waveney le dévisagea avec un intérêt soudain.

— Vous connaissez ce Dr Hall ?

Daniel sourit.

— Je la connais maintenant.

— Vous la connaissiez avant qu'elle vienne à la barre. Vous saviez ce qu'elle allait dire.

— Je savais qu'elle tenait quelque chose, mais j'ignorais quoi. Elle est beaucoup trop fine pour m'avertir à l'avance. Elle m'a laissé patauger, sans savoir ce que je faisais…

Waveney hocha la tête.

— Vous avez tout de même pris un risque, non ? demanda-t-il avec un léger sourire. Qu'attendez-vous de moi ? Je ne peux rien vous répéter de ce que Daventry m'a dit en confidence, mais vous le savez déjà.

— Vous était-il sympathique ?

— Cela n'a aucune pertinence, rétorqua Waverney. Comme vous le savez tout aussi parfaitement.

— Simple curiosité. J'ai eu pitié de Jessie Beale au début, voilà ce qui m'a incité à accepter l'affaire. Quand elle m'a fait comprendre qu'elle avait tué Adwell et Jackson aussi, sans aller cependant jusqu'à l'admettre, je ne pouvais rien faire, hormis la défendre de mon mieux. Dieu merci, le Dr Hall a été plus habile que nous deux.

Il regarda Waveney dans les yeux et sourit.

— Ah ! en effet, répondit Waveney en souriant.

Daniel reprit le train pour Londres en fin d'après-midi, raisonnablement sûr d'avoir obtenu autant de coopération que possible de la part des individus qui avaient été mêlés au procès de Roger Daventry. Il n'en avait pas espéré autant. Toutefois, en ce qui concernait le dossier d'appel au nom de Leigh, ce n'était qu'un début.

Assis dans le wagon qui filait à travers la nuit venteuse, il réfléchissait, contemplant les gouttes de pluie que la vitesse étirait le long de la vitre.

Il avait eu l'intention de passer en revue les éléments dont il disposait, mais le sommeil l'emporta. Il fut réveillé à sept heures moins le quart quand le train s'arrêta dans un soubresaut. Sa valise à la main, il ouvrit la portière, s'apprêtant à descendre les marches raides qui accédaient au quai. Au même moment, il ressentit un choc violent dans le dos. Son pied glissa sur le métal et, l'instant d'après, il était à quatre pattes sur l'asphalte, la jambe tordue sous lui. Une douleur fulgurante le traversa alors qu'il tentait de se relever.

Un homme d'âge moyen, vêtu d'un élégant complet à rayures, lui prit le bras et l'aida avec sollicitude à se remettre debout.

— Doucement, dit-il. Appuyez-vous sur moi. Cette jambe va bien ? Elle n'est pas cassée, au moins ?

Daniel posa avec précaution le pied par terre.

— Non. Merci, ajouta-t-il.

— Vilaine chute, opina l'homme, sans lâcher Daniel, absorbant une partie de son poids. Une petite entorse, je suppose. Il faut faire attention. Voyager peut être dangereux de nos jours, vous me comprenez ? Ç'aurait pu être bien pire. Vous rentrez chez vous, non ? Demandez donc à votre mère de regarder ça. Un bain bien chaud peut beaucoup soulager. Elle habite Keppel Street, si je ne me trompe ?

Daniel se figea. Il se souvint de la brutale poussée qu'il avait sentie avant de perdre l'équilibre. La bouche soudain sèche, il ne trouvait rien à répondre. Pas encore.

— Merci, dit-il enfin.

Il regarda l'homme. Son visage était quelconque, mais ses yeux froids le fixèrent sans ciller.

— Ça ira. Merci pour votre aide.

— Oh ! C'était un plaisir, répondit l'homme. Souvenez-vous-en ! Un plaisir.

16

Miriam effectuait une expérience dans le laboratoire quand Ottershaw entra.

— Ça marche ? demanda-t-il, regardant par-dessus son épaule le travail qu'elle avait accompli. Vous devriez demander à Charlie de vous aider avec ça. Où est-il ?

Le garçon avait manifesté un farouche désir d'apprendre et de rembourser par son travail la gentillesse qu'on lui témoignait, de sorte qu'Ottershaw lui confiait certaines tâches et qu'il se révélait de plus en plus utile.

— Il avait les yeux qui louchaient à force de mettre de l'ordre dans ces papiers ! répondit Miriam. Il commence à savoir lire ! Je lui ai dit de rentrer à la maison dès qu'il aurait fini de ranger la réserve. La moitié du temps, nous achetons des fournitures parce que nous n'avons pas le temps de chercher dans ce que nous avons déjà.

— Nous ferions mieux de nous assurer qu'il est au sec et qu'il a de quoi manger, murmura Ottershaw avec un sourire. Ce ne serait pas la première fois qu'il passe la nuit roulé en boule sur le plancher. Je suppose qu'il a plus chaud ici que chez lui, le pauvre petit.

— Vous êtes sûr qu'il a un chez-lui ?

— Non, admit-il.

Il marqua une pause, puis son visage s'adoucit.

— Enfin, il en a un à présent.

Ils restèrent silencieux quelques instants, après quoi Ottershaw reprit la parole :

— Vous avez lu ça ? demanda-t-il en désignant un journal.

— Vous voulez parler de l'article que Saltram a commis ?

Elle y jeta un coup d'œil.

— Je n'aurais pas imaginé qu'on puisse tenir des propos aussi alarmistes dans un style aussi aride !

Aucun humour n'éclairait le visage d'Ottershaw.

— Il cherche à donner l'impression que ceux qui le contredisent sont opposés au progrès et veulent condamner toutes sortes d'individus sans examiner les faits. Qu'ils ont seulement peur d'être induits en erreur par des choses qu'ils ne comprennent pas.

Miriam mit de côté son instrument et lui accorda toute son attention. Il avait les traits tendus par un désarroi qu'il essayait en vain de cacher. Ses cheveux étaient, comme d'habitude, en bataille. Deux des boutons de sa chemise blanche étaient défaits et un troisième manquait : c'étaient de vieux vêtements qu'il portait pour avoir chaud, et non par souci de son apparence.

— Je sais, dit-elle, radoucie. Il dresse des barricades parce qu'il sait que Daniel va l'attaquer. Plusieurs articles ont mis en doute une série d'autres verdicts depuis que nous avons gagné l'affaire Beale.

— Perdu, plutôt, lui rappela Ottershaw.

— Cela dépend de ce qu'on appelle une victoire ou une défaite. Nous voulions perdre et nous étions du côté des gagnants. La pire défaite aurait été que nous l'emportions, raisonna-t-elle.

Une lueur amusée traversa le regard d'Ottershaw.

— Vous pouvez me faire rire même si je n'en ai vraiment pas envie, mais mieux vaudrait ne pas dire cela à voix haute. Vous pourriez nous attirer beaucoup d'ennuis !

Elle en avait conscience. Cela ouvrirait une nouvelle

boîte de Pandore alors qu'ils venaient tout juste de parvenir à en refermer une.

— Je sais, dit-elle, mais autant nous y préparer. Cette idée va venir à l'esprit de quelqu'un un jour ou l'autre.

— En ce moment, Saltram nous dépeint comme des luddites[1] intellectuels. Comme si nous voulions détruire la foi des gens dans ce siècle tout jeune et la nouvelle science qui va faire progresser la justice, nous permettre de distinguer les coupables des innocents, et cela sans nous fier aux dires de témoins qui se trompent si souvent ou qui peuvent mentir par pure malveillance.

Son expression restait grave, son regard aussi.

— Ou qui, même, sont partiaux, voire les véritables coupables. En revanche, à le lire, on dirait que la science objective, pure et disponible à tous ceux qui l'étudient, peut apporter des preuves au-delà du doute, raisonnable ou pas, à condition d'être pesée et jugée par des gens qui savent ce qu'ils font.

— Ce sont des sottises, et nous le savons ! ripostat-elle avec colère. La science est une série de faits, de mesures, de chiffres, à partir desquels nous tirons des déductions. Elle dépend des faits que nous exploitons, des déductions que nous cherchons, et même de ce que nous voulons découvrir. La science n'est que la dernière théorie en date et, dès qu'une nouvelle découverte survient, une nouvelle interprétation, il y a une nouvelle réponse ! Ce n'est pas comme les mathématiques, qui s'ajoutent toujours de la même manière, si on s'y prend bien. La science est une méthode qui permet d'arriver à une conclusion, pas une conclusion en soi.

— Je le sais, Miriam, répondit Ottershaw patiemment. Saltram prétend prôner une approche rationnelle, mais il

1. Ouvriers du textile qui, opposés à la mécanisation de leur gagne-pain, ont créé un mouvement organisé visant à détruire les machines qui les remplaçaient dans les usines (1811-1816).

se sert de l'émotion pour se faire entendre. De la peur, surtout. La peur qu'ont les innocents d'être déclarés coupables parce que les avocats ont du pouvoir et qu'ils veulent la victoire qui leur confère ce pouvoir. La peur que des coupables soient laissés libres de rôder dans les rues et de s'en prendre à des innocents parce que nous refusons de prêter foi aux preuves.

Il abattit le journal sur la table.

— Si on y regarde d'assez près, reprit-il, on va toujours trouver un incident qui appuie l'hypothèse qu'on défend. Les gens ne réfléchissent pas lucidement quand ils ont peur. Ils prennent ce qui leur paraît sensé, et laissent de côté ce qu'ils ne comprennent pas bien et qu'ils peuvent survoler. « Bessie a quatre pattes. Les chiens ont quatre pattes. Donc Bessie est un chien. » N'est-ce pas ?

— Non ! rétorqua Miriam. Ce pourrait être un chat. Ou un chameau. Ou… n'importe quoi. Il faut être plus précis. Dire que *seuls* les chiens ont quatre pattes, ou autre. Mais ça sonne bien si on veut que ce soit la vérité. Comme prétendre que la science est raisonnable. Qu'elle est l'avenir de l'humanité. Qu'elle est faite de mesures, de raison, de faits classés et prouvés. Et qu'aucune émotion n'entre en jeu.

— Sottises ! La science est l'observation, la mise à l'épreuve d'une théorie imaginée, testée encore et encore. Pour voir si elle s'applique dans tous les cas, pas seulement ceux qui nous arrangent.

— Octavius, je sais, dit-elle avec douceur. Saltram argumente de manière malhonnête parce qu'il a été pris à mentir. Il doit démentir le mensonge, ce qui lui est impossible, ou alors noircir la réputation des personnes qui l'ont exposé. Il n'a pas d'autre solution. Je sais, c'est ignoble ! Mais c'est très humain. Et oui, cela m'effraie un peu – ou beaucoup.

Ottershaw secoua la tête, le visage empreint de regret.

— Moi aussi, et parfois cela aide de l'admettre au lieu de feindre de croire que tout va bien se terminer.

— Ce ne sera pas le cas, dit-elle avec un bref sourire.

— Vous n'en savez rien, répliqua-t-il sèchement.

Sous sa certitude et sa raison, était-il vulnérable après tout ?

— Ça ne se terminera pas, expliqua-t-elle. On assistera toujours au renversement des vieilles idées, à l'introduction de nouvelles. Parfois bonnes, parfois non. Tout dépend de ce pour quoi on se bat.

— Ou contre quoi, acquiesça-t-il. Je sors acheter des fournitures. Je donnerais cher pour que nous ayons des éléments solides sur lesquels nous appuyer.

Elle ne prit pas la peine de répondre. Elle ressentait la même chose. Et elle était certaine qu'il le savait.

C'était le milieu de l'après-midi et Miriam travaillait sur une autre expérience quand on toqua à la porte du laboratoire. Le majordome l'ouvrit, restant sur le seuil.

— Excusez-moi, madame. Sir Barnabas Saltram est ici et désire vous parler. Acceptez-vous de le recevoir ?

Miriam ouvrit la bouche pour refuser, mais Saltram se tenait si près du serviteur qu'il pouvait la voir par-dessus l'épaule de ce dernier. Si elle refusait, ce serait comme prendre la fuite.

— Oui, certainement, répondit-elle. Peut-être pourriez-vous apporter du thé… merci.

Saltram dépassa le majordome et se tourna à demi pour s'adresser à lui d'une voix détendue.

— Inutile de m'apporter du thé. J'ai déjeuné tard.

C'était un congé : le majordome l'accepta comme tel et se retira, refermant la porte derrière lui.

Saltram s'assura qu'elle était bien fermée puis se fraya un chemin entre les tables, s'arrêtant à moins d'un mètre de Miriam.

Il était un peu trop proche pour qu'elle se sentît à

l'aise, mais pas assez pour que ce fût une entorse aux bonnes manières. Elle ne bougea pas.

— Bonjour, Sir Barnabas, dit-elle à mi-voix. Que puis-je pour vous ?

— Servir la science que vous prétendez tant admirer, dans votre intérêt comme dans celui d'autrui. Vous sapez la foi des gens dans les découvertes récentes et les déductions qui en émergent. Vous voulez l'émotion, qui se solde par le chaos. Si vous persistez dans cette voie, vous n'obtiendrez pas la victoire, ni même un ordre convenable. Regardez l'avenir, le véritable avenir.

Sa posture était presque décontractée, mais un muscle minuscule tressautait dans sa joue. En avait-il conscience ?

Des pensées traversèrent l'esprit de Miriam – des arguments qui semblaient raisonnables – mais ce n'était pas de raison qu'il était question, c'était de peur. La peur du progrès de la pensée, de l'avenir, de voir la preuve supplanter la croyance, de se fier au procédé plutôt qu'au résultat.

— Nous sommes toujours au bord de l'avenir, Barnabas, répondit-elle.

Son nom était venu si aisément sur la langue de Miriam qu'elle fut ramenée vingt ans en arrière, à l'époque où ils étaient presque amis, sur le point de devenir amants. Elle avait pensé le mot dans son esprit. C'était absurde, et pourtant, à l'époque, elle y avait cru. Elle revoyait la chambre, alors même qu'elle avait les yeux ouverts sur le laboratoire bien réel qui l'entourait. Sur Saltram debout devant elle, de vingt ans plus âgé, élégamment vêtu, ses cheveux peignés avec raideur, striés de quelques fils gris.

Elle se souvenait de cet autre moment dans la chambre silencieuse, de la lumière de la lampe, du lit, de ses joues en feu. De l'humiliation, et de la douleur, aussi nettement que si tout s'était passé la veille. Il était à demi vêtu alors, moins que cela. Elle se souvenait de ses mains sur elle, de l'odeur de sa peau, de sa chaleur. Elle se souvenait qu'elle était à peine capable de respirer tant son cœur cognait.

Mais il ne s'était rien passé, rien du tout. L'humiliation avait été celle de Barnabas et il n'avait pas su quoi dire, comment s'expliquer. Sa solution avait consisté à la rendre responsable, elle, d'une manière ou d'une autre. Elle n'était pas assez belle, pas assez féminine. Pas assez drôle, douce, gracieuse. N'importe quelle excuse pour ne pas admettre son impuissance.

S'en souvenait-il ? Pourvu que non ! Il avait oublié.

— C'est un cliché, Miriam, disait-il. N'essayez pas d'être profonde. Vous finirez seulement par avoir l'air ridicule.

Une bouffée de colère envahit Miriam. Elle se rappela les accusations qu'il lui avait lancées. Elle était masculine, terne, dénuée d'humour. Seigneur !

— Ridicule ? répéta-t-elle, incrédule. Moi ? C'est drôle que vous disiez cela ; c'est exactement le mot que j'avais à l'esprit.

Le rouge monta aux joues de Saltram. Ainsi, il n'avait pas oublié.

Un instant, elle fut à deux moments en même temps. Dans les deux, Saltram se tenait tout près d'elle. Alors il était presque nu, physiquement et émotionnellement.

Soudain, il fit un pas en avant. Il la gifla avec tant de force qu'elle tituba en arrière, heurta violemment sa hanche contre la table et s'effondra, se cognant la tête sur le sol. Un bref instant, ce fut le noir, puis elle ressentit de violents élancements à la cuisse et à l'épaule. Elle se recroquevilla sur elle-même pour se protéger le visage, la poitrine.

Cependant, il ne la toucha pas. Il fit volte-face et s'éloigna. Elle entendit ses pas s'éloigner peu à peu.

Elle avait la tête qui tournait, les oreilles bourdonnantes, une sensation nauséeuse de vertige. Au bout de quelques minutes, elle se releva avec précaution. D'abord une jambe, puis l'autre. Elle glissa et retomba. La douleur irradiant dans son genou, elle resta immobile pendant quelques secondes avant de faire une nouvelle tentative.

Enfin, elle fut debout, cramponnée à la table la plus proche. Penchée en avant, elle attendit que la pièce cessât de tournoyer. Lorsqu'elle put regarder autour d'elle, Saltram était invisible et elle ne l'entendait pas, mais elle percevait quelque chose. Des coups sourds, comme s'il y avait des gens dehors dans la rue, à l'arrière de la maison. Non, sur le côté. C'était difficile à dire. Des cris lui parvenaient, des voix furieuses.

Les portes étaient-elles fermées à clé ? Résisteraient-elles à une horde en colère résolue à entrer ? Où était Charlie ? Toujours dans la réserve. Il était peut-être terrorisé. Ce n'était qu'un enfant.

Les cris devenaient plus distincts. On aurait dit qu'ils venaient juste de derrière la porte. À cet endroit, l'air était saturé de poussière, presque suffocant. Miriam sentit un souffle, une bouffée de froid, suivie d'encore plus de poussière, par nuages entiers. Elle lui faisait mal aux poumons. Non, ce n'était pas de la poussière, mais de la fumée ! Comment ne l'avait-elle pas compris tout de suite ? Elle avait déjà été confrontée au feu, à cette fumée aveuglante, étouffante ! À l'éclat des flammes. Et surtout, à la chaleur, à cette fournaise affamée qui dévorait tout sur son passage.

Wallace… il était mort dans un incendie comme celui-là, en luttant pour respirer. Elle n'avait pas été assez près de lui pour le voir, pour l'aider, mais elle se remémorait sa propre panique, sa lutte pour aspirer de l'air, n'importe quel air. Elle n'aurait rien pu faire pour secourir Wallace, et pourtant c'était un sentiment de culpabilité qui dominait quand elle y songeait. De culpabilité parce qu'elle avait survécu, et lui non. De culpabilité plutôt que de chagrin. Se dire que ce n'était pas sa faute n'y changeait rien. Les mots étaient une construction de l'esprit.

Il y avait vraiment le feu, on ne pouvait plus s'y méprendre maintenant. Ici ! dans le laboratoire d'Ottershaw.

Elle déchira un morceau de son jupon et le noua autour de son nez et de sa bouche. Où était Charlie ? S'était-il enfui ? S'était-il endormi et n'avait-il rien entendu ? Et le majordome ? Se trouvait-il au premier étage dans la maison principale ? ou dans la cuisine ? Soupçonnait-il seulement ce qui se passait ici, dans l'ancienne remise à voitures ?

Saltram avait-il mis le feu ?

Elle était désorientée. De quel côté venait-elle ? La réserve était-elle sur sa gauche ou sur sa droite ? Elle s'arrêta, perplexe, s'efforçant de se souvenir. Quelque part sur sa droite un hurlement terrifié s'éleva alors qu'un mur s'effondrait, et qu'une violente bouffée d'air froid chassait momentanément la fumée. L'instant d'après, alimentées par un regain d'oxygène, les flammes redoublèrent, triplèrent et grimpèrent en rugissant vers le toit de la remise et de l'écurie adjacente ! Miriam recula en titubant ; elle n'avait nulle part ailleurs où aller. Le feu devant elle était un monstre. Il était subitement devenu gigantesque.

Elle recula encore, s'en éloignant, sans savoir où elle allait. Pourtant, rien n'avait changé sauf que le brasier était là, dévorant.

Où était Charlie ? Il fallait qu'elle le trouve.

La fumée tourbillonna, disparut l'espace d'un instant. Elle vit Charlie courir vers elle, ses vêtements en feu. Le vacarme était tel qu'elle n'aurait su dire s'il criait ou non.

Elle l'attrapa, le poussa à terre et le fit rouler sur lui-même pour étouffer les flammes. Elle devait lui faire mal, en pressant l'étoffe qui flambait sur sa peau, mais ne pas le faire eût été pire.

— Miriam !

Quelqu'un l'appelait. Ottershaw ? Était-il revenu ? Saltram. Non. Il avait dû prendre la fuite en passant par-devant, comme si de rien n'était. De quel côté était la réserve ? Elle avait cru le savoir, mais là elle était perdue. Des cloisons se fissuraient, s'effondraient, se désintégraient sous ses yeux.

— Ici ! tenta-t-elle de crier, mais sa voix n'était qu'un coassement.

— Miriam !

La voix était plus proche. Une voix d'homme.

Elle pivota, s'efforçant de distinguer quelque chose à travers les rouleaux de fumée. Il était de plus en plus difficile de respirer, même à travers le tissu.

Soudain, elle sentit qu'on l'attrapait par le bras, qu'on le serrait si fort qu'elle ne pouvait se dégager, et ce, malgré tous ses efforts. Elle allait rester prisonnière, mourir asphyxiée. Elle n'avait même pas sauvé Charlie. Le vertige l'étouffait. Allait-elle perdre connaissance avant que les flammes ne brûlent sa chair ? Pourvu que oui, Seigneur.

— Miriam !

Elle perdait l'équilibre, on la tirait.

— Miriam, levez-vous !

La même voix masculine.

Saltram était-il revenu la chercher ? Non, ce serait intolérable de lui devoir la vie sauve.

— Marchez !

C'était un ordre.

— Charlie…

Sa voix s'étrangla.

— J'ai Charlie ! Allons, levez-vous et venez ! Il faut qu'on sorte d'ici !

Elle voulut obéir, mais ses jambes flageolaient.

Qui que ce fût, il était fort, il l'obligeait à avancer. Lui faisait mal là où il lui serrait le bras. Ses yeux la picotaient tant qu'elle ne pouvait plus les garder ouverts. Elle marchait. Pied gauche. Pied droit. Pied gauche. Les flammes grondaient, aspiraient l'air, tout l'air qui les entourait. Il faisait chaud, si chaud. Allaient-ils au moins dans la bonne direction ?

Ses genoux se dérobèrent, et ce fut comme si elle flottait. Et puis… plus rien.

Miriam ouvrit les yeux et prit une profonde inspiration. Ses poumons étaient douloureux, elle avait mal partout. Elle avait des brûlures au bras, au visage, mais l'air était frais. Une bruine tombait, froide et délicieuse.

Elle inspira de nouveau. Ce fut pénible, pas insupportable.

— C'est ça, miss, allez-y doucement, conseilla une voix d'homme avec douceur.

Les larmes roulaient sur ses joues, ses yeux pleuraient à cause de la fumée, néanmoins elle distinguait le casque du pompier.

— Vous m'avez sortie de là, dit-elle d'une voix rauque, méconnaissable. Où est Charlie ? Vous l'avez ? Il va bien ?

— Oui, miss, si vous voulez parler du jeune gentleman là-bas. Il n'est pas beau à voir, mais ça ira. Il va avoir mal pendant plusieurs jours, comme vous. Il a été très courageux. Ou alors c'est un fichu idiot ! On a le garçon aussi, mais il a de vilaines brûlures. On l'a emmené à l'ambulance.

— Il va se rétablir ?

— C'est difficile à dire, mais je pense que oui.

Elle se tourna dans la direction indiquée par le pompier et vit Daniel. Il avait une mine épouvantable. Ses vêtements étaient roussis, calcinés ici et là. Ses cheveux aussi. Il avait une marque rouge sur la joue ; sous la poussière et les brûlures, son visage était de cendre. Ce devait être Daniel qui l'avait secourue, elle avait été trop terrifiée pour le reconnaître. Tout était confus dans son esprit, Wallace, Charlie, Saltram. Ce dernier n'était pas là et pourtant elle sentait sa présence dans sa peur, dans la chaleur et le feu, et la honte.

Cependant, Daniel était sain et sauf. Elle n'avait même pas su qu'elle devait avoir peur pour lui. Où était Octavius ? Elle ne le voyait pas. Avait-il péri, lui aussi ? Cette pensée lui porta un coup si violent qu'elle en eut le souffle coupé.

Daniel s'avança vers elle, gauchement, en traînant les pieds plutôt qu'en marchant. Il tendit la main pour la toucher, mais ne sut où la poser ; où sa peau était brûlée et où elle ne l'était pas.

— Ottershaw va bien, dit-il tout bas. Il était sorti. Le majordome a senti la fumée, mais il ne savait pas où le feu s'était déclaré. Il s'est blessé un peu en essayant de l'éteindre, cela dit il va s'en tirer. Charlie aussi, c'est à peu près sûr.

— Vous croyez ? demanda-t-elle d'une voix rauque.

— Presque. Un attroupement s'était formé. Un imbécile a laissé échapper une lanterne, le pétrole s'est renversé et a pris feu. Tout le monde a eu une peur bleue, mais au moins certains ont eu le courage de rester et d'essayer de lutter contre les flammes.

Il mit avec précaution un bras autour des épaules de Miriam.

— Le laboratoire est complètement détruit, hélas ! Et une grande partie de l'arrière de la maison aussi. Le pauvre Ottershaw va devoir tout reconstruire.

Elle resta assise en silence, laissant les larmes couler.

Les minutes s'égrenèrent.

— Et Saltram ? demanda-t-elle enfin.

Le visage de Daniel s'assombrit.

— Il était ici ? Pour quoi faire, Miriam ?

Elle tenta de parler, mais s'étrangla, la gorge sèche et douloureuse.

— Une vieille querelle. Peu importe désormais. Je devrais jeter au feu jusqu'à son souvenir !

Tout lui faisait mal. Les bleus, les brûlures, sa gorge irritée par la fumée, le souvenir terrifiant de l'autre incendie. Celui, cuisant, de cette scène avec Saltram. Le laboratoire anéanti. Et surtout, la vision de Charlie qui courait vers elle, la douleur et la terreur sur ses traits.

Le bras de Daniel se resserra autour d'elle. Miriam se laissa aller contre lui, donnant libre cours à ses larmes.

17

Daniel ne pouvait trouver le sommeil. Le médecin avait appliqué toutes sortes d'onguents sur ses brûlures, mais aucun ne semblait le soulager. Il avait affirmé à Daniel que les plaies étaient superficielles et que la peau repousserait sans laisser de cicatrices, cela ne les empêchait cependant pas d'être douloureuses et de le démanger terriblement.

Il était étendu sur le dos dans un lit d'hôpital. Le personnel soignant refusait de le laisser rentrer chez lui. On lui avait parlé d'infection, de souffrance, de la nécessité de garder les pansements sur les plaies les plus profondes. Celles-ci lui faisaient plus mal maintenant qu'au début. Ou peut-être que, lorsqu'il était dans le bruit et la nuit, submergé d'angoisse, la douleur était restée à la périphérie de sa conscience. Il voulait s'assurer par lui-même que Miriam était saine et sauve. Le vestige de la peur qu'il avait ressentie lui nouait encore les entrailles. Étendu dans son lit d'hôpital, il revoyait son visage bouleversé. Il aurait voulu pouvoir l'oublier, mais il n'y avait pas que sa terreur à elle. Il se voyait en elle… et comprenait.

Il se forçait à croire que Charlie allait se rétablir. Il avait refusé de se laisser soigner avant de savoir que les médecins et infirmiers avaient fait tout leur possible pour l'enfant, et bien sûr pour Miriam. Ce qui l'amenait à la question qu'il éludait depuis que l'infirmière l'avait laissé seul, ostensiblement pour qu'il puisse dormir. Il avait lu dans le journal les articles concernant la réouverture de l'enquête sur l'affaire Leigh, autrement dit l'affaire Daventry. Pas tous, mais assez.

Un journaliste, en particulier, Liam Shand, n'avait pas mâché ses mots en affirmant que cette nouvelle enquête menaçait de déchirer le système judiciaire. Que, en châtiant un individu pour meurtre, nous courions le risque d'envoyer un innocent à une mort terrifiante et honteuse, laquelle était de notre fait et donc, sur notre conscience. Ce n'était bien sûr pas délibéré ! On ne le faisait pas sciemment. Mais, s'interrogeait-il, cela justifiait-il qu'on le fît, sous prétexte que tel était le prix de la loi, de la paix, de la justice, pour l'essentiel ? Il affirmait que c'était de la barbarie, que nous nous mentions délibérément afin de nous persuader que nous avions rendu le monde plus sûr et que nous avions plus souvent raison que tort.

Daniel ne pouvait s'empêcher de se demander s'il était responsable des conséquences imprévues de la réouverture de l'affaire Daventry. Il était trop tard pour sauver Leigh, et personne ne pouvait prédire le coût de cette entreprise. Certainement, un grand embarras pour certaines institutions. *Un embarras ?* Quel mot ridicule, quand on le comparait à la pendaison de quelqu'un ! Bien plus que ça : une honte, une honte amère et terrible !

Certains prétendaient que, si tous les jugements étaient destinés à être sans cesse remis en question, cette affaire sonnerait le glas du système judiciaire tel qu'on le connaissait. *Reductio ad absurdum !* Le raisonnement par l'absurde. Personne ne suggérait de libérer des gens qu'on avait reconnus coupables d'un crime, seulement de ne pas leur infliger la peine capitale, irréversible s'il se révélait qu'on s'était trompé.

S'il était impossible de revenir sur un acte, peut-être ne

pouvait-on le remettre en question non plus. Les résultats étaient trop durs à supporter, tant pis si on craignait de s'être mépris.

Il existait un autre argument qu'on pouvait pousser jusqu'au ridicule : celui selon lequel la peur de commettre une erreur allait paralyser le système judiciaire, au point que personne ne déciderait plus de rien.

Daniel changea légèrement de position, et ressentit une douleur fulgurante. Au fond, avait-il eu tort d'accepter de représenter Adria Leigh ? L'avait-il fait parce qu'il n'avait pas le courage de reconnaître qu'elle avait raison et de vivre en le niant ? Sa décision avait-elle vraiment le moindre rapport avec la justice ? Ou n'avait-il pas eu la force de refuser ? Ou, plus probable encore, avait-il vu là un moyen de se venger de Saltram parce que Jessie Beale l'avait ridiculisé en le poussant à se servir de lui pour sauver sa peau ? Le cœur de l'affaire était-il là ? Possédait-il la même arrogance, le même besoin de paraître avoir raison, qu'il méprisait chez Saltram ? ou quiconque ?

Il finit par sombrer dans un sommeil agité et, en se réveillant, trouva une infirmière à côté de lui, en train de disposer un bouquet de fleurs blanches dans un vase sur sa table de chevet.

— C'est une dame qui vous les a apportées, expliqua-t-elle. Elle n'a pas voulu rester. Elle voulait juste s'assurer que vous étiez hors de danger.

Sa mère. Pourquoi n'était-elle pas restée ? Il avait la bouche si sèche qu'il ne parvenait pas à articuler un son. L'infirmière porta un verre d'eau à ses lèvres.

— Ne vous inquiétez pas, s'empressa-t-elle d'ajouter. Vous irez mieux dans quelques jours.

— La dame ? tenta-t-il de nouveau.

— Elle avait un drôle de nom, que je n'avais jamais entendu avant. Atria, ou quelque chose comme ça ?

— Adria Leigh ?

— Oui. Elle avait l'air au bord des larmes, la pauvre. Elle est restée debout là à vous regarder, elle ne voulait pas vous réveiller, mais elle a laissé les fleurs. Elles sont jolies, n'est-ce pas ? Je suppose que les autres couleurs auraient coûté plus cher. En fait, je trouve que celles-ci sont belles. Délicates. Je lui ai dit que vous alliez vous remettre, et c'est vrai. Vous êtes jeune, vous serez vite sur pied.

Adria Leigh avait dépensé de l'argent pour lui offrir des fleurs et n'avait pas voulu attendre son réveil pour qu'il pût la remercier. Malgré lui, ses yeux s'emplirent de larmes et quand il voulut les essuyer, ses bras frottèrent contre les draps et lui firent mal.

Lorsqu'il se réveilla de nouveau, Charlotte était assise à son chevet et l'observait, le visage empreint d'inquiétude. Quel bébé il faisait, d'en être autant réconforté !

— Ne faites pas cette tête, mère, coassa-t-il. J'ai avalé beaucoup de fumée, voilà tout.

Il fut interrompu par un accès de toux et elle lui tendit un verre d'eau.

— Je suis un peu roussi sur les bords, ajouta-t-il. Rien de permanent.

— Il a fallu te couper les cheveux devant, dit-elle, d'une voix presque égale. Ils étaient un peu brûlés, mais tu as encore tes sourcils, même si l'un est légèrement de travers, il me semble.

Elle tourna la tête pour le dévisager avec plus d'attention.

— Miriam…

— Elle va bien, répondit Charlotte. Cela dit, elle a eu très peur. Bien plus qu'elle ne l'a admis. Je suis allée la voir. Elle a moins de brûlures que toi. Marcus l'a ramenée à la maison.

— Elle était plus près du feu, commença-t-il avant de s'interrompre.

Il se rendait compte qu'il s'apprêtait à défendre Miriam, comme si sa mère l'avait critiquée.

— Elle a perdu son fiancé lors d'un incendie autrefois, et il y avait un petit garçon perdu dans cet incendie-ci aussi. Elle a essayé d'aller jusqu'à lui, mais elle n'a pas pu…

— Je sais, dit Charlotte tout bas. Elle m'a parlé de Charlie. Elle se faisait du souci pour lui. Il commence à aller mieux. Je crois qu'il va avoir des cicatrices, mais il va s'en tirer. Elle n'a pas mentionné son fiancé.

Daniel tenta de se redresser un peu sur les oreillers. Allongé, il se sentait curieusement sans défense.

Charlotte mit une main sur son épaule et le repoussa doucement.

— Je ne la critique pas, Daniel. Je n'en ai pas envie, et je ne me le permettrais pas. J'aimerais penser que j'aurais fait comme elle si j'avais été à sa place. Elle est soupe au lait, et il lui arrive peut-être d'agir sans réfléchir, si elle est sûre d'avoir raison.

Elle eut un sourire penaud.

— Tu ne me connaissais pas quand j'avais son âge, mais ton père te le dira. J'ai aussi agi sans réfléchir… parfois. Ta tante Emily était encore pire.

— Ce n'est pas ce que dit père, dit-il, souriant malgré lui.

— Eh bien, je suppose qu'il sait de quoi il parle, admit-elle. En tout cas, Miriam va bien. Je l'ai vue. Ce sont ses blessures intérieures qui m'inquiètent. Sois gentil avec elle, Daniel.

Il avait les joues en feu, mais après tout, peut-être était-ce normal. D'autres parties de son corps le brûlaient aussi.

— Je ne suis pas…

Il se tut, incapable de savoir ce qu'il voulait dire.

Elle se pencha et lui effleura le front. Sa main était fraîche, agréable. Il avait l'impression d'avoir de nouveau dix ans. Il ferma les yeux et laissa les larmes se faufiler sous ses cils tandis qu'il pensait à Charlie. Qui se souciait de lui ?

Quand il s'éveilla la fois suivante, ce fut pour voir son père assis sur une chaise non loin du lit.

Pitt leva aussitôt les yeux. Son visage était fatigué, comme s'il avait veillé toute la nuit.

— Daniel ? Comment te sens-tu ?

— J'ai mal, mais ça passera. C'est juste… une question de temps. Qui a mis le feu, tu le sais ?

Pitt secoua la tête.

— L'enquête n'est pas du ressort de la Special Branch. Je suis venu te voir, pas te faire un rapport sur les causes de l'incendie, dit-il doucement, avec un petit sourire tordu.

Daniel se redressa un peu. Peut-être était-ce un effet de son imagination, mais il lui semblait avoir moins mal.

— C'était tout de même un geste criminel.

— Un mélange de mauvaises intentions et de stupidité collective. Un vieillard à barbe blanche a été vu une lampe à pétrole à la main, en train de proférer des inepties sur l'enfer et la damnation. La lampe est tombée sur du bois sec. Il n'en faut pas davantage. Mais ça reste un incendie volontaire.

— Qui a bien failli être mortel.

En dépit de sa gorge douloureuse, Daniel éprouvait un besoin urgent de parler.

— Quelqu'un dans la foule aurait-il pu faire ça délibérément ? Pas seulement par stupidité ?

— Je ne sais pas, répondit Pitt avec gravité, et ce n'est pas à toi d'enquêter là-dessus. Tu as un procès très important à préparer.

Il prit le poignet de Daniel dans sa main, avec douceur, mais une fermeté sous-jacente.

— C'est plus qu'un attroupement d'imbéciles. De gens

qui ont trop bu et qui s'imaginent avoir une cause à défendre. Le vieillard barbu parle au nom de beaucoup d'autres, d'une manière ou d'une autre. Il y a une foule d'idées nouvelles dans l'air, chaque mois davantage. Trop de choses sont en train de changer, c'est difficile de suivre, et on ne peut plus se fier à ce qu'on croyait certain. Des gens qu'on croyait corrompus sont reconnus comme étant simplement différents. La tolérance ne vient pas facilement à ceux qui ont des opinions bien arrêtées sur le bien et le mal. Ils sont désorientés, effrayés, et puis en colère…

Daniel revit soudain le visage de l'homme qu'on avait dû expulser du tribunal. Son visage déformé par la rage du juste.

— Je le connais. Il était à l'audience. Il a fallu le faire sortir.

— Je parlerai à l'officier chargé de l'enquête et je ferai en sorte qu'il soit inculpé. Pour incendie volontaire, mais aussi pour tentative de meurtre.

Ils gardèrent le silence un instant, après quoi Pitt reprit la parole :

— La science provoque des changements trop rapides.

— Il y en a toujours eu… protesta Daniel.

Pitt lui coupa la parole :

— L'ancienne reine a gouverné pendant plus de soixante ans. La plupart d'entre nous n'ont jamais connu d'autre monarque. Maintenant, tout d'un coup, tout est différent. On entend parler de nouvelles sciences, de nouvelles théories médicales, la distinction entre le bien et le mal est plus floue qu'auparavant. Et n'oublions pas le plus important, les bouleversements sociaux qui se produisent en Europe. Il est question de droits nouveaux pour les travailleurs, du suffrage des femmes. Le Kaiser se pavane en Allemagne et commence à regarder par-delà ses frontières, et même jusqu'en Angleterre. C'est comme si un géant s'était agité dans son sommeil pendant un quart de siècle et que, maintenant, il se réveillait pour de bon. Il y a trop de changements. Cela nous déplaît que les idées des scientifiques comme Saltram – qui nous incitait à croire qu'il détenait toutes les réponses – se révèlent fausses. Personne n'aime penser qu'il peut être abusé si aisément. Voilà ce qui est au cœur de tout. Les choses échappent à notre contrôle.

Daniel le dévisagea. Il comprenait ce que son père lui disait. Il discernait même la justesse de ses propos. Sa propre faillibilité l'ébranlait. Mais l'idée que ceux en qui il avait foi, ceux qui détenaient le véritable pouvoir, qui gouvernaient et protégeaient le pays, prenaient des décisions bien au-delà de ses connaissances, fussent faillibles aussi, le terrifiait. Cette crainte devenait plus grande, plus sombre, à mesure qu'il y songeait. Il avait grandi avec une confiance totale en son père, bien qu'il sût intellectuellement que ce dernier n'était pas à l'abri d'une erreur. Pitt n'avait jamais prétendu le contraire. Il n'avait jamais caché à Daniel qu'il était aussi humain que n'importe qui, mais Daniel avait toujours cru qu'il avait fondamentalement raison. Concernant les femmes, Daniel les voyait sous un autre angle : leur rôle était différent, elles étaient peut-être plus compatissantes, moins réalistes, plus douces. Cela dit, à la réflexion, elles lui paraissaient sujettes à moins de colère, moins d'erreurs, moins de défauts qu'on ne pouvait s'y attendre chez l'être humain, et jamais à la faiblesse. Sa mère admettait avoir peur, mais n'y cédait jamais.

En grandissant, on se rendait inévitablement compte que ses parents pouvaient se tromper, comme tout le monde. Pourtant, si on avait de la chance – et c'était le cas de Daniel –, on ne les découvrait jamais sérieusement déficients. Leurs fautes étaient minimes, c'étaient des erreurs, jamais de la lâcheté ou de la trahison.

Qu'en était-il des dirigeants, du gouvernement, des experts à qui on se fiait pour vous guider, qui occupaient leur poste parce que tout le monde vous affirmait qu'ils avaient raison ? Et s'ils se trompaient ? Qui allait les corriger ? Réparer les dégâts, remettre les choses en ordre ? Pas étonnant qu'on fût réticent à les croire imparfaits. Si certains l'étaient, peut-être beaucoup d'entre eux l'étaient-ils. Et comment savoir lesquels ? En qui pouvait-on avoir confiance dès lors ? On devait prendre toutes les décisions soi-même, et on ne savait pas par où commencer. On était *obligé* de faire confiance à autrui. Nul ne pouvait être expert en tout. Nul ne pouvait se permettre de conduire toutes les expériences soi-même.

Le contour des choses s'estompait. Les fondations sur lesquelles la société reposait s'écroulaient, disparaissaient, vous laissant à nu.

Bien sûr, les gens résistaient. Pas raisonnablement, mais poussés par l'angoisse qui les tenaillait. Résistaient à ceux qui mettaient en question tout ce qu'ils tenaient pour certain. La justice, les jugements qui sont le fondement même de notre civilisation. On obéissait aux lois universelles de la science, aux lois humaines, justes, du système judiciaire. Si on exécutait des innocents, alors personne n'était à l'abri. Ce pourrait être votre père la prochaine fois. Ou vous ! Il n'y avait rien à quoi s'accrocher. Pas de terre ferme.

Pitt l'observait, le visage doux et inquiet.

— Tu as choisi une dure bataille, Daniel. Ou peut-être est-ce elle qui t'a choisi. Je ferai tout ce que je peux pour t'aider, mais je ne suis pas sûr de savoir comment.

Daniel le fixa. Pitt n'était pas en colère. En fait, il y avait sur son visage une émotion tout à fait différente de la colère. La certitude du danger, sa réalité, ce qu'il pouvait coûter. Mais aussi de la fierté. Une vague d'optimisme le souleva, aussi forte que la mer, alors qu'il comprenait subitement que son père était fier de lui. Pas en tant que son enfant, mais en tant qu'homme.

Daniel tendit la main et saisit celle de son père, ignorant la brûlure du drap sur son bras blessé.

18

Il avait fallu à Marcus des semaines de travail acharné, une multitude de rappels de services rendus et de promesses de faveurs à venir, pour persuader tous les gens qu'il connaissait d'écrire aux journaux et de réclamer un procès pour laver le nom de James Leigh.

Ses efforts furent couronnés de succès. Le procès en révision de James Leigh pour le meurtre de Marguerite Daventry s'ouvrit deux semaines après le début de l'année 1911.

Maintenant, il se tenait devant la glace, dans la petite pièce où il se préparait avant d'entrer au tribunal pour plaider sa première affaire depuis dix ans. Sa mémoire des faits anciens était excellente. Il se rappelait avec une netteté ravie scène après scène du passé comme si elles avaient eu lieu la veille. Seul le souvenir des conversations récentes lui échappait.

Miriam le regarda. Près d'une décennie s'était écoulée depuis la dernière fois qu'il avait porté sa perruque. Elle était fabriquée en crin de cheval, comme toutes les autres, mais comme il s'en était rarement servi, elle devait l'irriter. La toge noire le serrait un peu à hauteur des épaules. Rien de tout cela n'importait. Ce qui l'inquiétait, c'était la capacité de son père à se remémorer les mots qu'il voulait utiliser. Une méprise pouvait être insignifiante ou bien désastreuse. Ce pourrait être une erreur toute simple : tout le monde comprendrait ce qu'il avait voulu dire. Il vieillissait. Cependant, il risquait aussi d'être drôle, ou grivois malgré lui. Pire encore, grossier. Ou de se tromper du tout au tout. Il pourrait perdre le procès aussi facilement que cela.

Aurait-elle dû essayer de le dissuader de plaider ? Le rhume de Kitteridge s'étant mué en pneumonie, il commençait tout juste à se rétablir. Daniel allait sans doute comparaître comme témoin de sorte que Kitteridge serait second avocat, chargé de vérifier les références juridiques dont Marcus aurait peut-être besoin et qu'il ne se rappellerait pas où trouver. Chacune devait être exacte.

L'avocat représentant la Couronne était Sir John Percival. Il avait presque l'âge de Marcus. Ils se connaissaient depuis quarante ans au moins, ce qui était une difficulté supplémentaire parce qu'il serait conscient du ralentissement des pensées de Marcus, des allusions qui lui échappaient, des observations qu'il échouait à faire.

— Oui, père, vous êtes parfait, dit Miriam. Ne pensez plus à votre apparence. Personne ne va regarder votre habit. Entrez et faites la meilleure plaidoirie de votre vie. Vous savez que la justice est de votre côté ; vous n'avez pas à avoir de doutes là-dessus. Kitteridge sera là pour vous fournir tous les renseignements dont vous pourriez avoir besoin. James Leigh était innocent. Obligez-les à le reconnaître.

Il se retourna et lui adressa un large sourire, redressant les épaules, la tête bien droite. Cependant, le sourire n'atteignit pas son regard.

Elle le suivit jusqu'à la porte qu'il devait emprunter, puis gagna le côté utilisé par le public, et alla s'asseoir aussi près que possible du premier rang. En partie parce qu'elle voulait qu'il sût qu'elle était là, mais surtout parce qu'elle avait encore le sentiment ridicule qu'elle pourrait l'aider. Quelle que fût la réalité, elle ne pouvait s'y soustraire, éviter la douleur, la gêne, ni s'empêcher d'imaginer le triomphe ou le désastre avant que l'un ou l'autre se produisît.

Elle regarda Sir John Percival, qui était en fait l'avocat de l'accusation, affirmant que le verdict original était correct. Elle rectifia mentalement son titre. Sir John Percival, KC, Il était conseiller du roi[1] désormais. Il avait décliné l'offre d'être juge parce qu'il aimait se battre. Bien qu'âgé d'une bonne soixantaine d'années, il n'avait rien perdu de son appétit. Elle esquissa un petit sourire en coin à sa propre intention, sans savoir si d'autres le remarqueraient. Le choix de Percival ne laissait aucun doute sur l'importance que la partie civile accordait au maintien du verdict. C'était un procès qui ferait jurisprudence pour tous les autres qui seraient remis en question par le verdict prononcé contre Jessie Beale – de fait, contre Saltram.

Ne s'agissait-il que d'une question de principe ? Parce que le procès avait fait grand bruit à l'époque et plus encore depuis lors, à mesure que la renommée de Saltram grandissait ? Tous les éléments d'une tragédie étaient réunis. Une très belle femme avait connu une mort sans doute atroce. Dieu merci, elle n'avait pas souffert longtemps, mais il avait été presque impossible de reconnaître dans son corps ravagé la personne qu'elle avait été. Exploiterait-on cet aspect dramatique de l'affaire cette fois ? Ce n'était pas directement pertinent, mais tout ce qui pouvait susciter de l'émotion serait utilisé.

Marguerite avait-elle pris un amant ? Son mari possessif et autoritaire était-il coupable de l'avoir assassinée et d'avoir mis le feu pour dissimuler son crime ? Telle avait été l'inculpation au départ. Désormais, à la lumière des événements qui avaient eu lieu par la suite, il semblait plus probable que le mobile de Daventry eût été son désir

1. KC : King's Counsel. Titre honorifique, d'ordinaire décerné aux juges les plus expérimentés.

d'entrer au Parlement et de jouir du prestige associé au titre de député. Le seul obstacle à son ambition était son impopularité dans sa circonscription, tandis que, d'un autre côté, sa femme était adorée. D'après la famille de Marguerite, Daventry était autoritaire et brutal. Peut-être avait-elle envisagé de le quitter sans cacher ses raisons. Cela aurait eu pour effet de ruiner ses chances d'être élu. Être publiquement mis dans l'embarras aurait été un handicap insurmontable.

En revanche, après la mort tragique de son épouse et la manifestation très publique de son chagrin, il avait été élu avec une large majorité et, pendant quelques années au moins, il avait occupé un poste important et prospéré. Il avait pu se retirer dans la dignité, sans être rattrapé par sa personnalité. Maintenant, si Marcus pouvait prouver ce qu'il avançait, l'accusation originale risquait de refaire surface. Sauf que, sur le plan juridique, c'était impossible. Roger Daventry avait été jugé et reconnu non coupable grâce au témoignage révolutionnaire apporté par l'expert qu'était Saltram. Il ne pouvait être rejugé, quels que fussent les éléments que Marcus fournissait. Prouveraient-ils l'innocence de James Leigh ou ne feraient-ils que semer le doute sur la loi elle-même, sur ceux qui avaient de manière si désastreuse guidé l'affaire vers la tragédie au lieu de la justice ?

Miriam évita à dessein de regarder son père. Certes, il savait qu'elle était nerveuse, mais il devait être en mesure d'imaginer, maintenant qu'ils étaient sur le point de commencer, qu'elle croyait la victoire possible. Il avait besoin de toute la confiance qu'il pouvait rassembler.

Toby Kitteridge était assis à côté de Marcus, la transcription complète du premier procès posée près de lui.

Un peu plus loin que Miriam, assise au même rang, se trouvait la mère de Daniel. La tension se lisait dans sa posture. Elle aussi avait pleinement conscience de l'enjeu.

La salle était quasi comble. Certains devraient attendre

dehors, sans la moindre chance de trouver une place. L'endroit fourmillait de journalistes. Chacun avait son point de vue sur l'importance du verdict, les questions et les remous qu'il était susceptible de provoquer.

On demanda le silence. Il fut aussitôt obtenu, et total. On s'acquitta avec minutie des préliminaires d'usage, selon un rituel immuable. La seule différence avec le procès original, vingt ans plus tôt, était sans doute que la Couronne n'était plus représentée par la reine Victoria, mais par le roi George V. Et, bien sûr, que l'accusé avait déjà été déclaré coupable et pendu. Ce procès serait en réalité celui de ceux qui avaient conduit le premier. Allaient-ils régler l'affaire une fois pour toutes ? Ou découvrir de nouvelles culpabilités, plus terribles encore ?

— Nous sommes ici afin d'examiner le verdict prononcé lors du procès de la Couronne contre James Leigh, expliqua le juge, Lord Justice Walpole. Un éclairage nouveau a été porté sur les preuves qui ont abouti à sa condamnation pour le meurtre de Marguerite Daventry.

Son expression était aigre, son visage crispé.

— Il a été pendu. Plus personne ne peut remédier à cela. Mais vous n'y êtes pour rien…

Plusieurs personnes eurent l'air anxieuses. Un homme à la figure rouge et coléreuse parut mal à l'aise et s'agita sur son siège.

Le juge jeta un coup d'œil vers lui.

— Toutefois, s'il s'avère qu'il était innocent, et c'est ce dont nous devons décider…

Il baissa la voix.

— … dans ce cas, son nom devra être blanchi, son honneur et celui de sa famille devront leur être rendus.

Il y eut un moment de silence.

Allons ! articula Kitteridge *in petto*.

Le magistrat prit une inspiration, puis exhala son souffle. Il s'abstint de mentionner la multitude d'autres affaires qui devraient être rejugées si le verdict original venait à être réformé.

Marcus représentait James Leigh, décédé. Pour ce faire, il devait commencer par réexaminer le procès de la Couronne contre Roger Daventry. Ainsi qu'on l'avait souligné, une affaire classée qui, selon la loi, ne pouvait être rejugée.

Sa silhouette paraissait frêle à Miriam : un homme seul dans la tempête, sur le pont d'un navire en perdition. Aucune voie n'apparaissait entre les vagues géantes, aucun phare ne brillait dans la nuit.

— Votre Honneur, un procès d'apparence très complexe se présente à nous, commença-t-il, mais nous sommes à la hauteur de ce défi. Nous sommes des hommes pragmatiques, doués de bon sens. Nous devons nous fier à notre sagesse et non à nos craintes. La plupart des témoignages que nous allons entendre ne sont pas objets de doute. Nous vous dirons lesquels le sont, et pourquoi. Nous vous dirons tout ce que nous savons concernant les faits. La majorité des conclusions ne seront pas remises en cause. Vous vous demandez peut-être pourquoi nous nous sommes lancés dans cette entreprise. C'est parce que la petite partie qui est mise en question affecte non seulement cette affaire, mais beaucoup d'autres, passées, présentes, et sans doute, futures. Il est de notre devoir de découvrir la vérité, pour que cette tragédie ne se reproduise jamais. Nous essaierons de vous l'exposer, et d'en exposer les causes. Nous vous révélerons l'histoire telle que nous la connaissons, pour que vous ayez toutes les informations en main.

Plusieurs jurés parurent un peu soulagés.

Miriam avait oublié combien Marcus était doué. La décennie qui s'était écoulée depuis sa dernière plaidoirie semblait s'être envolée et, pourtant, elle ne parvenait pas à se détendre. Elle guettait une hésitation, un mot qui lui échappait, dont il contournait l'absence avec d'autres.

Il interrogea Yates, le pompier. Il obtint de lui une description générale de l'incendie qui avait ravagé toute une aile de la vaste demeure. Il avait capté l'attention de la cour. Il avait planté le décor et Percival ne l'interrompait pas.

Mais cela servait-il à quoi que ce fût ?

Miriam attendit, sans se rendre compte qu'elle serrait les poings et que ses ongles s'enfonçaient dans sa peau, ayant momentanément oublié les cicatrices encore tendres laissées par les brûlures. Au prix d'un effort, elle s'obligea à les desserrer. Jusqu'à ce qu'elle oublie de nouveau et se laisse emporter par les réactions d'autrui.

Quel effet les questions avaient-elles sur le juge, hormis retenir son attention ? Cela avait-il de l'importance ?

Elle jeta un coup d'œil à Charlotte Pitt. Son visage reflétait une appréhension similaire à la sienne.

— Comment le feu a-t-il pris, Mr. Yates ? demanda Marcus.

— Nous ne le savons pas au juste, monsieur. Plus j'y réfléchis, moins j'en suis certain. Ç'aurait pu être une lampe à gaz, une bougie, un boulet de charbon échappé d'un âtre.

— Un feu laissé sans surveillance ? demanda Marcus aussitôt. La plus grande partie de la maison était sans surveillance, n'est-ce pas ? On ne pouvait guère avoir une servante dans chaque pièce.

— Non, monsieur, répondit Yates patiemment.

Était-il las de ces questions, qu'on avait dû lui poser maintes et maintes fois ? Pensait-il que Marcus faisait perdre son temps à tout le monde en repassant par là ?

Marcus reprit la parole à mi-voix :

— Je ne pensais pas à des pièces vides, où d'ailleurs le feu n'était peut-être pas allumé. Plutôt à des couloirs, des paliers, des montées d'escalier, des lieux que l'on garde toujours éclairés. N'est-ce pas ?

— Euh… oui, monsieur, répondit Yates, qui se détendait à mesure qu'il comprenait. Ces endroits-là sont constamment éclairés. Ce serait trop facile d'y avoir un accident, et on ne pourrait pas demander aux serviteurs d'allumer et d'éteindre à chaque passage. Ce serait absurde, monsieur.

— Supposons qu'il fasse un peu trop chaud. Qu'on ouvre une fenêtre. Un courant d'air soulève un rideau, qui touche une lampe. Ou une bougie, peut-être ? Il arrive que des incendies commencent ainsi.

— Oui, monsieur, quelques-uns.

— Celui-là ?

Yates réfléchit longuement.

Le juge esquissa une moue d'impatience, mais se garda d'interrompre. Il était impossible de déchiffrer ses pensées.

— Pas celui-là ? l'encouragea Marcus.

— Ce n'est pas logique, commença Yates.

— Ah, non ? Pourquoi pas ?

— À cause de la chaleur, monsieur. Le feu s'était déjà propagé avant que quiconque se soit rendu compte de ce qui se passait, sinon pourquoi Lady Daventry ne se serait-elle pas échappée ?

— Je ne sais pas. Les membres du personnel ont réussi à sortir, non ?

— Oui, monsieur. Apparemment, ils étaient dans les quartiers réservés aux domestiques, tandis qu'elle se trouvait au premier étage, dans son dressing.

— Que s'est-il passé, à votre avis ?

Yates parut perplexe.

Un silence total régnait dans la salle.

Marcus se tenait immobile, comme s'il avait oublié ce qu'il s'apprêtait à dire.

Sir John Percival se leva.

Le juge ne lui prêta aucune attention.

— Mr. fford Croft ?

Une indéniable sollicitude était peinte sur ses traits.

Un froid soudain envahit Miriam. Son père avait-il perdu le fil de ses réflexions ?

Kitteridge se pencha vers lui, et lui souffla quelque chose.

Marcus s'éclaircit la voix.

— Donc, les serviteurs s'en sont sortis indemnes, et la pauvre Lady Daventry est morte brûlée vive, c'est bien ça ?

— Oui, monsieur, on peut résumer les choses comme ça. Sauf que deux domestiques ont été blessés en essayant de porter secours à Lady Daventry, en vain. Le feu était entre eux et elle, et ils n'ont pas pu l'atteindre.

— Merci, cela se comprend aisément. C'était courageux de leur part d'essayer, et très loyal.

— Oui, monsieur.

— Tout a dû flamber très vite.

— Oui, monsieur. Il y avait beaucoup d'objets inflammables, malheureusement. De superbes lambris. Des boiseries magnifiques…

— Du bois sec, acquiesça Marcus. Il dégage une forte chaleur, n'est-ce pas ?

— Disons qu'il brûle vite, surtout. Pas nécessairement à haute température.

— Je vois. Oh ! Avant que vous partiez, avez-vous découvert des traces d'accélérant, un produit qui aurait pu rendre le feu plus chaud, plus violent, de sorte que Lady Daventry aurait eu plus de mal à s'échapper ? Assez chaud pour fracturer un crâne humain, par exemple ?

Miriam se détendit, obligeant ses mains à se desserrer. Elle sentit des larmes lui picoter les paupières et rouler sur ses joues. Subitement elle fut glacée. Elle savait ce que Marguerite Daventry avait dû éprouver. La terreur. La sensation de suffoquer. La quête désespérée d'une issue. N'importe laquelle. Et puis la prise de conscience qu'il n'y en avait pas. Qu'elle allait mourir là.

Miriam, elle, avait trouvé une issue. Deux fois. Comment pouvait-on avoir si chaud à l'extérieur, la peau et la gorge en feu, et pourtant, ressentir un tel froid à l'intérieur de soi ?

Marcus parlait toujours, mais il terminait. Il ne tirait

pas de conclusion, laissant le juge songeur se demander s'il y avait davantage, et sachant que oui.

Sir John Percival n'avait rien à ajouter. Il se leva, imposant, sa robe noire fluide autour de lui, non pas étriquée comme celle de Marcus. Il déclina l'invitation à questionner le témoin.

— Je suis sûr que nous sommes tous au courant des faits matériels, pour ce que nous en savons.

Marcus appela Mercaston, le policier qui avait été chargé de l'enquête. Ses questions furent concises, et il veilla à ce que les réponses le fussent tout autant. Il résuma les faits et demanda au policier ses conclusions.

Percival ne fit que les reconfirmer. Elles n'ajoutaient rien de nouveau à ce que tout le monde savait.

La séance fut suspendue pour le déjeuner. Miriam mangea seule. Elle savait que Marcus s'entretiendrait avec Kitteridge et ne voulait pas les déranger.

Dès la reprise de l'audience, Marcus appela Gonville, l'avocat de la partie civile lors du premier procès. Il passa en revue les témoignages réunis par ce dernier et en résuma les éléments. Il fut remarquablement bref. Avait-il oublié quelque chose ? Le corps rigide d'anxiété, Miriam l'observait, voyait sa robe glisser un peu plus sur son épaule gauche. Tous ses manteaux avaient tendance à glisser là, il en avait toujours été ainsi – et c'était plus prononcé maintenant qu'il vieillissait. Ses cheveux blancs dépassaient sous sa perruque. Elle aurait dû veiller à ce qu'il se rendît chez le coiffeur. Il était trop tard maintenant.

Il était immobile et se taisait. Son raisonnement lui échappait-il ?

Il toussa puis s'éclaircit la gorge.

— Mr. Gonville, vous savez aussi bien que moi, et j'imagine, au moins la moitié des gens présents dans cette salle, que nous ne faisons que répéter ce que tout le monde sait déjà, et ne conteste pas. Vous n'avez pas été incompétent. Personne d'autre non plus lors de ce procès que nous passons en revue avec tant de soin. Le cœur de l'affaire n'est pas là, pas entre vos mains. Ni entre celles de Mr. Waveney, qui a défendu Sir Roger Daventry avec tant de compétence. Du moins, je ne le crois pas ? Je n'ai rien vu qui suggère qu'il ait été négligent ou malhonnête.

Miriam prit une inspiration tremblante. Pourquoi Marcus attirait-il l'attention sur ce point ? Elle aurait aimé être assise à côté de Kitteridge pour lui poser la question. Ce dernier allait-il être contraint de solliciter une suspension d'audience ? De dire que Marcus était souffrant ? Le ferait-il ? Oserait-il ?

Sir John Percival se leva à demi, puis se rassit. Il n'allait ni aider son père ni lui nuire, seulement attendre que le désastre arrive tout seul. Dans quelle intention ?

Miriam le détesta presque, mais c'était injuste. Offrir son aide serait condescendant et ce n'était pas son rôle dans ce cauchemar.

Debout à la barre, Gonville semblait en proie à la perplexité.

Marcus lâcha un soupir. Tous les regards convergeaient sur lui.

— Nous savons tous comment cela s'est terminé, dit-il, retrouvant le cheminement de ses pensées. Une triste histoire. Venons-en donc aux faits le plus vite possible.

Il se tourna vers le juge.

— Votre Honneur, avec votre permission, puis-je en venir au témoignage qui importe ? Celui du Dr Salisbury, le médecin légiste qui a identifié le corps en dépit des lésions importantes qu'il avait subies. Selon lui, la cause du décès était un coup porté à l'arrière de la tête, lequel a fracturé le crâne. Je peux le faire relire pour la cour, si celle-ci le désire ?

— Le désirez-vous, Sir John ? demanda le juge à Percival.

— Non, Votre Honneur, il figure dans la transcription des débats et nous savons tous ce qu'il contient, merci.

— Très bien, Mr. fford Croft, acquiesça le juge. Nous appellerons le Dr Salisbury si besoin est. Poursuivez.

— Merci, Votre Honneur, dit Marcus poliment, avant de pivoter de nouveau vers la tribune des témoins. Voyons, Mr. Gonville, vous avez rassemblé les informations disponibles sur l'origine de l'incendie et les individus qui se trouvaient sur place lors des faits, n'est-ce pas ?

— Bien entendu. Avec l'aide de la police, naturellement.

— Naturellement, sourit Marcus. Sans abuser de la patience de la cour en donnant trop de détails, avez-vous été d'avis que la police s'était acquittée avec diligence de son devoir ?

Percival se leva.

— Votre Honneur, vous ne pouvez être convaincu de l'efficacité des recherches entreprises par la police si Mr. fford Croft ne les passe pas en revue. S'il a… oublié… certains détails, je peux lui venir en aide.

Miriam se raidit. Était-ce de la condescendance ? Ou Sir Percival essayait-il réellement de faire avancer le procès ? Voire de voler au secours d'un homme plus âgé et visiblement un peu perdu. C'était affreux. Pourquoi Kitteridge n'intervenait-il pas ? N'osait-il pas ?

— Merci, dit Marcus, s'animant de nouveau. Mais rien de tout cela ne sera nécessaire.

Il secoua la tête avec vigueur.

— Nous ne contestons pas les preuves, nous arguons seulement qu'elles sont incomplètes à certains égards. Et que nombre d'autres éléments de cette affaire ne figurent nulle part. L'histoire est bien, bien plus longue que la plupart d'entre nous ne le supposions. Je propose de faire gagner du temps à la cour en nous abstenant d'ergoter sur des détails avec lesquels nous sommes tous d'accord, Votre Honneur.

Il n'avait pas regardé Percival.

Un instant décontenancé, le juge se ressaisit :

— Très bien, continuez. Mais si, à n'importe quel moment, j'ai le sentiment que nous avons perdu un élément essentiel, je vous demanderai d'y retourner. Si vous le souhaitez, votre collaborateur peut vous seconder. Je vois que Mr. Kitteridge est assis derrière vous.

— Je vous remercie, Votre Honneur, j'apprécie votre attention.

De nouveau, Marcus sourit puis inclina très légèrement la tête.

— J'ai quelques questions à poser à Mr. Waveney, si la cour n'y voit pas d'inconvénient ?

— Vous voulez dire Mr. Gonville.

— Non, Votre Honneur, à Mr. Waveney, l'avocat de la défense.

— Très bien. Sir John, désirez-vous interroger Mr. Gonville avant qu'il soit excusé ?

— Non, merci, Votre Honneur.

Marcus appela Waveney à la barre et lui fit exposer la défense qu'il avait présentée pour Roger Daventry.

— Cela a-t-il été un succès ? demanda-t-il sur le ton de la conversation, même courtoisement, comme s'il ne connaissait pas la réponse.

— Oui, monsieur, répondit Waveney avec un demi-sourire. Sir Roger a été acquitté.

— Ah ! Nous y voilà, acquiesça Marcus. Il a été acquitté. Le jury a décidé qu'il était innocent.

— *Non coupable* est le terme exact, monsieur, rectifia Waveney.

— *Non coupable au-delà de tout doute raisonnable*, me semble-t-il, développa Marcus. Mais le corps était celui de Mrs. Daventry, n'est-ce pas ?

— Oui, je le crains.

— Et elle est morte à cause de l'incendie.

— Oui.

— Un incendie criminel. Il a été causé délibérément, ce n'était pas un accident ?

C'était une question. Waveney commençait à avoir l'air un peu agacé.

— Oui. L'incendiaire a été arrêté. On l'a jugé pour le meurtre de Lady Daventry. Il a été reconnu coupable au-delà de tout doute raisonnable et pendu.

Miriam cilla. Songea à Adria Leigh.

Un bruissement traversa la salle, un malaise à la mention de la peine de mort. L'émotion vibrait dans l'air comme l'électricité avant un orage.

Lord Justice Walpole paraissait désormais très intéressé par la direction des questions de Marcus. Il se penchait en avant dans son grand fauteuil, un air concentré sur son visage maigre.

— Oui, dit Marcus à mi-voix. Un jeune homme qui n'avait jamais commis de crime jusqu'alors et qui, me semble-t-il, connaissait Lady Daventry.

Waveney se redressa un peu.

— En effet. Avant que vous commenciez à remuer toute cette tragédie, il était séduisant et avait des aspirations bien au-delà de sa situation sociale. Il a payé un lourd prix pour cela. Je pense qu'on peut le laisser en paix maintenant.

— Ah ! soupira Marcus. Peut-être. Nous verrons. Merci, Mr. Waveney. Peut-être Sir John a-t-il des questions à vous poser ?

— Non, merci, rétorqua Sir Percival. Je suis sûr que votre dossier doit contenir d'autres éléments. Vous n'avez encore rien dit qui justifie un nouvel examen du verdict original. Si c'est tout ce que vous avez, vous nous avez fait perdre notre temps, Mr. fford Croft.

— Oh ! Ce n'est pas tout, assura Marcus avant de se retourner vers le juge. Il est tard pour appeler un autre témoin, Votre Honneur. Je le ferai si vous me le demandez. Cependant, je préférerais attendre demain matin pour faire venir Sir Roger Daventry à la barre. J'ai un certain nombre de questions à lui adresser.

— Il nous reste une demi-heure, lui fit remarquer le magistrat. Vous ne pouvez revenir sur le verdict original, Mr. fford Croft. Quoi que vous en pensiez. Le dossier est clos.

— Oui, Votre Honneur, j'en ai conscience. J'appelle Sir Roger en tant que témoin.

— Très bien. Entendu pour demain matin.

— Merci, Votre Honneur.

Âgé de près de soixante ans, Sir Roger était un homme mince, aux yeux et aux sourcils foncés, aux tempes grisonnantes. Il portait un costume sobre et à la coupe élégante que Miriam admira malgré elle, et il émanait de lui une assurance inébranlable lorsqu'il s'avança et prêta serment, jurant de dire toute la vérité et rien que la vérité.

Ce matin-là, Marcus paraissait agité. À en juger par sa perruque mal mise, repoussée en arrière sur sa tête, il ne s'était pas regardé dans la glace avant de quitter le vestiaire, et déjà sa robe glissait sur son épaule gauche.

— Bonjour, Sir Roger, commença-t-il. Je suis désolé de devoir revenir sur la tragédie qui a frappé votre famille.

— Bonjour, Mr. fford Croft, répondit Daventry. Il m'est fort déplaisant d'avoir à revivre ces moments-là, mais je suis sûr que vous faites votre devoir tel que vous le voyez.

Une réponse polie. Sa voix était grave, lisse et harmonieuse, sa diction impeccable. Il n'était pas tout à fait condescendant mais il s'en fallait de peu.

— Je ne vois pas ce que je peux vous dire. D'après mes avocats, vous disposez de toutes les informations me concernant dans l'affaire. C'était il y a vingt ans.

— Certes, mais les effets s'en font toujours sentir, rétorqua Marcus.

Il était plus que poli, presque respectueux.

— Les preuves invoquées sont entrées dans l'histoire, du moins dans celles du milieu juridique et de la science médico-légale.

— Je suppose, admit Daventry, le visage impassible.

— Oh ! cela ne fait aucun doute.

Marcus hocha la tête.

— Le verdict a fait jurisprudence dans les cas de fractures du crâne survenues lors d'incendies où la chaleur a été extrême. Je connais pour ma part des gens qui ont utilisé cet avis d'expert et échappé à la potence.

— Vingt ans ont passé, répéta Daventry. Je ne vois pas en quoi cela me concerne.

— Pourtant, vous continuez à fréquenter Sir Barnabas Saltram en société.

Daventry haussa à peine les épaules, mais le geste était empreint de gêne.

— Jusqu'à un certain point. Je lui étais énormément reconnaissant. Il s'est donné beaucoup de mal pour mener des expériences, explorer des théories sur la chaleur, les os, le feu, afin de prouver mon innocence. Un remerciement ne semble guère suffisant. Voudriez-vous me peindre comme un ingrat ?

Une lueur d'humour traversa son regard puis s'évanouit.

— Je suis persuadé que vous n'êtes pas un ingrat, monsieur, déclara Marcus d'une voix plus affirmée, en lui rendant son sourire. Je crois que vous avez beaucoup œuvré pour faire progresser la carrière de Sir Barnabas, à tous points de vue.

— Est-ce une question ? Oui, bien sûr que je l'ai fait. J'ai réglé ses honoraires pour ses services médico-légaux, par l'intermédiaire de mon avocat, naturellement. Et je lui ai personnellement exprimé ma gratitude en appuyant sa candidature dans un des clubs où j'ai de l'influence. C'est ainsi que les choses se passent. On recommande les personnes en qui l'on a confiance, les gens que l'on trouve respectables et fiables, et qui excellent dans leur domaine. Je suis certain qu'il était destiné à réussir dans maintes sphères. Où voulez-vous en venir, Mr. fford Croft ?

Marcus remonta la robe sur son épaule gauche.

— Je veux simplement montrer que vous avez l'un et l'autre prospéré ces vingt dernières années. Il vous a sauvé la vie, et vous, par reconnaissance, lui avez fourni une introduction en société et un succès qu'il méritait sans doute, mais auquel il n'aurait pas accédé sans vous.

— C'est vrai, cependant vous me faites perdre mon temps, monsieur. Si vous faites ce que vous voulez du vôtre, celui de la cour, en revanche, ne vous appartient pas.

Marcus parut quelque peu dérouté.

— Vous semblez étonnamment irrité, Sir Roger. Pourquoi ?

Pris au dépourvu, Daventry hésita.

— Vous semblez insinuer que ma conduite était répréhensible.

— L'était-elle ? rétorqua Marcus, l'air stupéfait.

Miriam se pencha en avant, soudain plus attentive. Imaginait-elle une méthode dans l'approche de son père ou celle-ci était-elle réelle ?

— Non, pas du tout ! aboya Daventry. J'ai subi une perte épouvantable, un désastre absolu. La moitié de ma demeure ancestrale, une des plus belles d'Angleterre, a été détruite. Ma famille y vit et s'en occupe depuis plus de quatre cents ans. Mon épouse adorée est morte dans des circonstances affreuses. Comme si cela ne suffisait pas, on m'a accusé et jugé. Pendant des journées entières, j'ai craint d'être trouvé coupable et pendu. Et vous parlez de remboursement ?

Maintenant, il était indéniablement furieux.

Miriam se pencha encore un peu. Marcus se rendait-il compte des réactions qu'il éveillait parmi le public ? Daventry avait souffert. Ce qui était plus pertinent, il avait été jugé et déclaré non coupable. Il ne pouvait être rejugé, indépendamment de ce que Marcus ou n'importe qui d'autre pût prouver. Mais avait-il remarqué que Daventry avait mentionné la perte de son manoir avant la mort de sa femme ?

— Pas de remboursement, rectifia Marcus avec douceur. De gratitude.

— Je suis navré, dit Daventry plus calmement, recouvrant sa maîtrise de lui au prix d'un effort. En dépit des années, c'est toujours douloureux. Je ne vois pas ce que vous imaginez que je puisse vous dire d'utile. Ma pauvre Marguerite a brûlé vive à cause de l'incendiaire et la police était certaine que c'était James Leigh. Qu'essayez-vous de faire, hormis de réveiller d'anciennes douleurs ?

— Sir Roger, si vous n'avez pas conscience des autres affaires qui ont été soulevées par certains verdicts et preuves médicales, je crains de ne pas être en mesure de vous informer. Je vous suggère de continuer à assister à ce procès. Je vous remercie pour votre attention. À propos, ajouta-t-il, je suis sûr que vous aviez l'intention de mentionner la disparition de votre femme avant la destruction de votre propriété.

Il y eut un silence dans la salle.

— Restez à la barre, je vous prie, au cas où Sir John aurait d'autres questions. Merci.

Marcus regagna sa place, le visage indéchiffrable, du moins pour Miriam qui l'observait avec nervosité.

Percival se leva.

— Je suis désolé pour ce désagrément, Sir Roger, dit-il gravement. Avez-vous concernant ce tragique incendie des informations dont vous n'avez pas parlé au tribunal lors du procès où vous avez été reconnu non coupable ? Si c'est le cas, vous pouvez les donner à présent.

Il attendit une seconde – deux – trois, puis hocha la tête.

— C'est bien ce que je pensais. Merci, Sir Roger, je n'ai pas d'autres questions.

L'audience fut suspendue. Miriam sortit dans l'air glacé de la rue, savourant le froid qui focalisait son attention, et s'efforçant de deviner ce que Marcus avait en tête et comment elle pourrait l'aider.

19

Le lendemain, Daniel attendait devant la salle de tribunal. Marcus allait l'appeler à comparaître comme témoin de l'affaire Jessie Beale, depuis le meurtre de Paddy Jackson et le procès de Robert Adwell jusqu'à la condamnation de Jessie elle-même. Bien entendu, le véritable but était de dénoncer le témoignage erroné de Saltram.

On n'allait pas exiger de Daniel qu'il dît autre chose que la vérité, mais il savait que Percival ferait de son mieux pour le discréditer, le décrire comme inexpérimenté, ce qui était vrai, et comme incompétent, ce qui était faux. Il espérait que l'avocat n'essaierait pas d'insinuer qu'il avait délibérément guidé les débats pour aboutir à la condamnation de Jessie : c'était la vérité, mais il l'avait fait uniquement pour défendre la cause de la justice. Et il n'avait rien fait d'illégal. Il n'avait ni menti ni fourni d'informations confidentielles à l'avocat de la défense. Il avait simplement tenté de servir la justice, encore que par des moyens détournés.

Il était encore possible de trébucher, d'être accusé d'avoir manipulé – par stupidité ou de manière délibérée –, la loi, les faits et le jury, dans le but de parvenir au verdict que, personnellement, il croyait juste. Percival était un avocat chevronné, très habile. Il n'était pas devenu KC sans l'avoir mérité.

Daniel aspirait-il à être KC lui-même un jour ? « À

revêtir la robe de soie », comme on disait ? À cet instant précis, il aurait voulu exercer n'importe quel métier sauf celui d'avocat.

L'huissier s'approcha et l'invita à entrer.

Il remonta l'allée centrale et gravit les marches de la tribune, évitant à dessein de parcourir des yeux la foule dans la salle bondée à la recherche des cheveux flamboyants de Miriam, ou peut-être de Charlotte. Elle devait être là quelque part, elle avait dit qu'elle viendrait.

Il prit la bible dans sa main, déclina son identité et prêta serment. Cela fait, il pivota pour faire face à Marcus. Le vieil homme paraissait tendu, les traits pincés par l'anxiété, ses épaules encore plus penchées que d'habitude. Sa robe était de travers. Des touffes de cheveux blancs émergeaient de sous sa perruque, lui donnant une apparence brouillonne, négligée.

— Bonjour, Mr. Pitt, commença Marcus sobrement. Je voudrais que vous vous reportiez en arrière, à la fin de septembre de l'année dernière. Une jeune femme du nom de Jessie Beale est venue solliciter votre aide sur le plan juridique. De quoi s'agissait-il précisément ?

— Son ami, Robert Adwell, avait été arrêté et accusé du meurtre d'un de ses rivaux, Patrick Jackson.

— Avez-vous accepté l'affaire ?

— Oui, monsieur. J'ai sollicité…

— Cela suffira, Mr. Pitt, coupa Marcus. Si Sir John désire connaître les conditions de votre engagement, il vous les demandera. Elles ne sont pas pertinentes en ce qui me concerne. Vous avez accepté. Avez-vous ensuite découvert tout ce que vous pouviez au sujet du crime supposé ?

— Oui, monsieur.

— À qui avez-vous parlé ?

— À l'inspecteur de police chargé de l'enquête.

— Mr. Quarles ?

— Oui, monsieur.

— Nous lui demanderons de confirmer cela si la cour le désire. Mais dans l'intervalle, que vous a-t-il appris ?

Percival changea de position sur son siège, mais n'interrompit pas. Il semblait prendre des notes.

Daniel s'éclaircit la gorge.

— Que le corps de Patrick Jackson avait été découvert sur les lieux d'un incendie, très sévèrement brûlé mais encore identifiable. Que Robert Adwell avait été brûlé lui aussi, mais bien moins grièvement, parce qu'il se trouvait beaucoup plus loin du cœur du feu. On savait qu'ils appartenaient à des bandes rivales impliquées dans des délits mineurs. Paddy avec ses frères ; Rob Adwell, avec divers individus.

— Adwell a reconnu sa présence sur les lieux ? coupa Marcus.

— Il a été trouvé là-bas, monsieur, il ne pouvait guère le nier. De plus, sans être gravement blessé, il souffrait tout de même de quelques vilaines brûlures, qui étaient très douloureuses.

— Vous a-t-il déclaré être innocent de la mort de Jackson ?

— Oui, c'est ce qu'il a affirmé. Jackson ne…

Marcus leva la main.

— Ne me dites rien avant que je vous l'aie demandé, monsieur ! Un « oui » suffira. Donc, il clamait son innocence ?

— Oui, monsieur, répondit Daniel.

Il comprenait qu'il devait faire preuve de tolérance envers Marcus, dont la tension était naturelle. Ce procès était son premier depuis très longtemps. Sa technique était rouillée, sa mémoire l'était plus encore. En outre, il s'agissait d'un procès en révision, qui serait lourd de conséquences. S'il perdait, la Couronne aurait le plus grand mal à réclamer que les autres affaires reposant sur les témoignages de Saltram fussent rejugées. Si, comme chacun le redoutait, il l'emportait, Dieu seul savait combien devraient l'être. Combien de verdicts seraient réformés, combien d'innocents, ou de coupables, libérés. Et combien d'autres ne seraient jamais réellement acquittés à cause d'un vice de forme. Non parce qu'on avait la preuve irréfutable de leur culpabilité ou de leur innocence.

Cela en valait-il vraiment la peine ? Marcus serait-il conspué pour avoir soulevé toute la question ? Serait-il considéré comme celui qui avait semé la confusion là où régnait jusqu'alors la certitude ? Mais quel poids avait cette certitude, si elle était acquise au prix de l'injustice ? Si on balayait sous le tapis tout ce qui était sordide, en feignant de croire que cela n'avait jamais existé ?

Oui, cela en valait la peine.

— Mr. Pitt, votre attention, s'il vous plaît ! ordonna Marcus sur un ton cassant.

Perdait-il sa maîtrise de lui-même ? ou sa brusquerie était-elle une feinte, un stratagème visant à retenir l'attention totale de la cour, et du juge en particulier ? Son expression ne trahissait rien.

— Oui, monsieur, dit Daniel aussitôt.

— Pourquoi précisément Robert Adwell a-t-il été inculpé de meurtre ?

— Parce que l'examen du corps de Mr. Jackson par le médecin légiste a révélé que l'arrière du crâne avait été fracturé, monsieur, alors qu'il n'y avait presque pas de fumée dans les poumons. Ce qui suggère que…

Percival se leva.

— Votre Honneur, Mr. Pitt ne possède aucune qualification en médecine, pour autant que la cour le sache. Nous avons appris que la fille de notre estimé confrère a certaines aspirations médicales, mais la cour ne saurait se fier à une opinion de seconde main émanant d'une jeune dame, si charmante ou intelligente soit-elle.

Le souffle d'une inspiration collective se fit entendre dans la salle, suivi d'un bruissement de tissu alors que les gens se redressaient sur leurs sièges. Daniel eut l'impression qu'une rafale de vent sec et brûlant venait de déferler sur lui.

Le visage du juge était pincé par l'irritation, mais on n'aurait su dire contre qui.

Il regarda Marcus.

— Mr. fford Croft ?

— Si mon estimé confrère laissait Mr. Pitt répondre, Votre Honneur, il apprendrait que ce dernier a interrogé le médecin légiste concerné, le Dr Appleby. Je peux faire comparaître le Dr Appleby, cela ne pose pas de problème. La question que j'ai adressée à ce témoin était celle de savoir pourquoi Adwell avait été inculpé de ce crime. Je peux faire venir ma fille à la barre pour qu'elle vous assure qu'elle n'a pas été consultée par la police à cet égard.

Son visage était l'innocence même, on ne décelait pas l'ombre d'un sourire sur ses traits. Cependant, Daniel aurait parié un mois de salaire qu'il riait intérieurement.

— C'est noté, déclara le juge, dont le visage aurait également pu suggérer une gamme d'émotions.

Il se tourna vers Daniel :

— Vous pouvez continuer, Mr. Pitt. Le médecin légiste, Mr. Appleby vous a dit que le crâne était fracturé ?

— Oui, monsieur.

— Et vous a-t-il dit ce qu'il pensait être la cause de cette blessure ? demanda Marcus.

— Oui, monsieur. Il croyait qu'elle résultait d'un coup violent porté à l'aide d'un objet contondant, peut-être une sorte de matraque.

— Pas une conséquence de la chaleur intense ?

— Non.

— Pourtant, la chaleur était bel et bien intense ?

— Oui, monsieur.

— Lui avez-vous demandé pourquoi il pensait que la chaleur n'était pas à l'origine de la fracture ? Il aurait été naturel de lui poser cette question, surtout puisque vous représentiez la défense.

— Je l'ai fait, monsieur. Il a répondu que la victime était morte avant d'avoir eu le temps d'inhaler trop de fumée, ce qui semblerait suggérer que c'était bien avant que la température devienne assez élevée pour fracturer un crâne.

— Ah ! mais n'aurait-il pas pu mourir plus tôt, et son crâne aurait ensuite été fracturé par la chaleur ?

— Cela aurait pu se produire ainsi, pour autant que je le sache, monsieur, mais alors son décès n'aurait pas été dû à la fracture du crâne. Or il n'y avait apparemment pas assez de fumée dans les poumons pour qu'il soit mort asphyxié, et le médecin n'a pas décelé d'autre cause possible. Comme Sir John l'a fait remarquer, je n'ai pas de qualifications en médecine et je n'ai pas sollicité l'avis de quelqu'un d'autre. L'opinion du Dr Appleby me paraissait sensée, et la police la partageait. Je l'ai acceptée. De toute manière, ma tâche consistait à défendre Adwell contre l'accusation dont il était l'objet.

— En effet.

Marcus hocha la tête.

— En effet. Ce que vous avez fait, me semble-t-il ?

— Oui, monsieur.

— Et il a été reconnu non coupable ?

— Oui, monsieur.

— Comment êtes-vous parvenu à ce résultat ?

Il pivota vers le juge.

— Votre Honneur, permettez-moi d'insister là-dessus. Cette question est très pertinente concernant l'affaire que nous rejugeons ici. Elle est récente : elle remonte à trois mois. Le chef d'accusation était pour l'essentiel le même, la défense également. Seuls les coupables, s'il y en a, ont quelque chose à craindre.

— Je vais vous accorder une certaine latitude, Mr. fford Croft.

Le magistrat leva la main avant même que Percival ne se fût mis debout.

— Mais la cour ne va rejuger aucun procès hormis celui-ci, si c'est ce que vous espérez ?

Marcus garda le silence. Il était trop avisé pour interrompre un juge dont l'indulgence lui était désespérément nécessaire. Il se contenta de secouer la tête avec vigueur.

— Bien, dit le juge.

Il se tourna vers Daniel.

— Si vous semblez aboutir à toute autre conclusion, je vous interromprai. Sinon, poursuivez. Dites-nous aussi brièvement que possible comment vous avez défendu votre client.

— Je croyais à l'innocence de Mr. Adwell, déclara Daniel. Par conséquent, il me semblait qu'il devait y avoir une autre explication. J'avais entendu parler de Sir Barnabas Saltram et, grâce à certaines relations, j'ai pu le rencontrer et lui parler de l'affaire. Il a très courtoisement accepté d'examiner les faits et de donner son opinion professionnelle au tribunal.

— Contre une rémunération ? Des honoraires pour une consultation d'expert ?

— Non, répondit Daniel. Dans l'intérêt de la justice. C'est ce qu'il m'a affirmé et je considérais agir dans le même intérêt. Mr. Adwell était loin d'être en mesure de nous payer l'un ou l'autre. Sir Barnabas a déclaré qu'il offrirait ses services à titre gratuit pour voir un verdict équitable.

— Vous l'avez cru ? demanda Marcus, une pointe de surprise dans la voix.

— Oui. Je le crois toujours. Je crois qu'il lui arrive assez souvent de donner de son temps à ceux qu'il pense innocents, mais qui n'ont pas les moyens d'engager un expert.

Marcus hocha la tête lentement. Ils s'étaient déjà mis d'accord sur ce point.

— Excellent. Par conséquent, Sir Barnabas a examiné le corps de Patrick Jackson et vous a donné son opinion, que vous lui avez ensuite demandé de répéter au tribunal, c'est cela ?

— Oui, monsieur.

— Et cette opinion était que… brièvement, s'il vous plaît ?

Les sourcils blancs de Marcus s'arquèrent, et il attendit, écarquillant les yeux.

— Que l'incendie avait atteint une chaleur intense très vite en raison des produits inflammables stockés dans l'entrepôt. Cela s'est passé dans Tooley Street, près des docks. Ces substances expliquent que la température ait augmenté si rapidement. Cette théorie concordait avec les faits que je connaissais et le jury l'a acceptée. Robert Adwell a été déclaré non coupable.

— Très succinctement résumé.

Marcus hocha la tête et remonta sa robe.

Tout le monde dans la salle se détendit ; Daniel le sentit. Dans un frottement d'étoffe contre étoffe, les gens se calèrent de nouveau sur leur siège avec un soupir. Quelque part, une femme laissa échapper son sac qui tomba sur le sol.

Tout le monde… sauf Marcus. Il était loin d'avoir terminé. Daniel n'osa pas regarder Kitteridge ni se tourner vers Miriam qu'il aurait pourtant vue immédiatement. Personne n'avait de cheveux tout à fait de cette couleur. Il n'osa pas davantage regarder sa mère. Il choisit de croire qu'elle était encore là.

Le juge se pencha en avant, un léger pli sur le front. Daniel avait une foule de choses à dire. Il fallait établir le rapport avec l'affaire Daventry. Marcus était censé présenter l'argumentaire de Daniel pour lui. Il n'avait sûrement pas perdu le fil de l'histoire ?

Marcus reprit la parole, devançant le magistrat.

— Les choses en sont-elles restées là, Mr. Pitt ?

— Non, répondit Daniel aussitôt. Peu de temps après – un mois, peut-être – Miss Beale m'a envoyé chercher.

Elle avait été arrêtée pour la mort de Robert Adwell, qui avait eu lieu dans des circonstances exactement identiques.

— Avez-vous dit « exactement » ? intervint le juge, les sourcils froncés.

— Oui, monsieur.

Dans la salle, les gens bouche bée se tournaient vers leurs voisins comme pour s'assurer qu'ils avaient bien entendu, s'agitaient sur leurs sièges.

Le juge abattit son maillet d'un coup sec.

Le brouhaha cessa.

Le juge se tourna vers Daniel, le visage sévère.

— J'espère que vous ne vous laissez pas aller à ce que vous imaginez être une forme d'humour, Mr. Pitt. Ceci est une affaire très sérieuse. Lisez l'histoire de la loi dans ce pays à travers les siècles : depuis les tribunaux saxons qui ont précédé Guillaume le Conquérant, bien avant la Magna Carta en 1215, nous sommes en quête de l'ordre et de la justice. Si vous aspirez à rester dans cette profession, vous lui témoignerez la solennité qu'elle mérite, sinon dans votre opinion, dans la mienne.

— Oui, Votre Honneur, dit Daniel gravement. J'ai tout d'abord cru à un malentendu, si bien que je suis allé voir Miss Beale, qui était détenue. Elle ne s'était pas trompée. Mr. Adwell avait péri lors d'un incendie dans le quartier et elle avait été inculpée de son meurtre. Les circonstances étaient identiques à celles de la mort de Paddy Jackson.

— Et sur quelles preuves s'est-on basé pour affirmer qu'elle était coupable ? (Le juge secoua la tête avec indignation.) C'est ridicule !

— Oui, Votre Honneur, c'est précisément ce que j'ai pensé. Je me suis demandé si les frères de Paddy Jackson avaient voulu venger sa mort. Ç'aurait été logique. Du moins, il m'a semblé que oui.

Marcus réfléchit un instant.

— Je vois.

Daniel l'observa, son anxiété s'accroissant à mesure que les secondes s'égrenaient. Avait-il un trou de mémoire ? Il n'avait pas expliqué à Daniel de quelle manière il comptait s'y prendre. Ils s'étaient seulement mis d'accord sur le fait que la défense présentée par Saltram, désormais prouvée erronée par Evelyn Hall, ne pouvait plus constituer une base solide pour affirmer l'innocence de Daventry et la culpabilité de James Leigh.

Il était sur le point d'intervenir quand Marcus prit une inspiration.

— Mr. Pitt, avant d'obtenir le témoignage de Sir Barnabas Saltram, croyiez-vous que Robert Adwell était coupable ?

Marcus savait que Daniel avait au moins envisagé cette possibilité. S'attendait-il à ce qu'il dît la vérité ? Ce fut à son tour de prendre une inspiration.

— J'avais peur qu'il ne le soit, mais je n'en étais pas sûr, monsieur.

— Et après ? Après le témoignage de Sir Barnabas ?

— J'ai été convaincu de son innocence, monsieur.

— Et le dossier contre Jessie Beale était exactement le même.

Il arborait une mine intriguée, polie.

Sir John Percival se leva, l'air incertain.

— Votre Honneur, je pense que le moment est venu de faire une petite pause. Mr. fford Croft semble un peu perdu.

— Pas du tout, protesta Marcus en secouant la tête, ce qui eut pour effet de faire glisser sa perruque davantage vers la gauche. Pas du tout. J'en arrive juste à l'essentiel. J'irai un peu plus vite, si Votre Honneur le désire.

— Peut-être serait-ce une bonne idée, acquiesça Lord Justice Walpole.

Percival se rassit, visiblement peu satisfait.

Marcus regarda Daniel de nouveau.

— Adwell a été acquitté. Vous pensez que le verdict était juste. Avez-vous défendu Jessie Beale ?

— Oui, monsieur.

— Pourquoi ?

— Elle me l'a demandé. Je me suis senti…

Quelle réponse pouvait-il fournir qui fût honnête ?

— Serait-il juste de dire qu'elle vous a manipulé, et que vous n'aviez pas de bonne raison de refuser ? Pour commencer, cela aurait pu influencer les jurés, puisqu'ils avaient forcément entendu parler du procès d'Adwell, suggéra Marcus.

— Oui, monsieur.

Le juge fronça les sourcils.

— Vous dirigez le témoin, Mr. fford Croft. Laissez-le parvenir à ses conclusions lui-même… ou pas.

— Excusez-moi, Votre Honneur.

Marcus se retourna vers Daniel :

— Pensiez-vous également qu'elle était innocente, et que vous pourriez avoir recours au même témoignage pour le prouver ?

— Oui, monsieur.

À un moment donné, ç'avait été vrai.

— Et cela a-t-il fonctionné ? insista Marcus, l'air sincèrement intéressé.

— Non, monsieur.

— Pourquoi non ?

Un silence total régnait dans la salle, que seul vint troubler l'infime froissement des manches du juge qui croisait les bras.

— Parce que l'accusation a fait venir un témoin expert, répliqua Daniel. Le Dr Evelyn Hall.

— Il est aussi expert que Sir Barnabas Saltram ?

Marcus avait tenté de parler d'une voix complètement neutre, sans y parvenir tout à fait.

— Elle, rectifia Daniel. Evelyn Hall est une femme, monsieur.

— Oh, oui ! s'écria Marcus, comme s'il prenait juste conscience de ce fait. Evelyn est un de ces prénoms qui peuvent être masculins ou féminins. Est-elle aussi bien qualifiée que le Dr Saltram ?

— Oui, monsieur. Elle a étudié en Grande-Bretagne, en France et en Hollande, où je crois savoir que le travail est jugé entièrement sur le mérite. Le genre n'entre pas en ligne de compte.

— Eh bien, eh bien, voilà une pratique admirable. Et que vous a dit ce Dr Evelyn Hall ?

— Elle a montré trois crânes, monsieur. L'un avait été fracturé par une extrême chaleur, causée par une substance hautement inflammable : le phosphore blanc, qui atteint très vite une température de cinq mille degrés Fahrenheit. On pourrait le qualifier d'explosif. Les deux autres crânes avaient été fracturés par des coups à la tête.

— Comment le savait-elle ?

— Elle a procédé à des expériences elle-même. Les fractures causées par le feu avaient la particularité d'être exclusivement localisées au sommet du crâne, et caractérisées par une étoile centrale d'où émanait un réseau de fractures moindres. En revanche, les fractures provoquées par des coups se trouvaient n'importe où, souvent à l'arrière de la tête, à la jonction du crâne avec la colonne vertébrale. La différence était très nette. Suffisante pour que les jurés en concluent qu'Adwell avait indéniablement été tué par un coup à la tête, et non par la chaleur. Ils ont déclaré Jessie Beale coupable.

Un silence lourd et tendu s'abattit sur la salle. Quelqu'un laissa échapper une canne qui tomba par terre ; on eût dit une détonation.

Une femme poussa un petit cri d'effroi.

Daniel avait la bouche aussi aride que les livres de droit qu'il n'avait pas ouverts depuis le début de cette affaire.

— Avez-vous été choqué ? demanda Marcus, brisant la tension.

— Non, monsieur.

— Pourquoi pas ? Quelque chose vous avait-il incité à prévoir ce résultat ?

— L'affaire était une copie conforme de la précédente, monsieur. J'en suis venu à me rendre compte que Jessie Beale était peut-être coupable des deux meurtres. Le premier était une sorte d'essai pour voir si la méthode fonctionnait. Ce qu'elle a fait… brillamment. Elle en a profité pour se débarrasser de Rob Adwell aussi.

— Avez-vous appris pourquoi ?

— Oui, monsieur. Du moins, les indices nous l'indiquaient clairement. Nous avions supposé qu'Adwell et Paddy Jackson étaient les chefs de bandes rivales de cambrioleurs. Il semblerait plutôt qu'il n'y ait eu alors qu'un seul gang, et une rivalité pour en être le chef. Apparemment, Jessie Beale avait le cerveau nécessaire et c'était elle qui tirait les ficelles en coulisses.

— Vraiment !

Marcus continuait à avoir l'air surpris.

— Et pourquoi avez-vous accepté l'affaire présente ? Le succès vous était-il un peu monté à la tête ?

— Non, monsieur. Je l'ai acceptée parce que Mrs. Leigh, la femme de l'homme qui a été pendu pour le meurtre de Lady Daventry, me l'a demandé. Et je ne considère pas avoir réussi concernant Jessie Beale. Elle m'a complètement ridiculisé.

C'était la vérité.

Marcus pinça des lèvres.

— Je n'irais pas jusque-là, dit-il gentiment. Mais poursuivons. Vous avez obtenu un verdict juste les deux fois. Rob Adwell n'était pas coupable, Jessie Beale si. Et quand elle a été inculpée, vous l'avez défendue et vous avez perdu. De sorte que là, encore, le verdict était juste.

Il pivota vers le juge qui se tenait assis très droit.

— Je vous remercie, Votre Honneur. Voici l'argument que je présente pour le réexamen de la culpabilité de James Leigh. Il a été démontré devant un tribunal qu'une pièce à conviction cruciale, à savoir le crâne fracturé de la victime, avait fait l'objet d'une interprétation erronée. L'homme inculpé lors du premier procès a été déclaré non coupable. Je demande que James Leigh soit déclaré non coupable également, sur la base de la même pièce à conviction et pour les mêmes raisons. Sa famille le mérite. Elle mérite bien davantage.

— Suggérez-vous que la cour conclue que la mort de Lady Daventry était un accident, Mr. fford Croft ? demanda le juge.

Marcus hésita. Il jeta un bref coup d'œil vers Daniel avant de répondre.

— Si la cour me le permet, Votre Honneur, je suggérerais que Lady Daventry est morte à la suite d'un coup porté à l'arrière de la tête. J'ignore par qui. Je crois que ce serait lui rendre justice, et rendre justice à Mrs. Leigh, que de découvrir l'identité du coupable. Les éléments à charge rassemblés contre James Leigh n'ont pour l'essentiel pas été contestés, et il n'avait aucun mobile connu pour un tel acte. Ce qui est sûr, c'est qu'il n'a rien volé…

— Cela sera examiné, coupa le juge. Pour le moment, la mort de Lady Daventry continue à être considérée comme un meurtre. Un meurtre et non un homicide involontaire résultant d'un incendie criminel. C'est une question que nous ne pouvons laisser sans réponse.

Percival se leva.

— Votre Honneur, puis-je rappeler à la cour que Sir Roger Daventry a déjà été jugé sur cette inculpation et qu'il a été reconnu non coupable par un jury de ses pairs ? Il ne peut être rejugé pour le même crime.

— J'en ai conscience, Sir John, rétorqua le magistrat sur un ton sec. Marguerite Daventry n'a pas été la seule victime dans cette affaire. James Leigh est mort également, et dans le déshonneur. Un certain nombre d'individus ont contribué à ce résultat, intentionnellement ou pas. Et la question demeure de savoir qui a mis le feu. Si Lady Daventry a été frappée à la tête, il s'agit d'un meurtre commis par quelqu'un qui se trouvait déjà dans la maison. C'est lui le coupable, puisque l'incendie avait clairement pour but de dissimuler le méfait principal. Lorsque nous pourrons prouver au-delà de tout doute raisonnable de qui il s'agissait, nous l'inculperons d'incendie criminel, et de la mort de James Leigh qui a été assassiné aussi sûrement que s'il avait été abattu d'un coup de pistolet. Sauf que sa mort a été infiniment plus cruelle.

Percival était toujours debout. Quand il reprit la parole, sa voix était moins sûre, voire un peu rauque.

— L'affaire n'est pas tout à fait terminée, Votre Honneur. J'aimerais avoir demain la possibilité d'interroger Mr. Daniel Pitt. On a longuement évoqué ici diverses expériences et conclusions ayant trait au feu, mais nous n'avons entendu parler d'Evelyn Hall que par la défense. J'aimerais poser un grand nombre de questions relatives à cette personne et à ses qualifications. J'ai tout un argumentaire à présenter au Dr Barnabas Saltram demain, si la cour le permet, et je dois, afin d'obtenir justice pour lui et pour ce procès, lui donner la possibilité de défendre sa réputation, faute de quoi celle-ci aura peut-être subi des dégâts irréparables. J'ai besoin de mener quelques recherches avant de pouvoir questionner Mr. Pitt, qui, me semble-t-il, a un intérêt personnel dans cette affaire et son issue. J'appellerai également le Dr Hall à la barre, et peut-être Miss Miriam fford Croft, qui joue un plus grand rôle ici que le jury ne le soupçonne. Avec la permission de la cour, naturellement.

Daniel eut l'impression que la salle se balançait autour de lui. C'était comme un morceau de musique qu'on croit presque terminé, le crescendo final, le silence, et puis voilà qu'il recommence, plus frénétique encore qu'auparavant. Et plus assourdissant.

20

Daniel regagna sa pension trempé, transi, et exténué. Cependant, il avait à peine refermé la porte de sa chambre et retiré sa veste qu'on toqua.

La voix de Mrs. Portiscale s'éleva sur le palier.

— Mr. Pitt, un gentleman demande à vous voir. Il dit que c'est urgent, monsieur, et très important.

Daniel étouffa un juron.

— Très bien, Mrs. Portiscale, je descends dans un instant. Faites-le attendre en bas, s'il vous plaît.

— Il dit que c'est important et personnel, monsieur. On dirait un vrai gentleman. Je vais l'installer dans mon salon pour que vous puissiez parler en privé, comme qui dirait.

— Merci, Mrs. Portiscale. J'arrive.

— Oui, monsieur.

Il perçut une certaine anxiété dans sa voix, même à travers le battant en bois, et comprit qu'elle était intimidée. Qui était-ce donc ?

Il enfila une chemise sèche, plus chaude, et une veste décontractée, et repoussa vivement ses cheveux en arrière, ce qui ne les empêcha pas de retomber sur son front avant qu'il eût franchi le seuil de la chambre. Il s'était détendu dès qu'il avait pénétré dans le logis familier, confortable, de Mrs. Portiscale. Maintenant, il se sentait raide, les muscles noués, prêt à une bataille imprévue.

Il alla droit au salon et entra sans frapper.

Barnabas Saltram était debout près de la cheminée, presque devant le feu qui venait d'être alimenté. Il avait dû donner son pardessus à Mrs. Portiscale, mais le devant de sa tête était mouillé, et on voyait la marque laissée par son chapeau. Il avait l'air gelé et furieux.

— Je compte que nous ne soyons pas dérangés par votre logeuse. Je ne désire ni du thé ni du whisky ni quoi que ce soit d'autre qu'elle puisse offrir au nom d'une hospitalité mal avisée. Il s'agit d'une visite professionnelle.

— Je n'ai nulle intention de vous offrir quoi que ce soit, rétorqua Daniel. Ce salon est le sien et elle l'a mis à notre disposition pour nous permettre de parler en tête à tête. Préférez-vous que nous ayons cet entretien en public ?

— Cet endroit fera l'affaire. Et il est dans votre intérêt que cette conversation ne se déroule pas en public... riposta Saltram froidement.

— Cette conversation n'est d'aucun intérêt pour moi, coupa Daniel, sur un ton tout aussi sec que celui de Saltram. Vous avez choisi de venir me voir. Vous feriez mieux de me dire pourquoi. Je présume qu'il ne s'agit pas d'une question juridique, sinon vous vous seriez adressé à Mr. fford Croft ou à Mr. Kitteridge.

Saltram se redressa un peu, mais resta à côté de la cheminée.

— Je suis venu vous voir parce que vous êtes le mieux placé pour mettre un terme à cette affaire avant qu'elle ne ruine trop de vies. Miss fford Croft est hors de question. Elle ne pourra guère faire plus que de vous supplier, tous. Et elle n'aura guère besoin d'encouragements pour cela. Kitteridge n'a aucun pouvoir de décision et je crois qu'il n'en a pas la volonté non plus. Quant à fford Croft, il est âgé, distrait, et la moitié du temps il ne sait plus guère ce qu'il fait. Je ne suis pas sûr que vous le sachiez davantage. Vous êtes émotif, par conséquent vous n'avez que peu de maîtrise de vous-même. Mais c'est vous qui avez les meilleures chances de conclure tout cela de manière sensée.

Malgré lui, Daniel était curieux et il savait qu'il ne pouvait se permettre de congédier Saltram sans l'avoir écouté.

— Que proposez-vous ? demanda-t-il, après avoir vérifié que la porte du salon était bien fermée.

— Je propose que vous réexaminiez le témoignage fourni par le Dr Evelyn Hall, qui n'est pas aussi infaillible que vous semblez le penser. Nos avis divergent sur beaucoup de sujets. Les effets produits par le feu sur le squelette humain, par exemple.

— Les jurés peuvent écouter les deux opinions et s'en faire une, répliqua Daniel. Quelle que soit leur conclusion, il sera impossible de rejuger Daventry pour la mort de Marguerite, mais Leigh mérite un pardon. Pour le bien que ça lui fera, le malheureux. Si le Dr Hall avait témoigné à son procès, le verdict aurait été différent et je crois que vous le savez.

Saltram ne manifesta aucun signe suggérant qu'il l'avait entendu, hormis un infime haussement de sourcils.

— Je présume que vous avez également tenu compte de tous les autres procès qui devront être rejugés si les jurés croient Daventry coupable, quoiqu'ils ne puissent plus rien faire à ce sujet.

Daniel eut un mince sourire.

— Vous voulez dire que ça va être dérangeant.

Une lueur de colère traversa le visage de Saltram.

— Dérangeant est un terme très faible pour la détresse que cela va occasionner.

— À qui ? À vous ? Ce serait plus que du dérangement, c'est certain. Vous y perdriez votre réputation d'infaillibilité, lança Daniel avec aigreur.

— Cela coûterait bien plus cher encore à certains,

rétorqua Saltram. Cela pourrait vous coûter votre emploi chez Marcus fford Croft aussi. Que vaudra son cabinet après ceci ? C'est un imbécile. Il oublie jusqu'à son propre nom la moitié du temps.

Il s'éloigna de l'âtre. Le feu était brûlant.

— Il a peut-être une dette envers votre père, à moins qu'il n'ait besoin que de son silence. Mais votre carrière sera finie. Plus aucun cabinet respectable de Londres ne voudra de vous ! Ni de cet imbécile de Kitteridge non plus.

Daniel sentit un froid le parcourir, un frisson glacé, comme si la lumière venait d'être baissée.

Saltram le lut sur ses traits et esquissa un sourire.

— Exactement. Et je ne fais que commencer. Parlons de Miriam fford Croft, ajouta-t-il sur un ton caressant. Que savez-vous de sa jeunesse ? de son éducation, par exemple ?

Il haussa les épaules.

— Ne vous donnez pas la peine de répondre. Rien, rien du tout, sauf ce qu'elle vous a raconté, peut-être. Vous a-t-elle affirmé qu'elle était une excellente étudiante ? voire brillante ? aussi bonne que n'importe quel homme ?

Le mépris perçait dans sa voix.

— Que c'était une mathématicienne de talent ? une chimiste ? qu'elle connaissait l'anatomie, qu'elle était capable de dessiner un squelette avec précision et de nommer chaque os ?

— Non.

— Eh bien, cela au moins est à son crédit, commenta Saltram avec une moue de dédain. Elle ne mentait pas, sauf par omission. C'était une étudiante médiocre. Elle n'était pas consciencieuse, elle manquait d'application…

— Je l'ai regardée travailler, coupa Daniel. Jamais je n'ai vu quelqu'un qui soit capable d'autant de concentration.

— Vous l'avez regardée ? Et vous avez compris ce qu'elle faisait et pourquoi ? Pour l'amour du Ciel, mon brave, vous pourriez observer une jolie femme aussi longtemps qu'il vous plaira, si vous avez du temps à perdre, sans avoir la moindre idée de ce qu'elle fait ou de son but, à supposer même que vous connaissiez la discipline qui est la sienne. Je peux regarder un cuisinier confectionner un plat splendide sans comprendre ce qu'il a fait ni comment.

— Que vous n'ayez rien compris à sa méthode est sans incidence aucune sur la qualité du plat, observa Daniel sèchement. C'est une indication de votre ignorance, pas de sa compétence. Et vous n'avez pas besoin de prouver mon ignorance de la médecine ou de la chimie pour juger Miriam fford Croft. Ses pairs l'ont fait et l'ont jugée excellente.

Saltram lâcha un rire bref qui ressemblait à un aboiement.

— Ne dites pas de sottises. Vous êtes trop âgé pour faire preuve d'autant de naïveté. Ce genre de commentaire est digne d'un écolier encore en culotte courte, penché sur sa grammaire grecque. Elle n'a aucune qualification.

— Parce que c'est une femme. Elle a réussi ses examens. Cela seul devrait compter.

— Bien sûr qu'elle les a réussis, rétorqua Saltram sur un ton aigre. C'est une jolie femme et, à l'époque, elle était jeune aussi.

Son expression concupiscente fit monter le rouge aux joues de Daniel.

— Je vois que vous comprenez, reprit-il, sardonique. Vous êtes un peu lent, mais vous finissez par saisir, quand vous n'avez plus d'autre possibilité. Si vous m'obligez à me défendre au tribunal, je n'aurai d'autre choix que de la déshonorer. Je suis sûr que vous me suivez ?

— En somme, il faut que je vous soutienne, sans quoi vous allez calomnier Miss fford Croft et dire que les notes qu'elle a obtenues à l'université lui ont été données parce qu'elle a séduit les professeurs concernés.

La voix de Daniel était aussi dure et aussi amère que sa rage.

— Puisque vous étiez l'un d'eux, vous êtes bien placé pour le savoir.

Dès qu'il eut prononcé ces mots, il sut qu'il avait commis un acte irréversible. Il avait barré la route à toute médiation, tout accord, toute négociation. La mise en garde de Marcus lui revint en mémoire. Il l'avait averti de ne pas tirer sur l'ours avant d'être certain de pouvoir l'abattre.

Ce qui venait de se passer avait-il été inévitable ? Sa riposte avait-elle changé quoi que ce fût à la situation ?

— Vos collègues n'apprécieront guère que vous déclariez qu'ils ont couché avec elle en échange de bonnes notes, reprit-il. (Sa voix frémissait un peu. De peur ou d'indignation ?) Vous mettez leurs carrières en danger aussi. En affirmant qu'ils sont disposés à accepter des pots-de-vin et à profiter d'étudiantes vulnérables.

— Oh ! Ne soyez pas si stupide ! s'écria Saltram, balayant sa remarque avec mépris. Elle s'est offerte, ils ont accepté. Elle était très jolie. C'était il y a vingt ans et elle était jeune, elle avait des ambitions qui allaient bien au-delà de ce qu'elle pouvait atteindre, mais elle n'en avait pas encore pris conscience. Et elle n'était pas si amère.

— Par conséquent, vous lui avez vendu quelque chose d'inutile au prix de sa vertu. Admirable, commenta Daniel d'une voix dégoulinante de mépris. L'homme en quête de la vérité scientifique, l'homme qui a maintes et maintes fois mis sa main sur la bible et juré devant la cour de dire toute la vérité. Dieu vous aide, vous dites la vérité qui convient à votre explication, et la vraie vérité importe peu. Êtes-vous encore prêt à la déformer si la femme est assez jeune ? assez jolie ? assez désespérée ?

Saltram fit deux pas en avant et abattit le revers de son poing droit en travers du visage de Daniel, qui bascula en arrière.

Il atterrit lourdement, manquant de peu de se cogner la tempe contre le coin de la petite table. Il resta un instant étourdi, les oreilles bourdonnantes, puis il se ressaisit, se releva avec précaution et recouvra son équilibre, le tout sans quitter Saltram des yeux au cas où ce dernier tenterait de le frapper de nouveau.

— Cela, je présume, veut dire oui, dit-il distinctement, énonçant chaque mot.

Il secoua la tête ; ses oreilles bourdonnaient toujours. Il bougea prudemment la mâchoire, vérifiant que ses dents étaient toujours bien plantées.

— Oui, assurément, ajouta-t-il. J'aurai des bleus demain matin.

— Une bagarre entre ivrognes, lâcha Saltram, avec un geste indifférent.

— Vous êtes ivre ? Moi pas. Et ce n'était pas une bagarre. Vous n'avez pas une seule marque sauf…

Il observa la manière dont Saltram tenait ses mains fines et fortes de chirurgien devant lui, la droite au creux de la gauche.

— … des ecchymoses sur les jointures de vos doigts, bien sûr ! Allez-vous prétendre que mon visage a percuté votre poing ?

— Je dirai que vous étiez si ivre que j'ai aisément esquivé votre coup et que j'ai riposté pour mettre un terme à la bagarre avant que vous ne me blessiez pour de bon, répondit Saltram sans une seconde d'hésitation.

Daniel le dévisagea.

— Tout cela sous serment, sans doute. Mon Dieu, que vous êtes tombé bas !

Le visage de Saltram était blême.

— Vous imaginez-vous que vous allez sauver Miss fford Croft ainsi ? Vraiment, vous connaissez si peu les gens. C'est d'elle qu'on se souviendra, et des murmures, des plaisanteries circuleront à son sujet bien après que quiconque se rappelle que je vous ai frappé ou s'en soucie. fford Croft et Gibson deviendra un terme pour décrire quelqu'un qui offre ses faveurs afin d'obtenir les résultats qu'il désire mais ne peut mériter.

— Et Saltram sera le pendant, pour désigner un individu qui vend des résultats à quelqu'un dont il ne peut obtenir les faveurs sauf en les achetant, rétorqua Daniel.

L'amertume se lut sur les traits de Saltram.

— Les hommes achètent les faveurs des femmes chaque jour. C'est le plus vieux commerce du monde. Nous le savons tous, et nous savons quel genre de femme se vend.

Il n'y avait plus rien à perdre.

— Et quel genre d'homme a besoin de les acheter, décocha Daniel en retour.

Il avait senti précisément où faire mal.

— Les maladroits ou les incapables. Vous devriez faire attention en frappant autrui, avertit-il en plantant son regard dans celui de Saltram. Vous risquez d'abîmer vos belles mains de chirurgien.

Il le regarda fixement.

— J'ai failli me fracturer la cheville en descendant du train voilà quelques semaines. Ça pourrait vous arriver, à vous aussi !

Il vit une ombre traverser le visage de Saltram et sut qu'il avait compris. Cela réglait la question de savoir qui avait envoyé l'homme au complet rayé.

— Je vous avertis, Pitt ! Je ne vous attaquerai pas au tribunal, lâcha Saltram. Je serai d'une courtoisie à vous faire grincer les dents, mais je déchirerai Miriam en tant de petits morceaux qu'il ne restera rien d'elle.

Daniel écarquilla les yeux.

— Mon Dieu, elle s'est refusée à vous, n'est-ce pas ?

Voilà le péché impardonnable contre la vanité : s'en moquer.

Saltram gagna la porte et l'ouvrit à la volée, puis la claqua derrière lui. Le bruit dut résonner dans toute la maison.

Il avait bel et bien l'intention de détruire Miriam. Que lui avait-elle fait ? Avait-elle ri de lui dans une situation où il s'était senti humilié ? Qu'avait-il promis ou menacé de faire pour que la situation entre eux en fût changée à jamais ? Le respect voisin de la crainte qu'il lui inspirait s'était-il mué en moquerie, en raillerie ?

Cela ne ressemblait pas à la Miriam qu'il connaissait. Elle aurait été aussi humiliée que lui, et peut-être, pour une fois, déçue. Elle ne l'aurait en aucun cas révélé à quiconque ! C'était sa propre réputation qui aurait été ruinée, pas celle de Saltram, à supposer même que quiconque l'eût crue !

L'avait-elle surpris à commettre une autre erreur ? Sur un sujet autre que celui des crânes ? Elle n'avait pas soufflé mot. Peut-être parce qu'elle n'avait pas encore assemblé les pièces du puzzle, mais que celles-ci risquaient de se mettre en place à tout moment puisque cette récente rencontre avec Saltram lui avait rafraîchi la mémoire ? À plus forte raison si elle en parlait avec le Dr Hall !

Ce serait suffisant pour que Saltram doive la réduire au silence !

Et ce dernier était d'ores et déjà prêt à passer à l'attaque.

Daniel devait prendre une décision ce soir-là et être prêt à s'y tenir le lendemain au tribunal. Il ne se berçait pas de l'illusion que Saltram pût renoncer à mettre sa menace à exécution. Même s'il y avait le moindre doute, il n'avait pas le droit de courir ce risque.

Qui consulter ? Qui devait-il informer ? Marcus ? Bien

sûr. Mais il désirait avoir réfléchi davantage avant d'en arriver là.

En qui pouvait-il avoir confiance ?

Il aurait eu confiance en Evelyn Hall. Elle aurait compris. Malheureusement, il savait qu'elle était de retour en Hollande, pour le moment du moins.

L'idée de répéter à quiconque les propos que Saltram avait tenus concernant Miriam lui était insupportable, de sorte qu'il ne pouvait s'adresser à Ottershaw. Ni même à Kitteridge. Ou à n'importe quel autre professionnel dans le domaine de la loi ou de la médecine. Saltram avait dit vrai sur un point : que les gens le croient ou non, ils se souviendraient de ses accusations chaque fois qu'ils penseraient à Miriam. Que celles-ci fussent raisonnables ou non, fondées ou non, peu importait. Miriam serait jugée avec sévérité pour la simple raison qu'elle était différente des autres femmes. Un seul commérage malveillant suffirait.

Qui pouvait l'aider ? Au moins, lui donner de bons conseils, sans jamais trahir sa confidence ?

Si tout cela était arrivé quelques années plus tôt, il se serait adressé à sa tante Vespasia. C'était la personne la plus sage qu'il eût jamais connue et, à bien des égards, la plus brillante. Elle aurait trouvé un moyen de riposter.

Il était tard, il faisait froid, ce n'était pas une soirée appropriée pour une visite, mais il décida d'aller demander conseil à sa mère. À moins qu'il ne voulût simplement retarder le moment où il devrait aller dire à Marcus qu'il allait être obligé de se rétracter et, inévitablement, lui avouer ce que Saltram avait menacé de faire à Miriam s'il ne le faisait pas ! Voilà ce qui serait le plus douloureux.

Il enfila son gros pardessus et sortit dans la nuit brumeuse pour se mettre en quête d'un taxi.

Il faisait nuit noire et on aurait pu croire qu'il était minuit lorsqu'il arriva dans Keppel Street, même si, en réalité, neuf heures n'avaient pas encore sonné.

Par chance, sa mère se trouvait à la maison et son père n'était pas encore rentré d'une réunion tardive.

— Que se passe-t-il ? demanda-t-elle dès que la porte se fut refermée derrière lui.

— Je suis dans le pétrin, répondit-il honnêtement. Je ne veux pas en parler à père. C'est vous que je désire consulter, au moins pour que les choses soient claires dans ma tête.

Il retira manteau, chapeau et écharpe, puis la suivit alors qu'elle se dirigeait vers la cuisine. Il avait grandi dans cette maison. Il s'assit sur une des chaises à dossier en bois, sous le séchoir à linge suspendu au plafond par une poulie. Il sentait l'odeur du coton propre. Regarder la porcelaine bleu et blanc sur le vaisselier lui donnait l'impression de remonter à l'époque de son enfance, empreinte d'une sécurité qu'il n'éprouvait jamais exactement de la même manière qu'en ce lieu précis.

— L'affaire Daventry ? demanda Charlotte en mettant la bouilloire sur le fourneau.

Daniel se souvenait d'un temps où ils n'avaient qu'une seule servante et où Charlotte se chargeait elle-même de l'essentiel de la cuisine. Sa mère n'avait jamais cuisiné, ni sa grand-mère. C'était curieux, la vie. Elles étaient nées dans des familles fortunées, haut placées dans la société. En épousant un policier, Charlotte s'était retrouvée bien plus bas dans l'échelle sociale et financière. Et maintenant, elle était Lady Pitt.

— Explique-moi, l'encouragea-t-elle.

C'était un ordre aussi.

Tout en buvant un thé qui le réchauffa, et en grignotant une part de gâteau pour le plaisir, il commença son récit.

— Saltram est venu chez moi et m'a menacé.

Le visage de Charlotte s'assombrit, altéré par la colère.

— Menacé ? répéta-t-elle. De quoi ?

— D'affirmer à la barre que Miriam avait offert de

coucher avec lui pour obtenir de bonnes notes à ses examens, qu'elle ne méritait pas de réussir…

— Et avec tous ses autres professeurs aussi ? coupa-t-elle, d'une voix pleine de sarcasme.

— Oui. Il dira que c'était… une vraie… putain…

— Si ?

— Si je mets en doute ses conclusions, ou que je dis quelque chose d'autre qui lui déplaît. Et je le crois. Il le fera !

— Il faut que tu en parles à Marcus, déclara Charlotte sans hésiter. C'est de sa famille qu'il s'agit. Et ce qui complique tout, c'est son cabinet qui reculera… qui se dérobera face à un fait qui a été établi et sur la base duquel beaucoup d'autres procès seront jugés. C'est un grand pas.

— Mais vous êtes d'accord sur le fait que je dois me rétracter et laisser Saltram gagner ? Cela me révolte…

Les mots étaient douloureux à prononcer. La défaite était amère, moins parce qu'il était vaincu que parce qu'elle ressemblait à une capitulation, et qu'il se sentait lâche de ne même pas se battre.

— Cela me révolte, mais il me tient, n'est-ce pas ? Ce n'est pas à moi qu'il va faire du mal, c'est à Miriam et à Marcus.

— Oui, acquiesça-t-elle, le visage adouci par la compassion. C'est ainsi que procèdent les gens habiles. Ils menacent quelqu'un qu'on aime et qui est vulnérable. Et ils sont tous les deux vulnérables. Tu aimes beaucoup Miriam, n'est-ce pas ?

C'était une constatation plus qu'une question, et elle le prit par surprise.

— Oui, elle est…

Il se tut, incapable de trouver le mot approprié. En fait, il ne savait pas ce qu'il voulait dire.

Charlotte sourit.

— C'est une des choses les plus difficiles qui soient.

— Quoi ?

À peine avait-il parlé qu'il décida qu'il ne voulait pas connaître la réponse à cette question. Il n'était pas prêt pour ce qu'elle pourrait entraîner d'autre. Pas encore.

— Protéger ceux qui sont désespérément vulnérables, répondit-elle. Alors qu'ils ont le droit de prendre leurs propres décisions. Quand tu étais petit, je te laissais tomber, alors que ton père t'aurait retenu. Je détestais cela. J'avais l'impression d'être brutale. J'avais peur que tu ne penses que je ne t'aimais pas.

— Je ne suis pas le père de Miriam, objecta Daniel aussitôt. Je suis seulement un… un ami.

— Et tu penses que Marcus est capable de la protéger de ce qui est en train d'arriver ? De Saltram ? Ou du qu'en-dira-t-on ?

Daniel réfléchit longuement, cherchant une manière de dire que, s'il le pouvait, oui, il le ferait. Cependant, il se remémorait avec une netteté douloureuse la perplexité momentanée dans les yeux de Marcus quand ce dernier avait oublié qu'une loi avait été amendée, rectifiée, qu'elle n'était pas tout à fait telle qu'il l'avait supposé. Quand il confondait des mots avec d'autres, parfois.

— Personne n'en est capable.

Il ne pensait pas à lui-même, mais à Marcus.

— La seule chose que tu puisses faire, Daniel, c'est dire la vérité à Miriam et lui donner le droit et la dignité de décider elle-même. C'est la fille de Marcus, mais ce n'est pas une enfant, et ce n'est pas ton enfant.

— Il faudrait que je la laisse affronter cela seule ? s'indigna-t-il.

— Mon chéri, elle devra toujours y faire face seule… au bout du compte. Tu n'y peux rien. Chacun est seul à la barre. Il y a beaucoup de circonstances dans la vie où on peut aider autrui mais, à d'autres moments, dans les situations vraiment douloureuses, on doit prendre du recul. Les décisions les plus pénibles sont prises par soi-même.

— Mais père et vous…

— … nous nous aimons, compléta-t-elle. Et nous sommes des individus distincts, chacun avec ses erreurs et ses responsabilités. Tu dois aller dire honnêtement à Marcus ce que Saltram a l'intention de faire. Tu n'as pas le temps de trouver une autre solution, qui que tu consultes. Peut-être ferais-tu mieux d'emmener Toby… je ne sais plus comment il s'appelle… pour vous assurer que Marcus reste calme. Il ne faudrait pas qu'il s'avise d'aller abattre Saltram.

— Oh ! mère, ne soyez pas…

Il ferma les yeux.

— Vous parlez sérieusement, n'est-ce pas ? dit-il dans un souffle.

— Oui. Je le comprendrais. J'aimerais l'abattre moi-même ! Mais cela ne résoudrait rien. Cela dit, n'esquive pas la vérité non plus. Marcus a besoin de la connaître et tu n'as pas le droit de la lui dissimuler. Ensuite, tu dois aller voir Miriam. Réveille-la si besoin est et dis-lui tout, le bon comme le mauvais, et laisse-la prendre sa décision.

— Saltram mettra sa menace à exécution, vous vous en rendez compte ?

— Oui, Daniel, et si Miriam s'incline devant lui, elle devra en subir les conséquences jusqu'à la fin de ses jours aussi. Elle devra le faire dans un cas comme dans l'autre, c'est pourquoi tu dois lui donner le droit de faire son choix. En sachant que tu seras là, quoi qu'il arrive.

— Je serai là.

— Je sais. Mais veille à ce qu'elle le sache aussi. C'est très important dans la vie d'avoir des amis.

Il ne répondit pas à cela ; c'était inutile.

Sa mère effleura avec douceur la joue contusionnée de Daniel, mais ne dit rien, ce dont il lui fut immensément reconnaissant.

Daniel trouva Kitteridge en pyjama. À demi endormi, il avait enfilé une robe de chambre plutôt criarde et ne parut pas ravi de le voir.

— Désolé. Je sais que vous êtes tout juste rétabli, s'excusa Daniel, mais c'est urgent. Vous feriez mieux de vous habiller pendant que je vous raconte ce qui s'est passé.

Kitteridge le dévisagea d'un air sombre.

— Faut-il que je m'en soucie maintenant ? Cela ne peut pas attendre demain matin ?

Il passa une main osseuse dans ses cheveux, les laissant en désordre, pareils à une meule de foin couleur châtaine.

— Oui. S'il vous plaît, habillez-vous et écoutez-moi.

Avec un soupir, Kitteridge se retourna vers sa chambre, faisant signe à Daniel de le suivre. Il enfila ses vêtements, songea un bref instant à se raser, mais il était si absorbé par le récit de Daniel qu'il se contenta de s'asperger le visage.

— Oh ! Mon Dieu ! s'écria-t-il, accablé. C'est affreux. Que pouvons-nous faire ? Votre mère vous a conseillé de le leur dire ? de les laisser décider ? Vous en êtes sûr ?

— Pas exactement. Elle a dit de laisser Miriam décider, rectifia Daniel.

— Mais elle… comment peut-elle… ?

Kitteridge se tut. Il était évident à son expression qu'il se rendait compte qu'il était en train de faire précisément ce que Charlotte avait dit à Daniel de ne pas faire, à savoir décider pour Miriam, comme si celle-ci n'était pas capable de faire le meilleur choix elle-même.

— Allons, lança Daniel en se dirigeant vers la porte. Vous avez une mine de déterré, mais j'imagine que je ne vaux guère mieux. Et vous avez raison, c'est affreux.

Il était onze heures quand Daniel et Kitteridge arrivèrent au domicile de Marcus. Ce dernier était encore debout, assis seul au coin d'un feu mourant, le regard perdu dans un verre de cognac. Il resta assis à leur entrée, les dévisageant tour à tour.

— Qu'y a-t-il ? demanda-t-il sur un ton sombre.

Sa voix ne frémissait pas, ses mains ne tremblaient pas. Il était sobre, même si peut-être il ne désirait pas l'être.

Daniel et Kitteridge étaient déjà convenus que, puisque c'était Daniel que Saltram était venu voir, et que Daniel serait à la tribune des témoins le lendemain matin quand Percival reprendrait son contre-interrogatoire, c'était à lui de mener la conversation. Kitteridge n'était là qu'en tant que soutien, afin d'empêcher Marcus, par tous les moyens nécessaires, de commettre un acte irréfléchi ou dangereux. Ou encore au cas où il aurait une défaillance cardiaque, et qu'il fallût appeler le médecin.

Ils n'avaient pas de temps à perdre en préambules. Marcus n'eut besoin que d'un regard sur leurs visages, les cheveux hirsutes de Kitteridge et la contusion qui commençait à noircir la joue et l'œil de Daniel, pour comprendre qu'il se passait quelque chose de grave. Et que cela ne pouvait que concerner l'affaire dont ils s'occupaient. Il alla droit au but.

— Qui vous a frappé ? demanda-t-il à Daniel.

— Saltram.

Marcus pâlit.

— Doux Jésus, vous ne plaisantez pas, n'est-ce pas ?

— Non, monsieur. Nous avons eu un profond désaccord.

— L'avez-vous frappé d'abord ?

— Non, monsieur. Il m'a agressé. Je n'ai pas riposté.

— Bien, bien, vous avez plus de bon sens que je ne le craignais. Vous avez bien fait, observa Marcus, soulagé.

Daniel serra les dents.

— Si je persiste à dire la vérité demain concernant la

cause des fractures du crâne, Saltram jurera que Miriam a obtenu ses résultats d'examen en couchant avec divers professeurs. Pire, il va affirmer qu'elle s'est offerte à lui et qu'il a refusé.

Le visage de Marcus prit une teinte si cramoisie que Daniel redouta une attaque d'apoplexie. Cependant, quand il prit la parole, ce fut avec calme.

— Vous lui avez dit qu'il n'en était rien ?

C'était un défi qui exigeait réponse.

— Oui, monsieur, bien sûr ! Mais je ne peux pas prouver qu'il ment, et je ne peux pas le forcer à se taire. Ce genre de poison n'a besoin que d'être dit, et non prouvé, pour produire des dégâts.

— Par conséquent, que préconisez-vous ?

Daniel se sentit pris de vertige. Comment répondre ? Marcus attendait, l'espoir s'amenuisant dans son regard à mesure que les secondes s'égrenaient.

— De demander à Miriam ce qu'elle veut faire. De lui exposer la situation et de la laisser juge.

— Enfin, Daniel, coupa Kitteridge. Vous ne pouvez pas lui demander de…

— Je n'en ai pas l'intention, coupa Daniel à son tour. Si elle dénonce Saltram, il mentira à son sujet et détruira presque certainement sa réputation. Il est bien possible qu'elle le fasse chuter, mais à un coût très élevé pour elle. Si elle se tait, elle se rend complice du mensonge de Saltram quant à James Leigh et tous les autres verdicts passés et à venir reposant sur son témoignage.

— C'est tout ? demanda Marcus tout bas. Il n'y a pas d'autre solution ?

Daniel secoua la tête.

— S'il y en a une, je ne la vois pas, et je ne vais pas décider pour elle. Seulement lui exposer la vérité telle que je la connais. Je suis navré, mais je ne vois pas quoi faire de plus.

— Devrais-je lui parler ? suggéra Marcus. Vous savez

qu'elle loge près de chez Octavius Ottershaw, puisqu'ils travaillent quotidiennement à sauver ce qu'ils peuvent de son ancien laboratoire. Je peux m'y rendre sur-le-champ.

— Non.

C'était le seul point sur lequel Daniel n'avait aucun doute.

— Il faut que ce soit sa décision, sans pression d'aucun d'entre nous. Vous devez lui envoyer un message lui disant que vous la soutiendrez quel que soit son choix.

— Bien entendu.

Marcus cilla à plusieurs reprises, luttant contre les larmes.

— Daniel, veillez sur elle. Ne la laissez pas tout sacrifier pour moi. Je ne me soucie que d'elle.

— Oui, monsieur. Je le sais et je le lui dirai. Je vais prendre un taxi.

— Vous aurez du mal à en trouver un à cette heure-ci, interrompit Marcus. Réveillez Hilton pour qu'il vous y conduise. Il sera prêt en quelques minutes. Il prendra soin de vous.

— Merci.

Daniel, qui n'avait pas eu l'occasion de voir Miriam depuis l'incendie, avait appris qu'elle consacrait tout son temps à aider Ottershaw à récupérer ce qui pouvait l'être afin d'aménager un nouveau laboratoire. La tâche était longue, salissante et fastidieuse, mais essentielle pour qu'il puisse poursuivre son travail… et elle, le sien, aussi n'avait-elle pas hésité un instant à l'entreprendre. Quant aux serviteurs d'Ottershaw, ils se concentraient sur la maison proprement dite et le sauvetage des objets qui étaient précieux à ses yeux, en plus de ses livres, bien sûr. Daniel savait tout cela sans avoir besoin d'explication.

Marcus lui avait donné l'adresse de la pension de famille toute proche où Miriam logeait. Il était près de minuit maintenant, une heure complètement inappropriée à une visite, hormis pour un médecin, et ce, en cas d'urgence. Cependant, la question de la bienséance n'avait aucune importance en regard du déshonneur qui les menaçait le lendemain, aussi Daniel était-il prêt à toquer à la porte, à tirer sur la sonnette et, si nécessaire, à jeter des poignées de gravier contre les vitres pour pouvoir lui parler.

En réalité, un autre pensionnaire était réveillé et faisait les cent pas pour des raisons personnelles. Il accepta de laisser entrer Daniel dès que ce dernier eut expliqué qu'il venait de chez le père de Miss Miriam fford Croft et qu'il désirait s'entretenir avec elle au plus vite.

— Je vous en prie, dit l'homme. Puis-je vous être de quelque utilité ? J'espère qu'il ne s'agit pas d'un deuil.

La sollicitude se lisait sur ses traits.

— Je vous remercie, Mr. fford Croft va bien pour le moment, mais l'affaire est urgente et ne peut attendre demain.

L'homme dut sentir son impatience. Il l'escorta jusqu'à la porte de Miriam et toqua. Au bout de quelques instants, elle apparut, en robe de chambre, ses cheveux cascadant librement sur ses épaules.

— Ce gentleman est venu vous voir pour une question urgente, dit-il. Cela vous convient-il, Miss fford Croft ?

Toute couleur déserta son visage.

— C'est mon père ?

— Non, assura Daniel.

Il était exténué mais surtout il redoutait cette conversation avec elle, et pourtant il n'avait pas le choix. Remerciant l'homme d'un sourire, il accepta l'invitation de Miriam à entrer dans sa chambre.

— Le procès ? demanda-t-elle, dès la porte refermée.

— Je suis désolé de venir à une heure pareille, mais cela ne peut attendre. Le procès va sans doute se conclure demain.

Il avait envisagé des dizaines de manières d'aborder

ce qu'il avait à dire, qui toutes semblaient inadéquates maintenant qu'il était debout en face d'elle. Jamais il ne l'avait vue les cheveux détachés, épars sur ses épaules, telle une cape éclatante. Elle paraissait beaucoup plus jeune et, à sa manière, très belle.

Elle le dévisagea, les yeux rivés sur son visage meurtri maintenant qu'il était dans la lumière.

— Daniel !

— Ce n'est rien, affirma-t-il.

Il déglutit, la gorge nouée.

— Je dois témoigner au sujet du procès de Jessie Beale et de l'erreur de Saltram concernant les fractures. Combiné à l'affaire Daventry, cela sonnerait le glas de sa carrière.

— Vous voulez que j'assiste à l'audience ? demanda-t-elle, incrédule. Vous auriez pu m'envoyer un message.

Sa voix s'éteignit. Elle avait dû lire sur ses traits que ce n'était pas la raison de sa présence.

— Quoi ?

— Percival va me questionner, expliqua-t-il en rencontrant son regard, où venait d'apparaître la peur. Saltram est venu me voir ce soir, chez moi, et m'a averti que, si je ne renonçais pas à ce témoignage et que je ne dise pas que nous aurions tous pu nous tromper, il…

Il prit une profonde inspiration.

— … il dira que vous étiez une étudiante médiocre, pas très douée, et que vous avez obtenu vos bonnes notes en vous offrant à vos professeurs.

Il vit le rouge jaillir sur ses joues. Était-ce de la rage… ou de la honte ? Il se força aussitôt à chasser cette pensée, et même cette question, de son esprit. Il poursuivit, sa langue trébuchant sur les mots.

— La seule manière dont je puisse l'en empêcher, c'est de me rétracter et de dire que nous avions tous tort et que c'est lui qui avait raison. De la sorte, Saltram aura recouvré sa réputation.

— Tandis que James Leigh sera toujours déshonoré, acheva-t-elle dans un souffle, comme si elle avait la bouche trop sèche pour parler. Daventry sera toujours considéré comme innocent, comme Dieu seul sait combien d'autres. Les autorités seront ravies parce qu'elles n'auront pas à rejuger tous les procès qui reposaient sur le témoignage de Saltram. « Non, Votre Honneur, je ne l'ai pas frappée. C'est le feu qui lui a fracassé le crâne. »

Les clercs du cabinet fford Croft et Gibson avaient rassemblé les archives de tous les dossiers concernés. Ils se comptaient par dizaines.

— Il le fera, Miriam, insista-t-il. Ce ne sont pas des menaces en l'air, il nous avertit. Pour une raison quelconque, il vous hait. Et peu importe qu'il s'agisse d'une calomnie, elle sera répétée et certains y croiront. Peut-être parce qu'ils désirent le faire. Il est beaucoup moins douloureux de détester quelqu'un que de l'envier.

— Et vous êtes prêt à mentir pour sauver ma réputation face à cette attaque ?

Elle tremblait, comme s'il faisait froid dans la pièce. Peut-être était-ce normal, quand on ne portait qu'une chemise de nuit et une robe de chambre.

— Je suis désolé.

Il ne savait pas de quoi il s'excusait. D'une manière ou d'une autre, il avait échoué envers elle en laissant cela arriver.

— Il fallait que je vous le dise, que je vous explique pourquoi je fais cela et…

Les mots lui échappaient de nouveau.

— Que vous me le disiez ? répéta-t-elle d'une voix incertaine. Ou que vous me le demandiez ? Daniel, ce n'est pas à vous de prendre la décision, c'est à moi !

Elle se tut. Ses yeux étaient écarquillés à la lueur de la lampe à gaz.

— C'est mon nom qui va être déshonoré par un mensonge sur mon intellect et ma vertu, pour ce que cela vaut. Ma vertu en tant que femme pure, pas en tant que femme courageuse, ni honnête ni même très brillante. Vous pensez qu'elle compte plus à mes yeux que la vérité ? Je m'efforce d'être une scientifique ; ne comprenez-vous pas cela ? Je me soucie autant de la vérité scientifique que vous de la vérité devant la loi. Et peut-être est-elle tout aussi difficile à trouver. Je me refuse à mentir et à laisser se perpétuer dans la science médico-légale un mensonge qui crée la confusion entre la culpabilité et l'innocence, tout cela pour qu'un tas d'inconnus qui ne se soucient pas de moi pensent que je suis vertueuse, mais stupide. Et lâche de surcroît.

— Non !

Il ne s'était pas bien exprimé, pas du tout.

— Ce que je voulais dire, c'est que vous deviez savoir le pire, et que vous avez ce soir pour y réfléchir et prendre votre décision en connaissance de cause.

— Qu'attendez-vous de moi ? Que je vous laisse mentir pour que je puisse m'échapper ? C'est ça que vous voulez ?

Elle luttait contre les larmes maintenant. Miriam, elle-même ! Elle qui ne pleurait jamais.

— Non, je… ça me révolte, mais je ne sais pas quoi faire, hormis vous donner le droit de choisir. Et ne pas essayer de choisir à votre place.

Elle lui tourna le dos, peut-être pour dissimuler le fait qu'elle pleurait. Et qu'elle avait peur, aussi.

— Merci, dit-elle avec une pointe d'humour sombre. Je crois que la vérité sera douloureuse, mais les mensonges le seront plus encore et pendant plus longtemps. J'imagine que Saltram dira que je me suis offerte à divers professeurs puisqu'ils m'ont presque tous attribué de très bonnes notes. Et c'est une grave calomnie à leur encontre. Il ne lui est apparemment pas venu à l'esprit qu'ils pourraient s'en offusquer, ceux qui sont encore vivants.

Était-ce une question ?

— Oui, dit-il. Mais pour lui, c'est une question de survie. Il ne pourra pas gagner la guerre demain s'il perd la bataille aujourd'hui.

— Il ne les nommera pas, murmura-t-elle d'une voix sourde.

— Je le ferai, répondit-il aussitôt. Même si vous ne me dites pas leurs noms. Il n'est guère difficile de découvrir qui ils sont. Et d'ailleurs, les journalistes aussi.

Elle pivota vers lui.

— N'en faites rien, je vous en prie. Ils sont complètement innocents. Songez à l'effet que cela aurait sur leur réputation, même s'ils sont à la retraite… ou morts. Leur famille souffrira, sans parler de toutes les autres femmes à qui ils ont donné de bonnes notes… non que nous ayons été très nombreuses.

— Miriam.

— Ne répondez pas, coupa-t-elle.

Soudain, ce fut comme si elle s'effondrait intérieurement.

— Il dira que je me suis offerte à lui. Il a raison… en un sens.

Elle regardait au-delà de Daniel, dans le passé.

— Pas contre de bonnes notes. Je ne doutais pas de les obtenir. Et si elles n'étaient pas méritées, elles n'auraient eu aucun sens de toute façon. Je croyais être amoureuse de lui. Il était différent à l'époque. Aussi arrogant, je suppose, mais cela se voyait moins. Et j'étais plutôt aveugle. Je m'imaginais qu'il m'aimait. N'est-ce pas ridicule ! Non, vous ne pouvez pas savoir. Je crois que, si vous aimiez quelqu'un, ce serait réel.

Pourquoi se sentait-il horrifié ? C'était absurde, et tout à fait injuste. Il avait couché avec des femmes par passion, par excitation, par désir, et oui, il s'était parfois cru amoureux.

Pourtant, il ne croisa pas son regard.

— J'étais prête, reprit-elle, d'une voix un peu incertaine. J'ai failli le faire, mais il a été… incapable.

Il ne croisait toujours pas son regard.

— Incapable…

Elle était cramoisie.

— Il ne s'est rien passé. Il… n'a pas pu. Dois-je vous l'expliquer en détail ? J'ai étudié l'anatomie, enfin !

— Non.

Il tenta d'imaginer la gêne de Saltram, après toute son arrogance.

— Il ne me pardonnera jamais cela, poursuivit-elle, d'une voix raffermie. C'était humiliant pour nous deux. Bien sûr, après, il a prétendu que je lui faisais horreur.

Son visage se tordit malgré elle.

— Son impuissance aurait été votre faute ? s'écria-t-il, incrédule. Ne soyez pas ridicule, vous êtes belle ! Je veux dire, vraiment belle ! Il devait avoir peur de vous, voilà tout. Un lapin effrayé.

— Je crois que les lapins sont en réalité plutôt entreprenants dans ce domaine. (Elle laissa échapper un gloussement un peu hystérique.) Dans les élevages destinés à la science, ils se reproduisent comme des fous.

Elle porta une main à sa bouche pour étouffer son rire. Des larmes roulaient sur son visage.

Il fit un pas en avant, éprouvant l'envie de passer un bras autour d'elle, de l'assurer qu'elle était ravissante, honnête, courageuse, qu'elle possédait toutes les qualités qui comptaient. Cependant, après la conversation qu'ils venaient d'avoir, il comprenait combien ce geste pourrait sembler déplacé. De fait, il le serait forcément.

— Faites-moi savoir demain matin ce que vous voulez dire au tribunal. Soyez sûre de vous car, lorsque j'aurai commencé, il sera peut-être impossible de changer de cap. Ce sera pénible de toute manière, mais je me plierai à votre décision.

— Je n'ai pas besoin d'attendre demain matin, dit-elle d'une voix tout à fait calme. Nous devons choisir la vérité. Toute autre option nous hanterait jusqu'à la fin de nos jours. Et chaque autre verdict erroné, chaque nouvelle injustice, serait en partie notre faute.

Il hocha la tête. Il aurait dû être sûr qu'elle dirait cela, dès le début.

— Néanmoins je vous remercie de m'avoir posé la question, ajouta-t-elle.

Il ne répondit pas, mais sortit, refermant la porte sans bruit derrière lui.

21

Après avoir été déposé chez lui par le chauffeur de Marcus, Daniel n'avait dormi que par intermittence. Il regarda le copieux petit déjeuner que Mrs. Portiscale lui avait préparé et grignota à contrecœur, uniquement pour lui faire plaisir et éviter les questions qu'elle ne manquerait pas de lui poser s'il s'abstenait. Elle s'inquiéterait pour sa santé, et insisterait pour lui apporter autre chose.

Quelques instants plus tard, il venait de sortir dans la rue et cherchait un taxi des yeux – il préférait arriver en avance plutôt qu'en retard, même s'il était très tôt –, quand un jeune garçon l'aborda.

— Mr. Pitt ?

— Oui.

Sa voix sonnait rauque à ses oreilles, comme s'il était déjà fatigué. Il devait se maîtriser davantage. Saltram allait peut-être triompher de lui, mais il n'était pas question qu'il baisse les bras.

— Oui, c'est bien moi.

— J'ai un message pour vous, monsieur.

Le garçon le lui tendit. C'était une enveloppe blanche toute simple, qui portait son nom et son adresse. L'écriture ressemblait à celle de sa mère. Il prit le pli et donna un pourboire de six pence au garçon. C'était un peu trop généreux, mais il espérait que cela lui porterait chance. Il déchira l'enveloppe, sortit la feuille et lut.

« Cher Daniel,

Nous pensons tous à toi aujourd'hui, et je serai au tribunal pour te voir et t'écouter. N'oublie pas que Saltram aussi a beaucoup à perdre ! Peut-être s'en souviendra-t-il ! Nous te soutenons tous,

Avec toute notre affection,

Mère. »

Avec un bref sourire, il replia la lettre et la rangea dans sa poche, puis allongea le pas. Il commençait à prendre vraiment conscience de ce que toute cette affaire signifiait, en bien et en mal. Charlotte avait été si sûre que Miriam se battrait. Cela lui fit plaisir… avant de l'emplir d'angoisse. S'il ne se montrait pas à la hauteur de la tâche, s'il chutait, ce serait dans un puits si profond qu'il ne pourrait jamais en ressortir. Sa mère le surestimait-elle au-delà du raisonnable ? Sa foi en lui l'avait soutenu tout au long de sa vie. Néanmoins il se rendait compte qu'elle se berçait parfois d'illusions. Savoir que quelqu'un avait une confiance aussi totale en vous était à la fois merveilleux et terrifiant.

Il trouva un taxi assez rapidement et, trois quarts d'heure plus tard à peine, gravissait les marches du palais de justice pour s'engouffrer à l'intérieur, à l'abri du vent et de la neige fondue.

Kitteridge arriva quinze minutes après lui, l'air transi et anxieux. Il fut suivi de si près par Marcus qu'ils n'eurent pas le temps de s'entretenir en privé, hormis pour que Daniel lui glisse à l'oreille qu'il était prêt et qu'il resterait aussi proche que possible de Marcus.

— On fait comme prévu ? demanda Kitteridge, regardant les bleus de Daniel mais s'abstenant de toute remarque.

— Oui, elle se refuse à opter pour toute autre solution.

Daniel n'avait nul besoin d'expliquer qu'il faisait allusion à Miriam.

— Je m'en doutais, commenta Kitteridge sur un ton sombre. Nous n'avons pas le choix. J'ai envoyé un télégramme à Evelyn Hall hier soir…

— En Hollande ? s'étonna Marcus.

— Non, elle se trouvait à Édimbourg. Elle a répondu qu'elle prendrait le train de nuit pour être ici ce matin.

— Bien, répondit Marcus. Brave garçon…

Il n'ajouta rien. C'était inutile.

Daniel sentit se desserrer un peu les nœuds qu'il avait à l'estomac.

— Miriam m'a révélé quelque chose en confidence à propos de Saltram, murmura-t-il. S'il persiste à essayer de la déshonorer, j'aurai peut-être besoin de m'en servir. À supposer que nous en arrivions là, j'aimerais que ce soit moi qui le questionne.

Marcus ne put refuser : l'enjeu était trop important.

Lorsque l'audience s'ouvrit, à neuf heures précises, Daniel reprit la barre, et Sir John Percival se leva pour procéder au contre-interrogatoire.

— Bonjour, Mr. Pitt. Souvenez-vous, je vous prie, que vous vous exprimez toujours sous serment.

— Oui, monsieur.

— Permettez-moi tout d'abord de rappeler à la cour que ce procès vise à rejuger une affaire ancienne et que nous examinons deux procès auxquels vous avez participé en tant qu'avocat, en vous fondant sur des preuves que nous mettons désormais en question. Il s'agit des témoignages d'expert portant sur les fractures visibles dans le crâne d'une personne décédée lors d'un incendie dévastateur. Selon Sir Barnabas Saltram, de telles fractures peuvent être causées par une extrême chaleur et ne résultent pas nécessairement d'un coup porté à la tête. Mr. Pitt, l'affaire semblait des plus simples pour commencer. Une jeune femme sans ressources, sans éducation et à la réputation douteuse est venue vous demander de défendre son amant, un jeune homme dont la situation était similaire à la sienne. Un voleur à la petite semaine qui avait parfois recours à la violence. Ce résumé est-il exact ?

— Oui.

Daniel était choqué par le langage méprisant de Percival, et il était sûr que celui-ci avait pour but de l'irriter. Néanmoins, il répondit avec calme :

— Les individus accusés de crime correspondent souvent à cette description.

Un très léger sourire froissa le visage de Percival qui, un instant, parut terriblement humain. Puis il s'évanouit.

— Je ne l'ai pas oublié, Mr. Pitt. J'ai commencé ma carrière de la même manière que vous, mais je ne me souviens pas d'avoir bénéficié du témoignage d'un célèbre expert en science médico-légale lors d'un quelconque procès. En partie parce que je n'aurais pas eu les moyens de payer les services d'un tel personnage, ni même leurs frais. Comment se fait-il que vous ayez été si chanceux ?

Il passait déjà à l'attaque.

— Je connais Miss fford Croft, monsieur, la fille de la personne qui dirige mon cabinet. Elle a été autrefois étudiante sous la direction de Sir Barnabas, et elle m'a proposé de me le présenter, au cas où l'affaire pourrait l'intéresser.

Percival parut surpris.

— Miss fford Croft a été son étudiante ? En quoi, si vous me permettez de poser la question ?

— En science médico-légale, répondit Daniel. Ce qui comprend la chimie, l'anatomie, et certains aspects de la médecine, me semble-t-il.

— Doux Jésus, pour quoi faire ?

Daniel jeta un coup d'œil en direction de Marcus. Ce dernier semblait figé sur place.

— Pour l'amour de la science, je crois. Si vous souhaitez d'autres explications, c'est elle que vous devrez interroger. Je ne peux répondre à sa place.

— Cela remonte à une vingtaine d'années ? insista Percival.

— Je crois, oui.

— Elle n'est pas mariée, Miss fford Croft.

— Sir Barnabas non plus, me semble-t-il, répliqua Daniel sèchement. Et moi pas davantage, d'ailleurs.

— Il vous serait difficile d'entretenir une épouse avec votre salaire d'avocat débutant, observa Percival.

— Est-ce une question ?

Percival sourit.

— Je suis confus, Mr. Pitt. Cette remarque était inopportune et sans importance. Revenons à Miss fford Croft. Vous a-t-elle présenté à Sir Barnabas ?

— Oui. Et pour vous épargner la peine de poser les questions une par une, il s'est montré très agréable, a posé des questions sur les détails de l'affaire et puis nous a offert son assistance. Il a témoigné et nous avons gagné. Robert Adwell a été déclaré non coupable.

Percival inclina gracieusement la tête.

— Merci. Vous m'avez donné un excellent résumé des faits. Parlons maintenant de votre affaire suivante, celle où Miss Beale, la jeune femme en question, a été accusée d'avoir assassiné Mr. Adwell dans les mêmes circonstances exactement, et où vous vous êtes trouvé moralement obligé de la défendre. Miss fford Croft a-t-elle de nouveau prié Sir Barnabas de témoigner pour la défense ? Cela a dû être gênant pour elle, compte tenu des circonstances très étranges de l'affaire.

— Est-ce une question ?

— Une observation, peut-être. Néanmoins, il a accepté, n'est-ce pas ? Et là encore, sans demander d'honoraires ?

— Oui.

— Et avez-vous gagné ?

— Non, répondit Daniel. Comme vous le savez, nous avons perdu.

— Et c'est pour cette raison que nous nous trouvons ici, et que pèse sur nous la lourde responsabilité d'une remise en question de tous les verdicts passés reposant sur un témoignage similaire.

Percival ajusta sa toge, juste assez longtemps pour que le jury prenne toute la mesure de ses propos concernant un nombre inconnu d'affaires qui, jusqu'alors, avaient été considérées comme classées.

— Vous paraissez avoir joué un rôle crucial dans le déroulement de ces événements, Mr. Pitt, reprit-il. Mais moins crucial que celui de Miss fford Croft. Avant que vous me demandiez si c'est là une question, permettez-moi de vous répondre. Vous êtes issu d'un milieu assez aisé, plutôt protégé. Après avoir fréquenté une bonne école, vous êtes entré à l'université de Cambridge. Vous travaillez désormais dans un cabinet établi de longue date, réputé, dirigé par un homme excentrique mais profondément respecté, qui n'a pas de fils. Seulement une fille originale… pardonnez-moi… dont les ambitions excèdent de loin ses capacités éventuelles à les réaliser. Les femmes ne sont pas acceptées dans la profession à laquelle elle aspire, ou aspirait. Je ne sais pas si c'est encore le cas.

Flairant un piège, Daniel se raidit, résolu à ne pas mordre à l'appât que lui tendait cet homme sûr de lui. Ce n'était pas une question directe, il n'offrit donc pas de réponse.

— Je serai bref, reprit Percival avec irritation. Vous nous avez tous entraînés, tout le système juridique de la nation, dans un infâme gâchis, parce que votre ignorance des femmes n'est surpassée que par l'arrogance de votre imagination. D'abord, Jessie Beale vous a ridiculisé… à deux reprises. Puis Miriam fford Croft, et ensuite Evelyn Hall. Vous avez fait de Marguerite Daventry, la victime tragique d'un incendie, une épouse assassinée par son mari. Peut-il y avoir fin plus triste pour une femme ? Vous avez dépeint Daventry comme un assassin, alors qu'il a été jugé et déclaré non coupable de ce crime. Vous avez donné à Adria Leigh le faux espoir de voir son mari pardonné à titre posthume. Et vous venez de tenter de déshonorer l'expert en science médico-légale le plus célèbre du pays. Je dirais même d'Europe.

— Objection ! cria Marcus, bondissant presque sur ses pieds.

— Sir John, intervint le juge Walpole, vous avez lancé à la tête de Mr. Pitt une multitude d'accusations. Cantonnez-vous, je vous prie, à vos questions, et accordez au témoin la possibilité de réagir.

— Oui, Votre Honneur, répondit Percival. Excusez-moi. Ces remarques étaient en réalité des questions et je vais maintenant donner à Mr. Pitt le temps de répondre à chacune.

Daniel se sentait trembler et avait la bouche sèche. Il s'était trompé. Ce n'était pas Miriam qu'ils voulaient déshonorer, mais lui !

— Je vais le faire, dans l'ordre tel qu'il m'apparaît, dit-il, d'une voix qui frémissait légèrement. J'ai défendu Robert Adwell et Jessie Beale, parce que c'est mon métier : je défends les gens.

Ses deux mains étaient crispées sur la barre.

— Il ne peut y avoir de juste procès à moins que les deux parties ne soient représentées. J'ai demandé à Sir Barnabas Saltram de témoigner dans les deux cas. Tout d'abord, j'ai pensé qu'il avait raison. Lors du second procès, je me suis rangé à l'avis du Dr Hall. Le jury l'a crue et moi aussi. Cela vous met en colère parce qu'il semble tout à fait possible que vous et les autorités en général ayez pris de mauvaises décisions en vous fondant sur le témoignage de Barnabas Saltram sans aller chercher plus loin. Bien sûr que vous êtes en colère. Nous faisons, c'est fort possible, face à une série de désastres. Et bien entendu, vous n'avez aucune envie de devoir réexaminer toutes ces affaires.

Il se tourna brièvement vers Kitteridge, lequel lui passa une pile de dossiers qu'il montra au jury avant de la lui rendre. Il prit une profonde inspiration.

— Je n'y suis pour rien et ce n'est guère flatteur pour vous d'essayer de faire endosser la responsabilité à quelqu'un qui avait quatre ans à l'époque où vous vous êtes engagé dans cette voie. Vous ne parviendrez pas à balayer vos erreurs sous le tapis. Au contraire, en les examinant honnêtement, vous en trouverez peut-être quelques-unes que vous pourrez encore réparer, même si les victimes sont mortes. Et leur famille déshonorée.

Percival paraissait interdit. Il ne s'était pas attendu à une riposte. Il se tourna vers le juge.

— Votre Honneur, nous n'avons pas entendu Miss fford Croft. Il me déplaît d'en arriver là, mais Mr. Pitt a prononcé de graves accusations contre Sir Barnabas Saltram. Qui, me semble-t-il, sont à l'origine de toute cette tragédie. Sir Barnabas a sollicité la permission de défendre son propre témoignage et il me paraît juste que nous la lui accordions. Après tout, c'est sa réputation qui est en jeu. Puis-je l'appeler à la barre ?

— Je suppose que oui, répondit le juge, l'air plutôt intéressé. Soyez bref… et pertinent.

— Oui, Votre Honneur. Merci.

Daniel alla s'asseoir à côté de Kitteridge et de Marcus, lequel était très pâle. Quant à Daniel, il sentait un grand vide en lui. Il avait cru l'avoir emporté, mais il était plus lucide maintenant. Il ne regarda pas Marcus.

Saltram prêta serment, puis considéra Percival d'un air interrogateur.

— Je sais, Sir Barnabas, que vous aviez désiré éviter

ceci, mais la question de votre témoignage en tant qu'expert est désormais au cœur de cette affaire. Et si nous ne la réglons pas dès maintenant, certains procès où vous avez témoigné devront être rejugés, et bien d'autres à l'avenir risquent d'être affectés. Vous n'avez pas d'autre choix. Vous avez entendu l'opinion de Mr. Pitt quant à la manière dont vous en êtes venu à être mêlé à cette farce. Pouvez-vous nous expliquer quels sont vos souvenirs ?

Percival inclina la tête vers le juge.

— Votre Honneur, vous allez peut-être reconnaître parmi le public deux des gentlemen les plus distingués du monde médical.

Il désigna deux hommes âgés assis à l'avant de la salle.

— Sir Reginald Osterman et Sir Osbert North, tous les deux membres du Collège royal de chirurgie. Sir Osbert est aussi le principal de l'université où Sir Barnabas Saltram enseigne.

— En effet, dit le juge, le visage indéchiffrable. Il est bien possible qu'un chapitre de l'histoire scientifique soit en train de s'écrire ici… ou pas. Poursuivez, je vous prie.

— Merci, Votre Honneur.

L'avocat pivota vers Saltram.

— Nous vous écoutons, Sir Barnabas.

Ce dernier était très pâle, mais se tenait comme au garde-à-vous, le regard fixé droit devant lui, dans le lointain.

— J'ai beaucoup enseigné, dans les débuts de ma carrière, commença-t-il. Je peux en apporter la preuve si vous le souhaitez, mais ce que je veux dire par là, c'est que j'ai eu affaire à de nombreux étudiants, dont parfois de jeunes femmes. Certaines désiraient apprendre l'anatomie afin de devenir de meilleures infirmières, ou aides-soignantes, ou se rendre utiles dans d'autres professions appropriées. À dix-neuf ans, Miriam fford Croft aspirait à être médecin et médecin légiste, deux carrières qui ne sont pas accessibles aux femmes, et par conséquent des postes qu'elle n'était pas capable d'exercer. Elle était assez jolie, à l'instar de la plupart des femmes dans leur jeunesse, mais elle avait une opinion exagérée de ses charmes, et de son intellect.

Il n'y avait pas un mouvement dans la salle. Les jurés eux-mêmes semblaient paralysés sur place.

Il prit une profonde inspiration, puis continua.

— L'inévitable s'est produit. J'ai dû lui attribuer des notes d'examen bien plus basses que celles qu'elle pensait mériter. Elle est venue s'offrir à moi en échange de meilleurs résultats, suffisants pour décrocher son diplôme. Elle a laissé entendre qu'elle avait fait de même avec ses autres professeurs. Qu'elle était bien partie pour obtenir une mention. Cette pensée m'a donné la nausée. C'était une trahison de tout ce que j'aime et qui est sacré pour moi. La vérité. La science. Le service de la loi et de la médecine. Le service des morts et des gens endeuillés. Je l'ai repoussée plutôt sèchement, voire méchamment.

Il baissa les yeux.

— Comprenez, je vous prie, que j'étais révolté au plus haut point. Pour moi, mais aussi pour mes collègues, dont certains avaient peut-être trahi leur vocation et leur profession. J'ai du mal à leur pardonner cela. Néanmoins, j'ai accédé à sa demande d'aider la défense dans le procès Adwell et, je suis au regret de le dire, un jeune avocat qui semble s'être très aisément laissé séduire moralement sinon sexuellement par la fille du directeur de son cabinet.

— Objection, Votre Honneur, intervint Kitteridge en se levant.

— Sir Barnabas, dit le juge Walpole sur un ton sévère, tenez-vous-en aux faits, je vous prie, et épargnez-nous vos opinions personnelles quant à autrui.

— Oui, Votre Honneur. Je souhaite seulement montrer comment, bien que j'aie eu conscience de la nature de

Miss Croft, j'ai accepté, dans l'intérêt de la justice, d'être le témoin expert dans les procès d'Adwell et de Beale.

Un silence terrible s'abattit sur la salle. Nul ne parlait. Nul ne bougeait, même.

Quand vint le tour de Daniel d'interroger Saltram, il tremblait de rage en se levant. Il devait en finir une fois pour toutes, quel que fût le prix à payer. Il ne pouvait laisser Saltram s'en tirer impunément.

— Sir Barnabas, vous venez d'accuser une femme d'avoir tenté en vain de vous séduire bien que, selon vous, elle ait réussi avec plusieurs de vos collègues professeurs. Tous ceux-ci, que vous n'avez pas nommés, peuvent facilement être identifiés. Leurs postes ne sont pas un secret ! Ils peuvent l'être – et le seront sans doute – par leurs amis comme par leurs ennemis, et surtout, par la presse. À la suite de votre témoignage, la honte et les critiques vont s'abattre sur eux, leurs distinctions leur seront retirées, et tous les étudiants les mieux notés vont également être l'objet de suspicions, leur vie sera gâchée. Vous n'aviez pas besoin de dire cela, monsieur. Vous auriez pu vous contenter d'accuser Miss fford Croft d'avoir essayé de vous convaincre de noter ses examens favorablement, comme tous ses autres professeurs l'ont fait.

— Non ! C'est elle qui est déshonorée. C'est une tentatrice et une putain qui sait s'y prendre pour obtenir ce qu'elle veut…

— Silence ! ordonna Lord Justice Walpole. Ce n'est pas Miss fford Croft qui est jugée ici. Ce qui intéresse la cour, c'est de savoir comment vous en êtes venu à témoigner dans les procès d'Adwell et de Beale et quel rôle Miss fford Croft a joué dans votre participation. Vous pouvez continuer, Mr. Pitt.

Daniel s'exhorta au calme, respirant à fond.

— Merci, Votre Honneur. Sir Barnabas, votre morale est-elle de si loin supérieure à celle de vos confrères, ou aviez-vous en réalité l'intention d'avoir une liaison avec

Miss fford Croft ? Après tout, elle avait dix-neuf ans, elle était belle, intelligente, pleine de vie. Et elle admet qu'elle se croyait amoureuse de vous.

— Sottises ! Je ne l'ai jamais touchée ! Je le jure sur la sainte bible et la parole de Dieu, lâcha Saltram, les dents serrées, le visage blême.

— Ah ! je vous crois, dit enfin Daniel en se penchant un peu en avant. Mais ce n'est pas l'honneur qui vous a retenu. Le moment venu, vous vous êtes révélé incapable de passer à l'acte. Face à une femme ravissante, brillante, éloquente, vous vous êtes découvert impuissant.

Des murmures s'élevèrent dans la salle, mais nul n'intervint.

Le visage de Saltram avait viré au gris, comme si tout le sang s'était retiré de ses joues et que son pire cauchemar se fût réalisé sous ses yeux. Peut-être l'embarras était-il ce qu'il redoutait le plus : l'humiliation devant ses pairs. Échouer, être l'objet de plaisanteries, était plus douloureux que d'être roué de coups.

Daniel aurait voulu éprouver de la compassion pour lui. Il savait que son arrogance n'était qu'une façade, et que, dessous, l'homme était habité par la peur. Cependant, une peur mêlée à une haine si profonde qu'elle était devenue une arme qu'il utilisait de la plus cruelle des manières contre autrui.

Le silence l'attendait. Il devait parler avant que Saltram pût le gâcher et, d'une manière ou d'une autre, retourner la situation contre Miriam.

— Vous n'avez pu lui pardonner cela, reprit-il d'une voix forte, afin d'être entendu de toute l'assistance. Chaque fois que le rire d'une femme parvenait à vos oreilles, vous pensiez qu'elle avait raconté votre mésaventure aux autres, et qu'on se gaussait de vous ! Il vous fallait noircir son nom avant qu'elle ne puisse ridiculiser le vôtre. Sauf qu'elle ne l'a jamais fait. Elle aussi avait honte d'une grande histoire d'amour avec un homme qu'elle admirait tant et qui s'était soldée par un fiasco. Vous auriez dû lâcher prise ; ces choses-là arrivent, elles sont sans importance. Mais vous n'avez pas pu. Lorsqu'elle a fait appel à vous, vous avez entrevu une chance de la déshonorer. Et puis, elle a commis l'impardonnable : elle vous a opposé à Evelyn Hall au tribunal… et vous avez perdu.

Saltram tremblait de rage et le fixait avec une haine telle qu'elle semblait presque le consumer. Il ouvrit la bouche, mais Daniel le devança.

— Maintenant, tous les procès où vous avez présenté l'argument des crânes fracturés par la chaleur vont être remis en cause. James Leigh était innocent, et il a été pendu sur la foi de votre témoignage et de celui de Roger Daventry. La vérité ne peut plus remédier à cette injustice, mais elle peut apporter réparation à la famille de James Leigh.

Le juge se penchait en avant, les traits tendus, les yeux écarquillés, visiblement fasciné.

Il regarda Percival, lequel semblait réfléchir à toute allure. Une idée nouvelle avait germé en lui, et commençait à prendre forme.

Daniel reprit la parole avant d'être interrompu :

— Peut-être votre argument à propos des crânes fracturés par la chaleur était-il à la pointe de la science voilà vingt ans. Cependant, vous vous en êtes servi trop précipitamment, et pendant trop longtemps. Ce genre d'incident peut se produire, mais pas dans les circonstances où vous l'avez invoqué. Je…

Percival bondit sur ses pieds.

— Votre Honneur ! Mr. Pitt est avocat, novice de surcroît. Il ne possède aucune qualification en médecine légale ou autre. Vous ne pouvez pas envisager d'accorder plus de poids à son opinion partiale qu'à celle de Sir Barnabas Saltram, qui est l'expert le plus célèbre de ce domaine, en Angleterre et dans toute l'Europe !

Le juge leva la main pour le faire taire, puis se retourna vers Daniel.

— Monsieur, sur quoi fondez-vous vos affirmations ?

Il avait parlé sur un ton bienveillant, intéressé.

Nul n'esquissa un geste dans la salle.

— Sur l'opinion du Dr Evelyn Hall, Votre Honneur, qui a pour sa part examiné les crânes en question. Je peux l'appeler à la barre de nouveau si vous le souhaitez. Il sera peut-être nécessaire d'attendre une heure ou deux. Elle est venue d'Édimbourg par le train de nuit, au cas où on aurait besoin d'elle.

— C'est vrai ?

Le juge se redressa, plus attentif encore, à supposer que ce fût possible.

— Une bataille des Titans ? Je crois que non. Cela ne manquerait pas de faire date dans l'histoire juridique et sensation dans la presse, mais je doute que ce soit nécessaire.

— Votre Honneur, Sir Barnabas a calomnié Miss fford Croft, ainsi que les honorables professeurs de l'université d'Oxford en les accusant d'avoir extorqué des faveurs sexuelles à certaines jeunes femmes contre des notes qu'elles ne méritaient pas. Je suis prêt à appeler ces messieurs à la barre si besoin est. Et à moins que Sir Barnabas ne retire toutes ces allégations, sans réserve aucune, je crois que cela s'impose…

— Je suis d'accord. Bien que ces accusations ne soient pas pertinentes pour l'affaire James Leigh, elles ont été proférées en public, de sorte que la presse peut les répéter. C'est inacceptable. Sir Barnabas va les retirer sans réserve ou devra verser des dommages et intérêts, non seulement à ces messieurs mais aux jeunes dames qu'il a aussi calomniées, à commencer par Miss fford Croft. Cela fera toutefois l'objet d'une audience séparée.

Saltram était écarlate.

— Je… commença-t-il d'une voix forte.

— C'est ce que nous voulons ! coupa Daniel. Ce n'est que justice. Et que le nom de James Leigh soit blanchi, publiquement. Aucune réparation n'est suffisante pour une vie perdue, mais nous pouvons veiller à ce que sa veuve et son fils soient à l'abri du besoin jusqu'à la fin de leurs jours.

Saltram le fixa, les yeux étincelants de haine.

Daniel se retourna vers lui.

— Vous n'aspirez qu'à la vengeance. Ce n'est pas cela, la justice, Sir Barnabas. Quand on creuse la tombe de son ennemi, on devrait creuser la sienne en même temps.

Daniel se rassit soudain, comme si ses genoux s'étaient dérobés sous lui. Qu'avait-il fait ?

Kitteridge lui mit une main ferme sur l'épaule. Daniel en sentit le poids à travers le tissu de ses vêtements.

— Vous pouvez disposer, dit le juge à Saltram.

Il descendit de la tribune et resta immobile, agrippé à la main courante, tourné vers le public, son visage : un masque impénétrable.

Daniel suivit son regard et vit les deux scientifiques barbus et chaussés de lunettes, emmenés par le principal de l'université où enseignait Saltram, quitter leurs places et sortir de la salle sans lui accorder la moindre attention. Comme si, pour eux, Saltram n'existait plus.

Assise non loin du premier rang, sa mère esquissa un sourire et hocha la tête. C'était un mouvement imperceptible, mais Daniel le saisit. Saltram était fini ; tous le savaient.

Où était Miriam ? Il la chercha des yeux. N'était-elle pas venue en fin de compte ? Peut-être cette perspective lui avait-elle été insupportable. Soudain il l'aperçut qui étreignait Marcus avec fougue, tandis qu'il souriait jusqu'aux oreilles, luttant pour contenir sa joie. Elle dépassa son père, puis Kitteridge, pour s'approcher, et lui donna un baiser léger, doux, sur la joue.

— Merci, murmura-t-elle. J'aimerais affirmer que j'ai toujours su que vous gagneriez, mais je mentirais. J'ai eu peur jusqu'au moment où j'ai vu combien vous étiez furieux au nom de ceux à qui il a fait du mal, et j'ai compris alors que tout irait bien. Nous vous sommes tous reconnaissants… surtout moi.

Il contempla son visage, ses yeux brillants, et ne trouva rien à dire, si bien qu'il lui rendit son baiser.

Un petit bruit s'éleva derrière lui. À regret, Daniel se retourna. Il lui fallut une seconde ou deux pour reconnaître la femme qui se tenait à un mètre de lui. Elle était très belle, élégamment vêtue, une abondante chevelure brune ramenée en chignon sur le sommet de sa tête. Il la connaissait, mais ne parvenait pas à se souvenir de qui elle était, ni de l'endroit où ils s'étaient rencontrés.

— Antonia Llewellyn, dit-elle en souriant. Félicitations. Vous avez remporté une belle victoire. Vous n'avez pas connu ma sœur, Marguerite Daventry, puisque Roger l'a assassinée alors que vous n'étiez encore qu'un enfant. Mais vous lui auriez plu, et je suis sûre qu'elle aurait beaucoup approuvé votre exploit d'aujourd'hui.

— Mrs. Llewellyn, excusez-moi…

— Ne vous excusez pas, coupa-t-elle, lançant un regard approbateur en direction de Miriam avant de se retourner vers lui. Je suis ici pour faire ce qu'elle ne peut pas faire et ce que le juge fera peut-être, mais pas assez vite. La loi est excessivement prudente et, par conséquent, très lente. Le nom de James Leigh sera officiellement blanchi, mais j'aimerais proposer à Mrs. Leigh un logement si elle le souhaite, et du travail décent. Et pareil pour son fils. Peut-être une éducation dans un domaine qui lui convient. Ma propriété est vaste. En mémoire de Marguerite, et en son nom, je serais heureuse de l'héberger. Dieu sait ce qu'il va advenir de Roger. Il peut être accusé d'incendie criminel, à tout le moins. Peut-être de pire. Mais tout cela est pour plus tard. Dans l'immédiat, les Leigh peuvent être au chaud, nourris et rassurés quant à l'avenir. J'aimerais que vous me présentiez à eux.

Bouleversé, Daniel pivota, parcourant la foule des yeux. Un instant, il ne vit que des inconnus qui échangeaient des poignées de main, souriaient ou applaudissaient. Puis il reconnut ses parents, et Ottershaw hilare, Marcus qui serrait des mains, Kitteridge et sa cravate de travers, et enfin Adria Leigh, flanquée d'un grand jeune homme à l'air timide.

— Les voilà, dit-il à Antonia.

Soudain, il se sentit submergé par l'émotion.

— Elle est là-bas.

— Merci.

Les larmes aux yeux, elle lui tapota le bras, puis se dirigea vers Adria et son fils.

Miriam prit le bras de Daniel et le serra fort.

— Nous avons eu raison, dit-elle d'une voix douce.

— Vous, plutôt, répondit-il, la gorge nouée.

— Non. Nous.

MIXTE
Papier issu de
sources responsables
FSC® C003309

10/18, une marque d'Univers Poche,
est un éditeur qui s'engage pour
la préservation de l'environnement
et qui utilise du papier fabriqué à partir
de bois provenant de forêts gérées
de manière responsable.

10/18 – 92 avenue de France, 75013 PARIS

Imprimé en France par CPI

N° d'impression : 158268
X07631/01